HARALD JACOBSEN

Kuttertod

FEUER, GIFT UND TOD An der Ballastbrücke rückt die Feuerwehr zu einem Großbrand an. Schnell wird klar, dass es sich um Brandstiftung handelt. Als dann auch noch zwei Tote entdeckt werden, übernimmt die Kripo Flensburg den Fall. Kurz darauf durchbricht eine deutsche Autofahrerin den Grenzposten nach Dänemark, wobei ein Soldat schwer verletzt wird. Jetzt sind auch Hauptkommissar Reuter und seine dänische Kollegin, Kommissarin May-Britt Oldsen gefragt. Sowohl der Soldat als auch die Fahrerin des Wagens liegen im Koma, sodass keine Befragungen möglich sind. Doch im Fahrzeug werden Kanister mit Brandbeschleuniger entdeckt. Handelt es sich um die Brandstifterin?

In Flensburg gerät der Eigentümer der Häuser, der Bauunternehmer Bertram Jansen, unter Tatverdacht. Er wird festgesetzt, da Verdunkelungsgefahr besteht. Jansens Strafverteidiger beauftragt Henrik Bargen mit eigenen Ermittlungen. Der findet zunächst weiteres belastendes Material gegen Jansen, doch dann geraten Ökoaktivisten in den Fokus seiner Ermittlungen.

Harald Jacobsen wurde 1960 in Nordfriesland geboren. Seit seiner Jugend faszinieren ihn spannende Romane. Nach verschiedenen beruflichen Stationen durchlief er eine Ausbildung im kreativen Schreiben und veröffentlicht seit 2006 Kriminalromane, überwiegend mit regionalem Bezug. Seine Hauptfigur Frank Reuter blieb ihm treu und darf nach seinem Abschied vom LKA Kiel aktuell Ermittlungen mit grenzübergreifenden Fällen in Flensburg übernehmen. Mit dem dort ebenfalls ermittelnden Privatdetektiv Henrik Bargen verbindet Reuter mehr als nur eine berufliche Freundschaft.

Seine Ideen entwickelt der Autor in idyllischer Umgebung am Rande des Naturparks Aukrug, wo er zusammen mit Ehefrau und zwei Katern lebt.

Bisherige Veröffentlichungen im Gmeiner-Verlag:
Fördelüge (2019)
Fördekartel (2018)
Reuter ermittelt an der Ostsee (2015)
Kielbruch (2014)
Mordsregatta (2013)

HARALD JACOBSEN

Kuttertod

Küsten-Krimi

GMEINER SPANNUNG

Immer informiert

Spannung pur – mit unserem Newsletter informieren wir Sie regelmäßig über Wissenswertes aus unserer Bücherwelt.

Gefällt mir!

Facebook: @Gmeiner.Verlag
Instagram: @gmeinerverlag
Twitter: @GmeinerVerlag

Besuchen Sie uns im Internet:
www.gmeiner-verlag.de

Im Ehnried 5, 88605 Meßkirch
Telefon 07575/2095-0
info@gmeiner-verlag.de

1. Auflage 2019

Lektorat: Susanne Tachlinski
Herstellung: Julia Franze
Umschlaggestaltung: U.O.R.G. Lutz Eberle, Stuttgart
unter Verwendung eines Fotos von: © sehbaer_nrw / stock.adobe.com
Druck: CPI books GmbH, Leck
Printed in Germany
ISBN 978-3-8392-2492-2

Personen und Handlung sind frei erfunden.
Ähnlichkeiten mit lebenden oder toten Personen
sind rein zufällig und nicht beabsichtigt.

EPILOG

Dicke Rauchwolken trieben über die Flensburger Förde. Mehrere Häuser in Höhe der Ballastbrücke brannten lichterloh und stellten die eingesetzten Feuerwehren vor extreme Probleme. Hauptbrandmeister Volkerts hatte bereits den Spezialzug im Einsatz, da seine Kameraden unmittelbar nach dem ersten Eindringen in eines der Häuser auf ihren Messgeräten ungewöhnliche Werte angezeigt bekommen hatten.

»Achtet unbedingt auf die Dachkonstruktion. Die wirkt instabil«, mahnte Volkerts nervös über Funk.

Innerlich verfluchte er Bertram Jansen, den Eigentümer der brennenden Häuser. Der Bauunternehmer war mehrfach mit dem Gesetz in Konflikt geraten, darunter auch für die illegale Entsorgung von Sondermüll. Für Volkerts stand fest, dass die gefährlichen Chemikalien in den Häusern genau zu dieser Kategorie zählten. Daher zögerte er keine Sekunde, die Brandermittler anzufordern. Im Hintergrund nahm er die verzerrten Lautsprecherstimmen der Polizeibeamten zur Kenntnis, die weiterhin alle Anwohner der Häuser in Umgebung der Ballastbrücke dazu aufforderten, Fenster und Türen geschlossen zu halten und sich nach Möglichkeit nicht im Freien aufzuhalten. Es knallte laut, als würde jemand schwere Waffen abfeuern. Volkerts zuckte nicht mehr zusammen, da er die wahre Ursache kannte. In einem der Geschäftshäuser hatte ein Gebrauchtwagenhändler sein Unternehmen und musste nun hilflos mit ansehen, wie ein Fahrzeug nach dem anderen durch das sich rasend schnell ausbreitende Feuer zerstört wurde. Dabei platzten die Scheiben und ebenso die Reifen.

Eine angespannte Stimme aus dem Funkgerät ließ Volkerts die Stirn furchen. Es passte so überhaupt nicht zu seinen Einsatzkräften, die allesamt Profis mit langer Erfahrung waren. »Meldung wiederholen«, bat er.

»In einem der hinteren Räume haben wir zwei Tote gefunden. Vermutlich durch Rauchgasvergiftung ums Leben gekommen. Beginnen mit der Bergung«, kam es aus dem kleinen Lautsprecher.

»Verstanden«, bestätigte Volkerts.

Mit einem bitteren Fluch auf den Lippen schaltete er auf den anderen Kanal und forderte nunmehr weitere Kriminalbeamte über die Leitstelle an. Durch den Leichenfund reichte es nicht mehr aus, lediglich Brandursachenermittler zur Ballastbrücke zu beordern. Zwei tote Menschen, die wahrscheinlich den giftigen Rauch eigeamtet hatten und daran gestorben waren. Kein schöner Tod. Da Brandstiftung nach den bisherigen Erkenntnissen mehr als wahrscheinlich war, musste jetzt die Kripo ran.

»Wehe dir, Jansen. Wenn diese Schweinerei auf deine Kappe geht, war's das endgültig«, schimpfte Volkerts halblaut vor sich hin. Der Hauptbrandmeister achtete aber sorgsam darauf, dass keiner der vielen Reporter es hören konnte. Die Absperrungen waren löchrig und die Medienleute fanden fast immer einen Weg, sich durchzumogeln. Sollte einer die Flüche von Volkerts aufschnappen, konnte es üble Folgen für den Feuerwehrmann haben. Darauf war er wirklich nicht scharf.

Eine heftige Explosion rollte über die Förde, deren Druckwelle viele Feuerwehrmänner von den Füßen holte und die Fenster der Wohnungen auf der anderen Straßenseite eindrückte. Volkerts ging ebenfalls zu Boden, spürte, wie brennende Trümmerteile um ihn herum niedergingen. Verzweifelt schaute er zu den Kameraden hinüber, die von der Explosion erheblich schlimmer getroffen worden waren.

KAPITEL 1

Erst der Klang vieler Martinshörner hatte Henrik Bargen an Deck gelockt. Er schaute über die Förde hinüber zur Ballastbrücke. Dabei wischte er seine von Öl und Fett verschmierten Hände an einem Tuch ab.

»Scheint richtig übel zu sein«, rief Kalle.

Sein Schiff lag im Museumshafen direkt neben Bargens »Sinje«, einem alten Haifischkutter aus Dänemark. Der Freund des Privatdetektivs schaute besorgt übers Wasser. Beide Männer ignorierten den leichten Nieselregen, der an diesem 14. März seit den frühen Morgenstunden Flensburg durchnässte. Am Abend kam noch starker Wind dazu, der sich von drei bis auf sechs Beaufort gesteigert hatte. Diese Bedingungen erschwerten es den Feuerwehrleuten erheblich, den Brand unter Kontrolle zu bekommen.

»Der Wind facht es an«, erwiderte Henrik.

Keiner der beiden Männer sprach es laut aus, doch sie waren heilfroh, dass dieses Feuer auf der anderen Seite der Förde tobte. Ansonsten wäre es vielleicht sogar für die Schiffe im Museumshafen gefährlich geworden.

»Ist das dein Telefon?«, fragte Kalle.

Erst jetzt registrierte Henrik das anhaltende Klingeln. Es kam eindeutig von unter Deck, wo Sonja es sich mit einem dicken Buch gemütlich gemacht hatte.

»Nö, Sonjas. Ich schau mal nach«, erwiderte Henrik.

Er stopfte das dreckige Tuch in die Tasche seines Overalls und ging unter Deck. Beim Anblick seiner schlummernden Freundin glitt ein Schmunzeln über sein Gesicht. Nicht einmal das lärmende Handy störte ihren Schlaf. Henrik beugte sich über den flachen Tisch und rüttelte sanft Sonjas Schulter. Mit einem leisen Ausruf fuhr sie auf und schaute sich verwirrt um.

»Sorry, Liebes. Dein Handy«, entschuldigte sich Henrik.

Die Hauptkommissarin schnappte sich ihr Telefon und meldete sich nunmehr hellwach. Henrik ahnte, was gleich passieren würde. Er lehnte sich gegen einen der Einbauschränke und lauschte Sonjas einsilbigen Kommentaren.

Schließlich beendete sie das Gespräch und schaute Henrik mit einem Kopfschütteln an. »In einem der brennenden Häuser wurden zwei Tote entdeckt. Da alles nach Brandstiftung aussieht, muss ich hin«, erklärte sie.

Er nahm es mit Gelassenheit auf, auch wenn sich automatisch sorgenvolle Gedanken in seinem Kopf einfanden. Henrik wusste, wie gefährlich der Job als Hauptkommissar sein konnte. Doch Sonja war sehr erfahren und schätzte es nicht, wenn er seine Besorgnis allzu offen zeigte. Also erwiderte Henrik den flüchtigen Kuss und folgte seiner Freundin an Deck.

Während Sonja über die kurze Gangway an Land lief, winkte sie Kalle zu. Der weißhaarige Mann schaute der Hauptkommissarin einige Sekunden hinterher, bevor er sich Henrik zuwandte, der nun am Türrahmen des Steuerhauses lehnte. »Großartiges Mädchen«, stellte er fest.

Dem konnte Henrik nur zustimmend. »Jipp. So, nun muss ich zusehen, ob ich die Bürsten auf den Schleifringen austauschen kann. Wenn nicht, wird es wieder einmal teuer«, erwiderte er.

Aktuell bereitete Henrik die Dieselmaschine seines Kutters einige Kopfschmerzen. Wenigstens zwei Krümmer mussten ersetzt werden und auch andere Verschleißteile hatten ihr Gebrauchsende erreicht. Im Grunde hangelte Henrik sich von einem Provisorium zum nächsten. Wesentlich sinnvoller wäre eine Generalüberholung des gesamten Motors gewesen, doch dafür mangelte es am erforderlichen Geld. Er kletterte wieder unter Deck in den Maschinenraum und machte sich an die Arbeit.

KAPITEL 2

Alles lief wie am Schnürchen. Birte Hallweg war zufrieden mit ihrem Anschlag auf das illegale Lager für Sondermüll. Wieder einmal hatte Vurm bewiesen, wie zuverlässig seine Quellen waren. Birte war in das Haus an der Ballastbrücke eingedrungen und hatte die unmarkierten Fässer im Raum gefunden, so wie es ihr gesagt worden war. Dann hatte sie die vorbereiteten Brandsätze platziert und das Haus genauso unbemerkt verlassen, wie sie es betreten hatte. Für eure Sünden sollt ihr büßen, dachte sie voller Inbrunst. Birte verabscheute Menschen wie diesen Bertram Jansen, der lieber seinen Profit steigerte, als Giftmüll ordnungsgemäß zu entsorgen. Als langjährige Ökoaktivistin hatte sie gelernt, dass man mit Demonstrationen oder Petitionen nicht weit kam. Der Filz zwischen Politik, Verwaltung und Unternehmern war schlicht zu stark. Nur mit solch radikalen Aktionen ließen sich Umweltsünder wie Jansen treffen.

Auf dem kleinen Fernsehgerät auf der alten Kommode flimmerten die Bilder vom Feuer an der Ballastbrücke. Birte grinste zufrieden vor sich hin, während sie vom Fenster hinübereilte und den Ton lauter drehte.

»Erste Hinweise deuten darauf hin, dass es sich um Brandstiftung handelt. Doch allein deswegen ist die Kriminalpolizei nicht vor Ort erschienen«, berichtete ein Reporter.

Demnach hatten die Feuerwehrleute die Fässer mit dem hochgiftigen Sondermüll offenbar bereits entdeckt und entsprechend gehandelt.

»Jetzt geht es dir endlich an den Kragen, Jansen, du Schwein«, stieß Birte angewidert hervor.

Sie wollte sich gerade wieder zum Fenster umdrehen, als ihr Blick die typischen Umrisse eines Sarges im Fernsehen registrierte. Mit gefurchter Stirn beugte Birte sich vor und starrte auf den zweiten Sarg, der soeben in einen schwarzen Van geschoben wurde. Mit ein wenig Mühe konnte sie die Aufschrift »Rechtsmedizinisches Institut« entziffern. Verwirrt richtete sie sich wieder auf.

»Wie uns soeben von einem Feuerwehrmann bestätigt wurde, kamen zwei Menschen bei dem Brand ums Leben. Über ihre Identität oder die näheren Umstände des Todes liegen bislang jedoch keine Erkenntnisse vor«, erklärte der Reporter.

Ein kalter Schauer rann an Birtes Rückgrat hinunter. Sie schüttelte abwehrend den Kopf. Wie konnten zwei Menschen bei dem Feuer ums Leben gekommen sein? Birte war versichert worden, dass sich zu dieser Uhrzeit niemand mehr im Gebäude befinden würde. Sie hatte zur Sicherheit alle Räume kurz überprüft. Diese Menschen mussten in einem der anderen Häuser gewesen sein, auf die das Feuer übergegriffen hatte. Das war viel schneller und heftiger passiert, als von Vurm vorhergesagt. Birte kämpfte gegen die aufsteigende Übelkeit an. Dann wirbelte sie herum und rannte ins winzige Badezimmer, um sich würgend in die Toilette zu übergeben. Eine Minute später ließ der Brechreiz nach. Birte sackte mit wackligen Knien zu Boden, fuhr sich mit dem Ärmel ihres Pullovers über das von kaltem Schweiß bedeckte Gesicht. Ihr Blick war zwar starr auf die Tür zum Gang gerichtet, doch Birte nahm um sich herum überhaupt nichts mehr wahr. Ihre Gedanken wirbelten wie in einem Mixer durcheinander.

*

Frank ließ sich vom Taxi unmittelbar an der Absperrung absetzen. Der Anruf von Sonja hatte ihn bei der Vorbereitung der Steuererklärung erwischt. Die Bitte um Unterstützung kam daher sehr gelegen, um sich von dieser ungeliebten Aufgabe zu lösen. Er zahlte den Fahrpreis, ließ sich die Quittung aushändigen und stieg aus. Kaum hatte er eingeatmet, verursachte der Rauchanteil in der Luft einen leichten Hustenreiz. Frank trat zu dem uniformierten Kollegen und wies sich aus.

»Hauptkommissar Reuter. Frau Martenson erwartet mich«, sagte er.

Der Obermeister notierte sorgsam die Angaben aus dem Dienstausweis auf einem Formular. Erst dann hob er das Absperrband an und ließ Frank passieren. Der eilte zu den abgestellten Dienstwagen seiner Kollegen aus der Inspektion, die für alle Gewaltverbrechen in Flensburg und Umgebung zuständig waren. In seinem eigenen Zuständigkeitsbereich, der alle Fälle mit grenzüberschreitender Wirkung umfasste, herrschte zurzeit Ruhe. Als er zu Sonja und Kommissar Fechner trat, wanderte Franks Blick automatisch über die herumeilenden Einsatzkräfte.

»Hallo, Frank. Danke, dass du so schnell kommen konntest. Bastian ist immer noch auf Fortbildung und Helga hat sich heute krankgemeldet. Diese verdammte Grippe hat nun auch unser Dezernat erreicht«, begrüßte ihn die Hauptkommissarin.

»Kein Problem. Was genau haben wir denn hier?«, fragte Frank.

Der schmal gebaute Jo Fechner gab einen kurzen Abriss der Ereignisse. Als er von den beiden Toten berichtete, war seine Stimme heiser und der Blick seiner Augen von tiefer Trauer erfüllt. Der sensible Kommissar war zwar ein Profi mit langjähriger Erfahrung, doch die vielen Toten und Verletzten berührten ihn immer wieder aufs Neue.

»Wisst ihr schon mehr über die Opfer?«, erkundigte Frank sich.

»Nein. Ihre Kleidung wurde durch das Feuer schwer beschädigt. Zum Teil ist sie mit der Haut verschmolzen. Die erste Leichenschau hat uns immerhin das Geschlecht geliefert. Es handelt sich um zwei Männer, die definitiv noch am Leben waren, als das Feuer sie erfasste«, antwortete Sonja.

Sollten die Opfer Brieftaschen mit Ausweispapieren bei sich gehabt haben, waren diese vermutlich durch die Hitze des Feuers vernichtet worden. Bei lebendigem Leib verbrannt. Frank spürte Ekel in sich aufsteigen. Wer immer für diese Brandstiftung, so viel hatte er schon aus den Nachrichten im Autoradio erfahren, verantwortlich war, hatte nun auch zwei Menschenleben auf dem Gewissen.

»Wem gehören die Häuser? Ist der Eigentümer schon informiert worden?«, fragte Frank weiter.

Die drei Ermittler blieben neben dem Passat von Hauptkommissarin Martenson stehen, um den immer noch umherhastenden Feuerwehrleuten nicht in die Quere zu kommen. Obwohl der böige Wind den beißenden Rauch wegwehte, kratzte er ihnen trotzdem im Hals. In regelmäßigen Abständen hustete jeder von ihnen. Frank ließ den Blick über die verwüsteten Gebäude wandern, bis hinüber zu den geborstenen Fensterscheiben an den Häusern auf der gegenüberliegenden Straßenseite.

»Alle Häuser gehören einem Bauunternehmer. Sein Name lautet Bertram Jansen. Er ist auf dem Weg hierher«, erwiderte Sonja.

Bei der Erwähnung des Namens bemerkte Frank aus dem Augenwinkel, wie sich Fechners Gesicht verzog. Er wurde hellhörig.

»Du kennst Jansen?«, fragte er den Kommissar.

Jo hustete und warf einen finsteren Blick auf die Front der vom Rauch geschwärzten Gebäude. »Allerdings. Jansen ist ein krummer Hund, der es mit den Vorschriften nicht so genau nimmt. Er wurde bereits mehrfach angeklagt, Sondermüll nicht sachgerecht entsorgt zu haben. Entweder kam er mit einer Strafzahlung davon oder er konnte die Schuld auf irgendeinen armen Subunternehmer abwälzen«, sagte er dann.

»Außerdem hat der Zoll auf Jansens Baustellen schon öfter Arbeiter aus dem Ostblock aufgegriffen, die ohne Arbeitserlaubnis unterwegs waren«, ergänzte Sonja.

Bevor Frank etwas erwidern konnte, kam ein hochgewachsener Mann auf die Ermittler zugeeilt. Seinem Gesichtsausdruck nach zu urteilen, brachte er keine guten Nachrichten mit. Frank kramte in seinen Erinnerungen, da ihm das Gesicht vertraut erschien.

»Frau Martenson, Herr Fechner. Ach, und Herr Reuter ist auch wieder mit von der Partie«, grüßte der Mann in die Runde.

Im nächsten Augenblick wusste Frank, wen er vor sich hatte. Hauke Thordsen hatte in einem anderen Fall ebenfalls schon als Brandursachenermittler seinen fachlichen Rat gegeben.

»Moin, Herr Thordsen. Was haben Sie für uns?«, fragte Sonja.

Der Spezialist hielt ein Messgerät in die Höhe. »Hiermit haben die Kollegen von der Feuerwehr die Giftstoffe im Luftgemisch aufgezeichnet. Sowohl die einzelnen Substanzen als auch deren Konzentration ist alarmierend«, erklärte Thordsen.

Da er wusste, dass die Ermittler sich später die vollständigen Gutachten in Ruhe durchlesen würden, fasste er seine vorläufigen Erkenntnisse allgemeinverständlich zusammen.

»Es spricht viel dafür, dass in dem einen Gebäude Sondermüll unsachgemäß gelagert wurde und sich mit dem eingesetzten Brandbeschleuniger zu einem schlimmen Gemisch verband. Die beiden Toten haben möglicherweise geschlafen und zu viel der giftigen Gase eingeatmet. Es würde erklären, warum sie nicht versucht haben, dem Feuer zu entkommen«, sagte er.

Die drei Ermittler tauschten einen Blick aus. Die Aussage von Thordsen verstärkte den bereits existierenden Verdacht gegen Bertram Jansen.

»Danke. Sobald Ihr Bericht uns vorliegt, lade ich Sie mit Sicherheit zu einer Besprechung ein«, wandte Sonja sich an den Brandursachenermittler.

Thordsen nickte knapp, bevor er sich wieder in Richtung einer Gruppe von Feuerwehrleuten in Spezialanzügen entfernte.

»Bin gespannt, wie Jansen sich dieses Mal aus der Verantwortung stehlen will«, stieß Jo Fechner hervor.

Darauf sollten sie wenige Augenblicke später die Antwort von dem eintreffenden Bauunternehmer erhalten.

KAPITEL 3

Nach fast zwei Stunden mühevollen Werkelns an der alten Dieselmaschine hatte Henrik die Nase gestrichen voll. Er sah ein, dass er einige Neuteile würde kaufen müssen. Von welchem Geld, stand allerdings noch in den Sternen. Henrik kletterte aus dem Maschinenraum, wusch sich den

Dreck von den Händen, entfernte einige Ölflecke aus dem Gesicht und schlüpfte in normale Alltagskleidung. Nach einem Blick in den nahezu leeren Kühlschrank beschloss der Privatdetektiv, wenigstens Geld für eine ordentliche Mahlzeit sowie ein oder zwei gepflegte Biere auszugeben. Als er die Tür zum Steuerhaus von außen verriegelte, meldete sich die knorrige Stimme seines Freundes vom Nachbarboot.

»Du willst auf die Piste?«, fragte Kalle.

Mit einem Grinsen drehte Henrik sich um. Sie kannten sich lange genug, sodass er Kalles Gedanken ahnte. »Die Reparatur hat nur Zeit gekostet und nichts eingebracht. Jetzt brauch ich ein anständiges Essen und einige geistige Getränke. Wie sieht's aus? Leistest du mir Gesellschaft?«, erwiderte er daher.

Die blauen Augen leuchteten unter den fast weißen Haaren des ehemaligen Bauunternehmers auf. Kalle stülpte sich gleich darauf eine speckige Mütze auf und eilte über die Gangway an Land, um sich Henrik anzuschließen. Da er weder erst abschließen noch sein Portemonnaie holen musste, hatte er offenbar bereits auf der Lauer gelegen. »Zum Finnen?«, fragte er hoffnungsvoll und meinte damit die gemütliche Kneipe von Jari Ecklöf, der sich vor einem Jahr in Flensburg niedergelassen hatte. Er war fast 20 Jahre als Koch zur See gefahren, bevor ihn die Liebe in die Fördestadt verschlagen hatte. Die Frau war inzwischen weg, doch Jari war geblieben, und seine Kneipe fand regen Zuspruch, nicht nur unter den Museumsschiffern.

»Damit ich mir wieder den Mund verbrenne?«, scherzte Henrik.

Den Finnen zeichneten zwei Dinge aus: Er war dürr wie eine Bohnenstange und würzte sein Essen schärfer als jeder mexikanische Koch. Henrik hatte dies bei seinem ersten Besuch nicht erwartet und spielte nun mit seinem Einwand darauf an.

Kalle versetzte ihm einen gutmütigen Klaps gegen den linken Oberarm. »Jetzt kennst du ja seine Vorliebe für scharfe Gerichte, also besteht in dieser Hinsicht keine Gefahr«, sagte er.

Dafür würde die Getränkerechnung wieder astronomisch ausfallen. Kalle war kein Kostverächter und Henrik hatte bereits böse Erfahrungen mit dessen Trinkfestigkeit machen dürfen. Doch allein die Gesellschaft seines Freundes überwog alle Bedenken, daher willigte er ein und das ungleiche Duo trabte los. Kalle, der kompakt gebaute Mann jenseits der 60, und Henrik, der rotblonde Privatdetektiv von mittlerer Statur. Durch einen Dienstunfall war er bereits im Alter von nicht einmal Mitte 40 pensioniert worden. Während die Bezüge zwar zum einfachen Leben allemal ausreichten, sah es beim Unterhalt seines historischen Fischkutters anders aus. Er diente Henrik als Wohnsitz und erlaubte ihm gelegentliche Ausflüge in die Ostsee hinauf bis in die dänische Südsee. Für die dauernden Instandsetzungen reichte die Pension nicht aus, weshalb Henrik immer wieder Aufträge als Privatdetektiv übernahm.

Nach einem Fußmarsch von gut zehn Minuten erreichten sie Jaris Kneipe, die er nach seiner Heimatstadt schlicht »Oulu« getauft hatte. Henrik überließ Kalle den Vortritt. Als er die Eingangstür hinter sich ins Schloss hatte fallen lassen und den dicken Vorhang, der den winzigen Vorraum vom eigentlichen Gastraum trennte, mit der Rechten teilte, empfing ihn lautes Stimmengewirr. Die wilden Klänge der Leningrad Cowboys verstärkten den Krach noch, was Henrik mit einem gequälten Kopfschütteln quittierte.

»Wir haben Glück. Hinten am Tresen ist noch Platz«, rief Kalle und schob sich dann durch die dicht an dicht stehenden Tische.

Henrik wusste, dass sich sein Gehör schnell anpassen würde, und folgte seinem Freund.

Hinterm Tresen stand wieder einmal eine neue Bedienung. Ihre grellblonden Haare waren von violetten Strähnen durchzogen. Als die beiden Männer die letzten freien Barhocker erobert hatten, warf sie ihnen einen fragenden Blick aus schwarz umränderten Augen zu.

Kalle deutete auf den Bierhahn und hob dann zwei Finger in die Höhe. »Getränke laufen«, stellte er zufrieden fest.

Damit konnten sie sich der übersichtlichen Speisekarte zuwenden, die im Format Din A5 in einem kleinen Metallständer vor ihnen stand. Bevor Henrik sich allerdings für eines der angebotenen Gerichte entscheiden konnte, vibrierte sein Handy in der Jackentasche. Er warf einen Blick auf die angezeigte Rufnummer im Display.

»Dr. Kersten. Ich geh raus zum Telefonieren«, sagte er zu Kalle. Dann schnappte er sich seine Jacke und drängte sich zwischen den Tischen hindurch zur Eingangstür.

Als Henrik an der frischen Luft war, kam diese ihm überhaupt nicht mehr so vor. Nach der warmen, abgestandenen Luft in der Kneipe war die nach Chemie stinkende Außenluft wahrlich keine Erfrischung. Henrik nahm den Anruf an und lauschte gleich darauf der Stimme des bekannten Strafverteidigers.

»Ich hätte einen Auftrag für Sie. Könnten Sie gleich morgen mit Recherchen für mich beginnen?«, wollte Dr. Kersten wissen.

Henrik schickte ein stilles Dankgebet zum Himmel.

Offenbar hatte da oben jemand seine finanzielle Notlage erkannt und wollte Abhilfe schaffen.

»Kein Problem. Soll ich zu Ihnen in die Kanzlei kommen?«, antwortete er.

Doch den Weg nach Schleswig musste Henrik nicht antreten.

»Ich habe seit zwei Monaten eine Partnerkanzlei in Flensburg. Jemand wird sich morgen bei Ihnen melden und Ihnen die Details mitteilen sowie den üblichen Vorschuss auszahlen«, erklärte Dr. Kersten.

Die bisherige Zusammenarbeit mit dem Strafverteidiger war immer ausgesprochen reibungslos verlaufen. Dr. Kersten zahlte ohne Murren die Tagessätze und übernahm die erforderlichen Ausgaben für Recherchezwecke. Da er sich auch darauf eingelassen hatte, dass Henrik niemals relevante Erkenntnisse vor der Polizei verschwieg, war ihr Arrangement für beide Seiten zufriedenstellend.

»Können Sie mir schon verraten, wer Ihr Mandant ist und was ihm zur Last gelegt wird?«, erkundigte sich Henrik.

Seine Augenbrauen ruckten überrascht in die Höhe, als Dr. Kersten den Namen nannte. Automatisch wanderte Henriks Blick in Richtung der Ballastbrücke, die kaum mehr als drei Kilometer Luftlinie von hier entfernt war. Er sagte zum Abschied zu, mit seiner Arbeit gleich am nächsten Tag zu beginnen. Danach schob Henrik das Handy zurück in die Innentasche seiner Jacke und kehrte zu seinem Platz am Tresen zurück.

Gedankenverloren bestellte er sich einen Eintopf nach Art des Hauses, ohne um mildes Würzen zu bitten. Als er dann auch noch sein Bier in einem großen Schluck leerte und nur für sich allein nachbestellte, wandte Kalle sich an ihn.

»Was ist los, Henrik? Seit diesem Telefonat bist du völlig abwesend«, fragte er. Gleichzeitig machte er der Barkeeperin mittels Gesten klar, dass er ebenfalls ein weiteres Pils trinken wollte und sie ihnen zusätzlich zwei Schnäpse servieren sollte.

Henrik sortierte seine Gedanken und stellte seinem Freund eine Gegenfrage, ohne selbst Antworten zu liefern.

»Kennst du Bertram Jansen?«

Kalle krauste überrascht die Stirn. »Klar kenne ich den Bertram«, erwiderte er dann.

Da Henrik wusste, dass sein Freund keine Plaudertasche war, erzählte er von seinem neuen Auftrag. Kalle starrte einige Sekunden ins Leere, dann nahm er das Schnapsglas und prostete seinem Freund zu. Kaum hatte Henrik sein Glas geleert, orderte sein Bootsnachbar schon die nächste Runde.

»Langsam, langsam. Ich muss morgen einen klaren Kopf haben«, bremste Henrik ihn. »Was kannst du mir über Jansen erzählen? Könnte er tatsächlich selbst für die Brandstiftung verantwortlich sein?«

Kalle warf einen prüfenden Blick auf die anderen Gäste in ihrer Nähe, bevor er antwortete. Niemand interessierte sich für ihr Gespräch.

»Ja, denkbar. Jansen ist schon lange im Geschäft und wie du weißt, wird in der Baubranche mit harten Bandagen gekämpft. Die sogenannte warme Sanierung zählt sicherlich zu seinem Repertoire«, sagte er.

Diesen seltsamen Begriff hatte Henrik bereits in seiner Jugend öfter gehört. Damit wurde blumig umschrieben, wenn Eigentümer ihr eigenes Haus in Brand steckten, um sich durch die Zahlung der Versicherung von Schulden zu befreien. Dass es offenbar auch von Bauunternehmern als gängige Methode eingesetzt wurde, war ihm neu. So wirklich überraschend fand Henrik es jedoch nicht.

»Scheinbar verdächtigt die Kripo Jansen. Er wurde zur Vernehmung einbestellt und hat Dr. Kersten mit seiner rechtlichen Vertretung beauftragt«, sagte er.

»Und du sollst die Beweise liefern, dass Jansen nichts damit zu schaffen hat? Das dürfte ein interessanter Fall werden«, erwiderte Kalle.

Während des Essens sprachen sie wenig. Wie meistens leerte Kalle seinen Teller zügig und orderte gleich danach etwas Hochprozentiges, um damit die Verdauung anzuregen.

Als die Bedienung auch Henrik ein weiteres Schnapsglas hinstellte, wehrte der schnell ab. »Sorry, Kalle. Ich muss den Abend jetzt beenden. Sonst kann ich morgen nicht ordentlich arbeiten«, sagte er und legte 30 Euro auf den Tresen.

Kalle protestierte zwar, akzeptierte zum Schluss aber den Wunsch seines Freundes. Henrik verabschiedete sich und verließ das Oulu. Das leichte Sodbrennen ließ ihn auf dem Heimweg mehrfach aufstoßen.

»Hätte daran denken sollen, Jari vom Würzen abzuhalten«, brummelte er vor sich hin, während er an einer roten Fußgängerampel auf den Signalwechsel wartete. Den kritischen Seitenblick einer Frau, die sein Selbstgespräch registrierte, bemerkte er dabei gar nicht. Kaum erschien das grüne Männchen auf der Anzeige, eilte sie los und schaffte ordentlich Raum zwischen sich und dem Privatdetektiv. Henrik war jedoch so in seine Gedanken vertieft, dass er ihr Verhalten nicht zur Kenntnis nahm.

Als er über die Gangway an Bord der »Sinje« ging, wanderte sein Blick über die Förde. An den Häusern in Höhe der Ballastbrücke standen immer noch Einsatzfahrzeuge der Feuerwehr. Vermutlich nur noch als Brandwache.

Henrik öffnete die Tür zum Steuerhaus und fragte sich, ob Bertram Jansen tatsächlich selbst die Brandstiftung angeordnet hatte. Dafür benötigte der Unternehmer ein triftiges Motiv. Henrik wollte gleich am nächsten Tag herausfinden, ob es ein solches gab. Fehlte es, würde die Kripo es schwer haben, Jansen etwas nachzuweisen. Warum sollte der Bauunternehmer seine Häuser abfackeln lassen, wenn er dadurch nur wirtschaftliche Nachteile hatte?

Als er sich kurz darauf die Zähne putzte, wurde ihm Sonjas Abwesenheit schmerzlich bewusst. Er hatte es schätzen gelernt, nicht mehr ständig allein zu sein. Vermutlich würde die Hauptkommissarin bis in die tiefe Nacht hinein die anlaufende Ermittlung leiten. Es war fraglich, ob sie dann noch aufs Boot kommen würde. In solchen Fällen zog Sonja es meistens vor, ihre kleine Zweizimmerwohnung aufzusuchen. Mit einem letzten Gedanken an sie löschte Henrik das Licht über seiner Koje und glitt übergangslos in einen tiefen Schlummer.

KAPITEL 4

In ihrer Brust schien sich eine Stahlklammer immer enger um die Lunge zusammenzuziehen. Birte versuchte seit Stunden, Vurm zu erreichen. Vergebens. Er ging nie an sein Telefon. Sie hatte mehrere dringende Nachrichten auf seinem Anrufbeantworter hinterlassen und ihre verzweifelte Lage geschildert. Birte schluckte schwer, marschierte dabei wie ein Tiger im Käfig durchs Zimmer. Ihre Überlegungen führten sie immer wieder ans gleiche Ziel.

»Du hast zwei Menschenleben auf dem Gewissen«, sprach sie den Satz wie ein Mantra vor sich hin.

In regelmäßigen Abständen sprang ihr Blick hinüber zum Fernsehgerät, immer in der Hoffnung, dass sich alles als ein dummer Irrtum herausstellen würde. Der Ton war abgestellt und auf dem Laufband am unteren Ende des Bildes wiederholten sich die schrecklichen Neuigkeiten nur noch. Verzweifelt wählte Birte nochmals die Rufnummer von Vurm. Sie lauschte dem Freizeichen und kaute dabei auf ihrer Unterlippe herum. Wieder nur die Mailbox, auf die sie bereits drei Nachrichten gesprochen hatte. Vurm wollte oder konnte nicht mit ihr telefonieren.

In einem Anfall blinder Wut schleuderte Birte das Handy mit großer Wucht gegen die Wand, sodass es in diverse Einzelteile zerbrach. Ein kleiner Regen aus Plastiksplittern flog umher. Erst Sekunden später wurde ihr bewusst, wie dumm ihr Verhalten gewesen war. Das Handy war ihre einzige Verbindung zu Vurm und nun hatte sie selbst die Nabelschnur zu ihrem Anführer gekappt.

Das Atmen fiel ihr zunehmend schwerer. Schließlich sah Birte nur noch einen Ausweg. Sie schnappte sich ihre Daunenjacke, stülpte die Wollmütze auf den Kopf und warf sich die Umhängetasche über die Schulter. Dann verließ sie in großer Eile die Wohnung, ohne den Fernseher oder das Licht auszuschalten. Auf der Treppe nach unten rannte sie fast einen jungen Mann über den Haufen, der sich hastig gegen die Wand drückte und ihr verwundert nachsah. Blind für alles um sie herum stürmte sie weiter bis zu dem Kleinwagen, den sie selbst in einer Nebengasse geparkt hatte. Mit fliegenden Fingern versuchte Birte den Türschlüssel ins Schloss des alten Seat zu schieben. Sie benötigte vier Anläufe, bis sich die Fahrertür endlich öffnete. Mit einem leisen Aufschrei warf Birte ihre Umhängetasche auf den Beifahrersitz und rutschte gleichzeitig hinters Lenkrad. Mühsam kontrollierte sie ihren Atem, fummelte den Zündschlüssel ins Schloss und startete den Motor. Der lief zunächst unrund, doch damit war Birte schon vertraut. Der Seat war so alt, dass er eigentlich bereits verschrottet hätte werden sollen. Doch als sie dem Werkstattbesitzer 500 Euro in bar anbot, ließ er sogar die Kennzeichen dran und Birte verfügte über einen motorisierten Untersatz.

»Mach schon«, befahl sie dem Motor mit sich überschlagender Stimme.

Birte rammte den ersten Gang ins Getriebe und ließ die Kupplung zu schnell kommen. Der kleine Wagen machte einen wilden Satz und nur durch eine schnelle Lenkbewegung konnte sie den Zusammenstoß mit dem Fahrzeug vor ihr am Straßenrand abwenden. Doch dadurch geriet der kleine Wagen unvermittelt in den fließenden Verkehr. Um ein Haar wäre Birte mit einem Taxi kollidiert, dessen Fahrer zum Glück geistesgegenwärtig auf die Gegenfahrbahn steuerte und anschließend wild hupte. Doch das scherte sie jetzt nicht. Der Seat beschleunigte und trug Birte aus der Stadt. Es konnte nur ein Ziel für sie geben: Vurm. Sie wollte ihn persönlich aufsuchen und mit ihm klären, wie es zu dieser fürchterlichen Katastrophe hatte kommen können. Es gab eine Notfalladresse in Kolding, zu der sie auf dem Weg war. Dort würde Birte entweder Vurm direkt antreffen oder jemanden, der zu ihm in permanentem Kontakt stand. Nach den Zwischenfällen beim G20-Gipfel in Hamburg hatten sich einige Mitstreiter von ihr ebenfalls dorthin auf den Weg gemacht. So entgingen sie der Verfolgung durch die Polizei.

Beim Einfädeln auf die A7 in Richtung Grenze verursachte Birte erneut fast einen Unfall. Erst als der Lkw-Fahrer ihr mehrfach die Lichthupe gab, erkannte sie das Problem. In ihrer Aufregung hatte Birte ganz vergessen, das Licht am Seat einzuschalten. Mit zittrigen Fingern holte sie das Versäumnis nach und atmete dann mehrfach tief durch. Jetzt nur nicht die Nerven verlieren, sagte sie sich.

Schließlich zeigten die ersten Hinweisschilder an, dass Birte demnächst die Grenze zu Dänemark erreichen würde. Alles hing davon ab, dass sie Vurm baldmöglichst zu sprechen bekam. Er würde ihr helfen können. Vermutlich hatte er auch bei der Kriminalpolizei in Flensburg Sympathisanten für ihre Sache, zu denen er Kontakt aufnehmen konnte. Birte klammerte sich mit aller Hoffnung an die vage Möglichkeit, dass die beiden Toten nicht durchs Feuer ums Leben gekommen waren. Nur das nicht.

Obwohl die Verkehrszeichen sie dazu aufforderten, die Geschwindigkeit ihres Wagens zu reduzieren, blieb Birtes

Fuß auf dem Gaspedal kleben. Sie hatte es eilig und große Schwierigkeiten, auch nur einen klaren Gedanken zu fassen. Vurm musste ihr helfen. Nur er war in der Lage dazu.

Im Scheinwerferlicht des Seat kam die eigentliche Grenzstation der Dänen zum Vorschein. Blaue Blinklichter warnten jeden Fahrer, dass er sich unmittelbar auf einen Kontrollposten zubewegte. Verwirrt schaute Birte zunächst auf die Lampen, dann wanderte ihr Blick zurück über die Motorhaube und erfasste die Silhouette eines uniformierten Mannes. Die bisher mühsam gebändigte Panik brach sich Bahn. Birtes Fuß drückte das Gaspedal bis zum Bodenblech durch.

*

So hatte sich Rene Christiansen die neue Aufgabe nicht vorgestellt. Als in seiner Kompanie nach Freiwilligen gesucht worden war, die an der dänisch-deutschen Grenze den Kontrolldienst übernehmen sollten, hatte er sich sofort gemeldet. Der langweilige Kasernentrott nervte Rene schon seit geraumer Zeit, also kam ihm der Aufruf gerade recht. Die ersten Monate, in denen er zusammen mit anderen Armeeangehörigen geschult worden war, wurden seinen Erwartungen noch gerecht. Doch dann holte Rene schon bald der Alltagsdienst an der Grenzstation Harrislee ein. Als Soldat durfte er nur in Ausnahmefällen die Ausweiskontrollen vornehmen, denn in der Regel blieb dies die Aufgabe der Polizeibeamten, denen Rene und seine Kameraden lediglich Unterstützung leisteten. In den ruhigen Nachtstunden standen die Soldaten oft allein am Grenzübergang, während die Polizisten im Container auf ihren Einsatz warteten.

Renes heutige Schicht war in zehn Minuten zu Ende. Außer ihm war nur sein Kamerad Per im überdachten Bereich vor dem Container. Er telefonierte gerade angeregt mit seiner neuen Flamme und schenkte Rene keine weitere Aufmerksamkeit. Dieser ließ daher den Stöpsel seines Smartphones im linken Ohr, um die Langeweile mit Musik zu bekämpfen. In regelmäßigen Abständen bewegte Rene sich innerhalb der Kontrollzone, um so den Kreislauf in Gang zu halten.

In seinem Ohr hämmerten gerade die deftigen Beats von Despacito, als er aus den Augenwinkeln die rudernden Armbewegungen von Per bemerkte. Verwirrt wandte Rene sich um und bemerkte erst jetzt die sich viel zu schnell nähernden Scheinwerfer eines aus Deutschland kommenden Wagens. In einem Reflex trat Rene mitten auf die Fahrbahn und hob die Hand, um den Fahrer zum Halten zu bewegen. Zu spät, schoss es ihm schon in der nächsten Sekunde durch den Kopf. Mit brutaler Gewalt traf die vordere Stoßstange auf Renes Beine. Sein gesamter Körper wurde wie eine Gliederpuppe in die Höhe geschleudert. Er krachte auf das Autodach, nahm den gesamten Vorgang wie in Zeitlupe wahr und wunderte sich, wieso er keinerlei Schmerzen verspürte. Die Welt drehte sich erneut und Rene krachte mit Wucht auf den nassen Asphalt. Schlagartig kam der Schmerz, und zwar mit solcher Härte, dass Rene laut aufschrie. Per hatte offenbar Alarm ausgelöst, denn das fliehende Fahrzeug wurde von einem Streifenwagen der Polizei verfolgt. Die Nacht wurde immer dunkler, dann spürte Rene auf einmal, wie ihn eine sanfte Hand scheinbar zur Ruhe brachte, und er schloss erleichtert die Augen.

KAPITEL 5

Sonja hatte nur drei Stunden Schlaf bekommen und war dazu in ihr kleines Appartement in die Brixstraße gegangen. Nach einer schnellen Dusche am Mittwochmorgen füllte sie sich den starken Kaffee in den Thermobecher und verließ die Wohnung.

Der 15. März zeigte ein freundlicheres Gesicht als der Vortag. Die Sonne hatte die meisten Regenwolken vertrieben und ließ Flensburg im besten Licht erscheinen. Sonja nippte beim Gehen an ihrem Kaffee und atmete die frische Luft in tiefen Zügen ein. Vom chemischen Geruch am Vorabend war höchstens noch eine milde Note übrig, was ihre Laune zusätzlich aufhellte.

Auf dem Weg in die Direktion wollte Sonja noch kurz im Museumshafen vorbeischauen und Henrik einen guten Tag wünschen. Beschwingt erreichte sie den Hafen sechs Minuten später und schaute in Richtung der »Sinje«. Ihre Schritte wurden zunächst schneller, während ein Lächeln ihre Lippen umspielte, doch dann verlangsamte sie ihr Tempo plötzlich. Ihr fiel eine schmal gebaute Frau mit dunklen Haaren in einem geschäftsmäßigen Hosenanzug auf, die offenbar ebenfalls auf den historischen Kutter von Henrik zuhielt. Diese Frau hätte Sonja mit halb geschlossenen Lidern unter tausend anderen Menschen sofort erkannt. Ihre gute Laune verflog augenblicklich und sie blieb stehen. Die Rechtsanwältin hatte sie nicht bemerkt, rief etwas am Ende der Gangway und enterte gleich darauf das Deck der »Sinje«.

»Was hat die Tewes bei dir zu suchen?«, entfuhr es Sonja halblaut. Es war ein Schock, dass ausgerechnet diese Frau wie selbstverständlich Henrik Bargen auf seinem Kutter besuchte. Vor vielen Jahren war sie nur seine Rechtsanwältin in einem Verfahren gegen den ehemaligen Dienstherrn, die Bundespolizei, gewesen. Aus Henriks Erzählungen und späteren eigenen Beobachtungen wusste Sonja aber, dass sich daraus eine erotische Beziehung entwickelt hatte. Und das, obwohl Ulrike Tewes verheiratet und dreifache Mutter war. Doch dann wurde es noch komplizierter, weil sowohl Tewes Ehemann als auch ihr Schwiegervater in kriminelle Machenschaften verwickelt wurden. Ausgerechnet Henrik musste diese aufdecken und geriet dabei in einen Strudel aus Gewalt, bei dem schließlich auch Sonja eine Rolle als Kripobeamtin gespielt hatte. Am Ende existierte keine Beziehung zwischen Ulrike Tewes und Henrik mehr. Dafür hatte sich Sonja in den Privatdetektiv verliebt und er sich in sie. Bis vor wenigen Augenblicken waren dies die Tatsachen gewesen. Doch der Anblick der aparten Rechtsanwältin, die mit lässiger Selbstverständlichkeit an Bord des Haifischkutters ging, zog alles in Zweifel. Der erste Impuls von Sonja war, Tewes einfach zu folgen und so herauszufinden, was ihr Besuch bei Henrik zu bedeuten hatte. Doch der zweite Gedanke verhinderte die Umsetzung. Sonja spürte nagende Eifersucht in sich aufsteigen und war nicht bereit, sich mit einem solchen Auftritt selbst zu verletzen. Mit einer ruckartigen Bewegung wandte sie sich um und eilte in Richtung der Direktion davon.

*

Die Stimmung in der Abteilung der Sonderburger Kollegen war angespannt. Frank erwartete natürlich keine fröhliche Willkommensparty, aber mit so viel Niedergeschlagenheit hatte er auch nicht gerechnet. Selbst Anne, die normalerweise eine Frohnatur in Reinkultur war, erwiderte seinen Gruß nur halbherzig.

Verblüfft ging Frank in May-Britts Büro, wo er die Kommissarin mitten in einem Telefonat antraf. Sie winkte ihn herein und deutete stumm auf den Besucherstuhl vor ihrem Schreibtisch. Während er wartete, rekapitulierte Frank die wenigen Informationen, die er der Mail am frühen Morgen auf seinem Computer entnommen hatte. Danach hatte in der zurückliegenden Nacht eine deutsche Autofahrerin einen Soldaten an der Grenzstation vorsätzlich überfahren und war anschließend geflohen. Es kam zu einer kurzen Verfolgungsjagd mit Polizeieinheiten, die in einem schweren Unfall mündete. Dabei wurde die Fahrerin des schrottreifen Škoda so schwer verletzt, dass die Ärzte im Krankenhaus sie in ein künstliches Koma versetzen mussten. May-Britt Oldsen, die Kommissarin aus Sonderburg, hatte Frank um ein Treffen um 8 Uhr hier in ihrer Dienststelle gebeten. Das kam nicht unerwartet, da sowohl Frank als auch May-Britt für ihre jeweilige Seite alle Fälle mit grenzüberschreitenden Ermittlungen zu leiten hatten. Während Frank in Flensburg allein dafür zuständig war, aber nach Bedarf durch Hauptkommissarin Martenson und ihr Team unterstützt wurde, konnte May-Britt permanent auf zwei Mitarbeiter zugreifen.

»Hallo, Frank. Sorry für die Verzögerung. Wir glauben mittlerweile, die wahre Identität der Fahrerin zu kennen«, unterbrach sie Franks Gedankengang, nachdem sie den Telefonhörer aufgelegt hatte.

»Moin. Was ist passiert? Anne und Henner verhalten sich fast so, als wenn es einen Anschlag aufs Königshaus gegeben hätte«, erwiderte er.

Mit einem tiefen Seufzen gab May-Britt einige Befehle über die Tastatur ihres Computers ein und drehte dann den Bildschirm so, dass Frank die Aufzeichnung einer Überwachungskamera ansehen konnte. Er wurde Zeuge, wie ein ahnungsloser Soldat an der Grenze von einem Skoda mit Hamburger Kennzeichen brutal überfahren wurde.

»Die Fahrerin hat unmittelbar vor dem Kontrollposten beschleunigt und den Soldaten mit voller Absicht überfahren. Dieses Video kennen wir auch erst seit zehn Minuten«, erklärte May-Britt.

Obwohl Frank schon schlimme Dinge während seiner beruflichen Laufbahn gesehen hatte, erschütterte ihn diese Aufnahme schwer. Die Fahrerin des Wagens hatte den Soldaten nicht versehentlich angefahren, sondern einen brutalen Mordanschlag auf ihn verübt. Kein Wunder, dass die dänischen Kollegen so schmallippig reagierten. Unwillkürlich gingen Frank die schlimmen Bilder ähnlicher Terroranschläge durch den Kopf.

»Das ist in der Tat grausam. Wie geht es ihm?«, fragte Frank.

Der Soldat hatte neben diversen Knochenbrüchen und zerfetzten Sehnen schwere innere Verletzungen erlitten. Die größte Gefahr ging allerdings von einer Kopfverletzung aus, die für den jungen Mann lebensgefährlich war.

»Er liegt ebenfalls im Koma. Wir konnten bislang weder ihn noch die Fahrerin zur Sache vernehmen«, antwortete May-Britt.

Im Wagen der Deutschen hatten die uniformierten Polizisten zwar eine Umhängetasche gefunden, doch darin befanden sich keinerlei Ausweispapiere. Es wurde genauso wenig ein Führerschein oder eine Fahrzeugzulassung entdeckt.

Frank erinnerte sich an May-Britts Eingangsbemerkung. »Ihr konntet die Frau mittlerweile identifizieren, sagtest du?«, hakte er nach.

Erneut tätigte May-Britt einige Eingaben über die Tastatur. Auf dem Monitor erschien gleich darauf die Fahndungsakte einer gewissen Birte Hallweg. Der Aufruf kam von der Hamburger Polizei, die in Verbindung mit kriminellen Handlungen im Rahmen des G20-Gipfels nach der als radikal bekannten Ökoaktivistin suchten.

Frank studierte die Angaben und nickte schließlich. »So langsam verstehe ich eure Wut«, sagte er.

May-Britt drehte den Monitor zurück zu sich und lehnte sich dann im Schreibtischstuhl zurück.

»Rene Christiansen ist gerade erst 22 Jahre alt geworden. Hallweg ist 24 und offenkundig seit längerer Zeit als radikale Aktivistin unterwegs. Was hat ihr ein dänischer Soldat getan, dass sie ihn brutal über den Haufen fährt?«, fragte sie.

Auf der Fahrt hierher hatte Frank sich dazu natürlich seine Gedanken gemacht. Doch eine hilfreiche These, wer für einen derartigen Anschlag in Betracht käme, hatte er dabei nicht entwickeln können.

»Ich habe bei uns im System nachgefragt, ob es irgendwelche Hinweise auf Verbrechen gibt, in die Hallweg verwickelt sein könnte. Nichts, wobei eine junge Frau eine Rolle gespielt haben könnte. Ehrlich gesagt können wir kein Motiv finden«, sagte die Kommissarin frustriert.

Da Hallweg unmittelbar vor dem Kontrollposten den Wagen erkennbar beschleunigt hatte, kam ein technisches Versagen ebenfalls nicht in Betracht. Was blieb dann noch?

Ein leiser Signalton meldete den Eingang einer neuen Mail an May-Britts Computer. Sie beugte sich vor und studierte den Inhalt. Frank sah, wie ihre Augenbrauen in die Höhe schossen und ihr Gesichtsausdruck sich verhärtete.

»Das ist eine Nachricht aus der Kriminaltechnik. Sie haben die Kleidung von Hallweg untersucht und sind dabei auf interessante Dinge gestoßen. Es existieren Anhaftungen zweier Substanzen, die als Brandbeschleuniger eingesetzt werden«, sagte sie.

Frank setzte sich auf und schaute die Kommissarin ungläubig an. »Hallweg und der Brand an der Ballastbrücke? Sonja glaubt, Bertram Jansen trägt dafür die Verantwortung«, stieß er hervor.

Auf einmal gab es eine Verbindung zwischen den Fällen und auch zwischen Jansen und Hallweg.

»Ein Bauunternehmer, der illegal Sondermüll entsorgen lässt, und eine radikale Umweltaktivistin. Das ergibt tatsächlich Sinn«, stellte er fest.

KAPITEL 6

Die Erkenntnis setzte bei Henrik erst mit einer gewissen Verzögerung ein. Er stellte den Kaffeebecher ab und trat ins Freie, um die unerwartete Besucherin zu begrüßen. Sein Gehör hatte ihn nicht getäuscht; Ulrike Tewes stand auf dem Deck. Die Rechtsanwältin trug einen dunkelblauen Hosenanzug, dazu eine weiße Bluse sowie Pumps mit hohen Absätzen. Henrik konnte sich nicht gegen die Flut an Erinnerungen wehren, die ihn zu überwältigen drohten. Ulrike in seinen Armen, ihr schmaler Körper, der sich an seinen schmiegte.

»Moin, Henrik«, sagte sie mit einem flüchtigen Lächeln.

Er verjagte die Bilder aus seinem Kopf und erwiderte den Gruß, wobei seine Stimme heiser klang.

Ulrike musterte sein Gesicht. »Dr. Kersten hat mir mitgeteilt, dass du die Ermittlungen im Fall Bertram Jansen übernehmen sollst. Ist das noch so oder soll ich mir einen anderen Privatdetektiv suchen?«, fragte sie schließlich.

Ulrike Tewes war also die Partnerin des Strafverteidigers in Flensburg. Henrik hatte keine Sekunde darüber nachgedacht, obwohl es durchaus auf der Hand lag. Sie war sehr erfahren und genoss nicht ohne Grund einen guten Ruf. Henrik selbst hatte von Ulrikes Qualitäten als Rechtsanwältin profitiert.

»Nein, nein. Alles in Ordnung. Lass uns unter Deck gehen. Da können wir in Ruhe sprechen«, schlug er vor.

Er ging voraus und bot Ulrike vom frisch aufgebrühten Kaffee an, während sie auf der Sitzbank am Tisch Platz nahm. Bei diesem so vertrauten Anblick stürmten erneut Erinnerungen auf Henrik ein, die ihn irritierten. Er drehte sich der Küchenzeile zu und füllte den Becher langsam voll, um seine Gedanken wieder unter Kontrolle zu bekommen. Schließlich wandte er sich wieder um, stellte den Becher vor Ulrike ab und rutschte auf den Platz neben ihr.

Der schwache Duft ihres Parfüms stieg in seine Nase. Doch dieses Mal war Henrik besser darauf vorbereitet und deutete auf den Umschlag, den sie aus der Aktentasche gezogen hatte. »Das ist meine Bezahlung für eine Woche, korrekt?«, fragte er.

»So ist es. Einschließlich Spesen. Kersten hat mir gesagt, dass ihr es so vereinbart habt«, stimmte sie zu.

Henrik nickte, unterschrieb das bereits vorausgefüllte Formular und schob den Umschlag dann ungeöffnet auf die andere Seite des Tisches. Ulrike registrierte den Vertrauensbeweis mit einem flüchtigen Lächeln.

»Du hast Unterlagen zu eurem Mandanten, nehme ich an?«, wollte Henrik wissen.

Nachdem sie das Formular sorgsam in einer schmalen Mappe verstaut hatte, zog Ulrike eine dunkelgrüne Akte heraus und legte sie vor Henrik ab. Er öffnete sie und überflog die Zusammenfassung auf dem obersten Blatt. In ihrer gemeinsamen Vergangenheit hatte er bereits einige Male für Ulrike als Ermittler gearbeitet und war daher mit ihrer präzisen Vorbereitung gut vertraut. Der Umfang der Akte überraschte ihn.

»War Jansen schon früher dein Mandant?«, fragte er.

Tatsächlich hatte Ulrike den Bauunternehmer bereits in zwei Prozessen vertreten und dabei Freisprüche erreicht.

»Du hast bestimmt schon von Kalle einiges über Jansen gehört. Er hat sich vom einfachen Maurer hochgearbeitet und ein gut gehendes Bauunternehmen aufgebaut. Dass dabei auch Methoden zum Einsatz kamen, die sich häufig in der rechtlichen Grauzone bewegten, steht außer Frage. Offenbar ist er aber besonders Staatsanwalt Lorenz und Kommissar Fechner ein Dorn im Auge. Beide sehen in Jansen einen Kriminellen, auch wenn sie es bislang nicht beweisen konnten«, schilderte sie.

Henrik war Lorenz noch nie persönlich begegnet. Er wusste aber, dass auch Sonja viel von dem Staatsanwalt hielt.

»Du hast ihn verteidigt. Wie würdest du Jansen beschreiben? Traust du ihm eine Brandstiftung zu?«, hakte Henrik nach.

Sie ließ sich Zeit mit der Antwort, wog ihre Worte gewohnt vorsichtig ab.

»Wie gesagt. Jansen lotet gerne die Grenzen des rechtlich Zulässigen aus. Vermutlich würde er auch zum Mittel der Brandstiftung greifen, wenn er daraus einen wirtschaftlichen Vorteil ziehen könnte. Doch der ist in diesem Fall nicht vorhanden, weshalb die Anschuldigungen schlicht aus der Luft gegriffen sind«, antwortete sie schließlich.

Dennoch hatte der Staatsanwalt sofortige Untersuchungshaft erwirkt. Seine Argumente mussten einen neutralen Richter überzeugt haben.

»Wieso sitzt Jansen dann in U-Haft? Liegt noch etwas anderes gegen ihn vor?«, fragte Henrik daher.

Ulrike schüttelte den Kopf, beugte sich zu ihm hinüber und blätterte einige Seiten in der Akte um. Henrik sog den vertrauten Duft ihrer Haare ein und erinnerte sich, wie sie hier Arm in Arm gekuschelt hatten.

Ulrike tippte auf eine Aufstellung von Bertram Jansens Besitztümern. »Er verfügt über eine Motorjacht, mit der schnell internationales Gewässer erreichbar wäre. Außerdem ist Jansen Mitinhaber einer Cessna 310, die in Schäferhaus ihren Stellplatz hat«, erklärte sie.

Damit hatte der Bauunternehmer Zugriff auf verschiedene Transportmittel, die ihn jederzeit dazu in die Lage versetzten, außer Landes zu gelangen. Zudem verfügte er über die erforderlichen finanziellen Mittel und die Entschlossenheit, Zeugen zu beeinflussen sowie mögliches Belastungsmaterial verschwinden zu lassen.

»Also begründet Lorenz es mit der Verdunklungsgefahr«, stellte Henrik fest.

Da Jansen aktuell mehrere Baustellen im Ausland unterhielt, reichte es offenbar auch dem Richter, um dem Gesuch der Staatsanwaltschaft nachzukommen.

»Hierbei dürften Lorenz besonders die Renovierungsarbeiten in der Altstadt von Klaipėda beeinflusst haben. Nach Jansens Aussage war er zur angeblichen Tatzeit dort und kann somit selbst nicht als Brandstifter in Betracht kommen«, fuhr Ulrike fort.

Demnach war Jansen am Dienstag um 13 Uhr vom Flugplatz Schäferhaus am Stadtrand von Flensburg mit der Cessna gestartet und auf direktem Weg nach Klaipėda geflogen. Laut Bordbuch erfolgte die Landung um 15.28 Uhr auf dem Flugplatz Palange, rund 32 Kilometer von Klaipėda entfernt.

»Anschließend fuhr Jansen, der von seinem Polier abgeholt wurde, direkt zur Baustelle in der Altstadt. Alles sauber belegt, und trotzdem reicht es Lorenz nicht aus«, sagte Ulrike.

Henrik überschlug im Kopf die Entfernung sowie die Flugdauer. »Er hätte sich durchaus eine Stunde in Klaipėda aufhalten können, um dann sofort wieder zurückzufliegen. Rein zeitlich wäre es möglich und ich denke, genau damit argumentiert Lorenz auch«, sagte er.

Ulrike nickte anerkennend. »Exakt. Deswegen möchte ich auch, dass du dieses Alibi mit mehr Angaben unterfütterst. Damit kriegen wir Jansen aus der unmittelbaren Schusslinie der Staatsanwaltschaft«, stimmte sie zu.

Sollte Henrik dieses Kunststück fertigbringen, stünden Ulrikes Chancen zur Aufhebung der Untersuchungshaft erheblich besser.

»Hier sind die Kontaktdaten von Alexander Rühling. Er ist ebenfalls ein Mandant von mir und begeisterter Hobbypilot. Ich habe bereits mit ihm gesprochen. Er kann dich jederzeit nach Klaipėda fliegen. Seine Maschine steht auch in Schäferhaus«, sagte Ulrike und schob Henrik eine handschriftliche Notiz hin.

Wie immer hatte sie bestens vorgearbeitet, sodass er sich sofort auf den Weg machen konnte.

*

Zurück in der Flensburger Direktion konnte Frank sich nicht lange in seinem Büro aufhalten. Der Erste Kriminalhauptkommissar Albrecht, seines Zeichens Dezernatsleiter, bat ihn zu einem Treffen. Auf dem Weg zum Fahrstuhl begegnete Frank seiner Kollegin, die ihm mit abwesender Miene zunickte. Erst als er neben ihr im Fahrstuhl stand, bemerkte er den kleinen weißen Knopf in Sonjas Ohr.

»Super. Ja, dann sehen wir uns morgen«, sagte sie und nahm anschließend den Ohrstöpsel heraus.

»Moin, Frank. Sorry, aber ich musste klären, ob Bastian seine Fortbildung einen Tag früher als geplant beenden kann. Zum Glück geht es, sodass er uns ab morgen bei den Ermittlungen helfen kann«, sagte sie.

Sie hatte also bereits Frank aus ihrem Ermittlungsteam gestrichen, nachdem er in seinem eigentlichen Zuständigkeitsbereich ebenfalls einen Fall zu betreuen hatte. Er wollte seine Kollegin bereits über die erkennbare Überschneidung ihrer beiden Ermittlungen informieren, doch da stoppte der Fahrstuhl und Sonja eilte sofort los. Sie stand offenkundig mächtig unter Druck und wirkte weiterhin abwesend. Frank fragte sich, was seiner Kollegin zusätzlich auf der Seele lag. Doch er konnte sie jetzt nicht darauf ansprechen, da beide das Arbeitszimmer des Dezernatsleiters erreicht hatten.

Die Tür stand ein Stück offen. Sonja klopfte kurz an und betrat vor Frank den Raum. Als er ihr folgte, fiel sein Blick zuerst auf Albrecht. Der Vorgesetzte war ausgesprochen dünn, das schüttere Haar war überwiegend grau, genau wie seine Gesichtshaut. Albrecht war an den Anforderungen seines Berufs fast zerbrochen, doch der Posten als Dezernatsleiter erwies sich für beide Seiten als Glücksgriff. Albrecht war mit der Praxis bestens vertraut und gleichzeitig ein geschickter Verhandler in Bezug auf politischen Druck.

Er zog sich soeben einen Stuhl am Besprechungstisch zurück, an dem bereits Staatsanwalt Burkhard Lorenz saß. Der Gegensatz zwischen zwei Menschen hätte kaum größer sein können. Mit Anfang 40 war Lorenz noch ein unverbrauchter Staatsanwalt und strahlte mit seiner gebräunten Haut, den sorgsam zurückgegelten braunen Haaren und den klugen grünen Augen eine hohe Vitalität aus. Lorenz erhob sich, um nacheinander Sonja und Frank die Hand zu schütteln. Danach zog er für die Hauptkommissarin den Stuhl neben sich zurecht, sodass Sonja sich bequem niederlassen konnte. Frank setzte sich auf den letzten freien Besucherstuhl.

»Die jüngsten Ereignisse machen diese Besprechung erforderlich. Herr Lorenz sieht deutliche Überschneidungen zwischen den laufenden Ermittlungen von dir, Sonja, und von Ihnen, Herr Reuter. Ich teile diese Auffassung, und daher müssen wir ab sofort die weiteren Schritte absprechen«, eröffnete Albrecht die Sitzung.

Sonja stutzte kurz, dann schenkte sie sich weiter Kaffee ein.

Frank nickte den beiden Männern am Tisch zu. »Sehe ich ebenfalls so«, stimmte er zu. Mit wenigen Sätzen brachte er anschließend seine Kollegin auf den neuesten Stand.

Sonja hob verblüfft die Augenbrauen. »Irrtum ausgeschlossen?«, bohrte sie nach.

»Die Anhaftungen stimmen zu 100 Prozent mit den Substanzen überein, die als Brandbeschleuniger an der Ballastbrücke zum Einsatz kamen. Solange es keine weitere Brandstiftung mit exakt diesem Beschleuniger gab, müssen wir in Birte Hallweg die Brandstifterin sehen«, antwortete Frank.

Der Staatsanwalt ergriff das Wort. »Vorerst ermitteln Sie in den Fällen getrennt weiter. Bei mir laufen die Fäden zusammen, da es höchstwahrscheinlich doch auf ein Verfahren gegen Bertram Jansen hinausläuft. Birte Hallweg ist vielleicht die Brandstifterin, doch Jansen hat dazu den Auftrag erteilt«, sagte er.

Das war eine frühzeitige Festlegung auf den Bauunternehmer.

»Vorerst würde ich davon abraten, nur dieser einen These nachzugehen. Sosehr Jansen in seiner Vergangenheit bereits negativ aufgefallen ist, bleibt er zurzeit doch vielmehr eine geschädigte Person. Oder verfügen Sie über Erkenntnisse, die ein Motiv für diese Brandstiftung liefern?«, tat Frank seine Zweifel kund.

Ein kühles Lächeln umspielte die vollen Lippen von Lorenz. »Anders als viele meiner Kollegen neige ich zu einer praktischen Sichtweise auf das Leben, Herr Reuter. Wenn es aussieht wie eine Ente, läuft wie eine Ente und quakt wie eine Ente, dann ist es auch eine. Jansen hat bereits mehrfach in der Vergangenheit kriminelle Methoden eingesetzt, also steht er bei mir im aktuellen Fall damit ganz oben auf der Liste. Genau wie bei Ihnen, Frau Martenson. Oder täusche ich mich da?«, erwiderte er.

Sonja nickte mit finsterer Miene. »Er hat sich mit Dr. Kersten einen der besten Strafverteidiger in Deutschland zu seiner Rechtsverteidigung geholt. Dessen Partnerin, Ulrike Tewes, ist zurzeit die ausführende Anwältin«, erklärte sie.

Bei dem Namen stutzte Frank und aus dem Augenwinkel bemerkte er, wie sich Albrechts Schultern strafften.

»Tewes? Hat sie etwa Bargen als Privatermittler hinzugezogen?«, fragte er alarmiert.

Jetzt verstand Frank die seltsame Abwesenheit seiner Kollegin.

»Ja, hat sie. Ich habe meine Mitarbeiter bereits angewiesen, keine Anfragen von Bargen zu beantworten. Frau Tewes soll sich am besten direkt an Sie wenden, Herr Lorenz. Einverstanden?«, erwiderte Sonja.

»Absolut, Frau Martenson. Es freut mich zu sehen, wie sorgsam Sie Berufliches vom Privaten trennen können«, stimmte der Staatsanwalt sofort zu.

Damit entstand eine unschöne Situation. Franks Erfahrungen in Bezug auf Henrik Bargen waren ausgesprochen positiv. Der Privatermittler teilte sein Wissen stets mit der Polizei, was viele seiner Kollegen nicht taten. Bargen war für alle Mitarbeiter und mittlerweile auch für Frank ein zuverlässiger Freund, der in seinen Augen über jeden Verdacht erhaben war. Und jetzt sollten sie ihn plötzlich aussperren?

»Bisher war Bargen doch immer ein seriöser Partner bei Ermittlungen. Was hat sich auf einmal geändert?«, wollte Frank wissen.

Sonja setzte bereits zu einer Antwort an, doch der Staatsanwalt kam ihr zuvor.

»Die Zusammenarbeit mit Bargen mag in der Vergangenheit unproblematisch gewesen sein, Herr Reuter. Doch im vorliegenden Fall bin ich sehr skeptisch, besonders da ein Dr. Kersten und Frau Tewes involviert sind. Bargen wird im Zweifel auf der Seite seines Auftraggebers stehen, und wir vermeiden jeden Gewissenskonflikt, wenn wir ihm keine Ermittlungsdetails verraten. Das sehen Sie doch bestimmt genauso, oder?«, legte er seine Sichtweise dar.

Der prüfende Blick erinnerte Frank an die weniger schönen Zeiten beim Landeskriminalamt. Er verabscheute es, wenn sich eine Art Elitedenken aufseiten der Menschen entwickelte, die im Rechtssystem tätig waren. Zu oft hatte Frank erlebt, wie dies von einflussreichen Menschen clever ausgenutzt worden war.

»Ich werde nichts unternehmen, wodurch meine Ermittlungen gefährdet werden«, erwiderte er.

Dieses nur halbherzige Bekenntnis brachte Frank verärgerte Seitenblicke von Albrecht und Sonja ein.

*

In regelmäßigen Abständen prüfte May-Britt die neuen Mails in ihrem Postfach. Zum wiederholten Male gab es keine Neuigkeiten aus dem Krankenhaus, auf die sie so dringend wartete. Solange sowohl der junge Soldat als auch die Ökoaktivistin im Koma lagen, würden sie keine Antworten auf die drängenden Fragen bekommen. Mürrisch überflog May-Britt nochmals die Berichte aus der Spurensicherung, ohne auf neue Erkenntnisse zu stoßen. Als gleich darauf Anne ins Büro stürmte, hob die Kommissarin verwundert den Kopf.

»Was ist denn in dich gefahren?«, fragte sie.

»Schalt DR1 ein«, forderte Anne sie auf.

Die Kommissarin aktivierte den entsprechenden Internetkanal und schaute neugierig auf eine Sondersendung von TV Avisen, dem Nachrichtenportal. Zuerst erkannte May-Britt nicht, warum sie diese Sendung interessieren sollte. Doch dann wurde ihre Miene immer finsterer und sie schüttelte ungläubig den Kopf.

»Eik Hallweg ist ein bekannter Rechtsberater für diverse Umweltorganisationen und seine Frau, Silvia Hallweg, ist eine international tätige Anwältin für politisch verfolgte Personen. Die Eltern der 24-jährigen Birte Hallweg, die bei einer Verfolgungsjagd durch dänische Polizeibeamte verunfallte und seitdem im Sonderburger Krankenhaus im Koma liegt, erheben schwere Vorwürfe gegen die Polizeibehörden«, erklärte die Moderatorin.

Es waren Tatsachenverdrehungen der schlimmsten Sorte, die May-Britt im Rahmen der Sondersendung zu hören bekam. Doch so konnte nur sie es einschätzen, während alle außenstehenden Personen dieser einseitigen Darstellung einigen Wert zumessen würden. Immerhin kam die Meldung über einen Sender des dänischen Staatsrundfunks.

»Die stellen Hallweg glatt als Opfer dar. Eine unschuldige Aktivistin, die von den Behörden gejagt wird, weil sie auf Missstände aufmerksam macht. Das glaube ich jetzt aber nicht!«, stieß Anne erbost hervor.

Auch May-Britt kämpfte mit ihrer aufkommenden Wut. Die Eltern waren offenkundig Medienprofis und wussten genau, wie sie ihre Tochter im richtigen Licht präsentierten.

Im nächsten Augenblick läutete das Telefon auf May-Britts Schreibtisch. Ein Blick auf die angezeigte Nummer im Display ließ sie frustriert seufzen.

»Das ist Mogensen. Vermutlich soll ich sofort zu ihm kommen und erklären, warum wir in den Nachrichten zu sehen sind«, sagte sie in Annes Richtung.

Ihre Mitarbeiterin stürmte unter Flüchen aus dem Büro, während die Kommissarin sich meldete. Ihre Vermutung wurde bereits nach wenigen Augenblicken zur Gewissheit. Direktor Mogensen bat sie, umgehend zu ihm zu kommen. May-Britt sagte es zu und eilte keine fünf Minuten später am Schreibtisch der Sekretärin ihres Vorgesetzten vorbei.

Der saß auf seinem Bürostuhl und schaute hinüber zum Wandmonitor, auf dem die Sondersendung von TV Avisen lief. Als die Kommissarin vor seinen Schreibtisch trat, schaltete der Direktor den Ton ab und deutete mit der freien Hand auf den Besucherstuhl.

»Also, May-Britt. Was hat das zu bedeuten?«, kam Mogensen gleich auf den Punkt.

May-Britt schob ihm die eilig zusammengestellten Ausdrucke über den Tisch zu und fasste den Stand der Ermittlungen mündlich zusammen.

»Außer den Anhaftungen und den Gründen der deutschen Kollegen aus Hamburg, warum sie nach Birte Hallweg fahnden, liegen keine Indizien oder Beweise vor?«, fragte Mogensen.

Bis zu diesem Augenblick hatte May-Britt keine Zweifel daran gehabt, dass die Ermittlungen gegen Hallweg sich nur in eine Richtung entwickeln konnten. Am Ende sollte die Deutsche wegen des Angriffs auf den Soldaten vor Gericht stehen.

Ein Signalton erklang am Computer ihres Vorgesetzten.

»Das ist das Video von der Grenzstation. Es bestehen keine Zweifel, dass Hallweg den Soldaten mit voller Absicht überfährt. Wie soll jemand daraus eine Verfolgung Hallwegs konstruieren können?«, warf May-Britt ein.

Mogensen schaute sich die Aufzeichnung an. Sein Blick wurde düster. Als er zurück zu May-Britt schaute, stieg in ihr die Hoffnung wieder an.

»In der Pressekonferenz wurde behauptet, dass Birte Hallweg von einem Grenzpolizisten bereits durchgewunken worden und Per Christiansen plötzlich auf die Fahrbahn gesprungen sei. Diese Aufzeichnung zeigt nicht den gesamten Vorgang und wird seitens der Eltern als manipuliert gebrandmarkt«, sagte Mogensen.

Diesen Teil der Pressekonferenz der Eltern hatte May-Britt nicht mitbekommen. Sie schüttelte fassungslos den Kopf. »Das ist doch kompletter Unsinn! Warum hätte Christiansen das denn tun sollen?«, weigerte sie sich, der Unterstellung nachzugeben.

Mogensen reagierte genervt. »Was hatte ein Soldat überhaupt da zu suchen? Wie du sehr wohl weißt, unterliegt die Kontrolle der Fahrzeuge ausschließlich der Polizei. Allein dieser Umstand führt bereits zu ernsthaften Zweifeln an unserer Darstellung. Du musst eindeutige Beweise für Birte Hallwegs Schuld liefern, ansonsten wird es sehr ungemütlich für uns alle«, sagte er.

Mit einem knappen Nicken stand May-Britt auf und verließ mit steifen Schritten das Büro ihres Vorgesetzten. Zurück an ihrem Schreibtisch griff sie zum Telefonhörer und rief Frank Reuter in Flensburg an. Vermutlich ahnte er noch nicht, wie sehr sich die Ausgangslage für ihre Ermittlungen verändert hatte.

May-Britt ging gedanklich ihre Optionen durch. Wie konnten sie die erforderlichen Beweise gegen Hallweg beschaffen? Um sie mit der Brandstiftung in Verbindung zu bringen, würde Reuter in Flensburg die meiste Recherchearbeit leisten müssen. Damit wollte May-Britt ihren Kollegen in dem Telefonat konfrontieren.

KAPITEL 7

Der zweite Motor beruhigte Henrik ein wenig. Er hatte sich im Abfertigungsgebäude nach Alexander Rühling erkundigt. Man schickte ihn hinaus zu einem Hangar, wo der Pilot bereits seine Cessna für den Flug vorbereitete.

Als Henrik nur noch wenige Meter von der Sportmaschine entfernt war, tauchte neben dem rechten Flügel ein Mann auf. Er war knapp mittelgroß, hatte eine rundliche Figur und steckte in einer dunkelbraunen Lederjacke. Er nahm die Sonnenbrille ab und musterte Henrik neugierig.

»Sind Sie der Privatdetektiv, den Frau Tewes angekündigt hat?«, fragte er.

»Bargen. Moin, Herr Rühling«, erwiderte Henrik und streckte dem Mann seine Rechte hin.

Mit einem Grinsen schüttelte der die Hand. »Ihren skeptischen Blicken nach fliegen Sie wohl nicht so gerne«, stellte Rühling fröhlich fest.

»Geht so. Liegt vermutlich daran, dass ich am liebsten selbst die Kontrolle behalte«, gestand Henrik.

Rühling deutete mit dem Daumen über seine Schulter zur Maschine. »Kein Problem. Nach dem Start können Sie gerne das Ruder übernehmen«, sagte er.

Verwirrt schaute Henrik den Piloten an, der keine Miene verzog. Meinte Rühling das etwa wirklich ernst? »Sie nehmen mich auf den Arm, oder?«, versicherte er sich.

Ein flüchtiges Lächeln erhellte das Gesicht des Piloten. »Halb und halb. Sie dürfen nachher tatsächlich gerne einmal das Ruder übernehmen. So werden Sie erkennen, dass es in der Luft eigentlich einfach ist, die Maschine zu bedienen. Knifflig sind Start und Landung«, erwiderte Rühling.

Erstaunt warf Henrik einen langen Blick auf die Cessna. Irgendwie reizte ihn der Gedanke, die Maschine mit eigenen Händen steuern zu können. »Klingt interessant. Was benötigen Sie noch von mir?«, sagte er dann.

Rühling musste seine Flugvorbereitung noch abschließen, die vor jedem Start zwingend vorgeschrieben war. Während er es tat, plauderte er unbefangen über die nötigen Schritte. Henrik spürte, wie sein Vertrauen in Rühling wuchs. Offenbar verstand der Mann viel von seinem Hobby und nahm es sehr ernst mit den Sicherheitsvorschriften.

Dann war es endlich so weit und beide Männer stiegen in die Cessna. Rühling setzte sich Kopfhörer mit Mikrofon auf und deutete Henrik an, es ihm gleichzutun. Kaum hatte er Folge geleistet, knackte es im Headset und der Pilot meldete sich.

»Sobald ich die Motoren angeworfen habe, wird es ziemlich laut hier drinnen. So können wir uns leichter verständigen und Sie können mithören, was ich mit der Flugleitung bespreche«, erklärte er seinem Fluggast.

Die nächsten Minuten waren damit ausgefüllt, dass Rühling sich mit einem Fluglotsen über Funk austauschte. Einige Dinge erschlossen sich für Henrik auch ohne Erklärung, andere blieben ihm fremd. Dann rollte die Cessna an und der Lärm im Cockpit nahm gewaltig zu. Schließlich rumpelten sie über die Grasfläche bis zur Start- und Landebahn, wo sie noch einmal anhielt. Nach einem letzten Dialog mit dem Fluglotsen erhielt Rühling die Startfreigabe, und schon rollte die Cessna los. Mit enormer Beschleunigung jagte die Maschine über das Gras, dann spürte Henrik ein Gefühl von Leichtigkeit und sein Mageninhalt hob sich. Schnell stieg die Cessna in den mit Wolkenbänken gefüllten Himmel über Flensburg.

»Wenn Sie rausschauen, werden Sie vermutlich gleich Ihr Schiff im Museumshafen sehen«, meldete Rühling sich über Funk.

Henrik bezwang den Anflug leichter Übelkeit und befolgte den Vorschlag des Piloten. Tatsächlich hatte die

Maschine schon eine Höhe erreicht, aus der Henrik eine herrliche Übersicht über Flensburg hatte. Nach kurzer Orientierung konnte er die »Sinje« ausmachen und erfreute sich an ihrem Anblick aus dieser ungewöhnlichen Perspektive. Die Cessna flog mit zunehmender Geschwindigkeit, sodass die Häuser der Stadt schnell unter ihnen verschwanden. Dafür konnte Henrik einige Segelboote sowie ein Küstenmotorschiff entdecken, ansonsten war die Förde leer. Die Sonnenstrahlen wurden von der aufgewühlten Oberfläche reflektiert.

»Sie sind offenbar ein guter Freund von Ulrike, sonst hätte Sie Ihnen nicht meine Kontaktdaten gegeben. Woher kennen Sie sich?«, meldete Rühlings Stimme sich in Henriks Kopfhörer.

Henrik löste den Blick vom Wasser und schaute in die neugierigen Augen des Piloten. Er entschied sich, eine Kurzversion seiner Lebensgeschichte zu erzählen sowie von früheren Aufträgen, die er als Ermittler für Ulrike erledigt hatte.

Rühling hörte aufmerksam zu, ließ regelmäßig den Blick über die Instrumente vor sich wandern und behielt gleichzeitig den Himmel um sich herum im Auge. Längst war Henrik davon überzeugt, bei Alexander Rühling in den besten Händen zu sein. Seine anfänglichen Bedenken waren verflogen. Als er seine Erzählung beendet hatte, schwiegen beide Männer eine Weile.

»Ihr aktueller Auftrag hat etwas mit dem Feuer an der Ballastbrücke zu tun, oder?«, erkundigte der Pilot sich kurz darauf.

Da Henrik nicht wusste, was Ulrike ihrem Bekannten anvertraut hatte, blieb er zunächst vage.

»Ja, in gewisser Weise schon«, antwortete er.

Rühling lachte laut auf. »Sie sind nicht so vertrauensselig, Bargen. Gefällt mir. Es wundert mich aber nicht, dass Bertram Jansen wieder einmal in Schwierigkeiten steckt. Das war schon während der Schulzeit so«, sagte er dann.

Jetzt war es Henrik, der neugierig geworden war. »Sie sind mit Jansen zusammen zur Schule gegangen?«, erkundigte er sich.

Wie sich herausstellte, hatte Rühling nach dem gemeinsamen Abschluss der Realschule eine Ausbildung zum Groß- und Außenhandelskaufmann in einem Baustoffhandel absolviert.

»Später spezialisierte ich mich auf Baustoffe, die vor allem in der Altbausanierung benötigt wurden. So blieben Bertram und ich in regelmäßigem Kontakt«, berichtete er.

Für Henrik war schnell klar, dass auch dieser Umstand in Ulrikes Entscheidung, ihn mit Rühling zusammenzubringen, garantiert eine Rolle gespielt hatte. An einen glücklichen Zufall mochte er nicht glauben.

»Würden Sie Jansen zutrauen, dass er seine eigenen Häuser abfackeln lässt?«, fragte Henrik direkt.

Rühling antwortete nicht sofort. Er kontrollierte einige Anzeigen, doch Henrik ahnte, dass er dadurch nur Zeit gewinnen wollte. Dann hob der Pilot den Kopf und schaute seinem Passagier direkt in die Augen.

»Bertram war ein Fuchs, wenn es um Geschäfte ging. Dabei hat er seinen Platz in der Baubranche gefunden und behauptet. Jeder überschreitet dort regelmäßig gewisse Grenzen, Bargen. Doch eines kann ich kategorisch ausschließen: Bertram Jansen würde niemals zulassen, dass zwei Menschen bei einem Feuer ums Leben kommen«, erklärte Rühling.

Das war ein klares Statement. Henrik nickte nachdenklich und schaute eine Weile hinaus aufs Meer unter ihnen. Es gab dort wenig zu sehen, nur ab und an einen Frachter.

*

Der Mann, den die meisten Menschen nur als Vurm kannten, beendete das Telefonat. Die beiden Toten veränderten die bisherige Ausgangslage erheblich. Er hatte sich mit seinem Auftraggeber besprochen und ihm klar zu verstehen gegeben, dass diese Todesfälle zur sofortigen Beendigung ihres Deals führten. Doch der Mann hatte sich erstaunlich unbeeindruckt gezeigt und mit einer unverhohlenen Drohung reagiert.

»Schaff das Problem aus der Welt, oder deine Beteiligung daran wird demnächst in allen Medien offengelegt. Vergiss ja nicht, dass ich Beweise gegen dich in der Hand habe. Von mir existieren allerdings keine. Haben wir uns verstanden?«, hatte er seinem Gesprächspartner klargemacht.

Zuerst hatte Vurm sich gegen die einseitige Darstellung gewehrt, doch dann spielte sein Auftraggeber ihm die Aufzeichnung eines ihrer Telefonate vor. Offenbar gehörte es zu seinen kriminellen Gewohnheiten, solch belastendes Material zu sammeln und sich so abzusichern. Dagegen war Vurm machtlos, auch wenn er es sich nicht anmerken ließ. Somit hatte das Gespräch mit der im Raum stehenden Drohung geendet, die er jetzt irgendwie aus der Welt schaffen musste.

In Gedanken versunken erhob Vurm sich aus dem Ledersessel und begann im Wohnzimmer herumzulaufen. Sein analytischer Verstand spielte alle Optionen durch und erstellte dabei ein aktuelles Bild der Lage. Aus den Medien wusste Vurm, dass an den laufenden Ermittlungen verschiedene Polizeidienststellen in Dänemark und Deutschland beteiligt waren. Die neue, engere Zusammenarbeit über die Grenze erschwerte Vurm schon längere Zeit seine Geschäfte.

Schließlich blieb er vor dem großen Panoramafenster stehen und schaute hinaus auf den kleinen Belt. Links von seinem Grundstück waren in einiger Entfernung die Pfeiler der Lillebæltsbroen zu erkennen, über die Autos und Züge fuhren.

»Hallweg ist das Problem. Solange sie nicht aussagen kann, wird mich niemand mit dem Anschlag in Verbindung bringen«, stellte er halblaut fest. Außer ihm hielt sich niemand im Haus auf, daher pflegte er immer wieder Selbstgespräche zu führen.

Nachdem er das Problem erkannt hatte, galt es, die Lösung zu finden. Dafür benötigte Vurm keine weiteren komplizierten Überlegungen. Die Aktivistin musste mundtot gemacht werden und dafür kannte er genau die richtige Person. Wenn es um dreckige Jobs ging, war Preben der passende Mann.

Da ihm sein Auftraggeber soeben eine wichtige Lektion erteilt hatte, verabredete Vurm sich mit seinem Handlanger in Kolding. Dort würde er ihm unter vier Augen den Auftrag erteilen und dafür sorgen, dass es keine belastenden Aufzeichnungen des Gesprächs geben konnte. Vurm drängte auf ein Treffen noch am gleichen Tag, da Hallweg jederzeit aus dem Koma aufwachen und dann plaudern konnte. Dieses Risiko würde Vurm nicht eingehen.

KAPITEL 8

Frank hatte sich zusammen mit Sonja auf den Weg zur Ballastbrücke gemacht. Sie wollten sich mit Thordsen treffen, um an Ort und Stelle die fachliche Einschätzung des Brandursachenermittlers zu hören. Neben dem eingesetzten Brandbeschleuniger wollten sie mehr über den Verlauf des Feuers sowie die Ursachen für den Tod der beiden immer noch unbekannten Männer erfahren.

Sonja steuerte den Golf auf den Platz hinter dem geparkten Einsatzfahrzeug der Berufsfeuerwehr, die weiterhin eine Brandwache vor Ort hatte. Thordsen war bereits eingetroffen und unterhielt sich mit dem Feuerwehrmann. Als Frank und Sonja zu ihnen traten, nickte er seinem Gesprächspartner zum Abschied zu und wandte sich an die beiden Ermittler. Noch immer hing ein scharfer Brandgeruch, vermengt mit einem chemischen Gestank, in der Luft. Da konnte auch die sanfte Frühlingsbrise nichts dran ändern.

»Moin. Ich habe einige Diagramme angefertigt, die wir im Einzelnen in der Brandstätte durchsprechen können. Alle Unterlagen befinden sich bereits in ihren Mailfächern«, sagte Thordsen.

Er eilte den beiden Kommissaren voraus, die sich anstrengen mussten, mit ihm Schritt zu halten. Immer genau darauf achtend, wohin er seinen Fuß setzte, betrat der Brandursachenermittler das am meisten geschädigte Haus. Er deutete auf die überwiegend im Feuer vernichteten Karosserien der Autos am Nebenhaus.

»Wer immer das Feuer gelegt hat, beabsichtigte den Übergriff auf die Nebengebäude. Hier ist nichts aus dem Ruder gelaufen, sondern gezielt der maximale Schaden angestrebt worden«, erklärte Thordsen.

Frank und Sonja tauschten einen Blick aus. Die leise Hoffnung, es wenigstens nicht mit einem professionellen Brandstifter zu tun zu haben, erlosch bei dieser Aussage des Fachmannes.

»Also suchen wir eine Person, die bereits über Erfahrung verfügt?«, hakte Sonja nach.

Thordsen verlangsamte seine Schritte und blieb schließlich neben einem Durchgang stehen. »Ohne jeden Zweifel. Was mich aber irritiert, sind die beiden Toten. Normalerweise vermeiden Brandstifter menschliche Opfer, außer sie sind psychisch gestört«, erwiderte er.

Franks Nackenhaare sträubten sich bei dem Gedanken. »Sie nehmen also an, dass wir eine gestörte Persönlichkeit jagen, nicht nur jemanden, der gerne Feuer legt?«, fragte er.

Der Brandursachenermittler wiegte skeptisch den Kopf. »Solche spezifischen Aussagen stehen mir zwar nicht zu, aber die Erfahrung deutet darauf hin«, antwortete er.

Thordsen beschrieb das übliche Vorgehen eines Brandstifters, der lediglich Sachen vernichten wollte.

»Ein Kontrollgang gehört auf jeden Fall dazu, und dabei wären ihm die schlafenden Männer niemals entgangen, außer wenn die Tür zu der Abseite übersehen wurde. Auf älteren Grundrissen existiert dieser Raum noch nicht«, erklärte er.

Während Frank angewidert den Kopf schüttelte, schien Sonja noch nicht völlig überzeugt zu sein. »Spräche das aber nicht auch für einen Amateur, der so einen Kotrollgang einfach nicht gründlich genug durchgeführt hat?«, wollte sie wissen.

Thordsen schaltete sein Tablet ein und rief einen exakten Grundriss des Gebäudes auf, in dem sie standen. Er zeigte ihnen die Unterschiede zwischen einer älteren und der aktuellen Ausfertigung. Dann wechselte er das Thema und kam auf die Brandsätze zu sprechen. »Natürlich könnte man sich die Zusammenstellung des Brandbeschleunigers aus dem Internet ziehen. Dort gibt es leider auch solche Gebrauchsanweisungen. Doch allein die Beschaffung der Substanzen ist schwierig. Für ziemlich ausgeschlossen halte ich jedoch die exakte Platzierung der Brandsätze durch einen Amateur«, antwortete er.

Auf dem kleinen Monitor zeigte er auf die eingezeichneten Stellen. »Man muss unwahrscheinlich großes Glück haben, um die Brandsätze rein zufällig richtig anzubringen. Außerdem war die Zündung sehr gut eingestellt und funktionierte erstklassig. Sorry, Frau Martenson. Das sind mir einfach zu viele glückliche Umstände. Hier war ein Profi am Werk, dem die beiden Männer völlig egal waren. Ihren Tod nahm er billigend in Kauf.«

Frank spürt eine kalte Faust, die seine Magenwände zusammenpresste. »Wir müssen May-Britt darum bitten, Hallweg unter Bewachung zu stellen. Sollte sie so ein gefährlicher Psychopath sein, darf sie nicht ohne Aufsicht bleiben«, sagte er. Gleichzeitig nahm er sich vor, selbst alles über diese Ökoaktivistin in Erfahrung zu bringen.

Doch Sonjas Gedanken bewegten sich in eine andere Richtung. »Möglicherweise gehörte es zu Jansens Plan, die beiden Männer auf diese Weise loszuwerden. Damit schlug er zwei Fliegen mit einer Klappe. Erstens muss er ihnen nichts zahlen und zweitens ist er gefährliche Mitwisser los«, legte sie ihre These offen.

Das war eine sehr zynische Betrachtungsweise, leider aber auch nicht einfach von der Hand zu weisen. Vorerst behielt Frank seine Gedanken dazu für sich und lauschte aufmerksam den weiteren Ausführungen des Brandursachenermittlers. Thordsen führte sie von Raum zu Raum und präsentierte ihnen den rekonstruierten Ablauf des Feuers. Jedes Detail würde später von großer Bedeutung sein, egal wer tatsächlich für diese Brandstiftung verantwortlich war.

KAPITEL 9

Nach der Landung auf dem Flugplatz von Palanga musste Henrik feststellen, dass der zugesagte Transport nicht vorbereitet worden war. Er telefonierte mit dem Polier, der völlig überrascht war. Alexander Rühling bemerkte die Ratlosigkeit seines Passagiers und kam zu Henrik.

»Probleme?«, fragte er.

In wenigen Worten schilderte Henrik seine missliche Lage.

»Ach so. Dann fahren wir einfach mit einem Taxi. Ich spreche genug Litauisch, um das zu organisieren«, bot Rühling sofort an.

Es war eine angenehme Lösung, da Henrik die Sprachbarriere ansonsten kaum hätte überwinden können. Einfach auf sein Glück zu bauen und am Taxistand nach einem Fahrer mit deutschen oder wenigstens englischen Sprachkenntnissen zu suchen, erschien ihm wenig zielführend. Also akzeptierte er das großzügige Angebot und erklärte dem Piloten, wohin die Fahrt gehen sollte. Rühling übernahm anschließend die Führung und sorgte dafür, dass sie zehn Minuten später in einem älteren A4 saßen und auf dem Weg in Klaipėdas Altstadt waren.

»Diese Zusatzleistung bezahl ich natürlich«, erklärte Henrik.

Ein breites Grinsen erschien auf Rühlings Gesicht. »Setzen Sie es einfach auf die Rechnung. Bertram zahlt schon«, erwiderte er.

Henrik war ihm sehr dankbar, denn Rühling würde an seiner Seite bleiben und als Dolmetscher tätig sein. Als sie dann aber die Baustelle in der Galinė gatvė erreichten, trafen sie auf einen deutschsprechenden Polier. Er gehörte offenbar zu den sogenannten Wolgadeutschen, die ein hartes Schicksal unter der sowjetischen Staatsführung erlebt hatten.

»Ich bin mit meinen Eltern 1993 nach Deutschland gekommen und habe meine Berufsausbildung in Flensburg gemacht«, erklärte Edgar Weiß.

Damit war das Sprachproblem aus der Welt geschafft. Henrik ließ sich die Baustelle zeigen und horchte dabei den Polier aus. Weiß gab bereitwillig Auskunft und ließ keine Zweifel aufkommen, dass Jansen zur Zeit der Brandstiftung definitiv in Klaipėda gewesen war.

»Er kommt zwei- oder auch dreimal in der Woche rüber, um nach dem Rechten zu sehen. Es gibt ständig Schwierigkeiten mit den Behörden wegen irgendwelcher Genehmigungen. Der Chef klärt es immer schnell und genießt deswegen einen sehr guten Ruf bei den örtlichen Auftraggebern«, erklärte der Polier.

In Henriks Ohren klang es zu sehr nach einem eingeübten Loblied auf Bertram Jansen. In einem Augenblick, in dem der Mann eine Frage eines Arbeiters beantworten musste, wandte Henrik sich an Rühling. »Können Sie sich bei den Angestellten umhören und sehen, ob die sich genauso äußern oder eventuell andere Dinge von sich geben?«, fragte er. Da sich der Pilot quasi selbst als Helfer angeboten hatte, wollte Henrik dessen Sprachkenntnisse ausnutzen.

Rühling nickte und verschwand, bevor der Polier zu ihnen zurückkehrte.

»Was ist mit Ihrem Freund?«, fragte Weiß.

»Der kümmert sich um den Rückflug. So wie es jetzt aussieht, kann er mich gleich heute wieder nach Flensburg zurückbringen«, antwortete Henrik.

Damit gab sich Weiß zufrieden und führte den Privatdetektiv weiter über die Baustelle. Henrik staunte über den Umfang der Renovierungsarbeiten.

»Sie haben das gesamte Fundament ersetzt? Das muss ja eine komplizierte Arbeit gewesen sein«, sagte er zu Weiß.

Der Polier nahm es als Anlass, um über die speziellen Herausforderungen der Altbausanierung zu sprechen. Henrik streute immer wieder Fragen ein, die sein Bild über den Menschen und Unternehmer Bertram Jansen abrunden sollten.

Als er eine Stunde später vor dem Haus wieder auf Rühling traf, wirkte der Pilot sehr entspannt. »Na, sind Sie jetzt ein Experte für Altbausanierung?«, fragte er schmunzelnd.

Offenbar hatte Rühling geahnt, wie umfassend der Polier seine Auskunftsfreude ausleben würde, und deswegen so bereitwillig die Befragung der Arbeiter übernommen.

»Kann man so sagen. Kennen Sie ein gutes Restaurant, in dem wir etwas Anständiges zu essen bekommen?«, erwiderte Henrik.

Rühlings Augen leuchteten auf. Da er schon öfter in Litauen zu Besuch gewesen war, konnte der Pilot zwei Adressen nennen. Das eine Restaurant war nur einen Fußmarsch von rund 15 Minuten entfernt. Also schlug Henrik vor, dorthin zu gehen. Rühling erhob keine Einwände und so wanderten die beiden Männer im milden Frühlingswetter einträchtig durch die Altstadt Klaipėdas. Der Pilot nutzte die Zeit, um Henrik über seine Gespräche mit den Arbeitern zu berichten. Ihre Aussagen bestätigten die Angaben des Poliers.

KAPITEL 10

Die Nachrichten von Reuter hatten dafür gesorgt, dass May-Britt unbedingt selbst mit den Ärzten im Krankenhaus sprechen wollte. Anne begleitete sie und bemühte sich während der Fahrt, ihre Vorgesetzte zu besänftigen. Als sie auf den Parkplatz rollten, hatte May-Britt sich tatsächlich entspannt.

»Vielleicht hat Hallweg noch etwas gesagt, von dem wir bislang nichts wissen. Sanitäter oder Krankenschwestern sehen meistens keine Veranlassung, uns über solche Aussagen zu informieren. Möglicherweise haben sie sich aber den Ärzten anvertraut«, sagte sie.

Die beiden Frauen erreichten drei Minuten später die Station, auf der sich das Krankenzimmer der Ökoaktivistin befand. Schon als May-Britt und Anne um die Ecke bogen, bemerkten sie die Menschentraube auf dem Gang. Mit gefurchter Stirn eilte die Kommissarin hinüber und drängte sich entschlossen bis zum uniformierten Beamten durch. Dabei hielt sie ihren Dienstausweis in die Höhe.

»Polizei. Kommissarin Oldsen. Was hat dieser Aufruhr zu bedeuten?«, wandte sie sich an den Kollegen.

Der atmete erleichtert auf und nickte in Richtung eines hellblonden Mannes in einem mausgrauen Anzug. »Er behauptet, der Rechtsanwalt von Birte Hallweg zu sein, und verlangt Zutritt zu ihrem Zimmer«, antwortete der Polizist.

Bevor der angesprochene Mann etwas dazu sagen konnte, fuhr eine Frau in einem eleganten flaschengrünen Kostüm die Kommissarin auf Englisch an. »Was sollen diese Schikanen, Kommissarin Oldsen? Hat die Polizei vor, unangenehme Wahrheiten zu vertuschen?«, verlangte sie zu erfahren.

Sie stellte sich als Silvia Hallweg vor. Die Mutter der Ökoaktivistin hatte die gleichen dunkelbraunen, fast schwarzen Haare sowie die ebenso intensiv leuchtenden blauen Augen wie die junge Frau auf der von Frank Reuter auf May-Britts Handy übermittelten Fotografie. Die Familienähnlichkeit war mehr als offensichtlich.

»Von Schikanen kann keine Rede sein, Frau Hallweg. Vielmehr erhärten sich aktuell die Indizien gegen Ihre Tochter, die wir als eine der Hauptverdächtigen im Fall einer Brandstiftung mit Todesfolge ansehen«, widersprach May-Britt kategorisch.

»Espen Möllgaard. Ich bin der Rechtsbeistand von Birte Hallweg hier in Dänemark. Sie werden mir umgehend alle sogenannten Indizien vorlegen, die es angeblich gegen meine Mandantin gibt«, meldete sich der blonde Mann.

Bevor May-Britt darauf reagieren konnte, vernahm sie den warnenden Ruf ihrer Mitarbeiterin. Als sie den Kopf drehte und den Gang hinunterschaute, fuhr sie ungläubig zusammen. Eik Hallweg eilte auf die kleine Gruppe vor dem Zimmer zu, wobei er einen ganzen Schwarm von Kameraleuten verschiedener Fernsehsender sowie Reporter im Schlepptau hatte.

»Wir werden die wahre Geschichte in der Öffentlichkeit erzählen, Frau Oldsen. Glauben Sie nur nicht, dass Sie mit derartig billigen Vertuschungsmethoden durchkommen.

Nicht mit uns. Wir kennen diese üblen Machenschaften nur zu gut«, stieß Silvia Hallweg triumphierend hervor.

Die Situation geriet zunehmend außer Kontrolle. May-Britt musste ab sofort auf der Hut sein, da jede ihrer Gesten oder Worte ins Fernsehen oder in die Zeitungen gelangen würden. Ein besonders eifriger Journalist, der möglicherweise ein Freund der Familie Hallweg war, könnte seinen Beitrag geschickt färben, indem er clever schnitt und Dinge so in einem anderen Zusammenhang darstellte. Beide Elternteile der Aktivistin wechselten beständig zwischen Englisch und Deutsch hin und her. Offenbar wollten sie so sicherstellen, dass ihre Vorwürfe auch tatsächlich verstanden wurden.

»Wenn Sie mir Ihre Kontaktdaten geben, erhalten Sie innerhalb der nächsten Stunde das gesamte Material, Herr Möllgaard«, sagte May-Britt zum Strafverteidiger.

Mit einem überheblichen Lächeln händigte er ihr eine Visitenkarte aus. May-Britt reichte sie umgehend an Anne weiter, die sich daraufhin ein Stück im Gang zurückzog.

»Ich bin nur hier, um mich beim behandelnden Arzt nach dem Gesundheitszustand Ihrer Tochter zu erkundigen. Sobald geklärt ist, dass sie Besuch haben darf, können Sie selbstverständlich sofort zu ihr«, wandte die Kommissarin sich betont freundlich an die Eltern, wobei sie ihr bestes Schulenglisch auspackte.

»Dann frage ich mich, wieso Sie erst hierher zum Zimmer unserer Tochter gekommen sind. Das sieht für mich stark danach aus, dass sie ein Verhör ohne Genehmigung des Arztes und ohne rechtlichen Beistand vornehmen wollten«, warf Silvia Hallweg scharf ein.

Natürlich hatte May-Britt sich den familiären Hintergrund von Birte Hallweg angesehen. Sie wusste, dass ihre

Mutter eine international tätige Menschenrechtsanwältin war. Vermutlich hatte sie dabei viele schlechte Erfahrungen mit Ermittlungsbehörden gemacht und reagierte daher so skeptisch. Hinzu kam die verständliche Sorge um ihre Tochter. Dennoch wallte erneut Unmut in May-Britt über die impertinenten Unterstellungen auf.

»Dänemark ist ein funktionierender Rechtsstaat mit einer seriös arbeitenden Polizei, Frau Hallweg. Jeder unserer Schritte wird permanent überprüft, und bei der geringsten Abweichung vom zulässigen Verfahren würde ich sowie jeder meiner Mitarbeiter umgehend von den Ermittlungen abgezogen werden. Und dies war kein offizielles Statement, welches zur Veröffentlichung freigegeben wurde«, erwiderte sie.

Die letzten Worte richtete May-Britt in Dänisch und Englisch an die unermüdlich filmenden Kameraleute und die Reporter mit ihren digitalen Aufzeichnungsgeräten, die sie alle in Richtung der Kommissarin streckten.

»Sie wollen der Presse also einen Maulkorb verpassen, Kommissarin Oldsen?«, rief Kristine Söderberg. Sie war eine berüchtigte Reporterin für eines der größten Boulevardmagazine Skandinaviens.

May-Britt schaute sie streng an. »Tun Sie nicht so, als wenn Sie das erste Mal über eine laufende Ermittlung berichten würden. Sie sind ein Profi und wissen, dass nur von der Pressestelle freigegebene Berichte gestattet sind. Ansonsten würden wir und Sie diese Ermittlungen gefährden«, korrigierte die Kommissarin.

Anschließend warf May-Britt dem Strafverteidiger von Birte Hallweg einen auffordernden Seitenblick zu. Der sah seine Chance, um sich erstmals vor den versammelten Medienvertretern zu profilieren.

»Mein Name ist Espen Möllgaard. Ich bin der Verteidiger von Birte Hallweg und muss in dieser Funktion der Kommissarin zustimmen«, sagte er.

Doch damit endete auch schon seine Unterstützung. Seine folgenden Ausführungen registrierte May-Britt nur noch am Rande. Ihre Aufmerksamkeit wurde von zwei Männern beansprucht, die sich durch die Gruppe der Medienvertreter nach vorne drängten.

»Ich bin der Geschäftsführer des Krankenhauses und dies ist der behandelnde Arzt von Frau Hallweg. Sie stören die Abläufe auf der Station und ich muss Sie daher dringend auffordern, den Gang zu räumen und sich aus dem Krankenhaus zu entfernen«, sagte der grauhaarige Mann.

Verärgerte Ausrufe wurden laut und als sich auch noch das Ehepaar Hallweg einmischen wollte, sah May-Britt endlich ihre Chance gekommen. Sie zog die Aufmerksamkeit des Geschäftsführers auf sich und gab sich als leitende Polizeibeamtin zu erkennen.

»Möchten Sie von Ihrem Hausrecht Gebrauch machen?«, fragte sie direkt.

Der Geschäftsführer bestätigte es und damit hatte May-Britt jedes Recht, die improvisierte Pressekonferenz zu beenden. »Sie haben Herrn Kristensen gehört. Verlassen Sie umgehend das Krankenhaus«, wandte sie sich an die Reporter.

»Das ist doch ein Vorwand, um uns mundtot zu machen«, beschwerte sich Silvia Hallweg.

Doch May-Britt ließ sich nicht beirren. Sie gab Anne und dem uniformierten Kollegen den Befehl, den Abzug der Medienvertreter zu gewährleisten. Murrend befolgte die Meute die Anweisungen, sodass sich die Kommissarin an die Eltern und den neben ihnen stehenden Espen Möllgaard wenden konnte.

»Es steht Ihnen frei, bei der Besprechung mit Dr. Samuelsen anwesend zu sein«, sagte sie.

Wie erwartet wollten dies sowohl die Hallwegs als auch der Rechtsanwalt.

Eine halbe Minute später standen sie zusammen mit dem Arzt und May-Britt ums Krankenbett von Birte Hallweg herum. Die junge Frau sah überhaupt nicht bedrohlich aus. Vielmehr wirkte sie verloren unter der weißen Bettdecke, deren Farbe sich im Gesicht der Aktivistin widerspiegelte. Diverse Schläuche gingen aus ihrem Körper in Geräte, die in einem Gestell neben dem Bett standen. In regelmäßigen Abständen ertönten Signaltöne, die offenbar den aktuellen Status der Patientin anzeigten. Dr. Samuelsen warf einen prüfenden Blick auf verschiedene Displays, regulierte eine Einstellung und drehte sich dann um. Er musterte das schmale Gesicht seiner Patientin mit erkennbarer Besorgnis.

»Was können Sie uns über den Gesundheitszustand von Frau Hallweg sagen?«, fragte May-Britt. Sie sprach Deutsch, da sie bereits wusste, dass auch der Arzt die Sprache fließend beherrschte.

Dr. Samuelsen räusperte sich. »Bei dem Unfall erlitt Frau Hallweg erhebliche Verletzungen im Kopfbereich, die vermutlich vom Aufprall an einer der Säulen des Fahrzeugs herrühren. Zusätzlich erlitt sie diverse Prellungen und leider auch einen Anriss der Milz«, erklärte er dann.

In angenehm allgemeinverständlicher Weise beschrieb der Arzt die Art der Verletzungen und welche medizinischen Gegenmaßnahmen unternommen worden waren. »Wir haben die Milz genäht, doch die Blutungen setzten erneut ein. Sollten wir diese nicht absehbar mit konventionellen Methoden stoppen können, bleibt nur die chirurgische Entfernung des Organs«, sagte er.

May-Britt verfolgte die Reaktionen der Eltern. Während der Vater augenscheinlich zusammenzuckte und angespannt den Ausführungen des Arztes zuhörte, arbeitete es im Gesicht von Silvia Hallweg. Als Dr. Samuelsen auf die Verletzung am Gehirn ihrer Tochter zu sprechen kam, konnte sie nicht mehr länger an sich halten. Aus den blauen Augen schossen Blitze in May-Britts Richtung.

»Für diese verbrecherische Verfolgungsjagd werde ich die dänische Polizei verklagen. Ohne diese völlig unnötige Eskalation wäre es niemals zu dem Unfall gekommen und meine Tochter müsste nicht um ihr Leben ringen!«, zischte sie mit eisiger Stimme.

Die Tür zum Krankenzimmer öffnete sich und Anne trat ein. Sie bekam die Anschuldigungen noch mit, während sie May-Britt zunickte. Der Vater von Birte Hallweg legte sanft seine Rechte auf den Unterarm seiner Ehefrau, die mit ausgetrecktem Zeigefinger auf die Kommissarin zeigte.

»Beruhige dich doch, Liebes. Herr Möllgaard wird sich darum kümmern und mit Sicherheit herausfinden, ob die Aktionen der Polizei in angemessener Weise erfolgten«, sprach er auf sie ein.

Mit einer wütenden Geste schüttelte Silvia Hallweg die Hand ihres Mannes ab, ohne auf seinen Einwurf weiter einzugehen.

Dr. Samuelsen nutzte die kurze Pause, um seinen Bericht abzuschließen. »Vorerst halten wir Ihre Tochter in einem künstlichen Koma. So kann der Körper sich besser auf die Heilung konzentrieren«, sagte er.

Bevor ihm weitere Fragen gestellt werden konnten, kam May-Britt den anderen Anwesenden zuvor. »Existieren irgendwelche Aufzeichnungen der Sanitäter oder des Krankenhauspersonals über Aussagen von Birte Hallweg?«, wollte sie wissen.

Silvia Hallweg schnappte hörbar nach Luft, doch der Arzt verneinte es umgehend. Das war eine herbe Enttäuschung für die Kommissarin. Selbst die kleinste Äußerung hätte ihnen eventuell einen Ansatz für weitere Recherchen ermöglicht. Aber offenbar mussten May-Britt und ihr Team weiterhin mühsam jedes Detail selbst herausfinden.

Sie dankte Dr. Samuelsen und verließ nach einem gemurmelten Gruß in Richtung der Eltern zusammen mit Anne das Krankenzimmer.

Auf dem Weg zum Parkplatz schwiegen die beiden Frauen. Erst als sie im Wagen saßen und die Türen hinter sich geschlossen hatten, giftete Anne los. »Die Mutter ist ein echtes Miststück! Himmel, was ist die Frau mediengeil«, stieß sie hervor.

May-Britt sah es nicht anders. Doch sie hätte vermutlich andere, weniger drastische Worte gewählt. Sie musste unwillkürlich lachen bei Annes heftigem Ausbruch. »Wenn das die Reporter hätten hören können. Du wärst noch heute Abend der Star in allen möglichen Zeitungen gewesen«, stellte sie anschließend fest.

May-Britt startete den Motor und lenkte den Wagen runter vom Parkplatz. Selbst nachdem die Kommissarin den Nissan durch den ruhig dahinfließenden Nachmittagsverkehr von Sonderburg lenkte, schimpfte ihre Mitarbeiterin weiter über den Auftritt der Eltern. May-Britt ließ es zu, damit sich Anne später bei der Besprechung wieder auf die Ermittlungen fokussieren konnte.

*

Gleich nach der Rückkehr in sein Büro beschaffte Frank sich als Erstes die Informationen zu Birte Hallweg. Er arbeitete sich, beginnend mit den aktuellen Vorwürfen in Bezug auf Sachbeschädigung sowie Plünderung während des G20-Gipfels in Hamburg, rückwärts durch die erstaunlich umfangreiche Strafakte der Ökoaktivistin. Bereits als Gymnasiastin betätigte Hallweg sich als eifrige Demonstrantin, wobei sie bevorzugt im Umfeld der AKW-Gegner und bei spektakulären Greenpeace-Aktionen in Erscheinung trat. Als Frank von den ausgesetzten Strafbefehlen und mehrfach angeordneten Sozialstunden las, schüttelte er verärgert den Kopf.

»Man hilft doch jungen Menschen nicht, ihre Grenzen zu erkennen, indem man ihnen jedwede Konsequenz strafrechtlicher Handlungen abnimmt oder sie erheblich mindert«, stellte er halblaut fest.

»Führst du neuerdings Selbstgespräche?«, erkundigte sich eine amüsierte Stimme von der Tür her.

Verblüfft schaute Frank auf. Beim Anblick der aparten Frau, die wie so oft ganz in Schwarz gekleidet war, glitt ein erfreutes Lächeln über sein Gesicht.

Ines Arndt erwiderte es, wobei ihre grünen Augen unter den pechschwarzen Haaren leuchteten. Die Fotografin war anfangs nur Franks Vermieterin gewesen, doch sie waren sich schnell sehr viel nähergekommen. Es gab eine starke gegenseitige Anziehung, die bislang aber noch nicht in eine intime Beziehung geführt hatte.

Mit einer lässigen Handbewegung schloss Ines die Tür und blieb kurz darauf vor dem Schreibtisch stehen, um Frank mit leicht schräg gelegtem Kopf erwartungsvoll anzusehen. »Und?«, drängte sie.

Frank versuchte aus dieser Andeutung schlau zu werden. Erst als Ines mit hochgezogenen Augenbrauen in Richtung der Wanduhr blickte, erkannte Frank sein Versäumnis. »Shit! Wir waren verabredet und ich Dussel hänge hier immer noch über den Akten«, brach es aus ihm heraus.

Er murmelte eine Entschuldigung, während er schnell die geöffneten Dateien schloss und schließlich den Computer herunterfuhr. Es gab einige Dinge, die Ines von Freunden erwartete. Dazu gehörte auch, zu Verabredungen zuverlässig und pünktlich zu erscheinen. Die Fotografin war diszipliniert und konnte sich nur schwer damit anfreunden, dass viele Menschen das Leben weitaus entspannter angingen.

Frank sprang auf und eilte um den Schreibtisch herum. Er bemerkte den intensiven Blick, den Ines auf eine der ausgedruckten Fotografien gerichtet hatte.

»Das sind Polizeiaufnahmen, also definitiv nicht deine Liga«, erklärte Frank.

Zu seiner Verwunderung schüttelte Ines den Kopf. »Keineswegs. Diese Aufnahmen wurden von einem sehr erfahrenen Fotografen erstellt, der genau wusste, wie er die Szene einzufangen hat«, widersprach sie entschieden.

Verblüfft nahm Frank die Aufnahme in die Hand. Ines erklärte anhand einiger Details, wie etwa Lichteinfall oder ein durch die Luft segelnder Molotowcocktail im Zentrum des Bildes, woran sie ihre Einschätzung festmachte.

»Entweder wusste der Fotograf ganz genau, wann was passieren würde, oder die gesamte Aufnahme wurde sorgsam inszeniert«, sagte sie.

»Würdest du dir weitere Aufnahmen ansehen und mir sagen, ob sie in die gleiche Kategorie fallen?«, fragte Frank.

Grundsätzlich war Ines zwar bereit dazu, doch jetzt stand ihre Verabredung im Vordergrund. Frank schnappte sich kurzerhand seinen Laptop und würde später auf die

Dateien mit den anderen Fotografien zugreifen, um sie seiner Freundin zu zeigen. Vielleicht hatte ihr geschultes Auge ihm einen weiteren Aspekt in den Ermittlungen zu Birte Hallweg aufgezeigt.

*

Der Tag brachte ihr jede Menge mühselige Ermittlungsarbeit. Sonja Martenson hatte zunächst das vorhandene Material von Bertram Jansen angefordert und dann in drei Bereiche aufgeteilt. Jo Fechner übernahm wie meistens die Recherchearbeit im Internet, während Bastian Kraft sich mit ehemaligen Kunden traf und sich nach dem Bauunternehmer erkundigte. Für sich selbst hatte Sonja eine Liste mit Menschen erstellt, die in der Vergangenheit mit Jansen in Streit geraten waren.

Nach dem dritten Gespräch benötigte Sonja dringend eine Pause. Sie gönnte sich einen riesigen Becher Milchkaffee im Café Central und blätterte dabei die Notizen zu Ernst Pawlick durch. Ihn hatte sie sich bewusst bis zum Schluss aufgehoben, denn wenn jemand ein starkes Motiv hätte, Jansen Schaden zuzufügen, dann er. Vor vier Jahren bauten Pawlick und der Bauunternehmer eine gemeinsame Firma auf. Während Ernst Pawlick seine guten Verbindungen nutzte, um günstige Maschinen aus Insolvenzverfahren zu ersteigern, kümmerte Jansen sich um Abnehmer im osteuropäischen Raum. Zwei Jahre lief alles wie am Schnürchen, weshalb Pawlick sich zu größeren Geschäften überreden ließ. Er beschaffte sich ein Bankdarlehen, um in großem Umfang jede Menge Baumaschinen zu ersteigern und an Jansen zu übergeben. Zwei dieser Geschäfte wurden zur gegenseitigen Zufriedenheit abgewickelt, sodass

Pawlick keinen Anlass zur Besorgnis hatte. Er traute dem Bauunternehmer, der ihm dann ein spezielles Angebot unterbreitete. Angeblich sollte dabei ein guter Teil der normalerweise anfallenden Ausfuhrsteuer gespart werden können, womit der jeweilige Gewinn deutlich steigen konnte. Es ging um sogenannte Präferenz- und Ursprungsnachweise. Im vorliegenden Fall hatte Jansen die Baumaschinen an einen Abnehmer aus Kasachstan vermittelt, der sie selbst abholte. Pawlick händigte dem Käufer einen Ursprungsnachweis aus, der ihm bestätigte, dass die Maschinen schon länger in dessen Besitz waren. Dadurch umging der Käufer die Zollbestimmungen seines Heimatlandes und alle verstießen gegen europäisches Recht.

Die Folgen wollte Sonja heute mit Ernst Pawlick besprechen. Sie trank ihren Kaffee aus und fuhr in den Breedlandweg. Pawlick wohnte in einem der beiden Wohntürme, die alle anderen Häuser in der Umgebung weit überragten. Sie stellte den Dienstwagen auf dem Parkplatz ab und drückte kurz darauf auf den Klingelknopf neben dem Namensschild. Über die Gegensprechanlage meldete sich Pawlick und bat Sonja, ins achte Stockwerk zu fahren.

An den Fahrstuhlwänden hatten sich diverse Graffiti-Künstler verewigt. Sonja überflog einige der meistens schlechten Zeichnungen und grammatikalisch fragwürdigen Sätze. Als sie den Fahrstuhl in der achten Etage verließ, musste sie im Gang einen Hindernisparcours bewältigen, bestehend aus abgestellten Fahrrädern, geparkten Kinderwagen und sogar bis zum Platzen gefüllten Mülltüten.

Pawlick erwartete sie in der Wohnungstür. Er bemerkte Sonjas genervten Gesichtsausdruck angesichts der Situation auf dem Gang.

»Die Leute von der Hausverwaltung kommen jede Woche vorbei, um den Mietern zu erklären, dass sie den Gang nicht als Abstellplatz missbrauchen dürfen. Klappt bisher nur suboptimal«, erklärte er mit einem schiefen Grinsen.

Sonja musterte den mittelgroßen hageren Mann mit den kurz geschorenen blonden Haaren. Pawlick wirkte erschöpft, hatte sich aber noch nicht aufgegeben. Diesen Schluss zog Sonja aus dem Umstand, dass er sich ordentlich kleidete und bereits bei der Terminvereinbarung einen lebhaften Eindruck vermittelt hatte.

Er bat sie in seine Wohnung. Es ging durch einen schmalen Flur, von dem drei Türen abgingen. Sonja warf im Vorbeigehen einen Blick in die aufgeräumte Küche.

»Immer geradeaus. Das Wohnzimmer liegt ganz hinten am Ende des Ganges«, erklärte Pawlick.

Dort blieb Sonja vor einem niedrigen Couchtisch stehen. Links und rechts standen bequeme Stühle. Unter einem der beiden Fenster stand ein kleiner Schreibtisch, auf dem ein Laptop lag, davor befand sich ein Stuhl mit hoher Rückenlehne auf Drehfüßen.

»Wohn-, Ess- und Arbeitszimmer in einem. Spart Wege und nutzt den Raum optimal aus«, sagte Pawlick.

Sonja nahm den angebotenen Platz an, genauso wie den offenbar frisch aufgebrühten Kaffee.

Nachdem Pawlick die Tassen gefüllt hatte, ließ er sich in den zweiten Stuhl sinken und schaute Sonja ganz offen an. »Sie möchten also von mir wissen, ob ich Jansens Häuser in Brand gesteckt habe. Richtig, Frau Kommissarin?«, kam er ohne Umschweife auf den Punkt.

»Etwas drastisch formuliert, aber im Kern richtig«, erwiderte Sonja schmunzelnd.

Pawlick nickte verstehend und schaute einige Sekunden lang aus dem Fenster. Dann richtete er seinen Blick wieder auf die Ermittlerin.

»Ich kann nicht behaupten, dass ich Mitgefühl mit diesem Mistkerl hätte. Aber sehr wohl wegen der armen Schweine, die offenbar dabei ihr Leben verloren haben. Jansen missbraucht jeden Menschen, der in seine Nähe kommt. Oh ja. Ich habe bestimmt hundert Abende hier gesessen und mir ausgemalt, wie ich es ihm heimzahlen könnte. Nur gemacht habe ich nie etwas«, sagte er dann.

Pawlick wirkte offen und ehrlich, doch Sonja war lange genug Kriminalkommissarin, um sich nicht auf den ersten Eindruck zu verlassen.

»Haben Sie ein Alibi für den gestrigen Tag und Abend?«, fragte sie.

Damit konnte Pawlick nur bedingt dienen. Am Vormittag hatte er einen Termin in der Jobzentrale gehabt, der sich nachprüfen ließ. Doch für den restlichen Tag sowie den Abend sah es weniger eindeutig aus. »Sie werden vermutlich Zeugen für meinen Einkauf finden können oder jemanden, der mit mir im Bus vom ZOB hierhergefahren ist. Konkrete Namen kann ich aber nicht liefern«, erklärte er.

Sonja notierte sich die Zeiten, die Pawlick ihr nannte. Dann nippte sie wieder am Kaffee und bat ihn, die Vorkommnisse aus der Vergangenheit aus seiner Sicht zu schildern. »Wenn Jansen diese Sache einmal mit Erfolg durchziehen konnte, hat er es möglicherweise später erneut versucht. Mit einem anderen Partner«, begründete sie ihr Interesse.

Ernst Pawlick nickte verstehend. »Klar und dieses Mal ist er eventuell an einen härteren Burschen geraten, der sich nicht so leicht abkochen lässt. Dann wäre die Brandstiftung vielleicht nicht mehr als eine gefährliche Warnung gewesen«, griff er die Idee auf.

So ähnlich waren auch Sonjas Gedanken. Mit ein wenig Glück würde Jo ihr später in der Direktion bereits entsprechende Informationen präsentieren können. Sobald es einen Namen gab, konnten sie dieser Theorie gezielt nachgehen. Es würde Sonja helfen, wenn sie dann mit den Details des Betrugs besser vertraut war. Dabei konnte Ernst Pawlick ihr gut helfen.

KAPITEL 11

Immer wieder prüfte Henrik, ob er eine Antwort von Sonja erhalten hatte. Nichts. Kurz nach dem Abflug aus Flensburg hatte er ihr eine SMS geschickt und erklärt, was ihn kurzfristig zum Verlassen der Stadt veranlasst hatte. Natürlich wusste Henrik, dass seine Freundin mit den aktuellen Ermittlungen alle Hände voll zu tun haben würde. Doch das hatte Sonja in der Vergangenheit nie davon abhalten können, ihm wenigstens Textnachrichten zu schicken oder ihn auch persönlich anzurufen. Verwundert über ihr beharrliches Schweigen steckte Henrik das Handy zurück in die Jackentasche und trank einen weiteren Schluck Bier.

Rühling hatte sie zu einem gemütlichen Restaurant am Rande der Altstadt geführt. Das Ambiente war eine ungewöhnliche Mischung aus alten Holzmöbeln, durchmischt mit bunten Plastiktischen. Es gab kleine Lounges mit Ohrensesseln oder Klubstühlen. Die Speisekarte bot sowohl bekannte Gerichte aus Europa als auch regionale Spezialitäten an. Besonders faszinierend fand Henrik allerdings die umfangreiche Bierkarte, die mehr als zwei Dutzend verschiedene Sorten aufwies.

»Schlechte Nachrichten aus der Heimat?«, erkundigte sich Rühling. Der Pilot wischte sich einen Krümel aus dem Mundwinkel und forschte dabei in Henriks Gesicht.

»Eher keine Nachrichten, und das ist sehr ungewöhnlich«, erwiderte der.

Als die Bedienung am Tisch vorbeikam und routinemäßig einen Blick auf die Männer warf, hob Henrik die Hand und orderte zwei Gläser finnischen Wodkas. Die junge Frau mit den weizenblonden Haaren und kleinen Grübchen in den Wangen nickte zustimmend. Während sie weitereilte, wanderte Henriks Blick hinauf zu einem Fernsehmonitor, der unweit von ihrem Tisch in einer Ecke hing. Jemand hatte Euronews eingestellt, sodass er automatisch die Nachrichten unten auf dem Laufband mitlas. Es wurde von dem Großfeuer in Flensburg berichtet und auch der Eigentümer als Hauptverdächtiger genannt. Eine Archivaufnahme zeigte einige spezielle Fässer, in denen offenbar überwiegend Sondermüll transportiert wurde.

Die Kellnerin brachte die Gläser mit dem hochprozentigen Schnaps. Henrik und Rühling prosteten einander zu. Der Wodka rann eiskalt durch seine Kehle, während sich in Henriks Hinterkopf eine Erinnerung in den Vordergrund drängen wollte. Auf einmal überlagerten sich die Bilder und er stellte das geleerte Glas zu hart auf dem Tisch ab. Es gab einen lauten Knall, der Rühling überrascht zusammenfahren ließ.

»Was zum Teufel …«, setzte er an, um dann den Satz in der Luft hängen zu lassen. Der Pilot folgte Henriks Blick, der fasziniert die Wiederholung der Archivaufnahmen mit den Giftfässern anstarrte.

»Was haben Sie denn?«, fragte Rühling.

»Sehen Sie diese Fässer? Im Laufband darunter werden sie als übliche Transportbehälter für Sondermüll bezeichnet«, antwortete Henrik.

Der Pilot krauste die Stirn, las nun ebenfalls die Nachrichten im Textbereich mit.

»Ich muss noch einmal zu dieser Baustelle«, stieß Henrik hervor. Er kramte einige Geldscheine aus dem Portemonnaie, schlüpfte in seine Jacke und bat Rühling, auf die Bedienung zu warten und die Rechnung zu begleichen.

»Nicht so eilig. Das hat doch bestimmt noch bis morgen Zeit, wenn der Polier wieder da ist«, protestierte der Pilot.

»Ganz im Gegenteil. Das muss jetzt passieren und ich muss es allein machen. Ich erkläre es Ihnen morgen auf dem Rückflug«, erwiderte Henrik.

Bevor Rühling weitere Einwände erheben konnte, verließ er schnell das Restaurant. Es war bereits kurz vor 21 Uhr und in der Altstadt herrschte wenig Betrieb. Henrik hatte einen guten Orientierungssinn, daher fand er trotz der Dunkelheit ohne Probleme zurück in die Galinė gatvė.

Er erreichte die Baustelle, ohne auf andere Menschen zu stoßen, was seinem Vorhaben durchaus entgegenkam. Wenn seine Erinnerungen ihn nicht trogen, hatte er ganz ähnliche Fässer während des Rundgangs mit dem Polier gesehen wie die in den Nachrichten gezeigten. Es bestand die Möglichkeit, dass sie ganz offiziell als Transportmittel für anfallenden Sondermüll im Innenhof abgestellt worden waren. Doch Henrik bezweifelte es. Welche Giftstoffe fielen in einem alten Haus schon an? Eventuell Asbest, doch der wurde seines Wissens nach in speziellen Säcken entsorgt.

Nach einem Kontrollblick in die Runde, keine Menschenseele war zu sehen, untersuchte Henrik das Schloss der Eingangstür. Zu seinem Verdruss handelte es sich um ein modernes Sicherheitsschloss, also musste er nach einem anderen Weg ins Gebäude suchen. Noch immer war Henrik mutterseelenallein in der Straße, also riskierte er es, über den Zaun zu klettern. Der trennte die Baustelle von dem Nebengebäude. Henrik sprang auf der Innenseite zu Boden und eilte zur Rückseite des Hauses. Hier umschloss eine mehr als mannshohe Mauer den Innenhof. Es gab eine verwitterte Holztür, durch die man den Hof betreten konnte. Als Henrik prüfend die Hand auf die Klinke legte, wurde er positiv überrascht.

»Danke. Wer immer so nachlässig gewesen ist, hat ein Herz für Privatschnüffler«, murmelte er.

Die Tür quietschte erschreckend laut, als Henrik sie aufstieß. Schnell schlüpfte er hindurch und zog sie hinter sich wieder ins Schloss. Dann verharrte er einen Augenblick lang, um zu lauschen. Kein Hund schlug an und keine verärgerte Menschenstimme beschimpfte den abendlichen Störenfried. Erleichtert darüber klopfte Henrik die

Taschen seiner Jacke ab. Zu seinem Leidwesen fand er nicht die kleine Taschenlampe, die er meistens bei sich trug. Immerhin kramte er ein Feuerzeug aus der linken Brusttasche. Er wusste nicht einmal mehr, woher er es hatte. Doch Henrik war froh, wenigstens diese kleine Lichtquelle nutzen zu können.

Er ließ die Flamme aufspringen und suchte in dem engen Lichtkreis nach den Fässern. Zweimal musste Henrik es ausgehen lassen, um sich nicht die Finger zu verbrennen. Der Innenhof war größer, als er ihn in Erinnerung hatte. Doch endlich traf der Lichtkegel auf die drei Fässer, die Henrik gesucht hatte. Er hatte sich nicht getäuscht. Die Markierungen auf der Hülle entsprachen exakt denen, die er vorhin bei Euronews gesehen hatte.

Henrik rekapitulierte den Rundgang mit dem Polier. Als er wieder die umfangreichen Aushubarbeiten im Kellerbereich vor Augen hatte, stieg eine böse Ahnung in ihm auf.

»Entsorgt ihr etwa so illegal den Sondermüll?«, fragte er halblaut.

Die Worte verklangen in der nächtlichen Stille. Ein Rascheln ließ Henrik herumwirbeln. Blitzschnell schaltete er das Feuerzeug an und schrak zusammen, als eine Katze mit strähnigem Fell an ihm vorbeihuschte. Mit einem Auflachen ließ Henrik die Flamme wieder erlöschen und suchte nach seinem Handy. Er würde die Aufnahmen davon direkt an Ulrikes Kanzlei schicken und natürlich eine Kopie an Sonjas Dienststelle. Die Tonnen wurden vom hellen Blitzlicht der eingebauten Kamera taghell ausgeleuchtet. Es raschelte erneut hinter ihm. Dieses Mal kam das Geräusch mehr aus Richtung des Hauses.

»Na, keine Maus gefunden?«, fragte Henrik in die Dunkelheit.

Statt eines Fauchens oder Miauens hörte er ein seltsames Schwirren. Gerade als Henrik am Zündrädchen des Feuerzeuges drehte, krachte etwas mit brutaler Härte gegen seinen Hinterkopf. Bevor der Schmerz sein Bewusstsein erreichen konnte, sank Henrik bereits ohnmächtig zu Boden.

KAPITEL 12

Gleich zu Dienstbeginn am nächsten Tag telefonierte Frank mit einem Vertreter in der Hamburger Niederlassung von Greenpeace. Er schilderte die Zwischenfälle in Flensburg und inwieweit Birte Hallweg darin verwickelt sein sollte. Simon Cremer hörte stumm zu. Erst als Frank schließlich auf die speziellen Fotografien des G20-Gipfels in Hamburg zu sprechen kam, meldete er sich.

»Es wäre hilfreich, wenn Sie zu mir in die Niederlassung kommen könnten. Da sind viele Dinge, die sich nicht so leicht am Telefon beantworten lassen«, sagte Cremer.

Er hatte keine anderen Termine geplant, sodass Frank sofort einwilligte. Um zehn Minuten vor 10 Uhr betrat er das Büro des Pressesprechers von Greenpeace. Simon Cremer erwies sich als unauffälliger Mann von rund 30 Jahren mit mittelblonden Haaren und wachen grauen Augen, die Frank durch die Gläser einer randlosen Brille neugierig anschauten.

»Hauptkommissar Reuter. Schön, dass Sie es möglich machen konnten«, begrüßte er seinen Besucher.

Alles in allem entsprach Cremer dem üblichen, unverbindlichen Auftreten eines Pressesprechers. Frank hatte es häufig in seiner beruflichen Laufbahn mit diesem Typus zu tun gehabt.

»Danke, Lisa. Schließ bitte die Tür hinter dir«, wandte Cremer sich an die junge Frau, die Frank in das Büro geführt hatte.

Mit einer einladenden Geste forderte er anschließend seinen Besucher auf, an einem mit Unterlagen fast komplett bedeckten Besprechungstisch Platz zu nehmen.

»Tee, Kaffee oder Wasser?«, fragte Cremer.

Frank wählte Kaffee. Der Pressesprecher füllte zwei Tassen aus der bereitstehenden Thermoskanne. Dann deutete er auf die vielen Mappen vor sich.

»Das ist kein Material für Sie. Aber möglicherweise kann ich Ihnen trotzdem weiterhelfen«, erklärte Cremer.

Mit einem Nicken zog Frank die Kopien der Aufnahmen aus seiner Aktentasche, die er am Abend zuvor mit Ines angesehen hatte.

»Fangen wir damit an. Diese Bilder sollen während der Ausschreitungen beim G20-Gipfel hier in Hamburg angefertigt worden sein. Wenn meine Informationen korrekt sind, handelt es sich aber nicht um die üblichen Aufnahmen von Polizeifotografen. Können Sie das bestätigen?«, sagte er.

Cremer zog die Kopien zu sich heran, warf einen Blick darauf und tippte dann mit dem Zeigefinger auf eine kaum erkennbare grüne Markierung am unteren linken Bildrand.

»Das ist korrekt. Diese Aufnahmen wurden von einem unserer Leute gemacht«, bestätigte er.

Verblüfft musterte Frank den Pressesprecher.

»Demnach haben Sie diese Aufnahmen der Polizei zur Verfügung gestellt?«, hakte er nach.

Ein finsterer Ausdruck erschien in Cremers Gesicht. »Nicht freiwillig, Herr Reuter. Unsere Fotografen wurden unter einem Vorwand festgesetzt, um ihnen das Material abzunehmen. Die Polizei verwendet diese Aufnahmen bei der Öffentlichkeitsfahndung, was wir leider nicht einmal mit einem Gerichtsbeschluss verhindern konnten«, erwiderte er.

Das war ein denkbar schlechter Einstieg in ihr Gespräch. Frank suchte nach einem Ausweg, um Cremers Kooperationsbereitschaft nicht zu verlieren. »Eine andere Information besagt, dass es quasi einen Anführer der radikalen Ökoaktivisten gibt. Er soll den Tarnnamen ›Vurm‹ führen. Können Sie mir dazu auch etwas sagen?«, fragte er.

»Also doch«, murmelte Cremer. Seine Mimik durchlief ein weiteres Wechselspiel. Jetzt wirkte er eher verärgert oder frustriert.

»Was meinen Sie damit?«, hakte Frank nach.

Cremer schob die Kopien gedankenverloren zusammen, bevor er den Blick hob und seinen Besucher anschaute. »Dieser Mann ist eine Bürde für unsere Bemühungen, Herr Reuter. Wir sind zwar auch bereit, spektakuläre Aktionen durchzuführen, aber immer unter einer Prämisse: Es dürfen dabei keine Menschen oder Tiere zu Schaden kommen«, erwiderte er.

Frank ahnte, dass Cremer ihn deswegen zu einem persönlichen Treffen gebeten hatte. Ab sofort musste er sehr auf der Hut sein, da er sich keineswegs von Greenpeace vor den Karren spannen lassen wollte.

»Vurm sieht das anders?«, fragte er.

Der Pressesprecher erhob sich und ging an einen Wandschrank. Dort öffnete er eine der Türen und nahm einen dicken Ordner heraus. Anschließend kehrte er zurück an den Tisch und legte ihn vor Frank ab.

»Das sind alles Berichte über Aktionen, die von sogenannten Ökoaktivisten unter Vurms Anleitung ausgeführt wurden. Jede Einzelne davon schadet uns. Wir versuchen seit Jahren, Vurm zu enttarnen, wobei wir sehr eng mit der Polizei zusammenarbeiten. Bislang leider ohne Erfolg«, erklärte Cremer.

Frank schlug den Ordner auf und blätterte willkürlich in den Unterlagen herum. Dann stockte er mitten in der Bewegung. Sein Blick erfasste die Meldung über eine Brandstiftung in einem belgischen Logistikunternehmen. Am Rand der Notiz hatte jemand handschriftliche Anmerkungen vorgenommen, die Frank elektrisierten.

»Von wem stammen die Angaben zu den eingesetzten Brandbeschleunigern?«, wollte er wissen.

Statt einer Antwort griff Cremer zu einer der Mappen, die bereits bei Franks Eintreffen auf dem Tisch gelegen hatten. »Als sie mich anriefen und die Hintergründe des Feuers an der Ballastbrücke schilderten, erkannte ich gleich den Zusammenhang. Hier drin finden Sie alle Brandstiftungen, die angeblich oder nachgewiesenermaßen durch Ökoaktivisten durchgeführt wurden. Auffällig ist die immer wiederkehrende Verwendung dieser speziellen Brandbeschleuniger«, erklärte er.

Neugierig geworden öffnete Frank die Mappe und blätterte durch die Seiten. Nach einer halben Minute wusste er, dass Cremer ihm wirklich hilfreiches Material präsentierte. »Das alles steht Ihrer Auffassung nach mit diesem ominösen Vurm in Verbindung?«, fragte er.

Daran hatte Cremer keine Zweifel. »Trotz intensiver Recherchen der Polizei und von uns beauftragter Privatdetektive tappen wir allerdings weiterhin im Dunkeln, was seine wahre Identität angeht. Möglicherweise können Sie Birte Hallweg ja dazu bewegen, endlich mehr über die Art der Auftragsvergabe beziehungsweise den Informationsfluss preiszugeben«, sagte er.

Frank suchte nach den passenden Worten, um seine nächste Frage nicht wie einen Angriff auf Cremers Organisation klingen zu lassen. »Wäre es, nur rein hypothetisch, möglich, dass Vurm unter Ihren Mitarbeitern den einen oder anderen Sympathisanten hat?«, kam es daher ein wenig zögerlich heraus.

Cremer schnaubte genervt auf. Zuerst nahm Frank an, dass er den Pressesprecher nun doch beleidigt hatte. Aber dann überraschte Cremer ihn.

»Das ist keine hypothetische Überlegung mehr, Herr Reuter. Wir wissen schon lange, dass mehr als nur einige unserer Mitarbeiter große Sympathien für Vurms Aktivitäten hegen. Daher fließen mit Sicherheit auch wichtige Informationen von ihnen an diesen Mann, ohne dass sie an den damit verbundenen Schaden denken«, erwiderte er. In seiner Stimme schwang unüberhörbar Frustration mit.

»Gibt es jemanden, der enge Beziehungen zu Birte Hallweg unterhält?«, bohrte Frank weiter.

Ein tiefer Seufzer entrang sich Cremers Brust. Er rang sichtlich mit sich, bevor er schließlich eine dünne Mappe von einem Stapel nahm und zu Frank über den Tisch schob. »Ich verstoße gerade gegen elementare Werte meiner eigenen Überzeugung, indem ich einem Polizisten diese Daten übergebe. Falls wir dadurch aber endlich diesen unsäglichen Ökoterroristen aus dem Verkehr ziehen können, muss ich es tun«, erklärte er dabei.

Frank sah sich zu einer Bemerkung veranlasst. »Ich verspreche Ihnen, nur für diese Ermittlung von den Informationen Gebrauch zu machen. Sobald eine Person definitiv als möglicher Unterstützer Hallwegs ausgeschlossen werden kann, erfahren Sie es umgehend und der Datensatz wird von mir vernichtet«, versicherte er.

Cremers Augen leuchteten voller Dankbarkeit auf. Dann öffnete er den Ordner, um Frank die angeführten Personen aus seiner Sicht zu beschreiben.

*

Anne schickte einen leisen Fluch in Richtung Frontscheibe, auf der die ersten Regentropfen zerplatzten.

»Strichweise ist mit Niederschlag zu rechnen. Pah!«, zitierte sie mürrisch die Wetterprognose fürs südliche Jütland.

Die neutrale Stimme aus dem Lautsprecher am Navigationsgerät wies die Polizistin an, in 50 Metern vom Augustenborg Landevej nach rechts in den Spang Vade abzubiegen. Anne musterte das Waldgebiet und befolgte an der nächsten Abzweigung die Anweisung. Die schmale Straße führte am Waldrand entlang, hinter dem sich in westlicher Richtung ein Sportgelände verbarg. Doch da wollte Anne nicht hin. Ihr Ziel war ein Feld, auf dem die Aktivisten ihre Wohnwagen abgestellt hatten. Dort sollte sie Karsten Osberg finden, einen von Birte Hallwegs Verbündeten im Kampf gegen die Umweltzerstörung. Der entsprechende Hinweis kam von Frank Reuter, der weitere Namen ermittelt hatte. May-Britt hatte Anne umgehend auf Osberg angesetzt, da man nie sagen konnte, wie lange die Aktivisten noch auf dem Feld campieren würden.

Unmittelbar nach der letzten Baumreihe öffnete sich das weite Feld, auf dem ein gutes Dutzend unterschiedlicher Fahrzeuge stand. Normale Pkw parkten neben Wohnmobilen oder Wohnwagen. Es war keine Ordnung erkennbar. Vielmehr erweckte es für Anne den Eindruck, als wenn die Fahrer die Wagen einfach irgendwo abgestellt hatten. Sie parkte ihren Honda Civic auf dem schmalen Grünstreifen neben dem Tor im hüfthohen Zaun und stieg aus. Der Regen ließ bereits wieder nach. Anne durchquerte das Gatter und stapfte über das nasse Gras auf die Ansammlung von Fahrzeugen zu, suchte mit Blicken nach dem hünenhaften Karsten Osberg. Laut der Fotografie, die Frank ihnen per Mail zugeschickt hatte, musste der Aktivist an die zwei Meter groß und anhand der Rastalocken leicht zu erkennen sein. Doch Anne erreichte den Ring der Wagen, ohne den Aktivisten ausgemacht zu haben. Vermutlich hielt er sich in einem der Wohnwagen auf, in denen gelbliches Licht schien. Ein Mischlingshund rieb sich an Annes Bein, die automatisch die Hand ausstreckte und sein nasses Fell kraulte.

»Jetzt wirst du Streuner nicht mehr so leicht los«, rief eine amüsierte Frauenstimme.

Anne hob den Blick und schaute der jungen Frau in die lachenden braunen Augen.

»Hi. Ich suche Karsten Osberg. Ist er auch hier?«, sagte sie.

Bevor die junge Frau im blauen Overall mit der hüftlangen Lederjacke darüber antworten konnte, mischte sich ein tiefer Bass ein. »Du bist ein Bulle, oder?«, fragte er.

Anne wandte den Kopf. Der Sprecher stand in der offenen Tür eines von Rostflecken übersäten Wohnmobils mit vielen bunten Aufklebern aus aller Herren Länder. Sie hatte Osberg gefunden.

»Anne Björklund, Kriminalpolizei Sonderburg«, erwiderte sie und hielt den Ausweis in die Höhe.

Die Frau im Overall rief den Hund zu sich, der nur widerwillig von Anne abließ.

»Was wollt ihr uns denn jetzt schon wieder anhängen?«, fragte Osberg hämisch.

Anne ging zu seinem Wohnmobil und blieb keinen Meter von der Tür stehen. Osberg machte keine Anstalten, sie hineinzubitten, obwohl erneut dicke Regentropfen aus den tief hängenden Wolken auf das Feld klatschten.

»Nichts. Es geht um Birte Hallweg. Du kennst sie doch, oder?«, erwiderte Anne.

Beim Namen der deutschen Aktivistin zog Osberg die dichten Augenbrauen zusammen. Dazwischen bildete sich eine steile Falte. »Und wenn es so wäre?«, reagierte er weiter abweisend.

Anne musterte die Fahrzeuge. Nirgends ragte eine Satellitenschüssel aus einem Dach. Sollte es tatsächlich möglich sein, dass Osberg und seine Truppe noch keine Ahnung von den Zwischenfällen in Flensburg und an der Grenze hatten?

»Wann hast du das letzte Mal Nachrichten gehört?«, erkundigte Anne sich.

Der hünenhafte Mann wirkte zunehmend irritiert. Der Regen nahm inzwischen wieder an Heftigkeit zu, sodass Anne schon bald durchnässt sein würde.

»Hör mir diese Scheißpropaganda schon lange nicht mehr an. Warum sollte mich das interessieren?«, antwortete er.

Anne stieß einen langen Seufzer aus. Der Bursche zerrte an ihren Nerven. »Weil du dann wüsstest, dass Birte Hallweg bei einem Durchbruch an der Grenze schwer verletzt wurde und in Sonderburg im Krankenhaus liegt«, gab sie eine Kurzfassung wieder.

Auf einmal war die junge Frau an Annes Seite. Energisch schob sie die Polizistin in Richtung der Tür und herrschte Osberg dabei wütend an: »Mach endlich den Weg frei, du Klotz! Ich will auch wissen, was mit Birte ist, also lass uns rein.«

Nur zögerlich gab Osberg die Tür frei. Der Hund drückte sich blitzschnell an Anne und der anderen Frau vorbei. Dann endlich waren sie im Trockenen, während die Regentropfen auf das Dach des Wohnmobils trommelten.

Die junge Frau zog ihre Lederjacke aus und warf sie achtlos auf ein nur oberflächlich gemachtes Bett. Anne bemerkte einen hellblauen BH, der zum Teil unter einem der Kopfkissen herausragte.

»Ich bin Maja. Karsten und ich sind gute Freunde von Birte. Setz dich«, stellte die junge Frau sich vor.

Anne folgte der Aufforderung und ließ sich auf einer Eckbank nieder.

Osberg nahm eine orange Thermoskanne, füllte zwei Becher mit dampfendem Tee und stellte sie auf den Tisch. Dafür erntete er ein strahlendes Lächeln von Maja, die neben Anne auf die Bank rutschte. Osberg lehnte sich mit dem Rücken gegen einen Einbauschrank und nippte am Tee, den er offenbar kurz vor Annes Eintreffen bereits eingefüllt hatte.

»Was ist passiert? Was meintest du gerade eben mit Durchbruch?«, fragte Maja.

Anne würde nicht sofort alle Details ansprechen. Sie hatte sich für eine Art Salamitaktik entschieden, um auf diese Weise besser die Reaktionen von Osberg und Maja studieren zu können. Es war immerhin denkbar, dass die beiden von Hallwegs Plänen gewusst hatten. Dann verfügten sie eventuell über hilfreiche Informationen, die zur Enttarnung dieses Vurm führen könnten. Frank Reuter war überzeugt davon, dass er der Strippenzieher im Hintergrund war.

KAPITEL 13

Sein erster klarer Gedanke war, dass er wohl einen über den Durst getrunken hatte. Doch dann kehrten nach und nach Henriks Erinnerungen an den Abend im Innenhof des Gebäudes in der Galinė gatvė zurück. Er streckte vorsichtig die Hand aus, um nach der Wunde an seinem Hinterkopf zu tasten. Eine zarte Frauenhand hielt ihn zurück.

»Da würde ich die Finger weglassen. Die Kopfschmerzen hast du dir redlich verdient, du alter Dickkopf«, mahnte eine vertraute Stimme.

Henrik blinzelte die Schlieren vor seinem Blickfeld weg und musterte überrascht das besorgte Gesicht der Rechtsanwältin.

»He, dann bin ich wohl in Flensburg gelandet. Wie bin ich hierhergekommen? Hat Rühling mich transportiert?«, fragte er.

Ulrike Tewes legte seine Hand zurück auf die Bettdecke, ließ sie aber nicht los. Ein angenehmes und gleichzeitig irritierendes Gefühl durchströmte Henrik.

»Nein. Alexander Rühling hat dich im Krankenhaus von Klaipėda aufgespürt, nachdem du nicht im Hotel aufzufinden warst«, erwiderte Ulrike.

Seine Verwunderung nahm weiter zu, als Henrik die Schlussfolgerung aus ihren Worten zog. »Du bist gekommen, um nach mir zu sehen?«, fragte er.

Das sanfte Lächeln war ihm nur zu vertraut, obwohl Henrik es schon lange nicht mehr gesehen hatte. Ulrike hatte sich zwischenzeitlich auf dem Stuhl neben seinem Bett niedergelassen. »Natürlich. Rühling erhielt keine brauchbaren Auskünfte der Ärzte. Als Rechtsanwältin und quasi Lebenspartnerin konnte ich mehr erreichen«, antwortete sie. Dieses Mal fiel ihr Schmunzeln eher lausbubenhaft aus.

Henrik schüttelte verwirrt den Kopf. Der sofort stärker werdende Schmerz und eine aufwallende Übelkeit bestraften die unbedachte Bewegung postwendend. »Lebenspartnerin? Was für ein Chaos«, entfuhr es ihm zerknirscht.

Dann fiel ihm ein, was er im Innenhof gesehen und fotografiert hatte. »Auf der Baustelle wird der gleiche Sondermüll gelagert, der angeblich auch bei Jansen in Flensburg gefunden worden ist. Die Tonnen trugen exakt die gleichen Markierungen«, stieß er hervor.

Ulrike beugte sich neugierig vor. Ihr Blick ruhte auf Henriks Gesicht. »Was sagst du da? Irrtum ausgeschlossen?«, bohrte sie nach.

Er konnte gerade noch dem Impuls widerstehen, den Kopf zu schütteln. Stattdessen deutete Henrik auf den schmalen Spind an der Wand, in dem er seine Kleidung sowie die persönlichen Dinge vermutete.

»Ich habe Fotos mit dem Handy gemacht. Sieh nach. Es müsste im Schrank liegen«, sagte er.

Sie erhob sich und öffnete die Spindtür. Ulrike schaute nicht nur auf dem schmalen Ablagebrett nach, sondern klopfte anschließend auch die Taschen seiner Jacke und der Hose ab. Dann drehte sie sich zurück zu Henrik und breitete die Arme aus. »Da ist kein Handy. Haben die Schwestern es vielleicht anderswo hingelegt oder an sich genommen?«, fragte sie.

Am liebsten hätte Henrik sich selbst davon überzeugt, doch als er sich auf die Ellenbogen hochstemmte, ließ ihn der Schmerz aufstöhnen und ins Kissen zurücksinken.

»Ich erkundige mich. Du bleibst schön hier liegen«, erklärte Ulrike und eilte aus dem Zimmer.

Eine böse Ahnung beschlich Henrik, die wenige Augenblicke später zur Gewissheit wurde. Die Rechtsanwältin kehrte mit besorgter Miene zurück ins Zimmer.

»Niemand weiß etwas von einem Handy. Weder die Sanitäter auf dem Rettungswagen noch die Schwestern hier auf der Station haben eins bei dir gefunden«, sagte sie.

Henrik ließ einen nicht druckreifen Fluch vom Stapel. »Wer immer mich übertölpelt hat, muss es an sich genommen haben. Jetzt existieren keine Beweise mehr. Die Fässer wurden sicherlich längst weggeschafft«, schimpfte er dann.

Ulrike kehrte zum Stuhl zurück. Sie setzte sich, schlug die schlanken Beine übereinander und forschte nachdenklich in Henriks Gesicht. Der ertappte sich dabei, wie er ausgiebig die hübschen Waden anstarrte. Hastig hob Henrik den Blick, der auf Ulrikes warme Augen traf. Sie hatte es bemerkt, schwieg aber.

»Ich muss hier raus und neue Beweise finden«, entfuhr es Henrik.

Der Ausdruck auf Ulrikes Gesicht veränderte sich. »Darf ich dich daran erinnern, dass du noch für weitere 24 Stunden hier unter Beobachtung bleiben musst und entlastendes Material für uns finden sollst?«, sagte sie.

»Das Erste ist übertriebene Vorsicht der Ärzte, die nur nicht verklagt werden wollen oder die Gebühren für das Zimmer brauchen. Beim Zweiten übersiehst du, dass es Jansen durchaus entlasten kann. Hier wird möglicherweise Sondermüll auf seiner Baustelle entsorgt, wovon er nichts ahnt. Immerhin sitzt euer Mandant in U-Haft und kann keine Verbindung zu Edgar Weiß aufgenommen haben«, widersprach Henrik.

Der Ausdruck in Ulrikes Gesicht veränderte sich erneut. Sie dachte über Henriks Argumentation nach. Schließlich kam sie zu einem Entschluss.

»Wir einigen uns auf einen Kompromiss. Du bleibst noch bis morgen im Krankenhaus. Rühling und ich sehen uns unauffällig auf der Baustelle um. Vielleicht entdecken wir ja noch Hinweise auf die Fässer im Innenhof. Morgen gegen Mittag fliegen wir dann gemeinsam zurück nach Flensburg. Einverstanden?«, schlug sie vor.

Sein Verstand sagte Nein, doch sein Körper brauchte mehr Auszeit. Also willigte Henrik wenig begeistert ein. Der zarte Kuss, den Ulrike ihm zum Abschied auf die Wange drückte, war immerhin eine gewisse Entschädigung.

Über ihr Verhalten sowie seine dadurch ausgelösten Gefühle musste Henrik noch länger nachdenken. Darüber versank er wieder in einen sanften Schlummer.

KAPITEL 14

Zuerst berichtete Anne von der Brandstiftung in Flensburg. Dann kam sie auf Birte Hallweg zu sprechen, die einen Soldaten bei der Grenzüberquerung mit dem Auto umgefahren hatte. Maja wurde immer bleicher, während Karstens Gesicht sich zusehends verfinsterte. Zum Schluss kam Anne auf Vurm zu sprechen und teilte Hallwegs Freunden auch mit, welche Aussage vom Pressesprecher der Umweltschutzorganisation dazu vorlag. Als sie fertig war, lehnte Anne sich zurück und trank vom Tee.

»Das kann ich einfach nicht glauben. Birte würde niemals ein Menschenleben gefährden, um irgendwelche Ziele zu erreichen«, stellte Maja entschieden fest.

»Und genau deswegen solltest du dich jetzt schleunigst vom Acker machen. Das ist doch klar, was ihr Bullen vorhabt. Alles Birte anhängen und in der Öffentlichkeit so wieder das übliche Bild von uns als gefährliche Ökoterroristen erzeugen«, schimpfte Karsten. Er stieß sich vom Schrank ab und baute sich drohend vor Anne auf. Die musterte ihn von schräg unten, ohne sich zu rühren.

»Karsten! Du kannst doch nicht einfach Anne bedrohen«, stieß Maja unglücklich hervor. Sie schob sich aus der Eckbank und packte Karsten am Oberarm.

Der schüttelte ihre Hand wie ein lästiges Insekt ab. »Bist du wirklich so naiv oder tust du nur so?«, fuhr er sie an.

»Wir wollen diesen Vurm finden. Vermutlich hat er eure Freundin zur Brandstiftung verführt, ohne etwas über die Männer im Haus zu sagen. Möglicherweise wusste er aber auch gar nichts von ihnen. Fragt euch doch einmal selbst: Was hat Birte zu dieser überhasteten Flucht aus Flensburg getrieben, bei der sie offenbar an der Grenze komplett die Nerven verloren hat?«, versuchte Anne, Karstens einseitige Sicht auf die Dinge zu verändern, doch er hörte ihr überhaupt nicht mehr zu.

»Verpiss dich, Bulle! Dir und deinesgleichen kann man nicht trauen, also haltet euch fern von uns«, zischte er.

Es war unübersehbar, dass Anne hier nicht weiterkam. Sie schüttelte verärgert den Kopf, erhob sich aber gleichzeitig.

Maja schaute Karsten mit einer Mischung aus Verwirrung und Wut an. Als er keine Anstalten unternahm, Anne vorbeizulassen, packte sie erneut seinen Arm. »Lass sie gehen. Wir sollen doch keinen Ärger provozieren«, redete Maja auf ihn ein.

Einige Sekunden lang standen sich Anne und Karsten unmittelbar gegenüber. Keiner wollte nachgeben. Doch dann schaffte Maja es tatsächlich, den weitaus kräftigeren Mann zum Einlenken zu bewegen. Karsten Osberg trat zurück und lehnte sich wieder mit dem Rücken gegen den eingebauten Schrank. Anne schickte ihm noch einen vernichtenden Blick zu, bevor sie sich umdrehte und zur Tür ging. Maja folgte ihr und wirkte todunglücklich.

»Nimm es ihm nicht krumm. Er ist verknallt in Birte und sucht nach jemandem, den er für ihren Zustand zur Rechenschaft ziehen kann«, raunte sie Anne ins Ohr.

Die erkannte die Chance, zog unbemerkt eine Visitenkarte aus ihrer Jackentasche und schob sie unauffällig in Majas Hand, als sie die zum Abschied schüttelte. Zum Glück reagierte die junge Frau goldrichtig und verriet die heimliche Übergabe mit keiner Reaktion.

Anne entfernte sich über das nasse Gras und fragte sich, wie viele Augen sie verfolgten. In allen Wohnwagen brannte Licht, doch keiner der Aktivisten ließ sich blicken. Nur der struppige Hund begleitete Anne zurück zum Tor im Zaun. Sie lächelte ihm zu und kraulte zum Abschied nochmals ausgiebig sein Fell. Dann schob sie ihn zurück und durchquerte das Gatter. Sie schloss es hinter sich wieder sorgfältig und schielte dabei aus den Augenwinkeln hinüber zu den Wohnwagen. Maja stand immer noch in der Tür und rief den Hund zu sich. Sonst ließ sich nach wie vor keiner ihrer Freunde blicken. Anne stieg in ihren Wagen und fuhr zurück nach Sonderburg.

*

Am späten Nachmittag versammelten sich die Ermittler der Flensburger Kripo in einem der Besprechungsräume. Auf dem Wandmonitor erschien May-Britt Oldsens Gesicht, die aus Sonderburg über eine gesicherte Verbindung via Skype zugeschaltet war.

»Wir konnten in der Zwischenzeit einige interessante Dinge über Bertram Jansen und auch Birte Hallweg erfahren. Fängst du an, Frank?«, eröffnete Sonja Martenson die Besprechung.

In der folgenden Stunde referierte jeder der Ermittler seine Erkenntnisse, sodass alle schließlich auf dem gleichen Stand waren.

»Somit sind Birte Hallweg und Bertram Jansen weiterhin unsere Hauptverdächtigen. Sie ist immer noch nicht vernehmungsfähig und ihn können wir nicht mehr lange in U-Haft behalten«, fasste Sonja das Ergebnis zusammen. Ihre Frustration war unüberhörbar und wurde von den bedrückten Mienen ihrer Kollegen gespiegelt.

»Habt ihr von Henrik gehört, wie seine Ermittlungen vorankommen?«, fragte May-Britt.

Frank verkniff sich ein Schmunzeln. Auch für die dänischen Kollegen war der Privatermittler eine vertrauenswürdige Person.

Sonja räusperte sich. »Nein und wir halten uns bei dieser Ermittlung auch fern von ihm. Er arbeitet für Dr. Kersten, den bekannten Strafverteidiger. Der Staatsanwalt und ich sind übereingekommen, dass wir keinen Interessenkonflikt riskieren können. Kersten würde es ohne jeden Skrupel für seine Verteidigung ausnutzen«, antwortete sie anschließend.

Die Verwunderung bei der Sonderburger Kommissarin war für jeden erkennbar. Doch May-Britt akzeptierte die Begründung und wandte sich dann direkt an Frank. »Hast du irgendwelche Hinweise, wonach dieser Vurm sich in Dänemark aufhalten könnte?«, fragte sie.

Nach der wenig erhellenden Befragung der Aktivisten in der Wohnwagensiedlung hatten die dänischen Ermittler über Osbergs aggressive Abwehrhaltung gesprochen.

»Nein, bislang nicht. Glaubst du, dass Osberg deswegen so empfindlich reagiert hat, weil Vurm einer von ihnen ist?«, erwiderte Frank.

»Ja, vielleicht sogar Osberg selbst. Es würde zu seinem aggressiven Naturell passen. Anne hat allerdings Zweifel, ob er über genügend Intelligenz für diese Rolle verfügt«, sagte May-Britt.

Sie schilderte die heimliche Übergabe der Visitenkarte und dass ihre Mitarbeiterin damit rechnete, dass Maja sich bei ihr melden würde.

»Ich hake bei Cremer nach. Vielleicht hat er ja schon Gerüchte gehört, wo Vurm sich aufhalten könnte«, schlug Frank vor.

Es gab noch eine Sache, die May-Britt und ihren Kollegen zu schaffen machte. »Wenn diese Umweltorganisation durchsetzt ist mit Sympathisanten von Vurm, solltest du sehr vorsichtig mit dem Informationsaustausch sein«, mahnte May-Britt.

Bevor Frank etwas erwidern konnte, mischte sich Bastian Kraft ein. »Oder gerade nicht. Falls es uns gelingen könnte, einen Sympathisanten aufzuschrecken, nimmt er eventuell Kontakt zu Vurm auf«, warf der Oberkommissar ein.

»Wie sollte uns das weiterhelfen?«, wollte May-Britt wissen.

Die gleiche Frage hatte sich auch Frank gestellt. Sie konnten schlecht eine Überwachung aller Mitarbeiter der Umweltorganisation in Hamburg veranlassen.

Der hünenhafte Oberkommissar schaute mit einem breiten Grinsen zu Frank. »Ich dachte eigentlich, dass du und Cremer in dieser Hinsicht an einem Strang zieht. Vielleicht fällt dem Pressesprecher ein, wie man entsprechend provozieren und gleichzeitig die Angestellten der Organisation im Blick behalten kann.«

Sonja wiegte skeptisch den Kopf. Jo schürzte die Lippen und nickte schließlich zustimmend.

»Was meinst du dazu, Frank? Könnte Cremer sich darauf einlassen?«, fragte May-Britt.

Erneut konnte er nicht unmittelbar reagieren, da dieses Mal Sonja Martenson einen Einwand erhob.

»Eine solche Vorgehensweise müssten wir mit dem Staatsanwalt abklären. Die rechtliche Grauzone scheint mir doch sehr groß zu sein«, sagte sie.

»Okay. Das klären Sonja und ich mit Staatsanwalt Lorenz. Sobald wir von ihm grünes Licht erhalten, setze ich mich mit Cremer in Verbindung«, erklärte Frank.

Die restlichen zehn Minuten wurden mit administrativen Absprachen gefüllt, bevor die Besprechung zu ihrem Ende kam.

Sonja telefonierte noch vom Besprechungsraum aus mit Lorenz. Doch der Staatsanwalt konnte für die beiden Ermittler erst einen Termin am kommenden Vormittag ermöglichen. Daher trennten sich Sonja und Frank ebenfalls. Jeder kehrte in sein Büro zurück, um eigene Anliegen zu klären.

KAPITEL 15

Die zusätzliche Nacht brachte für Henrik eine spürbare Erholung. Als die Krankenschwester am frühen Vormittag die erforderlichen Entlassungspapiere aushändigte, nutzte er ihre guten Deutschkenntnisse aus.

»Wir bin ich eigentlich hierhergekommen?«, wollte er wissen.

Die freundliche Schwester erzählte Henrik von einem anonymen Anruf bei der Polizei, wonach ein verletzter Mann auf einer Parkbank auf dem Platz des Sieges liegen sollte.

»Die Beamten eines Streifenwagens gingen dem Anruf nach und fanden Sie dort ohnmächtig vor. Sie forderten einen Rettungswagen an und der Notarzt übernahm die Erstversorgung. Dann wurden Sie zu uns überstellt«, erklärte die Krankenschwester.

Eine unerwartet humane Geste desjenigen, der Henrik überfallen hatte. Er dankte der Krankenschwester und freute sich, als er zehn Minuten später ins Freie trat. Nicht einmal der leichte Nieselregen konnte Henriks Laune verschlechtern.

Wenige Minuten später trafen Ulrike und Alexander Rühling mit einem Taxi ein. Henrik stieg zur Rechtsanwältin auf die Rückbank und nahm ihre herzliche Umarmung gerne an. Während der Fahrer den Wagen wieder in den fließenden Verkehr einfädelte und den Weg zum Flughafen einschlug, wandte Henrik sich an Rühling.

»Danke, dass Sie nach mir gesucht haben. War wohl doch keine so gute Idee, allein zur Baustelle zu gehen«, sagte er.

Der Pilot winkte ab. »Hätten Sie im umgekehrten Fall doch auch getan und außerdem wollte ich es mir nicht mit Frau Tewes verscherzen«, antwortete er.

»Gut zu hören. Vorgestern am Abend klangen Sie aber ernsthaft besorgt. So ganz egal war Ihnen Henriks Schicksal dann doch nicht«, gab sie lachend zurück.

Die gute Stimmung hielt die ganze Fahrt und auch die erste halbe Stunde nach dem Start der Cessna vom Flughafen an. Henrik spürte eine leichte Zunahme der Kopfschmerzen, als die Maschine ihre Reiseflughöhe erreicht hatte. Ulrike saß vorne neben Rühling, sodass er es sich auf der hinteren Sitzbank gemütlich machen konnte.

Die Rechtsanwältin spürte offenbar, dass es Henrik schlechter ging. Sie drehte sich zu ihm um und legte ihre Hand auf sein Knie. »Werden die Kopfschmerzen wieder schlimmer?«, fragte sie.

»Ja, aber das hat mir der Arzt schon vorausgesagt, als ich vom Fliegen sprach. Er hat mir Tabletten mitgegeben, die ich einnehmen sollte«, erwiderte Henrik.

Als er die Packung aus seiner Jackentasche nahm, drehte Ulrike bereits den Verschluss einer Mineralwasserflasche auf und streckte sie Henrik hin.

»Danke«, sagte er und schluckte zwei der Schmerztabletten.

Henrik behielt die Flasche in der Hand und wartete darauf, dass die Schmerzen nachließen. Er hing keinem speziellen Gedanken nach. Irgendwo in seinem Hinterkopf gab es eine Störmeldung. Jemand hatte an diesem Vormittag etwas gesagt, was nicht ins Bild passte. Trotz aller

Anstrengungen wollte es Henrik jedoch nicht gelingen, diese Diskrepanz aufzuspüren. Das monotone Brummen der beiden Motoren, verbunden mit den nachlassenden Schmerzen, ließ ihn in eine Art Dämmerzustand versinken. Henrik hörte nur Wortfetzen vom locker geführten Gespräch zwischen Ulrike und Rühling. Erst kurz vor der Landung in Schäferhaus wurde er wieder richtig wach. Eine Bö ließ die Cessna kurz bocken, doch Rühling erwies sich als guter Pilot. Die eigentliche Landung verlief dann ruhig, sodass Ulrike und Henrik sich kurz darauf bei Rühling bedankten.

»Sollen wir uns ein Taxi teilen? Ich kann dich am Museumshafen rauslassen«, bot die Rechtsanwältin an.

Henrik akzeptierte es und versprach Ulrike während der Fahrt in die Stadt, dass er ihr am nächsten Tag einen Zwischenbericht zukommen lassen würde.

»Dann kannst du Kersten informieren und er weiß, dass ich das Geld eures Mandanten nicht einfach so verpulvere«, sagte er.

Als eine Viertelstunde später das Taxi am Museumshafen hielt, um Henrik aussteigen zu lassen, verabschiedete Ulrike ihn erneut mit einem sanften Kuss auf die Wange. Gleich darauf stand er allein auf dem Kai und schaute verwundert dem Wagen hinterher. So viel Vertrautheit seitens der Rechtsanwältin brachte Henrik aus dem Gleichgewicht, dem gleich darauf siedend heiß sein Versäumnis einfiel. Er hatte Sonja eine Sprachnachricht hinterlassen und von seinem beruflich bedingten Ausflug nach Klaipėda erzählt. Falls sie versucht hatte, ihn auf seinem Handy zu erreichen, wovon er stark ausging, hatte sie ihn nicht erreichen können und er meldete sich auch nicht zurück. »Wie auch, ohne Handy.

Shit! Die reißt mir gleich den Kopf ab«, schimpfte er halblaut vor sich hin.

Da er sowieso ein neues Handy benötigte, verschob er die geplante Pause auf der »Sinje«. Henrik beschloss, einen Ausflug in die Einkaufsstraße zu unternehmen und sich dort ein neues Mobiltelefon zu kaufen. Anschließend wollte er direkt in die Polizeidirektion gehen, um Sonja sein ungewöhnliches Schweigen zu erklären. Vom schlechten Gewissen getrieben, schritt Henrik eilig aus. So konnte er auch die langsam seine Beine hochkriechende Kälte vertreiben.

*

Sie hatte schlecht geschlafen und konnte auch jetzt noch nicht das Gefühl abstreifen, eine Verräterin zu werden. Majas Finger spielten mit der Visitenkarte der Polizistin. Es war nicht weiter aufgefallen, als sie sich freiwillig zum Einkaufen gemeldet hatte, um so eine Zeit lang allein in Sonderburg sein zu können. Ihre Mitstreiter waren es gewohnt, dass Maja solche Pflichten gerne übernahm, und waren froh darum.

»Kann ich mal?«, drängte eine Frauenstimme.

Maja zuckte zusammen und machte eilig zwei Schritte weg vom Regal mit Kaffeesorten. Sie war so in Gedanken gewesen, dass sie die Zeit und die Welt um sich herum vergessen hatte. Sie musste sich entscheiden. Jetzt. Also raffte sie schnell die noch fehlenden Dinge vom Einkaufszettel zusammen und bezahlte sie an der Kasse. Kurz darauf verstaute sie die Einkäufe im Auto auf dem kleinen Parkplatz hinter dem Geschäft. Dann eilte sie davon und suchte sich eine Ecke, wo sie sich unbeobachtet fühlte.

Gegenüber vom Eingang des Hauses, in dem auch der Radiosender skala.fm sein Studio hatte, drückte Maja sich in eine Ecke und wählte dann die auf der Visitenkarte angegebene Telefonnummer von Anne Björklund. Bereits nach dem dritten Freizeichen meldete sich die Stimme der Ermittlerin.

»Ich bin's, Maja. Können wir irgendwo ungestört miteinander reden? Es geht um Vurm«, sagte sie.

Maja brachte kaum mehr als ein angestrengtes Flüstern heraus, weshalb die Polizistin die Anruferin nicht sofort erkannte. Doch dann reagierte sie umgehend. »Ja, gerne. Wann und wo?«, fragte sie.

Majas Blicke huschten über die Fußgänger. Sie erwartete halbwegs, Karstens hünenhafte Gestalt auftauchen zu sehen. »Kennst du das Café direkt neben dem Büro für Touristen?«, fragte sie.

Das war der Polizistin bekannt und sie versprach, innerhalb der nächsten 20 Minuten dort zu sein.

»Nein, so lange kann ich nicht warten. Es muss schneller gehen oder meine Freunde werden misstrauisch«, stieß Maja hervor.

Daraufhin sicherte Anne ihr zu, spätestens in zehn Minuten im Café zu sein. »Schneller schaffe ich es auch nicht mit Sirene und Blaulicht«, erklärte sie.

In Majas Augen eine halbe Ewigkeit, doch sie konnte jetzt keinen Rückzieher mehr machen. Hätte sie nur nicht so viel Zeit beim Einkaufen verschwendet. Aber die Überwindung war ihr nun einmal sehr schwergefallen, also blieb ihr nur noch wenig Zeit für das eigentliche Treffen.

»Beeil dich, bitte. Ich habe Angst, dass Karsten misstrauisch ist und mich beobachtet«, sagte Maja zum Abschied eindringlich.

Mit zittrigen Fingern schob sie anschließend das Mobiltelefon zurück in die Umhängetasche und betrat das Café. Sie setzte sich an einen Tisch, möglichst weit weg vom Fenster. So konnte sie zwar nicht sofort sehen, wenn die Polizistin eintraf, aber man konnte sie dafür auch nicht so leicht von der Straße aus erkennen.

KAPITEL 16

Als Anne beim Telefonieren aufsprang, ihre Jacke von der Rückenlehne ihres Schreibtischstuhls zerrte und über den Gang rannte, schaute Henner überrascht hoch.

»Notfall! Ich erkläre es später«, rief sie.

Sie hatte Maja überreden können, das Treffen stattfinden zu lassen. Auf dem Weg zum Dienstwagen spürte Anne erste Seitenstiche. Sie war zu schnell gelaufen und atmete zu flach. Hastig entriegelte sie die Türen, warf sich auf den Fahrersitz und schaltete Blaulicht sowie Sirene ein. So hatte sie freie Fahrt durch den zäh fließenden Vormittagsverkehr.

Zum Glück hatte der Nieselregen nachgelassen, sodass die Fußgänger nicht mehr mit Schirmen bewaffnet unkontrolliert über die Straßen hetzten. Anne warf immer wieder prüfende Blicke auf die Uhr am Armaturenbrett. Sie schaffte es nicht ganz in der versprochenen Zeit. Nach gut zwölf Minuten eilte sie durch die Tür zum Café. Ihr Blick huschte über die Gäste, doch nirgends eine Spur von Maja. Anne stoppte eine junge Frau, die mit einem Tablett leerer Gläser an ihr vorbeigehen wollte.

»Björklund. Polizei«, sagte sie und hielt den Ausweis hoch. Anne beschrieb Maja und wollte wissen, ob die Kellnerin die junge Aktivistin gesehen habe.

»Ja, die ist vor einer Minute oder so einfach verschwunden. Den Kaffee hat sie bestellt, aber nicht bezahlt«, erklärte die Bedienung erbost.

Anne musste sie knapp verpasst haben. Sie warf sich herum und verließ das Café, um vor der Tür anzuhalten und nach der Aktivistin Ausschau zu halten. Nichts.

Anne holte ihr Mobiltelefon heraus und wählte die Nummer von Majas Handy. Sie wurde sofort zur Mailbox durchgestellt. »Mach keinen Nonsens, Maja«, murmelte sie.

Ein ungutes Gefühl breitete sich in ihr aus. Sie schlüpfte wieder hinters Lenkrad ihres Wagens und ließ das Blaulicht an, während sie langsam durch die Fußgängerzone rollte. Neugierige Blicke der Passanten begleiteten sie dabei, doch das übersah Anne in ihrer Konzentration. Die Minuten verstrichen, ohne dass sie Maja entdeckte. Langsam dehnte Anne ihren Suchradius aus und rollte schließlich auf den hinteren Eingang des Borgen Shopping Centers zu. An der Zufahrt zum Parkdeck wendete Anne ihren Wagen und wollte schon wieder Gas geben, als ihr die Menschentraube auf dem Vorplatz zum Eingang auffiel. Mit einem leisen Fluch stellte Anne den Wagen mit eingeschaltetem Blaulicht quer über den Fußweg ab, um dann die Stufen zum Vorplatz hinunterzueilen. Energisch verschaffte sie sich unter Einsatz ihrer Ellenbogen Platz.

»Polizei. Lassen Sie mich durch!«, rief sie immer wieder.

Nur widerwillig gaben die Gaffer ihr ausreichend Raum, um bis ins Zentrum der Traube vorzudringen. Maja saß auf dem nassen kalten Beton rechts vom Eingang, dort, wo die Einkaufswagen abgestellt wurden. Ihr Kopf ruhte auf der Brust. Sie rührte sich nicht.

»Hat bestimmt gesoffen«, stellte eine Frauenstimme angewidert fest.

»Oder ist auf einem Trip«, warf eine Männerstimme ein.

Wütend über diese Ignoranz – denn keiner kümmerte sich um die hilflose Person – fauchte Anne die Umstehenden böse an. »Ruft gefälligst einen Rettungswagen!«

Eine Jugendliche hielt bereits ihr Smartphone in der Hand. Vermutlich filmte sie die aufregende Szene, doch bei Annes Ausbruch reagierte sie erschrocken und forderte tatsächlich einen Notarzt an. Gleichzeitig ging Anne neben Maja in die Hocke und hob mit zwei Fingern vorsichtig das Kinn der jungen Frau an. Beim Anblick der klaffenden Wunde über dem linken Auge ging ein entsetzter Aufschrei durch die Umstehenden.

»Maja? Hörst du mich? Hilfe ist unterwegs«, redete Anne ihr gut zu.

Während sie sich um die verletzte Frau kümmerte und Erste Hilfe leistete, spaltete sich ein Teil ihres Denkens ab. Maja hatte recht behalten. Karsten musste misstrauisch geworden sein und war ihr gefolgt. Vermutlich hatte er sie im Café aufgespürt und es kam zu einer kurzen Verfolgung, die in einem Streit hier vor dem Einkaufscenter endete.

»Wäre ich nur zwei Minuten früher dort gewesen«, machte Anne sich selbst halblaut Vorwürfe.

Die wenige Augenblicke später eintreffenden Sanitäter übernahmen die weitere Betreuung der verletzten Aktivistin, die bis zu dem Zeitpunkt noch nicht wieder zu sich gekommen war. Anne nutzte die Gelegenheit, um mit der in ihrem Smartphone installierten Kamera einige Aufnahmen der Gaffer zu machen. Sie hatte bereits Verstärkung angefordert, doch bis zum Eintreffen der uniformierten Kollegen würden einige der Schaulustigen sich wahrscheinlich abgesetzt haben. Da jeder ein potenzieller Zeuge sein konnte, wollte Anne sie aber möglichst alle später befragen. Schließlich wandte sie sich an den Rettungssanitäter, der soeben die Türen des Einsatzfahrzeuges schloss.

»Ich fahre hinter Ihnen her. Die junge Frau wurde das Opfer eines Angriffs und ist eine wichtige Zeugin für uns«, erklärte sie.

Sekunden später saß Anne wieder hinterm Lenkrad ihres Wagens und startete den Motor.

KAPITEL 17

Der Empfang in der Direktion verlief eisig. Henrik hatte zwar erwartet, dass Sonja verärgert sein würde, doch ihre kalte Zurückweisung traf ihn hart. Auch Jo und Bastian reagierten sehr kurz angebunden. Sie schoben es auf die stressige Ermittlung, aber Henrik spürte die Ausrede dahinter. Also verließ er die Direktion wieder, erledigte auf dem Rückweg die erforderlichen Einkäufe und saß nun auf seinem Kutter.

Henrik hatte Probleme, die passenden Sätze für seinen Bericht zu formulieren. Seine Gedanken glitten immer wieder ab, sodass er minutenlang nur auf den Bildschirm seines Laptops starrte.

»Ahoi. Darf ich an Bord kommen?«, riss ihn ein Ruf aus der Versunkenheit.

Henrik stieß die Tür vom Steuerhaus auf und entdeckte Frank Reuter an der Gangway.

»Erlaubnis erteilt«, rief er.

Fünf Minuten später hatte Henrik den Laptop weggeräumt und zwei Flaschen Bier aufgemacht. Frank streckte die langen Beine unter dem Tisch aus und prostete dem Privatdetektiv zu. Nachdem sie einen Schluck getrunken hatten, musterte der Hauptkommissar seinen Gastgeber.

»Ich hörte, du warst vorhin auf dem Revier. Lief nicht so gut, wie du es gewohnt bist, oder?«, fragte er.

Henrik wurde hellhörig. »Ne, überhaupt nicht. Was

habe ich getan, dass man mich neuerdings schneidet?«, erwiderte er.

Frank trank einen weiteren Schluck Bier. »Da kommen einige Dinge zusammen, die man vermutlich nicht vermengen sollte«, sagte er dann.

Das war reichlich vage. »Verstehe ich nicht. Was meinst du genau damit?«, hakte Henrik daher nach.

»Zwei Sachen. Erstens, der Staatsanwalt hat Sonja klar zu verstehen gegeben, dass er dich als Ermittler von Kersten als Gegenspieler ansieht und das auch von ihr samt Team erwartet«, antwortete Frank.

Lorenz gehörte zu der Sorte Männer, die Henrik nicht sonderlich schätzte. Der Staatsanwalt legte zu großen Wert auf sein Äußeres und schaute auf Menschen hinab, die keine akademische Ausbildung genossen hatten. »Passt zu dem Lackaffen«, knurrte er.

Frank grinste stumm, während er sein Bier trank.

»Und Zweitens? Los, raus mit der Sprache«, drängte Henrik.

»Sonja weiß, dass du mit Ulrike Tewes wieder in Kontakt stehst. Schätze, das gefällt ihr nicht so gut«, antwortete Frank.

Da lag der Hase also im Pfeffer. Henrik ärgerte sich, dass er das Thema nicht früher angeschnitten hatte. Als er es heute in der Direktion versuchen wollte, hatte Sonja ihn sofort abgewürgt. Jetzt verstand Henrik schon besser, warum ihm so ein kalter Empfang zuteilgeworden war. Natürlich kannten Jo und Bastian die Geschichte zwischen der Rechtsanwältin und ihm ebenfalls. Er trank einen weiteren Schluck Bier und dachte über die verfahrene Situation nach.

»Solange du für Tewes arbeitest, wird Sonja sich auf Distanz halten«, stellte Frank fest.

Henrik schnaubte verärgert auf. »Großartig. Das ist rein beruflich, was ich Sonja auch erklären könnte, wenn sie nur einmal zuhören würde«, beschwerte er sich anschließend.

Frank schüttelte den Kopf. »Sorry, Kumpel. Da sind schlicht zu viele Emotionen im Spiel. Ich weiß, wovon ich rede«, widersprach er.

Für einen kurzen Augenblick blitzten die Erinnerungen an Franks kurze Affäre mit einer Kollegin auf, die aber daran scheiterte, dass er sich innerlich immer noch nicht von Karin hatte lösen können.

»Scheiße. Du hast doch vermutlich ebenfalls einen Maulkorb von Lorenz verpasst bekommen. Oder täusche ich mich da?«, wollte Henrik wissen.

Frank leerte die Bierflasche und stellte sie hart auf der Tischplatte ab. »Er kann es mir zwar nahelegen, aber nicht anordnen. Ich halte es für ausgemachten Unsinn, wenn wir parallel ermitteln und uns nicht austauschen«, sagte er dann.

Mit einem erleichterten Grinsen holte Henrik zwei neue Flaschen aus dem Kühlschrank. Er öffnete den Bügelverschluss und prostete Frank zu, der seinerseits die Flasche zum Mund führte.

»Freut mich, dass wenigstens du zu mir hältst«, sagte Henrik.

Frank schüttelte den Kopf. »May-Britt und ihr Team teilen meine Auffassung. Vorerst reicht es aber, wenn wir beide uns auf dem Laufenden halten. Einverstanden?«, sagte er.

Nachdem Henrik zugestimmt hatte, schilderte Frank den aktuellen Stand der Ermittlungen. Danach hörte er sich an, was Henrik herausgefunden und erlebt hatte.

»Glaubst du, es war ein Zufall?«, fragte der Privatdetektiv.

Der Überfall auf Henrik erschien Frank nicht als reines Pech, wie er unumwunden zugab. Henrik krauste die Stirn und spielte die Ereignisse gedanklich noch einmal durch. Wieder blitzte in seinem Hinterkopf eine Stimme auf, die ihn auf eine Diskrepanz aufmerksam machen wollte. Im Baltikum hatte jemand etwas gesagt, was er zuvor anders dargestellt hatte. Als Frank sich wieder zu Wort meldete, verschwand die Stimme sofort wieder.

»Wie willst du weiter vorgehen?«, erkundigte er sich.

Darüber hatte Henrik sich noch keine Gedanken machen können. Er nutzte die Gelegenheit, um sich darüber mit Frank auszutauschen.

KAPITEL 18

Der Besuch von Henrik versetzte Sonja in noch schlechtere Laune. Sie war unmittelbar davor bei Albrecht gewesen, der ihr einen weiteren Fall übertragen hatte – ein international bekannter Journalist war spurlos verschwunden und die Vermutung lag nahe, dass ein Verbrechen dahinterstecken könnte.

Trotz ihres Hinweises, dass sie immer noch mit weniger Personal als üblich arbeitete, war er hart geblieben. »Das Verschwinden von Anders Winther hat eine zu hohe Priorität in den Medien. Er gilt als einer der profiliertesten Enthüllungsjournalisten Europas und es existieren glaubwürdige Bedrohungen gegen sein Leben«, hatte er erklärt.

Also musste Sonja die Kröte schlucken und war gedanklich bereits damit beschäftigt, wie sie ihr Team aufteilen sollte. Auf dem Gang vor ihrem Büro lief sie Henrik in die Arme, der sie um Entschuldigung bat und auf seine Recherchen in Klaipėda verwies. Er fand nicht die richtigen Worte und verschärfte so nur die Verärgerung bei Sonja, die ihm frustriert das Wort abschnitt. Sie bat ihn, einfach zu gehen, und registrierte beiläufig, wie Henrik auch bei Jo und Bastian auf Granit biss. In ihrem Büro setzte Sonja sich hinter den Schreibtisch und spielte die möglichen Varianten durch. Egal wie sie die Kräfte auch aufteilte, beide Ermittlungen würden darunter zu leiden haben.

»Wenn wir dich in einem Bordell aufspüren oder du lediglich eine ausgiebige Sauftour durch die Stadt machst, lernst du mich kennen«, drohte Sonja dem abwesenden Journalisten halblaut.

Mit einem Seufzer erhob sie sich, öffnete die Bürotür und spähte den Gang entlang, um zu sehen, ob Henrik sich noch dort herumtrieb. Tat er nicht. Also holte Sonja ihre Mitarbeiter zusammen und erklärte die neue Situation. Bastian schnalzte verärgert mit der Zunge, während Jo mit gefurchter Stirn seine Vorgesetzte anschaute.

»Einen schlechteren Zeitpunkt hätte dieser Winther sich nicht aussuchen können. Hast du Helga angerufen, um zu hören, wann sie wieder dienstfähig ist?«, fragte er.

Da Sonja ihre Mitarbeiterin sehr gut kannte, vermied sie genau solche Telefonate. »Nein. Du weißt doch, wie sie reagieren würde«, erwiderte sie.

»Helga würde notfalls auf allen vieren angekrochen kommen, weil sie uns nicht im Stich lassen will«, sagte Jo.

Diese Option kam somit nicht in Betracht.

»Wie wäre es, wenn wir Oke eine Chance geben? Er steht doch schon länger auf der Liste für die Lehrgänge, um zur Kripo zu wechseln«, warf Bastian ein.

Obermeister Oke Sibbersen war ausgesprochen tüchtig und stand tatsächlich ganz oben auf der Liste der Bewerber. Sonja nickte zustimmend.

»Würdest du mit ihm Winther suchen?«, fragte sie Bastian.

Schon das breite Grinsen sagte alles. »Klar. Mit Oke durch die Kneipen zu ziehen, dürfte lustig werden. Er kennt jeden und alles. Wenn jemand eine Spur des Journalisten entdeckt, dann er«, sagte Bastian.

Damit war diese leidige Angelegenheit vom Tisch. Sonja kehrte in ihr Büro zurück und griff gleich zum Telefonhörer. Sie informierte Albrecht über ihr Vorhaben und holte sich seine Zustimmung ein. Der nächste Anruf ging an den Schichtleiter der uniformierten Kräfte, der zwar ungern einen fähigen Mann abgab, aber schließlich die Notwendigkeit einsah.

Keine zehn Minuten später klopfte es an Sonjas Bürotür und der wachsblonde Oke Sibbersen trat ein. Seine braunen Augen leuchteten vor Begeisterung, als die Hauptkommissarin ihm seinen neuen Auftrag mitteilte.

»Das könnte der letzte Baustein sein, der zu deinem Wechsel der Laufbahn noch fehlt«, erklärte Sonja.

Damit wollte sie Oke zu verstehen geben, dass er es als Chance ansehen und sich ordentlich anstrengen sollte.

An Motivation mangelte es dem drahtigen Kollegen mit Sicherheit nicht. Sonja hatte eher Bedenken, dass er es damit übertrieb. Oke Sibbersen musste beweisen, dass er einen kühlen Kopf bewahren und seinen Verstand benutzen konnte.

»Verstanden, Chefin. Mit wem soll ich arbeiten?«, erwiderte er.

Gleich darauf verschwand er wieder aus Sonjas Büro, um sich bei Bastian Kraft zu melden. Dieses Intermezzo hatte ihre Gedanken über Henrik in den Hintergrund gedrängt. Doch kaum hatte Oke die Tür hinter sich ins Schloss gezogen, musste Sonja wieder an den Privatdetektiv denken. Es war eindeutig erkennbar gewesen, wie zerknirscht Henrik war. Doch seine Bemühungen, es ihr zu erklären, kamen zu einem falschen Zeitpunkt. Er hätte sie vorm Abflug, während der Reise ins Baltikum oder unmittelbar nach seinem Eintreffen in Klaipėda anrufen müssen. Jetzt, nach der Rückkehr, war es schlicht zu spät. Henriks erneute enge Zusammenarbeit mit Ulrike Tewes überschattete alles. Dennoch verspürte Sonja einen leichten Anflug von Reue, weil sie Henrik nicht nach seiner Verletzung gefragt hatte. Vielleicht war sie zu hart zu ihm gewesen. Mürrisch verdrängte Sonja diese Gedanken und stürzte sich lieber wieder in die laufende Ermittlung.

KAPITEL 19

Dank der Informationen, die er von Frank Reuter erhalten hatte, konnte Henrik seinen nächsten Schritt gehen. Er fuhr zur Adresse von Ernst Pawlick, ignorierte den deftigen Uringeruch im Fahrstuhl und stand kurz darauf vor dem früheren Geschäftspartner Jansens.

»Henrik Bargen. Ich ermittle im Fall Jansen. Hauptkommissarin Martenson hat zwar schon mit Ihnen gesprochen, aber es sind noch ein oder zwei Fragen aufgetaucht. Könnten wir uns darüber drinnen unterhalten?«, fragte Henrik.

Seine Formulierung war gut gewählt. Pawlick verlangte nicht danach, einen Ausweis zu sehen, und bat seinen Besucher mit einem Achselzucken in die Wohnung.

Henrik setzte sich in einen der Sessel und musterte den ehemaligen Geschäftsmann, der durch Bertram Jansens Verschulden heute auf Harz IV angewiesen war.

Pawlick setzte sich ebenfalls. »Was für Fragen haben Sie denn noch?«, wollte er wissen.

Im Grunde hätte Henrik bei null anfangen müssen, doch das durfte er natürlich nicht tun. Es musste ihm einfach gelingen, Pawlick ins Reden zu bringen.

»Mich interessiert vor allem, was Sie mir über das Verhältnis von Jansen zu Alexander Rühling erzählen können«, sagte er.

Ein verblüffter Ausdruck huschte über Pawlicks Gesicht. Es wurde von einem schmalen Lächeln abgelöst. »Sie arbeiten wirklich gründlich. Ja, die Mitglieder dieser alten Schulclique zählen zu Bertrams engsten Vertrauten. Wann immer es erforderlich ist, helfen sie ihm, und so gibt es ein bestehendes Netzwerk gegenseitiger Abhängigkeiten«, antworte Pawlick schließlich.

»Beschreiben Sie das bitte ein wenig genauer. Wer zählt noch dazu und wie sind die betreffenden Personen in Jansens Geschäfte verwickelt?«, hakte Henrik nach.

Ein seltsamer Blick erfasste Pawlicks Gesicht. Henrik befürchtete schon, dass er Misstrauen bei ihm geweckt hatte, und suchte bereits angestrengt nach einem Ausweg, als sein Gegenüber auf einmal weiterredete.

»Schon merkwürdig, Herr Bargen. Nicht einmal beim Prozess damals stellten der Staatsanwalt oder seine Ermittler solche Fragen. Warum wohl nicht?«, fragte er.

Ein leises Alarmsignal meldete sich in Henriks Hinterkopf. Mit seiner offenen Frage hatte er scheinbar eine Tür aufgestoßen, hinter der sich Geheimnisse verbargen. »Klären Sie mich auf, Herr Pawlick. Ich möchte alles wissen und vor allem erfahren, was für ein Mensch Bertram Jansen wirklich ist«, drängte er vorsichtig.

Statt einer Antwort erhob Pawlick sich. Henrik schaute ihn an, erwartete halbwegs einen brüsken Rauswurf. Doch Pawlick verschwand nur kurz in der Küche, bevor er mit einer Flasche Wasser sowie zwei Gläsern zurückkehrte. Henrik atmete innerlich auf.

»Das wird eine längere Sitzung, Herr Bargen. Vielleicht sollten Sie Ihr Aufnahmegerät mitlaufen lassen. Es ist nicht ganz unkompliziert, was ich Ihnen gleich erzählen werde. Aber endlich kann ich einmal darüber reden«, sagte er.

Auf diesen Einfall hätte Henrik von allein kommen müssen. Er zog sein frisch erstandenes Smartphone heraus und aktivierte die Aufnahmefunktion. Zum Glück durfte er es an die Steckdose anschließen, sodass der Akku auch für einen ausführlichen Bericht reichen würde.

Pawlick füllte die beiden Gläser mit Mineralwasser, bevor er sich zurücklehnte und seine Gedanken sortierte.

»Ich könnte mit Jansens Clique vermutlich bereits in der vierten oder fünften Klasse anfangen. Doch Sie interessiert natürlich viel mehr die Zeit, ab der es um echte Geschäfte ging. Deswegen setze ich einfach in der zehnten Klasse ein. Denn ab da zeigte sich, wie clever Jansen seine Clique aufgebaut hatte«, begann er sachlich.

In den folgenden zwei Stunden leerten sie zwei Flaschen Mineralwasser und Henrik erhielt einen Bericht, der ihn mehr als nur einmal ins blanke Staunen versetzte. An verschiedenen Stellen musste er Zwischenfragen stellen, da ihm die Strukturen mehr und mehr seltsam vertraut vorkamen. Jansens Verflechtung innerhalb der Geschäftswelt Norddeutschlands, aber auch im gesamten Ostseeraum, sowie seine Verbindungen zu Personen des öffentlichen Lebens hatte Henrik in vergleichbarer Form schon einmal erlebt. Er verdrängte die Gedanken daran, um den Fokus auf dem Gespräch zu behalten.

Am Ende war Pawlick erschöpft. Trotzdem wirkte er sehr zufrieden und lächelte seinen Besucher sogar an. »Jetzt wissen Sie, gegen wen Sie ermitteln. Jansen wird nie leicht zu stellen sein«, sagte er.

Ein letzter Gedanke beschäftigte Henrik; nur mühsam konnte er sich von den Erzählungen seines Gegenübers lösen. Tausend Dinge tobten in seinem Kopf durcheinander, verlangten nach seiner Aufmerksamkeit.

»Sie wissen ja, dass zwei Männer im Feuer ums Leben kamen. Bleiben Sie dabei, dass Bertram Jansen nicht absichtlich über Leichen geht?«, fragte Henrik.

So hatte er Frank Reuter verstanden. Doch nach allem, was er in den beiden zurückliegenden Stunden gehört hatte, erschien es ihm eher unwahrscheinlich.

»Absolut. Sehen Sie, es würde mich nicht wundern, wenn es Helfer aus Rumänien oder der Ukraine wären. Doch Bertram hat es stets vermieden, Menschenleben zu opfern. Das passt einfach nicht zu ihm«, bestätigte Pawlick.

Es gab Henrik zu denken. Er glaubte Pawlick. Doch dann gab es ein Problem. Jansen musste schließlich gewusst haben, dass die beiden Männer im Haus waren. Wieso hätte er das Feuer dann trotzdem legen lassen sollen?

»Kann es sein, dass jemand einen dummen Fehler gemacht hat? Vielleicht hatte Jansen dem Brandstifter befohlen, die beiden Männer vorher zu informieren«, schlug Henrik vor.

Pawlick krauste nachdenklich die Stirn. »Schwer vorstellbar. Wer für Jansen arbeitet, kennt die Risiken. Er macht kurzen Prozess mit Versagern. Solche Handlanger bekommen kein Bein mehr auf die Erde«, sagte er dann.

Diese klare Aussage ließ Jansens mögliche Schuld weniger wahrscheinlich werden. Für Henrik gab es jetzt sehr viel, worüber er nachdenken musste.

Er dankte Pawlick für seine Kooperation und machte sich auf den Rückweg zu seinem Kutter. Doch schon in Höhe der Sonwick-Appartements änderte er seine Meinung. Er nutzte die Freisprecheinrichtung und wählte Ulrikes Büroanschluss. Sie meldete sich nach dem zweiten Freizeichen und war sofort bereit, ihn zu empfangen. Also fuhr Henrik nicht in den Museumshafen.

KAPITEL 20

Für Bastian und Oke war es nicht der erste gemeinsame Einsatz. Sie verstanden sich prächtig, da sie einen ähnlich ruppigen Humor hatten. Mit der Suche nach Anders Winther fingen sie bereits unmittelbar nach Okes Eintreffen an.

»Lass uns erst herumtelefonieren. Mit ein wenig Glück hat ja einer unserer Informanten den Journalisten in den zurückliegenden 24 Stunden gesehen und kann uns so eine Menge Laufarbeit abnehmen«, sagte Bastian.

Eine Stunde und diverse Gespräche später mussten die Männer einsehen, dass ihre Aufgabe doch nicht so einfach zu lösen war. Also fuhren sie zum Hotel, in dem Winther abgestiegen war. Das moderne Haus lag verkehrsgünstig in der Nähe des ZOB und verfügte zudem über kostenloses WLAN, weshalb der Journalist sich vermutlich dafür entschieden hatte.

Als Bastian und Oke durch den Eingang von Süderhofenden aus das Foyer betraten, bereitete sich soeben eine größere Gruppe auf ihre Abreise vor. Männer und Frauen mittleren Alters wuselten zwischen abgestellten Gepäckstücken herum. Niemand nahm zunächst Notiz von den beiden Beamten, bis Oke kurzerhand einen jüngeren Mitarbeiter ansprach und davon abhielt, sich gleich wieder an einen der Abreisenden zu wenden.

»Sibbersen. Kripo Flensburg. Wir sind wegen des verschwundenen Dänen hier«, sagte er.

Statt die Stimme zu senken, um kein Aufsehen zu erregen, redete Sibbersen besonders laut. Seine Taktik ging auf, denn der junge Angestellte trat sofort näher an den Tresen heran und machte eine beschwichtigende Geste.

»Schon gut, Herr Kommissar. Sprechen Sie bitte leiser. Wir möchten unsere Gäste nicht unnötig verunsichern«, bat er.

Oke tat ihm den Gefallen, nachdem sein Ziel erreicht war. »Herr Winther ist also bislang nicht wieder im Hotel aufgetaucht?«, fragte er.

Der Journalist war weiterhin abgängig, wie der Angestellte mit besorgter Miene versicherte.

Oke streckte die Hand aus. »Geben Sie mir einen Generalschlüssel, damit wir uns im Zimmer von Herrn Winther umsehen können«, verlangte er.

Nach kurzem Zögern händigte der Angestellte ihm eine schmale Codekarte aus, die den Zugang zu allen Zimmern erlaubte.

Oke und Bastian nahmen den Treppenaufgang in den ersten Stock, wo sich Winthers Zimmer befand. Die Codekarte verschaffte ihnen ungehinderten Zutritt, sodass die beiden Ermittler sich in Ruhe umsehen konnten. Während Bastian einen Blick ins Bad warf, durchsuchte Oke das eigentliche Zimmer. Das Bett war gemacht, der Papierkorb geleert und auf einem kleinen Tablett stand eine volle Flasche Mineralwasser zusammen mit zwei nicht benutzten Gläsern. Nachdenklich ließ Oke seinen Blick über die Einrichtung wandern, öffnete die Schranktüren und zog Schubladen heraus.

»Winthers Kosmetikartikel sind noch im Badezimmer. Wie sieht es hier aus?«, meldete sich Bastians sonore Stimme in Okes Rücken.

Der drehte sich um und machte eine umfassende Handbewegung. »Der Zimmerservice funktioniert. Im Schrank liegen drei saubere Oberhemden, passende Unterwäsche sowie Socken und eine olivfarbene Cargohose. Die Reisetasche enthält einen Beutel mit Schmutzwäsche sowie das Ladegerät für ein Smartphone«, zählte Oke auf.

Alles wies darauf hin, dass Anders Winther aus freien Stücken das Hotel verlassen hatte und zurückkehren wollte. Bastian massierte nachdenklich sein Kinn.

»Zu schade, dass er seinen Laptop oder das Mobiltelefon nicht zurückgelassen hat. Darauf ließen sich vermutlich Hinweise finden, weshalb er nach Flensburg gekommen ist und wen er eventuell zu treffen beabsichtigte«, sagte er.

Zu Bastians Überraschung ging Oke plötzlich in die Knie, um zuerst die Reisetasche und dann die saubere Wäsche zu durchwühlen. Als er sich aufrichtete und leise fluchte, fragte Bastian nach seinem Vorhaben.

»Was suchst du?«

Oke kaute nachdenklich auf seiner Unterlippe herum, bevor er schließlich antwortete. »Winther hat doch bestimmt eine Sicherungskopie auf einer externen Festplatte oder so. Wenn er tatsächlich nur für ein Treffen oder eine kurze Abwesenheit das Zimmer verlassen hat, müssten wir das Speichermedium hier irgendwo finden können«, erklärte er.

Bastian nickte anerkennend. Er ging hinüber zu dem schmalen Schreibtisch an der Wand gegenüber dem Bett.

»Da habe ich schon nachgesehen. In den Schubladen ist nichts von Bedeutung«, warf Oke ein.

Doch Bastian beugte sich hinab und öffnete die linke Klappe unter der Tischplatte. Mit einem zufriedenen Grinsen richtete er sich wieder auf und deutete auf den kleinen Safe dahinter.

»Ein idealer Ort, um sensible Dinge wie eine externe Festplatte aufzubewahren«, sagte er.

»Stimmt. Hätte ich auch draufkommen können«, erwiderte Oke.

Er ärgerte sich so offensichtlich über sich selbst, dass Bastian leise lachen musste. »Reg dich nicht auf, Oke. Du machst dich gut, und solche Sachen werden dir auch noch passieren, wenn du schon zehn Jahre als Kommissar gearbeitet hast. Deswegen sind wir ja als Team unterwegs«, sagte er dann.

Sein jüngerer Kollege nickte und ging dann ans Haustelefon, um mit dem Angestellten am Empfang zu sprechen. »Kommen Sie bitte herauf ins Zimmer von Herrn Winther. Wir benötigen das Masterpasswort für den Safe«, erklärte er.

Als er auflegte, ließ Bastian sich mit einem Seufzer auf der Bettkante nieder. »Siehst du. An so etwas denkt sonst immer nur Jo«, lobte er Oke.

Fünf Minuten später hatte der Angestellte den Safe geöffnet und trat zurück.

»Danke. Wir benötigen auch noch einen Nachweis aller Telefonate, die über das Zimmertelefon gelaufen sind«, sagte Bastian.

Der Angestellte wollte eine Kopie erstellen und unten am Empfang bereithalten. Während er das Zimmer verließ, nahm Oke eine schmale Nylontasche aus dem Safe sowie drei Stapel Bargeld. Er legte alles auf den Schreibtisch und fertigte mit seinem Smartphone eine Fotografie davon an. Zuvor hatte Oke den Inhalt auf gleiche Weise im Safe festgehalten.

»Winther ging wohl davon aus, für Informationen bezahlen zu müssen. Ansonsten hätte er kaum so viel Bargeld benötigt, oder?«, fragte Oke.

Dem stimmte Bastian zu. Er zog den Reißverschluss der schwarzen Nylontasche auf und brachte wie erwartet eine externe Festplatte zum Vorschein.

»Wir nehmen alles mit zur Direktion. Jo kann uns bestimmt einen Zugang zu den gespeicherten Daten verschaffen. Vielleicht erhalten wir den Hinweis, nach dem du suchst«, sagte er dann.

Wenige Augenblicke später verließen sie das Zimmer wieder. Bastian zog die Codekarte durch den dafür vorgesehenen Schlitz und versicherte sich, dass die Tür ordentlich verriegelt war.

»Was ist eigentlich mit den Gästen aus den Nachbarzimmern? Sollten wir die nicht befragen?«, wollte Oke wissen.

Bastian ließ erneut sein breites Grinsen aufblitzen. »Na klar. Du übernimmst die linke Gangseite«, antwortete er.

Doch ihre Befragung brachte leider keine neuen Erkenntnisse. Keiner der Gäste wollte etwas gehört oder gesehen haben, was ihnen weiterhelfen konnte. Eine Zimmertür blieb verschlossen. Als Bastian später den Angestellten hinterm Empfangstresen danach fragte, erhielt er die Auskunft, dass dieses Zimmer nicht belegt sei.

»Auch nicht in der Zeit, als Herr Winther noch hier war?«, hakte Oke nach.

Mit gefurchter Stirn überprüfte der junge Hotelmitarbeiter es an seinem Computer. Dann schaute er auf. Bastian und Oke sahen die Verwirrung in seinen Augen.

»Seltsam. Der Gast hat das Zimmer am gleichen Tag wie Herr Winther bezogen und wollte ursprünglich wenigstens drei Nächte bleiben«, teilte der Angestellte mit.

Bastian ahnte sofort, dass es anders gekommen war. »Aber er hat das Hotel wider Erwarten bereits am folgenden Tag verlassen, richtig?«, riet er.

Nachdem der Angestellte es bestätigt hatte, tauschten Oke und Bastian einen Blick.

»Dann möchten wir auch alle Daten dieses Gastes haben«, forderte der Oberkommissar.

Mit gequältem Gesichtsausdruck erstellte der Rezeptionist einen Ausdruck der gewünschten Informationen.

KAPITEL 21

Das ausführliche Gespräch mit Ulrike bestärkte Henrik darin, seine Recherchen in eine andere Richtung zu lenken. »Wenn ich den wahren Brandstifter finde, erübrigt sich die Suche nach entlastenden Beweisen«, lautete sein Credo.

Die Rechtsanwältin lehnte mit dem Po an der Kante ihres Schreibtisches. Ihre Beine waren nur eine Handbreit von Henrik entfernt, der leicht angespannt im Besucherstuhl saß.

»Ja, so könnte man es natürlich auch angehen«, stimmte sie lächelnd zu.

Erneut blitzten Erinnerungen an ihre Vergangenheit in Henriks Kopf auf, der verlegen zu Boden schaute.

»Also gut. Meinen Segen hast du. Und in welche Richtung willst du stattdessen ermitteln?«, fragte Ulrike.

Er hob den Blick und bemerkte das Funkeln in ihren haselnussbraunen Augen. Es wurde Zeit, dass er sich aus der Kanzlei entfernte. Zu viele emotionale Erinnerungen blockierten sein Denken.

»Die Hinweise auf diesen Vurm und seine Handlanger erscheinen mir vielversprechend. Ich denke, ich höre mich ein wenig in dieser Richtung um«, erwiderte er.

Sie nickte verstehend. Dann stieß sie sich von der Kante ab, wobei ihr linkes Knie Henriks Hand streifte, um zurück zu ihrem Schreibtischstuhl zu gehen.

Er stand auf. »Sobald ich Neuigkeiten habe, melde ich mich wieder«, versprach er. Mit einem gemurmelten Abschiedsgruß eilte er aus dem Büro, durchquerte das verwaiste Vorzimmer und zog schließlich die Tür zum Gang hinter sich zu. Aufatmend ging er die Steinstufen hinunter, um eine Minute später ins Freie zu treten. Hier sog Henrik die frische Abendluft tief in seine Lungen.

»Vermeide zukünftig besser persönliche Treffen«, mahnte er sich halblaut.

Ein Ehepaar ging an ihm vorbei. Die Frau warf Henrik einen kritischen Blick zu. Menschen, die auf offener Straße Selbstgespräche führten, wirkten immer ein wenig suspekt.

Henrik ging zu seinem Wagen und fuhr zurück in den Museumshafen. Einmal mehr lobte er sich für die Investition in einen eigenen Pkw, sodass er nicht ständig Kalle um dessen fahrbaren Untersatz anhauen musste. Der Passat hatte zwar schon 16 Jahre auf dem Buckel, erfüllte aber seinen Zweck noch bestens.

Henrik parkte den dunkelblauen Kombi zehn Minuten später auf dem Parkplatz im Hafen und schaffte es gerade noch, vor einem starken Regenschauer an Bord der »Sinje« zu kommen.

In der engen Kajüte schaltete er den Gasherd an, schob die Bratpfanne über die Flamme und löste Butter darin auf. Während er sich drei Eier briet und gleichzeitig ein Stück Leberkäse zubereitete, wanderten seine Gedanken zu dem Gespräch mit Frank Reuter zurück. Noch bevor Henrik die erste Gabelfüllung Spiegeleier in den Mund schob, hatte er seine Planung für den kommenden Tag abgeschlossen. Er würde über die Grenze fahren, um im Lager der Ökoaktivisten nach Hinweisen zu forschen. Henrik legte sich eine Strategie zurecht, um dort nicht sofort auf Misstrauen zu stoßen. Sicherlich schätzten die selbst ernannten Umweltschützer es nicht sonderlich, wenn ein Privatermittler bei ihnen herumschnüffelte. Daher zog Henrik es vor, einen Vorwand zu nutzen, um die Aktivisten unauffällig auszuhorchen.

KAPITEL 22

Mit einem verärgerten Seufzer zerknüllte May-Britt den Pappbecher, aus dem sie den Krankenhauskaffee getrunken hatte. Neben ihr checkte Anne die Neuigkeiten auf ihrem Smartphone.

»Solange Birte Hallweg im Koma liegt, treten wir quasi auf der Stelle«, beschwerte sich die Kommissarin. Aus dem Augenwinkel bemerkte May-Britt den verkniffenen Zug um Annes Mund. »Schlechte Nachrichten?«, fragte sie.

»Kann man so sagen. Maja hat ausgesagt. Angeblich erfolgte der Angriff von hinten und traf sie überraschend. Also keinerlei Angaben zum Täter«, erwiderte Anne.

»Du glaubst ihr nicht?«, hakte May-Britt nach.

Anne schüttelte entschieden den Kopf. »Ganz sicher nicht. Maja hat Angst, und leider verstehe ich sie nur zu gut«, sagte sie.

Ein leiser Signalton zeigte an, dass auf May-Britts Handy eine SMS eingegangen war. Sie warf einen Blick darauf und lächelte Anne dann an. »Vielleicht lichtet sich der Nebel in den kommenden Stunden ein wenig«, sagte sie mit einem hintergründigen Schmunzeln.

Anne zuckte fragend mit den Schultern. Als May-Britt ihr die SMS zeigte, hellte sich die Miene der Ermittlerin ebenfalls auf. »Wenigstens auf Henrik ist Verlass«, stellte sie fest.

Mit wenigen Worten dankte May-Britt dem Privatermittler für die Benachrichtigung und bat ihn, anschließend zu ihr ins Büro zu kommen.

»Mal sehen, was er so alles ausgräbt«, sagte sie.

Mit neuem Elan machten die beiden Frauen sich auf den Weg. Als sie am Empfangstresen in der Lobby vorbeikamen, rief eine der Frauen die Kommissarin zu sich.

»Ich habe hier eine Nachricht für dich«, sagte sie und streckte May-Britt einen Notizzettel hin.

May-Britt überflog die wenigen Zeilen und stieß dann einen leisen Pfiff aus. Anne war sofort neben ihr und nahm den Zettel an sich.

»Christiansen ist wach und ansprechbar. Der Tag scheint sich tatsächlich zum Guten zu wenden«, sagte sie.

Die beiden Frauen machten auf dem Absatz kehrt und fuhren hinauf zur Station, auf der Rene Christiansen versorgt wurde. Vor seinem Krankenzimmer standen ein Offizier der Armee sowie ein Arzt in ein Gespräch vertieft. Als May-Britt sich als Kommissarin ausgewiesen hatte und um ein Gespräch mit dem Soldaten bat, willigte der Arzt sofort ein.

»Es spricht nichts dagegen«, sagte er.

Der Offizier der Armee stellte sich als Christiansens Zugführer vor. »Ich wäre dankbar, wenn ich alle Informationen ebenfalls erhalten könnte«, bat er.

May-Britt schlug vor, dass der Oberleutnant beim Gespräch dabei sein könnte. Doch der wehrte ab und verabschiedete sich dann.

Während May-Britt an die Tür klopfte und anschließend die Klinke niederdrückte, bewertete Anne das schnelle Verschwinden des Offiziers. »Wetten, der will nur nichts hören, was ihn zu einem Bericht zwingen würde?«, sagte sie.

»Denkbar. Für Christiansen aber nicht von Nachteil. Uns gegenüber ist er bestimmt aufgeschlossener, wenn sein Zugführer nicht anwesend ist«, antwortete May-Britt und stieß die Tür auf.

Christiansen lag allein im Zimmer. Neben dem Bett stand ein Gestell, auf dem drei verschiedene Monitore diverse Werte anzeigten und dazu über Schläuche mit dem Patienten verbunden waren. Die blaugrauen Augen des Soldaten musterten die beiden Frauen. May-Britt konnte keine eindeutige Reaktion darin ablesen.

»Hallo. Ich bin May-Britt Oldsen und das ist Anne Björklund. Wir kommen von der Kripo Sonderburg und ermitteln in deinem Fall«, stellte die Kommissarin sich und ihre Begleiterin vor.

Christiansen warf einen kurzen Blick auf den Ausweis und setzte sich dabei im Bett auf. Anne war mit zwei Schritten bei ihm, um die beiden Kissen aufzuschlagen und in seinen Rücken zu schieben. Er lächelte ihr dankbar zu.

»Viel erzählen kann ich euch nicht«, sagte Christiansen dann.

May-Britt zog ihr Smartphone aus der Jackentasche und aktivierte die Aufnahmefunktion. Danach legte sie das Gerät auf die Bettdecke und bat den Soldaten um eine Schilderung der Ereignisse mit eigenen Worten. Er geriet immer wieder ins Stocken, konnte Erinnerungslücken nicht vollständig füllen. Trotzdem vermittelte Christiansen der Kommissarin einen brauchbaren Eindruck von dem Abend.

»Als ich mich umdrehte, war es schon zu spät. Shit! Die hatte doch Licht am Wagen und muss mich gesehen haben. Oder? Völlig irre. Wieso wich sie nicht einfach aus? Wollte die mich überfahren?«, wollte er wissen.

»Das ist genau die Frage, die wir zu klären haben. Ist dir irgendetwas an dem Wagen, der Fahrerin oder ihrem Fahrstil aufgefallen?«, erwiderte May-Britt.

Zuerst schüttelte Christiansen den Kopf. Doch dann trat ein nachdenklicher Ausdruck in seine Augen. Offenbar erinnerte er sich doch noch an ein Detail. May-Britt beherrschte ihre Ungeduld und verkniff sich sofortiges Nachfragen.

»Als ich über die Motorhaube segelte, konnte ich ins Wageninnere sehen. Auf der Rückbank lagen Kanister. Solche, die man auch für den Rasenmäher braucht, wenn der mit Diesel fährt. Meine Eltern haben so einen. Seltsam, dass mir das jetzt wieder einfällt«, sagte Christiansen.

Anne warf ihrer Vorgesetzten einen vielsagenden Blick zu.

»Sehr gut. Noch mehr? Lass dir ruhig Zeit«, lobte die Kommissarin.

Der Soldat versank erneut in angestrengtes Grübeln. Nach einer gefühlten Ewigkeit kehrte sein Blick zurück in die Gegenwart.

»Nur der völlig irre Blick der Fahrerin. Die sah mich gar nicht richtig an. Ihre Augen waren weit aufgerissen, wie bei einer Kuh in Panik«, antwortete er.

Auch diese Beobachtung rundete das Bild ab, welches May-Britt sich von Birte Hallweg und deren psychischer Verfassung an dem Abend gemacht hatte. Mehr Details konnte Rene Christiansen ihnen nicht liefern. Doch weder May-Britt noch Anne waren mit dem Ergebnis unzufrieden.

Sie verabschiedeten sich vom Soldaten und diskutierten seine Ausführungen bereits auf dem Weg zum Parkplatz des Krankenhauses.

»Alles, was er aussagt, untermauert nur Hallwegs Schuld. Sie hat das Feuer gelegt und war offenkundig in purer Panik, als sie nach Dänemark fliehen wollte. Vermutlich zu Karsten Osberg, um ihm von den beiden Toten zu berichten«, fasste Anne zusammen.

Im Grunde teilte May-Britt die Einschätzung ihrer Mitarbeiterin. Doch angesichts der besonderen Umstände – die Eltern von Birte Hallweg hielten den medialen Druck aufrecht – benötigten sie mehr Indizien. May-Britt hoffte inständig, dass Henrik Bargen ihnen später wertvolle Hinweise liefern konnte. Sie war heilfroh, dass der Privatdetektiv ohne die permanente Überwachung durch Journalisten arbeiten durfte. Bargen konnte sich wesentlich freier bewegen und erzielte dadurch vermutlich auch schneller Ergebnisse.

*

Sie saßen im Besucherraum des Gefängnisses. Ulrike Tewes suchte bei dem kompakt gebauten Mann mit dem auffälligen Stiernacken nach Anzeichen für Erschöpfung oder Frustration. Doch Bertram Jansen hielt sich hervorragend.

»Das war eine dämliche Panne«, schnaubte er aufgebracht. Er hatte vor wenigen Augenblicken erfahren, was bei Bargens Besuch in Klaipėda vorgefallen war.

Ulrike hob kaum erkennbar die Schultern an. »Stimmt. Doch es war Ihre Aufgabe, diese Dinge unauffällig zu händeln. Jetzt müssen wir Ihren Dreck wegräumen«, gab sie kühl zurück.

Jansen hob die buschigen Augenbrauen amüsiert an. Ein belustigtes Funkeln glitzerte in seinen hellblauen Augen. »Ach, wirklich? Lady, Sie und Ihresgleichen machen sich doch nie die Finger schmutzig. Solche unappetitlichen Angelegenheiten überlasst ihr doch Leuten wie mir«, gab er zurück.

Es war Ulrike vorher bewusst gewesen, dass Jansen ein schwieriger Mandant sein würde. Die beiden toten Männer stellten eine Bedrohung für die gesamte Organisation dar. Dummerweise zählte Jansen zum engen Führungskreis, also blieb der Rechtsanwältin nichts anderes übrig, als gute Miene zum bösen Spiel zu machen.

»Es existieren keine Beweise mehr und ohne die hat Bargen überhaupt nichts in der Hand. Und das weiß er auch«, sagte sie.

Jansen schob seinen Stuhl zurück und stand auf, um an das vergitterte Fenster zu treten. Die Aussicht war nicht dazu angetan, dort länger zu verweilen. Weder der kleine Parkplatz noch der Unterstand für die großen Mülleimer boten sich als reizvolles Motiv an.

»Also schnüffelt er weiter herum, oder was?«, fragte Jansen, ohne sich umzudrehen.

»Das ist sein Job. Allerdings will er die Zielrichtung seiner Ermittlungen ändern. Die Ökoaktivisten haben Bargens Aufmerksamkeit geweckt«, erwiderte Ulrike.

Für einen flüchtigen Moment spürte sie wieder die körperliche Nähe des Privatdetektivs. Ulrike hatte nicht damit gerechnet, dass ihr Begehren noch so existent war.

»Haben Sie ihm das eingeredet? Gut gemacht, Kleines«, lobte Jansen.

Diese herablassende Art wirkte wie eine kalte Dusche auf Ulrike. Sie lehnte sich zurück und verschränkte die Arme über der kirschroten Kostümjacke.

»Sie werden mir jetzt genau erzählen, wie es zu dem Feuer kam und welche gefährlichen Informationen die Ermittler der Kripo noch ausgraben könnten«, sagte sie.

Angesichts der Schärfe in ihrer Stimme wandte der Bauunternehmer sich um und forschte im schmalen Gesicht der Anwältin. Nach einer kleinen Ewigkeit, in der keiner den Blick senkte, nickte Jansen knapp.

»Das mit dem Feuer wüsste ich auch gerne. Verdammt, La…« Er hielt inne und setzte dann neu an. »Die beiden Toten sollten am Tag darauf den Sondermüll wegschaffen. Warum hätte ich also das Feuer legen lassen sollen? Ich will genau wie Sie wissen, wer dahintersteckt!«

Er war ein geübter Lügner und daher kaufte Ulrike ihm diese Aussage nicht blind ab. Sie hielt es durchaus für denkbar, dass Jansen einen Streit mit den Rumänen gehabt hatte und diesen mit drastischen Methoden zu Ende brachte. Äußerlich blieb sie gelassen und wartete ab, was er noch zu sagen hatte.

»Weitere Informationen? Da gibt es jede Menge. Sie wären gut beraten, die Ermittlungen gar nicht erst bis zu dem Punkt kommen zu lassen, an dem die Polizei darauf stoßen könnte«, sagte Jansen.

Vielleicht sollte ich Henrik tatsächlich auf diese Informationen ansetzen und Jansen einfach an die Staatsanwaltschaft ausliefern, dachte Ulrike. Ein verführerischer Gedanke, den sie vorerst leider nicht in die Tat umsetzen konnte. Sie hatte nicht ohne Grund Jansens Mandat übernommen. Nur so konnte die Organisation den Lauf der Ermittlungen verfolgen und bei Bedarf steuern.

»Wieso erkundigt Bargen sich nach Alexander Rühling?«, fragte Jansen.

Verblüfft fuhr Ulrike auf. Davon hörte sie zum ersten Mal und erkannte schlagartig, dass sie Jansen bislang unterschätzt hatte. Selbst in U-Haft blieb er mit der Außenwelt in Kontakt und war besser informiert als sie.

»Was? Bei wem hat er sich nach Rühling erkundigt?«, fragte sie alarmiert.

Bertram Jansen kehrte zurück an den Tisch und setzte sich wieder. Seine hellblauen Augen hatten jede Emotion verloren. Sie fixierten Ulrike wie zwei Eiskristalle.

»Sie sind schlecht informiert, Frau Tewes. Ihr Privatschnüffler war bei Pawlick und hat ihn nach allen Regeln der Kunst ausgehorcht. Unter anderem wollte er auch wissen, wie Alexander und ich zueinander stehen«, erklärte er.

Schockiert registrierte Ulrike, dass Henrik ihr einen unvollständigen Bericht gegeben hatte. Dabei war sie völlig sicher gewesen, dass er keinerlei Verdacht hegte. Nicht gegen sie. Nicht schon wieder. Zweifelte er etwa daran, dass das Kartell wirklich zerschlagen worden war?

»Alex ist ein Problem. Er hält kein Verhör bei der Polizei lange durch«, sagte Jansen.

Ulrike krauste verärgert die Stirn. »Wenn Rühling in Klaipėda nicht so schnell gehandelt hätte, lägen jetzt Beweise für die Tonnen mit Sondermüll auf dem Schreibtisch des Staatsanwaltes«, widersprach sie.

Jansen machte eine wegwerfende Handbewegung. »Dass er ab und an schnell kapiert sowie selbstständig handelt, macht ihn nicht unentbehrlich«, sagte er kalt.

Das Gespräch verlief völlig anders, als Ulrike es erwartet hatte. Jansen wurde durch die Haft nicht ernsthaft eingeschränkt. Er spielte seine Karten weiter clever aus und behielt die Fäden weitgehend in der Hand.

»Wir haben ihn im Auge«, versprach sie.

Damit Jansen diese Überlegung nicht weiterverfolgte, kehrte Ulrike zum eigentlichen Thema zurück. »Wer hätte etwas davon, Ihnen diese Brandstiftung anzuhängen?«, hakte sie nach.

Jansen streckte die kräftigen Beine aus, dachte intensiv

nach. Dann bat er um einen Stift und einen Zettel. Ulrike schob ihm den Kugelschreiber samt Notizblock über den Tisch zu. In seiner kleinen, nach links geneigten Handschrift schrieb Jansen drei Namen auf. Er notierte ebenfalls die Adressen sowie Kontaktdaten.

»Sprechen Sie mit denen. Einer wird etwas wissen, aber ganz sicher kein Wort mit einem Polizisten oder Staatsanwalt wechseln«, sagte Jansen und schob den Block zurück zu Ulrike.

Sie warf einen Blick darauf und schluckte schwer. Bertram Jansens Freunde zählten nicht zu den Menschen, die man innerhalb der sogenannten guten Gesellschaft empfangen würde. Sie schob Block samt Kugelschreiber in ihre schmale Aktenmappe und erhob sich.

»Ich spreche selbst mit Ihren Freunden. Bargen geht den Hinweisen nach, die mit den Ökoaktivisten zu tun haben, und Sie halten sich unbedingt zurück«, sagte sie zum Abschied.

Jansen hob die Hände in gespielter Unschuld. Ulrike glaubte ihm keine Sekunde lang und stellte sich darauf ein, dass der gewiefte Bauunternehmer vom Gefängnis aus weiterhin seinen Geschäften nachgehen würde.

*

Die morgendliche Teambesprechung, an der auch Staatsanwalt Lorenz teilnahm, brachte lediglich ein klares Ergebnis zutage: Bertram Jansen musste bald wieder auf freien Fuß gesetzt werden, auch wenn es weder Sonja noch Lorenz begrüßten.

»Die Anwältin bietet uns an, ihm seinen Reisepass abzunehmen sowie die Jacht und das Flugzeug quasi an die Kette zu legen. Angesichts der dünnen Beweislage werde ich keinen Richter davon überzeugen können, Jansen trotzdem in Untersuchungshaft zu behalten«, erläuterte der Staatsanwalt.

Ulrike Tewes ging sogar so weit, eine Vereinbarung mit Jansens Hausbank in Aussicht zu stellen, wonach jede Abhebung über 300 Euro immer mit der Staatsanwaltschaft abgestimmt werden müsste.

Lorenz zuckte hilflos mit den Schultern. »Es gefällt mir ebenso wenig wie Ihnen. Doch ein so weitreichendes Entgegenkommen kann kein Richter glaubhaft ausschlagen«, sagte er.

Am Ende der Teambesprechung verließ Sonja als Letzte den Raum, nachdem sie noch einige Worte mit Lorenz gewechselt hatte. Der Staatsanwalt beteuerte ihr gegenüber mehrfach, dass er ohne jede Einschränkung hinter ihren Entscheidungen stünde. Als sie schließlich auf den Gang traten, lächelte Lorenz ihr zum Abschied zu und eilte dann an Frank Reuter vorbei. Dem Hauptkommissar schenkte er nur ein knappes Nicken. Frank schaute dem Staatsanwalt mit einem Kopfschütteln hinterher.

»Was hast du?«, fragte Sonja.

Frank deutete mit dem Daumen über die Schulter in Richtung des Treppenhauses, in dem Lorenz soeben verschwunden war. »Von mir erwartet er nur schriftliche Berichte. Offenbar hat der Herr Staatsanwalt eine Schwäche für dich«, antwortete er schmunzelnd.

Sonja schüttelte den Kopf. In ihren Augen konnte Frank eine Mischung aus Verdruss und Sorge lesen.

»Was beschäftigt dich?«, wollte er wissen.

Sonja berichtete von dem weitgehenden Angebot Ulrike Tewes'. »Die zieht alle Register, um ihren Mandanten aus der Haft zu bekommen«, beschwerte sie sich.

»Ja, klar. Das ist doch ihre Aufgabe. Bist du sicher, dass es nicht um etwas ganz anderes geht?«, staunte Frank.

Er hatte eigentlich nicht beabsichtigt, sich in die Beziehungsprobleme seiner Kollegin einzumischen. Doch sobald es Einfluss auf die laufenden Ermittlungen hatte, konnte er schlecht wegschauen.

Sonjas Miene wurde noch finsterer. »Was genau willst du damit andeuten?«, fragte sie mühsam beherrscht.

»Ganz einfach. Seit die Tewes aufgetaucht ist, kracht es zwischen Henrik und dir gewaltig. Ich sehe doch, wie sehr es dich belastet, und das darf nicht zulasten der Ermittlungen gehen«, antwortete er offen.

Sonja senkte den Kopf. Ihre Schultern hoben und senkten sich erkennbar. Offenbar rang sie um Fassung, sodass Frank seinen Vorstoß bereits zu bereuen begann. Dann kam ihr Kopf wieder hoch und sie schaute ihm fest in die Augen.

»Henrik ist nicht erreichbar. Ich habe es auf seinem Handy versucht, doch er meldet sich nicht zurück«, erklärte sie.

»Steckt er schon wieder in Schwierigkeiten?«, entfuhr es Frank.

Sonja neigte den Kopf leicht zur Seite und musterte ihn verwundert. »Schon wieder? Willst du damit andeuten, dass du mit Henrik in Verbindung stehst? Obwohl Lorenz es eindeutig untersagt hat?«, schoss sie dann drei Fragen gleichzeitig ab.

Eine altbekannte Wut stieg in Frank auf. Er hasste es, wenn Polizeibeamte zu Spielbällen irgendwelcher politischen Bestrebungen wurden. Alles hier deutete nach seiner Einschätzung aber genau darauf hin und ging eindeutig vom Staatsanwalt aus.

»Er kann mir nicht vorschreiben, mit wem ich privat verkehre! Henrik war im Baltikum, um dort Recherchen anzustellen. Dabei wurde er überfallen und musste ins Krankenhaus«, erwiderte er scharf.

In Sonjas Gesicht spiegelten sich widerstrebende Gefühle. »Oh, mein Gott. Er hat versucht, es mir zu erzählen, und ich habe ihn einfach abgewiesen«, kam es kleinlaut von ihr.

Frank atmete tief durch, brachte seine Gefühle wieder unter Kontrolle. Es führte zu nichts, wenn er und Sonja sich auch noch zerstritten.

»Hast du denn versucht, Henrik unter seiner neuen Handynummer zu erreichen?«, fragte er.

Verwirrt schaute Sonja ihn an, zog bereits ihr Smartphone aus der Tasche und suchte die Nummer des Privatdetektivs heraus. Frank entzifferte sie über Kopf und stieß einen leisen Fluch aus.

»Nein, verdammt. Du hast noch die alte Telefonnummer und deswegen erreichst du Henrik auch nicht. Er hat deine Anrufe nie erhalten«, sagte er.

Er holte sein eigenes Mobiltelefon heraus und schickte Sonja Henriks aktuelle Nummer.

»Er wird sich ganz bestimmt sofort melden. Gib ihm eine Chance. May-Britt und ich arbeiten weiterhin eng mit ihm zusammen. Überlege dir gut, ob du lieber auf Lorenz hörst oder einem alten Freund vertraust«, mahnte Frank.

Sie schürzte die Lippen und nickte schließlich zustimmend. Frank war erleichtert, dass diese unselige Situation jetzt bereinigt werden konnte. Er sah Sonja nach, die mit dem Mobiltelefon am Ohr den Gang hinunter zu ihrem Büro lief. Als er sich gerade umdrehen und gehen wollte, bemerkte er Jo Fechner. Der Kommissar grinste ihn verschwörerisch an und reckte den Daumen zufrieden in die Höhe. Auch das Team hatte unter der komplizierten Situation leiden müssen.

Frank erwiderte das Grinsen und eilte dann weiter in sein eigenes Büro. Dort erwartete ihn eine Antwortmail von Simon Cremer. Während er sie durchlas, stieg Enttäuschung in Frank auf. Der Pressesprecher lehnte es ab, durch einen Trick mögliche Komplizen Hallwegs innerhalb seiner Organisation aufzuspüren. Damit zwang er Frank, sich einen neuen Weg auszudenken, um ans Ziel zu kommen.

KAPITEL 23

Henrik nahm es als gutes Omen, dass die Sonne genau dann durch die Wolkendecke brach, als er seinen Passat vor dem Tor im Zaun abstellte. Er stieg aus und warf einen Blick auf die verschiedenen Fahrzeuge auf dem Feld. Es sah nicht danach aus, als würden die Ökoaktivisten an Aufbruch denken. Henrik öffnete das Tor, schloss es hinter sich wieder sorgfältig und marschierte los. Auf halber Strecke zu der kleinen Wagenburg jagte ein Mischlingshund auf ihn zu. Da der Schwanz wild wedelte und die Körpersprache des Tieres weder Angst noch Aggressivität ausstrahlte, ließ Henrik ihn herankommen.

»Na, mein Freund. Alles gut bei dir?«, fragte er auf Dänisch.

Der Hund freute sich über den Neuankömmling und nahm die Streicheleinheiten voller Genuss an. Henrik lachte auf, als der Hund sich mit seinem gesamten Gewicht gegen sein linkes Bein lehnte.

»Presse? Polizei?«, fragte eine Männerstimme.

Als er den Blick hob, bemerkte Henrik eine Gruppe von schwarz gekleideten Aktivisten. Sie bildeten einen lockeren Halbkreis. Henrik konnte die unterschwellige Aggressivität mit Händen greifen.

Er richtete sich auf und kraulte jetzt nur noch das Fell auf dem Kopf des Hundes. »Hallo. Weder noch. Ich bin Henrik aus Flensburg. Ich wollte mit euch über den Sondermüll sprechen, der bei dem Feuer gefunden wurde«, erwiderte er.

Allein wegen seiner Körpergröße war Karsten Osberg leicht auszumachen und wirkte wie der geborene Anführer der Aktivisten. Er trat zwei Schritte vor und forschte in Henriks Gesicht. »Und warum interessiert dich das?«, wollte er wissen.

Henrik hatte sich seine Geschichte sorgsam zurechtgelegt. Er gab sich als Eigner eines historischen Kutters zu erkennen und beschrieb die Sorgen, die er und die anderen Eigentümer der Schiffe im Museumshafen hatten.

»Wir trauen den Medien genauso wenig wie den Politikern. Die sagen zwar, dass wir uns keine Sorgen machen müssen und für unsere Gesundheit so überhaupt keine Gefahr bestehen würde, doch ich glaube ihnen kein Wort«, schloss Henrik seine Erklärung.

Er war beim Reden auf die Gruppe zugegangen, hatte dabei sein Smartphone aus der Jacke gezogen und Bilder seiner »Sinje« im Display anzeigen lassen, die er eigens zu diesem Zweck aus seiner Cloud heruntergeladen hatte. Nun streckte er Osberg sein Telefon hin.

»Hier sind einige Aufnahmen der Schiffe. Die letzten Bilder hat ein Freund nach dem Unglück gemacht und mir zugeschickt. Du kannst gut erkennen, wie kurz die Distanz zum Museumshafen ist«, erklärte er.

Der Hüne nahm das Smartphone und schaute sich die Aufnahmen in aller Ruhe an. Aus dem Augenwinkel bemerkte Henrik, dass einer der anderen Aktivisten ebenfalls ein Mobiltelefon in der Hand hielt. Solange er nur Henriks Angaben zum Museumshafen überprüfte, drohte keine Gefahr. Das könnte sich aber schlagartig ändern, wenn er den Namen des Privatdetektivs in eine Suchmaschine eingab. Osberg gab Henrik das Telefon zurück, warf dann einen Blick auf seinen Freund am Ende der Reihe. Dessen kurzes Nicken ließ Henrik innerlich aufatmen.

»Okay. Deine Geschichte stimmt so weit. Was willst du aber von uns?«, fragte Osberg.

Das war ein kniffliger Augenblick. Die Ökoaktivisten waren misstrauisch und Henriks Anliegen musste daher überzeugend sein.

»Ich dachte, wenn einer sich auskennt, dann ihr. Von euch würde ich gerne erfahren, was für Dreckszeug dieser Jansen in seinem Haus aufbewahrte und welches Risiko sich damit für uns verbindet«, erklärte er.

Der Hüne furchte die Stirn. Er musterte Henrik, schaute dann zu dessen altem Passat und kam schließlich zu einem Entschluss.

»Ich weiß nicht, ob wir alle deine Fragen beantworten können. Aber einiges zu den Schweinereien dieses Bauunternehmers können wir mit Sicherheit berichten. Komm mit«, sagte er.

Jetzt hatte Henrik immerhin schon einen Fuß in der Tür. Er folgte der Gruppe, die mit ihm zu einem Wohnwagen ging. Im Vorzelt standen diverse Klappstühle, ein Campingtisch sowie verschiedene Vorräte. Hier bot Osberg dem Privatdetektiv einen Platz sowie einen Kaffee an. Henrik akzeptierte beides und fand sich so wenige Augenblicke später in ein intensives Gespräch über Sondermüll sowie dessen illegale Entsorgung verstrickt.

Osberg und seine Freunde wussten unheimlich gut darüber Bescheid und sorgten dafür, dass Henrik seinen aktuellen Auftrag mit anderen Augen sah. Menschen wie Bertram Jansen waren gefährlich und leider oft innerhalb von Verwaltung und Politik so gut vernetzt, dass ihre Untaten meist ungestraft blieben. Allein schon deshalb, weil sie häufig in aller Heimlichkeit agierten und echte Kontrolle eher die Ausnahme war.

»Das sind schlimme Verbrecher, aber bestens gedeckt durch korrupte Beamte und Politiker«, redete Osberg sich immer mehr in Rage.

Henrik nippte am Kaffee, warf gelegentlich Verständnisfragen ein und hörte ansonsten aufmerksam zu.

KAPITEL 24

Um ihren Unmut über den zäh fließenden Verlauf der aktuellen Ermittlung sinnvoll zu verarbeiten, hatte May-Britt Oldsen sich in die unvermeidliche Schreibtischarbeit gestürzt. Sie schloss längst überfällige Berichte ab und schickte sie weiter an die zuständigen Staatsanwälte. So verstrichen zwei Stunden, in denen May-Britt nicht an den im Koma liegenden Soldaten oder Birte Hallweg denken musste.

»Kann ich dich in deinem Anfall von Arbeitswut stören?«, meldete sich Henner von der Tür her.

May-Britt hatte nicht einmal gehört, dass ihr Mitarbeiter ins Büro gekommen war. Sie strich sich eine Strähne ihres Haares aus der Stirn und nickte.

»Ich habe mir die Listen von Maja Andersens Mobilfunkanbieter besorgt. Bei der Durchsicht bin ich auf eine sehr interessante Voicemail gestoßen. Du kannst sie dir an deinem Computer anhören«, sagte Henner.

May-Britt aktualisierte ihren Account und fand den entsprechenden Link. Sie schaltete die Lautsprecherboxen ein und startete die Aufnahme.

»Melde dich, Maja. Wenn du zu den Bullen gehst und quatschst, wirst du es bereuen! Ich bin in der Stadt und finde dich«, vernahm sie eine leicht verzerrte Männerstimme.

May-Britt bat Henner, Anne zu holen, und spielte der Kollegin eine Minute später die Aufzeichnung vor.

»Das ist Karsten Osberg. Zweifel ausgeschlossen«, sagte sie, ohne zu zögern.

Endlich kam Bewegung in die Ermittlungen. Doch als May-Britt ihrem Mitarbeiter dankte, hob Henner abwehrend eine Hand hoch.

»Nicht so schnell, Chefin. Ich habe noch mehr. Wirf einen Blick auf den anderen Link. Wird dir gefallen«, sagte er.

Neugierig befolgte May-Britt den Rat und Anne stellte sich neben sie, um ebenfalls einen Blick auf den Bildschirm werfen zu können. Sekunden später stieß Anne einen Ruf des Erstaunens aus.

»Das darf doch nicht wahr sein! Osberg hat eine Kamera übersehen?«, stieß sie ungläubig hervor.

Die leicht verpixelte Videoaufzeichnung zeigte den Ökoaktivisten, wie er die Stufen zum Hintereingang des Borgen Shopping Centers hinuntereilte. Dort traf er auf Maja, die voller Panik bis an die Hauswand zurückwich. Es folgte ein heftiger Wortwechsel, und dann versetzte die junge Frau Osberg plötzlich einen kräftigen Schubs. Als sie sich aber an ihm vorbei ins Innere des Einkaufszentrums retten wollte, packte er blitzschnell zu und schleuderte Maja gegen die Einkaufswagen. Sie strauchelte und schlug hart mit dem Kopf gegen eine Eisenstange der Umrandung, in denen die Wagen abgestellt wurden. Maja sank zu Boden und Osberg starrte den Bruchteil einer Sekunde erschrocken auf die junge Frau, bevor er herumwirbelte und einfach wegrannte.

»Das reicht aus. Wir holen ihn uns, bevor er verschwinden kann«, stieß Anne hervor.

May-Britt nickte zustimmend. Während sie sich ihre Jacke griff, warf sie gleichzeitig einen Blick auf Henner.

»Klasse Arbeit. Wie bist du an diese Aufnahme gekommen? Osberg scheint sich ansonsten doch bestens auszukennen, um Überwachungskameras aus dem Weg zu gehen«, fragte sie.

Ein zufriedenes Grinsen umspielte Henners Lippen. »In dem Elektronikgeschäft an der Ecke sind zurzeit Überwachungsgeräte für den Hausgebrauch im Angebot. Zwei davon stehen im Schaufenster und sind aktiviert, um den Kunden die Qualität zu zeigen«, erwiderte er dann.

Während eine der Kameras auf die Straße unmittelbar vor dem Geschäft ausgerichtet war, deckte die andere den Fußsteig bis zum Hintereingang der Shoppingmall ab. Normalerweise waren die Aufnahmen für Dritte unzugänglich und wurden nach Geschäftsschluss gelöscht. Nur durch ein Telefonat sowie der erforderlichen schriftlichen Genehmigung überließ der Inhaber die Aufzeichnungen der Polizei. Möglichen Interessenten wurden dagegen nur Aufnahmen ohne Personen oder Fahrzeuge vorgeführt.

»Von der konnte ich die Aufzeichnungen sichern, da beide Geräte über einen Speicher verfügen und die Verkäufer nicht daran gedacht haben, die Aufnahmen zu löschen. Unser Glück, Osbergs Pech«, sagte Henner.

Im Vorbeigehen klopfte May-Britt ihm anerkennend auf die Schulter. Sie holte Anne im Gang ein, die ebenfalls ihre Jacke geholt hatte und sie im Laufen überstreifte.

»Wir sollten vorsichtshalber eine Streife zur Verstärkung anfordern. Osberg neigt zu Gewaltausbrüchen und scheint der Anführer der Aktivisten in der Wagenburg zu sein«, schlug sie vor.

Den gleichen Gedankengang hatte May-Britt auch gehabt und wollte die Anforderung über Funk vom Dienstwagen aus vornehmen. So verloren sie keine Zeit.

Fünf Minuten später jagten sie mit eingeschaltetem Blaulicht und Sirene durch Sonderburg. Noch vor der Stadtgrenze schloss sich ein Streifenwagen mit drei Beamten darin an. Als May-Britt in den Rückspiegel schaute, bemerkte sie außerdem den Kopf eines Hundes im Heck des Kombis.

»Damit dürften wir wohl ausreichend vorbereitet sein«, kommentierte sie zufrieden.

Für Anne konnte es kaum schnell genug gehen. Sie beschleunigte auf der Landstraße nochmals, sodass die Felder links und rechts davon nur so an ihnen vorbeiflogen.

»Osberg ahnt doch nicht, dass wir kommen«, ermahnte May-Britt ihre Mitarbeiterin.

Aber Anne schüttelte entschieden den Kopf. »Falls er wirklich dieser Anführer mit dem bescheuerten Namen Vurm ist, darf er sich nicht absetzen. Allein die Anforderung der uniformierten Kollegen könnte sich als Bumerang herausstellen«, widersprach sie.

Ihre Anspielung auf mögliche Sympathisanten innerhalb der Polizei dämpfte May-Britts gute Laune umgehend. Leider hatte Anne recht damit, und somit galt es tatsächlich, keine Zeit zu verlieren.

KAPITEL 25

Henrik fuhr rechts ran und ließ die Einsatzfahrzeuge passieren. Er erhaschte einen kurzen Blick auf Anne Björklund am Steuer des zivilen Wagens.

»He, wohin so eilig?«, fragte er halblaut.

Einem Reflex folgend wendete Henrik und jagte den Einsatzfahrzeugen hinterher. Er baute darauf, dass ihm Anne und May-Britt entsprechende Rückendeckung geben würden, sollten ihre uniformierten Kollegen ihn stoppen wollen. Henrik musste das Gaspedal tief durchdrücken, um zu den beiden Wagen aufzuschließen. Kurz nachdem es ihm gelungen war, sah er seine vage Ahnung bestätigt. Die Polizisten hielten an dem Tor an, von dem Henrik kurz zuvor seinen Wagen weggelenkt hatte. Er rollte hinter dem Streifenwagen aus und deutete auf May-Britt, als einer der Uniformierten in seine Richtung ging. Der Beamte furchte verwundert die Stirn, schaute über die Schulter zur Kommissarin und änderte auf ihr Zeichen hin seine Laufrichtung. Henrik atmete auf. Anne gab ihm durch Gesten zu verstehen, dass er im Wagen bleiben sollte. Obwohl es ihm widerstrebte, kam er ihrer Anweisung nach und verfolgte von dort aus den Zugriff. Lediglich die Seitenscheibe versenkte Henrik im Türrahmen, um mehr von der Aktion mitzubekommen.

Es folgten laute Rufe, wüste Flüche und dann ein übers Feld wegrennender Osberg. Der Ökoaktivist suchte sein Heil in der Flucht, was zu den lauten Verwünschungen der Polizisten geführt hatte. Zu Henriks Erstaunen war es Anne, die mit maximaler Geschwindigkeit die Verfolgung anführte. Ein junger Uniformierter schloss zu ihr auf und so gelang es ihnen, Osberg in die Zange zu nehmen.

Henrik beobachtete das darauffolgende Handgemenge, welches zugunsten der Polizisten ausging. Die Entscheidung fiel allerdings erst, als die beiden anderen Uniformierten eingriffen. Anne war von Osberg wie eine lästige Fliege abgeschüttelt worden und im feuchten Gras gelandet. Als sie mit vor Wut verzerrtem Gesicht wieder auf die Beine kam, entdeckte Henrik dunkle Flecke auf ihrer Jeans. Hoffentlich ist es nicht das, was ich glaube, dachte er. Den wüsten Beschimpfungen nach zu urteilen, musste Anne wohl doch in Kuhfladen gelandet sein.

Henrik sah zu, wie die uniformierten Einsatzkräfte den sich immer noch wehrenden Osberg zum Streifenwagen brachten. Dort sollte er auf der Rücksitzbank verstaut werden. Dabei huschte Osbergs Blick über Henriks Wagen, der Hüne stutzte und dann verschwand er im Fond. Sekunden später setzte der Streifenwagen sich in Bewegung. Erneut spürte Henrik einen mörderischen Blick des Ökoaktivisten. Er konnte sich denken, was Karsten Osberg durch den Kopf ging. Sobald der Streifenwagen verschwunden war, stieß Henrik die Fahrertür auf und stieg aus. Für einen Augenblick lang öffnete sich die bislang geschlossene Wolkendecke und die Sonne spiegelte sich in der Frontscheibe des Passat. May-Britt kam übers Feld zum Tor gestiefelt. Henrik versuchte aus ihrem angestrengten Gesichtsausdruck schlau zu werden, doch es wollte ihm nicht wirklich gelingen.

»Hallo. Vielleicht solltest du mir einen vorläufigen Bericht an Ort und Stelle geben«, sagte sie.

Henrik konnte zwei Sätze loswerden, bevor May-Britt in ein prustendes Lachen ausbrach. Verwirrt schaute er die Kommissarin an. »Was ist denn so lustig daran?«, fragte er.

Sie kämpfte um die Rückgewinnung ihrer Beherrschung, doch das gelang ihr nicht so einfach. Kaum setzte sie an, ihr merkwürdiges Verhalten zu erklären, überfiel sie der nächste Lachanfall.

Henrik lehnte sich gegen die Karosserie seines Wagens, um entspannt abzuwarten. Schließlich rang die Kommissarin mühsam nach Luft, wischte sich die Tränen aus dem Gesicht und atmete dann mehrfach tief durch.

»Sorry, Henrik. Anne hätte Osberg gekillt, wenn sie gekonnt hätte. Als er sie abgeschüttelt hat, landete sie in einem riesigen Haufen Kuhscheiße. Der Anblick war zum Schreien, aber ich musste mich beherrschen. Jetzt ging es aber nicht mehr«, erklärte sie.

Henrik schilderte die Situation aus seiner Sicht, woraufhin sie gemeinsam lachen mussten. Danach konnte er seinen Bericht in Ruhe abgeben.

May-Britt war wieder ganz die erfahrene Ermittlerin, die jedes Wort aufmerksam registrierte. »Dann hältst du es für möglich, dass Osberg dieser ominöse Vurm ist?«, fragte sie.

Da Henrik genügend Zeit gehabt hatte, um sich selbst einen Reim darauf zu machen, kam seine Antwort prompt. »Ja. Er ist clever, teilt die Welt nach seinen eigenen Regeln ein und verfügt über reichlich Aggressionspotenzial. Mit ein wenig Glück habt ihr gerade eben Vurm aus dem Verkehr gezogen«, sagte er.

Sie diskutierten noch zwei Minuten darüber, bevor May-Britt ihn entließ. »Dein mündlicher Bericht genügt mir vorerst. Schick mir bitte eine Kopie, sobald du es für den Rechtsanwalt schriftlich fixiert hast«, erklärte sie.

Er hatte gehofft, noch ein wenig länger bleiben und vielleicht sogar den Vernehmungen beiwohnen zu können. Henrik sah aber ein, dass May-Britt so weit nicht gehen konnte. Also fügte er sich und fuhr wieder zurück nach Flensburg. Dabei musste er mehrfach an den wütenden Karsten Osberg denken. Zum Glück hatten die Dänen ihn festgesetzt. Ansonsten hätte er durchaus auf die Idee kommen können, sich an Henrik als vermeintlichem Verräter rächen zu wollen.

KAPITEL 26

Karsten Osberg hielt den Kopf gesenkt, als May-Britt und Anne den Vernehmungsraum betraten. Sie zogen die Stühle vom Tisch weg und setzten sich. Während die Kommissarin dem Ökoaktivisten seine Rechte verlas und die Gründe, aus denen er verhaftet worden war, hob Osberg betont lässig den Kopf. Ein spöttisches Grinsen umspielte seine Lippen.

»Wie ist das Leben so als Marionette der politischen und wirtschaftlichen Elite?«, fragte er.

May-Britt tat ihm nicht den Gefallen, auf die Provokation einzugehen. Vielmehr erwiderte sie Osbergs Blick mit kühler Sachlichkeit. »Du steckst mächtig in der Klemme. Ist dir das überhaupt bewusst?«, fragte sie.

Osberg spiegelte daraufhin ihre Körperhaltung und grinste unverschämt. »Echt, ja? Warum? Weil dieser Deutsche mich hinterlistig aufs Glatteis geführt hat? Vergiss es«, erwiderte er.

Da drehte Anne den eingeschalteten Laptop zu Osberg um und aktivierte die Aufnahmen der Überwachungskameras aus dem Schaufenster des Geschäftes. Osberg verfolgte die Aufzeichnung mit geschürzten Lippen. Dann furchte er die Stirn und starrte weiter auf den Monitor, obwohl die Aufzeichnung längst zu Ende war.

»Maja hatte befürchtet, dass ihr etwas zustößt. Sie hat mir am Telefon gesagt, dass Sie Angst vor dir hat. Wie man sieht, nicht zu Unrecht«, stellte Anne fest.

Obwohl Osberg sich anstrengte, seine Verunsicherung nicht deutlich werden zu lassen, erkannten die Ermittlerinnen es allein schon an seiner veränderten Körpersprache. May-Britt hakte nach.

»Jetzt kommen noch deine Aussagen hinzu, die du gegenüber dem Privatdetektiv getätigt hast. Der Staatsanwaltschaft reichte es so schon aus, um den Haftbefehl zu erwirken. Natürlich bohren wir jetzt umso intensiver weiter, und glaub mir, wir werden reichlich üble Sachen aufdecken. Besser, du beschließt, mit uns zu kooperieren«, erklärte sie.

Osberg verschränkte erneut die muskulösen Arme vor der Brust. Sein Blick ging zwischen May-Britt und Anne ins Leere.

»Wir können anhand der ersten Aussagen von Maja, den Erkenntnissen des Privatdetektivs und den vorliegenden Aufzeichnungen eine direkte Verbindung zwischen dir und dem Feuer in Flensburg herstellen. Anstiftung zu einer schweren Straftat, bei der zwei Menschen ums Leben kamen«, sagte die Kommissarin.

Bei den Vorwürfen verkrampften sich Osbergs Schultern. »He, ganz langsam, ja. Wieso hätte ich jemanden mit der Brandstiftung beauftragen sollen? Ich kenne diesen Jansen doch überhaupt nicht«, wehrte er ab.

Anne und May-Britt tauschten einen Blick.

»Ach nein? Sehr seltsam. Wir haben den Namen bisher nicht erwähnt und in den Medien durfte er ebenfalls nicht vollständig genannt werden. Tja, dein nächster Fehler«, erklärte die Kommissarin.

May-Britt rechnete damit, dass Osberg ihr sagen würde, dass er sich den Namen aus verschiedenen Quellen zusammengereimt habe. Doch zu ihrem Erstaunen schwieg er. Die Verhaftung und das Verhör zeigten Wirkung. Karsten Osberg traf es unerwartet und offenbarte so seine Schwächen.

»Bullshit. Was wollt ihr eigentlich von mir, hä? Ich sitze doch nur hier, weil ich den etablierten Arschlöchern ein Dorn im Auge bin. Diese ganzen angeblichen Beweise sind doch alle gefakt. Kennt man doch von euch«, versuchte er sich in eine Opferrolle zu flüchten.

May-Britt schnalzte verärgert mit der Zunge. Anne beugte sich vor und fixierte den Hünen mit funkelnden Augen. »Dein Vortrag kommt ein wenig zu spät, um noch glaubwürdig zu wirken. Denk dran, diese Vernehmung wird aufgezeichnet und deine Reaktionen belegen deutlich, dass dich die Aufnahmen der Überwachungskamera allein völlig aus dem Konzept gebracht haben. Kommt hinzu, dass Maja gegen dich aussagen wird. Wie bereits gesagt. Du steckst tief in der Klemme«, sagte sie.

Osberg starrte Anne an. Er suchte krampfhaft nach einer passenden Erwiderung, doch sie fiel ihm nicht ein.

»Ich verlange umgehend einen Anwalt. Ihr dürft mich gar nicht ohne verhören. Das sind reine Polizeistaatsmethoden«, forderte er schließlich.

Mit einem Kopfschütteln schob May-Britt ihm einen Schreibblock sowie einen Kugelschreiber über den Tisch zu. »Notier die Kontaktdaten deines Rechtsanwaltes, damit wir ihn anrufen können. Während du auf ihn wartest, denk gründlich über deine Situation nach. Ich lass das Schreibzeug hier. Vielleicht legst du doch lieber ein Geständnis ab und darfst so auf die Milde des Gerichts hoffen«, redete sie Osberg gut zu.

Der schwieg eisern weiter, während er den Namen und die Telefonnummer eines bekannten Rechtsanwaltes aus Kopenhagen aufschrieb. Morten Södergard war May-Britt bestens bekannt. Er betrachtete sich als eine Art Robin Hood der Ökoszene und vertrat nahezu ausschließlich Mandanten aus diesem Umfeld. Bis zu seinem Eintreffen würde Osberg reichlich Zeit haben, um über die Worte der Kommissarin nachzudenken.

May-Britt und Anne erhoben sich, um den Raum zu verlassen. An der Tür drehte die Kommissarin sich nochmals zu Osberg um.

»Soll ich dir verraten, wen wir am Ende dieser Ermittlungen wirklich anklagen werden?«, fragte sie.

Der Hüne schaute sie forschend an. Er zuckte gespielt gleichgültig mit den Schultern.

»Vurm!«

Mehr sagte May-Britt nicht, doch die Wirkung des einen Wortes war enorm. Osbergs Unterkiefer klappte nach unten und ein unartikulierter Laut entfuhr ihm. Bevor er zu einem Protest ansetzen konnte, schloss May-Britt die Tür hinter sich und ging neben Anne über den Gang entlang.

»Was meinst du? War das ein Wirkungstreffer?«, wollte sie wissen.

Ihre Mitarbeiterin wiegte skeptisch den Kopf. »Da bin ich mir nicht so sicher. Eventuell haben wir ihm damit zu viel verraten und seinem Verteidiger wertvolle Munition geliefert«, antwortete sie offen.

Das hoffte May-Britt nicht. Solange Osberg in seinem eigenen Saft schmorte, war es zu ihrem Vorteil. Vielleicht wurde er noch vor dem Eintreffen Södergards weich und verlangte nach einem weiteren Gespräch. Dann bestand durchaus die Wahrscheinlichkeit, dass May-Britt mit ihrem Team an diesem Tag den Fall lösen konnte. Ein verführerischer Gedanke.

*

Jo hatte es geschafft. Als er Bastian anrief und seinem Kollegen mitteilte, dass er einen Zugriff auf die externe Festplatte von Anders Winther bekommen hatte, sagte der sofort sein Kommen zu. Oke Sibbersen verfolgte das über Funk geführte Gespräch und änderte gleich darauf die Fahrtrichtung des Passat.

Bastian warf seinem Kollegen einen anerkennenden Blick zu, nachdem dieser einen erfolgreichen U-Turn hingelegt hatte. »Nicht übel, Oke. Aber ganz so eilig haben wir es nun auch wieder nicht«, mahnte er.

Sie erreichten zehn Minuten später den Parkplatz an der Direktion und eilten hinauf in Jo Fechners Büro. Der schmal gebaute Kommissar studierte gedankenversunken den Bildschirminhalt seines Computers.

»He, ihr seid ja schneller als die Feuerwehr«, sagte er, als Bastian und Oke ins Zimmer stürmten. Dann flogen seine Finger über die Tastatur, um anschließend den Monitor so zu drehen, dass beide Kollegen die aufgerufenen Dateien lesen konnten. Eine halbe Minute lang legte sich Schweigen über die drei Männer. Dann stieß Bastian einen leisen Pfiff aus, während Oke ungläubig den Kopf schüttelte.

»Winther war hinter Jansen her? Wieso?«, platzte es dann aus ihm heraus.

Da Jo bereits tief in die Materie eingestiegen war, konnte er seinen Kollegen einen ersten Überblick geben.

»Im Grunde geht Winther Hinweisen auf einen handfesten Umweltskandal in Dänemark nach. Dabei stieß er auf den Namen Bertram Jansen und kam deswegen hierher nach Flensburg«, erklärte er.

Im Kern der Story ging es um nicht sachgerechte Entsorgung von Sondermüll, der als Futtermittel deklariert über die Grenze geschafft worden sein sollte.

»Eine nur als ›P. F.‹ bezeichnete Person in Karlshamn nimmt hierbei eine zentrale Rolle ein. Sie ist für die Transporte verantwortlich, die via Dänemark nach Südschweden gehen«, sagte Jo.

Zusätzlich gab es eine nirgends näher beschriebene Person, die Winther offenbar in Fredericia längere Zeit beschattet hatte. Ihre Rolle bei den illegalen Transporten wurde jedoch in keiner Datei ausführlicher beschrieben.

»Wie passt Jansen ins Bild?«, wollte Oke wissen.

»Er wurde schon früher verdächtigt, Sondermüll illegal entsorgt zu haben. Kein Wunder, dass Winther hinter ihm her war. Das dürfte Sonja sehr interessieren«, erwiderte Bastian.

Doch Jo erhob Einwände. »Das ist zwar richtig, Bastian. Aber Jansen soll immer nur mit Rumänen gearbeitet haben. Von einem Transport durch Dänemark bis nach Südschweden war nie die Rede«, warf er ein.

Der hünenhafte Oberkommissar mit der spiegelnden Vollglatze räumte ein, dass Jo einen ungeklärten Punkt seiner Theorie aufgespürt hatte.

»Vielleicht wollte Jansen neuerdings diese Route nehmen und geriet darüber mit seinen rumänischen Geschäftspartnern in Streit«, sagte Oke.

Jo und Bastian schauten ihn verblüfft an.

»He, der Gedanke ist gut. Falls die Rumänen hier waren, um Jansen zu bedrohen, hat er möglicherweise reagiert«, entwickelte Jo die Theorie weiter.

Bastian klopfte Oke anerkennend auf die Schulter. »Meinen Respekt, Herr Kollege. Mach nur weiter so. Aus dir kann tatsächlich ein guter Ermittler werden«, lobte er.

Über Okes Gesicht huschte ein Grinsen. Da es seine Theorie war, sollte er sie auch gleich der Hauptkommissarin präsentieren.

Jo rief Sonja an und bat sie zu sich, da es eine interessante Entwicklung gab. Sie hatte noch eine Besprechung, in der es um Henrik ging. Sonja versprach, in 15 Minuten unten bei Jo zu sein. Ihre Andeutung, dass die leidige Angelegenheit mit dem Privatdetektiv endlich aus der Welt geschafft wurde, erfreute sowohl den Kommissar als auch den mithörenden Bastian Kraft.

»Wenn ihr jetzt noch eine heiße Spur zu Winthers aktuellem Aufenthaltsort habt, wird die Chefin vor Freude tanzen«, sagte Jo voller Hoffnung.

Ein Blick in die ernüchterten Gesichter seiner Kollegen reichte ihm als Antwort völlig aus.

KAPITEL 27

So nervös war Sonja lange nicht mehr gewesen. Als Henrik den Gang entlang auf ihre geöffnete Bürotür zukam, erhob sie sich und wischte die feuchten Handflächen an der Jeans trocken. Sie setzte ein Lächeln auf, um ihre Anspannung zu überspielen.

Henrik blieb in der offenen Tür stehen und strich eine Strähne seiner rotblonden Haare zurück. Er trug sie länger, als es die aktuelle Mode vorsah, doch das hatte den ehemaligen Bundespolizisten noch nie interessiert.

»Moin. Danke für deinen Anruf«, sagte er.

In seinen Augen las Sonja Hoffnung. Sie ging um den Schreibtisch herum und legte Henrik ihre Hand auf die

Brust. Dabei hob sie den Kopf, um ihm direkt in die Augen zu schauen.

»Verzeih mir. Ich habe Ulrike auf deinem Kutter gesehen und das war wie ein Stich mitten ins Herz. Offenbar neige ich zur Eifersucht«, stellte sie fest.

Ein erleichtertes Lächeln erfasste Henriks Gesicht, der sich hinunterbeugte und Sonja einen warmen Kuss gab.

Mit gespieltem Erbosen schob sie ihn zurück, doch ihr Gesicht glühte. »Was erlauben Sie sich, Herr Bargen? Ich bin im Dienst«, protestierte sie.

Dann zog sie Henrik ins Büro, um die Tür hinter ihm zu schließen. »Setz dich, bitte. Lorenz soll zwar nicht in der Stadt sein, aber sicher ist sicher«, sagte sie.

Mit einem schiefen Grinsen kam er ihrer Bitte nach und streckte gleich darauf seine langen Beine unter ihrem Schreibtisch aus. Sonja setzte sich ihm gegenüber hinter den Schreibtisch.

»Sollte ich vielleicht auf den Staatsanwalt eifersüchtig sein?«, erkundigte Henrik sich.

»Quatschkopf. Trotzdem bleibt seine Anweisung bestehen. Lorenz hat uns untersagt, mit dir zu kooperieren«, erwiderte Sonja.

Henrik zuckte lässig mit den Schultern. »Ist bekannt. Frank hat sich elegant entzogen und mich auf dem Laufenden gehalten«, sagte er.

Die Hauptkommissarin nickte stumm und betrachtete dann eine Weile ihre Hände, die sie auf der Schreibtischplatte gefaltet hatte.

»Ja, zum Glück. Ganz so offensiv werde ich aber nicht agieren können«, sagte sie nach einer Weile.

Henrik beugte sich vor und legte seine Hand auf ihre. Als sie den Blick hob, schaute er sie ganz ernst an.

»Weiß ich doch. Musst du auch überhaupt nicht. Komm einfach wieder zu mir auf die ›Sinje‹ und der Rest findet sich schon«, erklärte er.

»Einverstanden. Trotzdem möchte ich, dass du gleich an unserer Besprechung teilnimmst. Meine Entscheidung, die von Frank mitgetragen wird«, sagte Sonja.

Henrik hob verwundert die Augenbrauen. Er schätzte Sonjas zuverlässige Art, die für gelebte Kontinuität stand. Dass sie sich jetzt quasi offen gegen eine Anweisung des Staatsanwaltes stellte, überraschte ihn.

»Warum dieses Risiko?«, erkundigte er sich.

Sonja zögerte einige Sekunden mit der Antwort.

»Weil diese Anweisung sich als hinderlich für die Ermittlungen herausgestellt hat. Lorenz muss akzeptieren, dass ich die Leiterin der Ermittlungen bin und somit auch solche Entscheidungen treffe«, antwortete sie schließlich.

Einmal mehr bewies Sonja, über welch starken Charakter sie verfügte. Henrik nickte verstehend und freute sich über diesen Umschwung in ihrer Haltung.

»Ich muss aber weiterhin mit Ulrike zusammenarbeiten, außer ich verzichte auf Kerstens Aufträge. Möchtest du das?«, sprach er den wunden Punkt offen an.

Sonja erhob sich und nahm ein Notizbuch vom Regal hinter sich, sodass Henrik für einen kurzen Augenblick lang ihr Gesicht nicht sehen konnte. Als sie sich wieder zu ihm umdrehte, wirkte sie gefasst und in sich ruhend.

»Nein, das möchte ich nicht. Die Aufträge von Dr. Kersten sind wichtig für dich und da ich dir vertraue, besteht kein Grund, nicht weiterhin für ihn zu arbeiten«, erwiderte sie.

Innerlich atmete Henrik auf. Er mochte die Arbeit, die er durch den Strafverteidiger erhielt. Doch wenn Ulrike

Tewes zu einem Problem zwischen Sonja und ihm werden sollte, war seine Entscheidung längst gefällt.

Sie kam um den Schreibtisch herum und klopfte mit dem Notizbuch lässig gegen seinen Oberarm. »Nachdem alles geklärt ist, können wir wieder an die Arbeit gehen. Jo und Bastian sind eingeweiht. Seltsamerweise freuen sie sich auf dich. Keine Ahnung, wieso«, sagte Sonja.

Henrik erhob sich und versetzte Sonja auf dem Weg zur Tür einen sanften Klaps auf den Po. Es brachte ihm einen drohenden Blick von ihr ein, den er mit einem breiten Grinsen quittierte. Für Henrik war die Welt wieder in Ordnung.

KAPITEL 28

Nach sorgfältiger Durchsicht der Mappen, die ihm Simon Cremer überlassen hatte, hatte Frank noch am gestrigen Nachmittag Kontakt mit den belgischen Kollegen in Lüttich aufgenommen. Er bat um die Zusendung der Fallakten, die in Zusammenhang mit dem Feuer in dem Logistikunternehmen erstellt worden waren. Als er an diesem Morgen seinen Computer hochgefahren hatte, fand er die

Dateien in seinem Account und verbrachte die ersten zwei Stunden seines Dienstes mit einer eigenen Zusammenstellung.

Das Logistikunternehmen wurde regelmäßig von Umwelt- und Tierschutzverbänden öffentlich angegriffen. Den Aktivisten missfielen die Giftmüllentsorgungen genauso wie die angeblich nicht dem europäischen Standard entsprechenden Schweinetransporte des Unternehmens. Frank überflog dazu einige in Deutschland erschienene Artikel, wobei er mehrfach über einen Namen stolperte: Lisa Fölster tauchte jeweils entweder bei den Aktivisten auf Bildern oder als Verfasserin der Texte auf. Er erkannte die sportlich gebaute Blondine sofort wieder. Sie hatte ihn zu Simon Cremer geführt und stand auf der Liste der wahrscheinlichen Sympathisanten von Vurm. Vermutlich war sie angesichts der vorliegenden Aktionen sogar zu den radikalen Ökoaktivisten zu rechnen, dachte sich Frank.

Er forschte weiter nach und stieß dabei auf vier Strafanzeigen gegen Fölster, die von verschiedenen Polizeibehörden in Deutschland erstellt worden waren. Frank forderte auch diesen Bericht an und war gegen Mittag überzeugt davon, in der jungen Frau mehr als nur eine Sympathisantin Vurms aufgespürt zu haben.

Er beschloss, Lisa Fölster auf den Zahn zu fühlen. Als er sein Büro verließ und die Jacke überstreifte, kamen ihm Sonja und Henrik auf dem Gang entgegen. Frank bemerkte sofort die Veränderung bei den beiden Freunden, die ihn erleichterte.

»Ich wollte gerade zu dir«, sagte Sonja. Sie und Henrik seien auf dem Weg zu einer Besprechung, an der Frank teilnehmen sollte. Offenkundig gab es Fortschritte bei den Ermittlungen, die auch für ihn von großem Interesse seien.

»Geht klar. Meinen Auswärtstermin kann ich später auch noch wahrnehmen. Eilt nicht«, sagte er.

Während sie sich zu dritt auf den Weg zu Jos Büro machten, erklärte Frank sein Vorhaben. »Fölster arbeitet in Teilzeit als Bedienung im Café der Windmühle Johanna in Wilhelmsburg. Ich möchte sie dort überraschen und sehen, ob ich sie ein wenig aus der Reserve locken kann.«

Schließlich erreichten sie das Büro des Kommissars, in dem bereits Bastian Kraft sowie Oke Sibbersen auf sie warteten. Da Frank und der Kommissar im Streifendienst sich noch nicht kannten, erfolgte eine kurze Vorstellung. Danach übernahm Jo den Vortrag.

*

Die Mienen von Eik und Silvia Hallweg zeigten ihre Abscheu mehr als deutlich. Nur unter Protest waren sie der Einladung zu einem Gespräch am Krankenbett ihrer Tochter gefolgt. May-Britt hatte sie dringend darum gebeten und ausdrücklich darauf bestanden, dass auch Rechtsanwalt Espen Möllgaard anwesend sein sollte.

»Was hat dieser dramatische Auftritt zu bedeuten?«, begehrte der hellblonde Mann zu erfahren.

May-Britt wandte sich an Birte Hallweg, die mit bleichem Gesicht und Angst in den Augen zu ihr aufschaute. Vom behandelnden Arzt wusste die Kommissarin, wie sehr sich der gesundheitliche Zustand der Ökoaktivistin mittlerweile verbessert hatte.

»Der Soldat am Grenzübergang, Rene Christiansen, ist aus seinem Koma erwacht. Er konnte eine Aussage zum Tathergang machen«, erklärte May-Britt.

Sofort mischte sich Möllgaard ein. »Falls du eine offizielle Aussage meiner Mandantin erzwingen willst, muss ich dich warnen«, sagte er.

May-Britt sah von Birte zu ihren Eltern und zum Schluss zum Rechtsanwalt. Sie schüttelte den Kopf. »Ganz im Gegenteil. Das hier ist lediglich ein Bericht, damit ihr auf dem aktuellen Stand der Ermittlungen seid«, sagte sie.

Mit einem zustimmenden Nicken forderte Möllgaard die Kommissarin auf, weiterzumachen.

May-Britt wandte sich erneut an Birte Hallweg. »Wie gesagt. Der Soldat ist wach und hat seine Sicht des Zwischenfalls dargelegt«, berichtete sie und gab in wenigen Sätzen wieder, was Christiansen ausgesagt hatte.

An einer Stelle furchte Birte Hallweg die Stirn. Als sie aber zum Sprechen ansetzte, griff erneut ihr Rechtsanwalt ein. »Sag bitte nichts, bevor wir uns nicht darüber abgestimmt haben«, mahnte er.

May-Britt wartete ab, bis Möllgaard mit seinem Einwand fertig war. »Es ist nicht nötig, dass du mir etwas dazu sagst. Wir haben natürlich die Aufnahmen der Überwachungskamera überprüft und eure Aussagen damit abgeglichen«, sprach sie weiter.

Silvia Hallweg war ans Bett ihrer Tochter getreten und hielt deren Hand. Ihr Blick veränderte sich bei den Worten der Kommissarin. Offenbar erkannte sie, dass es eine entscheidende Veränderung gab. »Die Aussage des Soldaten passt nicht zu den Aufzeichnungen. Richtig?«, fragte sie.

May-Britt nickte. »Ja, genau. Er war felsenfest davon überzeugt, die Warnweste angehabt zu haben. In dem Falle hätte das Licht der Scheinwerfer ihn deutlich sichtbar gemacht, da die Leuchtstreifen reflektieren. Deswegen seine Annahme, dass Birte ihn gesehen und mit voller Absicht überfahren hat«, erwiderte sie.

Tatsächlich hatte Christiansen die Weste jedoch in der Baracke vergessen, wie man zweifelsfrei auf den Aufnahmen erkennen konnte.

»Er trug Tarnkleidung, die Sichtverhältnisse waren stark eingeschränkt und Birte stand unter Schock. Wir gehen daher mittlerweile nicht mehr von einem vorsätzlichen Überfahren aus«, fasste May-Britt das Ergebnis zusammen.

Die junge Aktivistin schluchzte laut auf. Tränen rannen über ihre bleichen Wangen.

»Dann kann meine Mandantin also als freier Mensch jederzeit das Krankenhaus verlassen, sobald die Ärzte es erlauben?«, hakte Möllgaard nach.

Es war klar, dass er diesen Punkt machen wollte.

»Nicht so eilig. Es bleibt weiterhin der Tatbestand der Fahrerflucht sowie der unterlassenen Hilfeleistung bestehen. Was allerdings weitaus schwerer wiegt, sind die Indizien in Bezug auf die Brandstiftung in Flensburg«, erklärte May-Britt.

Birtes Schluchzen brach ab, um Sekunden später nur noch stärker wieder einzusetzen.

May-Britt schaute auf Mutter und Tochter, die sich in den Armen hielten. Sie riskierte einen Vorstoß. »Es würde Birte natürlich weiterhelfen, wenn Sie uns erzählt, wer sie angestiftet hat, und als Zeugin gegen ihn auftritt«, sagte sie.

Durch das Vorausgehende war Espen Möllgaard in seiner Aufmerksamkeit ein wenig beeinträchtigt gewesen – nur deswegen hatte er die Kommissarin unbehelligt sprechen lassen. Als er schließlich ihre Absicht registrierte, reagierte er erbost. »Das war ein besonders mieser Schachzug, Oldsen! Du willst doch nur die Situation dazu ausnutzen, den Fall schnell abzuschließen«, schimpfte er los.

May-Britt hatte den Blickwechsel zwischen Mutter und Tochter beobachtet. Sie ignorierte Möllgaards Intervention. »Deine Freundin Maja wollte uns helfen. Doch sie wurde unmittelbar vor dem Treffen überfallen und liegt jetzt ebenfalls hier im Krankenhaus«, redete sie einfach weiter.

Silvia Hallweg und ihre Tochter blickten die Kommissarin irritiert an. Möllgaard plusterte sich weiter auf, während Eik Hallweg verdutzt von einem zum anderen schaute.

»Wer war das?«, kam es flüsternd von Birte.

Mit dieser Antwort konnte sich alles entscheiden. May-Britt verließ sich auf ihren Instinkt.

»Karsten Osberg. Wir haben ihn bereits verhaftet. Es existieren Aufnahmen einer Überwachungskamera, die den Angriff aufgezeichnet hat«, sagte sie.

»Pah! Natürlich wieder ein bekannter Aktivist, der auf diese Art diskreditiert werden soll«, protestierte der Rechtsanwalt.

Niemand beachtete seinen Ausbruch, und erstmals meldete sich Eik Hallweg zu Wort. »Habt ihr ihn in Verdacht, auch für die Brandstiftung verantwortlich zu sein?«, wollte er wissen.

Obwohl May-Britt ihm lieber nicht unmittelbare Ermittlungsansätze verraten wollte, wagte sie auch diesen Schritt noch. »Ja. Wir gehen davon aus, dass Osberg sich hinter dem Pseudonym ›Vurm‹ verbirgt und unter diesem Namen seit Jahren Aktivisten Anschlagsziele nennt und sie damit zu kriminellen Taten animiert«, antwortete sie.

Möllgaard sog scharf die Luft ein. Eik Hallweg sah zu seiner Frau, die ihrerseits Birte fixierte. Die hob den

Blick, in dem May-Britt eine tiefe Entschlossenheit lesen konnte. Sollte sich das enorme Risiko jetzt auszahlen?

»Nein. Karsten ist ein glühender Anhänger von Vurm. Mehr aber auch nicht«, zerstörten Birtes Worte diese Hoffnung brutal.

Für einen Augenblick lang schwiegen alle im Zimmer, sodass May-Britt die Rufe einer Krankenschwester auf dem Gang hören konnte.

*

Wenige Minuten nach Ende der Besprechung lenkte Frank Reuter den Dienstwagen durch Flensburg. Ein Teil seiner Gedanken blieb bei den neuen Erkenntnissen, die er an diesem Vormittag gewonnen hatte. Für Frank hatten sich die Indizien eigentlich gegen die Ökoaktivisten unter Vurms Anleitung verdichtet. Doch die Informationen von Winthers Festplatte deuteten in eine völlig andere Richtung. Sondermüll, der durch Dänemark chauffiert und in Karlshamn dann auf eine Fähre verladen wurde, um ihn über die Ostsee ins Baltikum zu verschiffen. Beeindruckt hatte Frank auch die von Sibbersen entwickelte Theorie in Bezug auf Jansens bisherige Geschäftspartner aus Rumänien. Als er den Golf auf die A7 eingefädelt hatte und zügig beschleunigte, fragte er sich, ob sein Ausflug nach Wilhelmsburg eventuell bereits überflüssig geworden war. Doch Franks Instinkt riet ihm weiterhin, Lisa Fölster zu befragen.

Er quälte sich durch die vielen Baustellen, zuckelte hinter Kolonnen von Lkw her und war heilfroh, als er den Golf die Abfahrt Waltershof hinuntersteuerte. Weitere 18 Minuten später erreichte Frank die historische Mühle, in deren Café Fölster stundenweise als Bedienung tätig war.

Auf seinem Weg hinein warf Frank einen Blick auf die Tafel mit den Öffnungszeiten und registrierte, dass ihm nur noch knapp eine Stunde blieb. Er suchte sich einen freien Tisch, hängte die Lederjacke über die Stuhllehne und setzte sich. An einem der anderen Tische war ein älteres Paar in eine angeregte Unterhaltung vertieft. Ein Herr mit grauen Haaren und einer Umhängetasche hatte sich soeben von einem Tisch weit hinten in der Ecke erhoben. Frank schaute ihm nach, wie er gemessenen Schrittes das Café verließ.

»Hallo. Was darf ich Ihnen bringen?«

Lisa Fölster war unbemerkt an seinen Tisch getreten. Noch hatte sie Frank nicht wiedererkannt. Aus einer kleinen Tasche an ihrer kaffeebraunen Schürze zog sie einen simplen Notizblock, schlug eine neue Seite auf und schaute erstmals in Franks Gesicht. Sie blinzelte überrascht und rang nach Worten.

»Einen Cappuccino, bitte. Und bringen Sie auch ein wenig Zeit mit, da wir uns dringend unterhalten müssen«, sagte Frank.

Sie schürzte die Lippe, schob den Notizblock zurück in die Tasche an der Schürze und ging dann zügig in Richtung Tresen. Frank behielt sie im Blick. Noch konnte er nicht sagen, ob sie seiner Aufforderung nachkommen oder eventuell das Weite suchen würde.

Mit dem Rücken zum Gastraum hantierte Lisa an einer modernen Kaffeemaschine, die mit erheblichem Lärm zu arbeiten begann. Es zischte, brodelte und ebbte schließlich mit einem kurzen Seufzer ab. Lisa drehte sich mit dem Cappuccino in der Hand um und kehrte zurück an den Tisch. Wortlos stellte sie die Tasse vor Frank ab, der einen der beiden freien Stühle zurückzog und darauf deutete.

»Wir können es ganz gemütlich hier erledigen oder ich muss Sie auf die Wache bringen lassen. Ihre Entscheidung«, sagte er.

Mit einem mürrischen Brummen sank Lisa auf den Stuhl und schob beide Hände in die Hosentaschen unter der Schürze. Sie vermied den Blickkontakt mit Frank.

»Sie ahnen vermutlich längst, dass ich mich näher mit Ihrer Vorgeschichte beschäftigt habe. Fangen wir mit einer einfachen Frage an: Wie ist Ihr Verhältnis zu Vurm?«, eröffnete er das Gespräch und platzierte gleichzeitig zwischen ihnen auf dem Tisch sein Smartphone, auf dem er die Sprachaufzeichnung aktiviert hatte. Anschließend nippte er an seinem heißen Cappuccino und ließ Lisa einige Sekunden in Ruhe überlegen.

Die zog ihre Linke aus der Hosentasche und wischte einen imaginären Krümel von der Tischplatte. »Was, wenn ich nicht darüber reden möchte?«, fragte sie schließlich.

Nach dem Studium ihrer Unterlagen war Frank zu der Einschätzung gelangt, dass Lisa Fölster sich als eine Art Anführerin sah. Sowohl ihre Aktionen als auch die Texte deuteten in diese Richtung. »Dann muss ich annehmen, dass Sie nicht mehr als eine Marionette des Mannes sind«, erwiderte er provokant.

Lisas Miene verfinsterte sich. »Ich bin niemand, den man hin und her schubsen kann. Alles, was ich tue, entspringt meiner Überzeugung und bedarf keines Mannes, der es mir vorgibt«, protestierte sie erwartet vehement.

Frank nippte erneut an seinem Cappuccino, bevor er den nächsten Anlauf unternahm. »Bestens. Dann sollte es für Sie ja auch kein Problem sein, mit mir über Vurm zu reden«, stellte er fest.

Die Linke von Lisa verschwand wieder in der Hosentasche. Sie starrte auf die Tischplatte, während sich ihre Füße unruhig unterm Tisch bewegten. »Er hat erkannt, dass Worte allein nicht genügen. Wir müssen regelmäßig mit spektakulären Aktionen die Dumpfheit der Menschen durchbrechen. Sonst dämmern die doch alle nur vorm Fernseher oder Computer vor sich hin«, erklärte sie.

Das war eine fast wortwörtliche Wiederholung aus einem ihrer Texte. Lisa versuchte offenbar, Frank abzulenken.

Er winkte gelangweilt ab. »Sparen Sie sich Ihre flammenden Appelle für andere auf. Ich muss den Tod zweier unschuldiger Arbeiter aufklären, die vermutlich auf Vurms Befehl hin in dem Feuer in Flensburg umgekommen sind«, versetzte er.

Lisas Schultern verkrampften sich sichtbar und sie rutschte unruhig auf dem Stuhl hin und her. Das Gespräch schien ihr zunehmend Unbehagen zu bereiten. »Ich lehne jegliche Gewalt gegen Lebewesen ab«, murmelte sie nervös.

Diese Aussage entsprach den früheren Ausführungen Lisas, die Frank sorgsam durchgelesen hatte.

»Das glaube ich Ihnen. Deswegen baue ich darauf, dass Sie Vurm mit dieser tödlichen Aktion nicht einfach so davonkommen lassen. Oder möchten Sie gar nicht, dass er sich dafür verantwortet?«, erwiderte er.

Lisas Unbehagen nahm weiter zu. Sie hatte beide Hände aus den Taschen gezogen und spielte nervös mit einem Kugelschreiber. Unwillkürlich stieg eine Erinnerung in Frank auf, wie seine dreijährige Tochter sich einmal ganz ähnlich verhalten hatte. Jasmin hatte ihrem Vater damals beichten müssen, dass sie in einem Wutanfall ein Glas kaputt gemacht hatte.

»Natürlich darf der Tod dieser armen Männer nicht ungesühnt bleiben«, sagte Lisa nun. Ihre Stimme wurde immer dünner, war kaum mehr als ein angestrengtes Flüstern.

Frank leerte seine Tasse. Anschließend beugte er sich leicht vor und zwang Lisa, ihm in die Augen zu sehen. »Dann reden Sie endlich. Wer versteckt sich hinter dem Pseudonym ›Vurm‹ und wo kann ich ihn finden?«

Der Kugelschreiber fiel zu Boden, woraufhin Lisa sich hinabbeugte und ihn aufhob. Als sie wieder gerade auf dem Stuhl saß, meldete sich die Frau am Nebentisch.

»Können wir bitte die Rechnung bekommen?«, bat sie.

Es kam zum denkbar ungünstigsten Augenblick. Frank verkniff sich ein verärgertes Seufzen, als Lisa aufsprang und an den Tisch des älteren Ehepaares eilte. Jetzt würde er sie nochmals bis an den Punkt bringen müssen, an dem sie endlich etwas über Vurm erzählen würde.

*

Obwohl Lisa sich anstrengte, die Abrechnung des älteren Ehepaares in die Länge zu ziehen, musste sie irgendwann wieder an Franks Tisch zurückkehren.

»Wir schließen in zehn Minuten. Dann muss ich Sie leider bitten, zu gehen«, erklärte sie.

Es war ein kläglicher Versuch, der Fortsetzung des Gesprächs zu entgehen oder es wenigstens weiter hinauszuzögern. Doch Frank hatte keine Lust mehr auf solche Spielchen.

»Setzen Sie sich! Erzählen Sie mir jetzt genau, wie Sie Vurm kennengelernt haben und wie es danach weiterging. Lassen Sie kein Detail aus oder es droht Ihnen eine Anklage wegen zweifachen Totschlags. Haben Sie mich verstanden, Frau Fölster?«, wurde er deutlich.

Sie biss erschrocken auf ihre Unterlippe. Tränen traten in ihre Augen, die sie jedoch niederkämpfte. Nachdem sie ihre Fassung zurückerlangt hatte, setzte sie sich wieder an den Tisch.

»Das liegt schon viele Jahre zurück. Ich war damals 15 und wie immer mit meinen Eltern in den Sommerferien in Dänemark. Uns gehört ein Ferienhaus auf Langeland. Meine Mutter stammt ursprünglich von dort«, erklärte Lisa.

Sie schilderte, wie sie sich aus purer Langeweile einer Clique junger Menschen angeschlossen hatte. Da Lisa akzentfrei Dänisch sprach, wurde sie ohne Weiteres akzeptiert. Der Anführer der Clique war ein Doktorand der Meeresbiologie und gleichzeitig der Schwarm aller pubertierenden Mädchen in der Gruppe. Dazu zählte auch Lisa.

»Er verstand es, die Jungs zu motivieren und uns Mädchen sich als seine Außerwählte fühlen zu lassen. Ich sog gierig jedes Wort von ihm auf und wäre von einer Brücke gesprungen, wenn er es gefordert hätte. Meine erste große Liebe«, sagte sie.

Aus ihren Worten konnte Frank schließen, dass es sich bei Vurm um einen Menschenfänger der übelsten Sorte handelte. Er nutzte die Gefühle und Ideale der jungen Menschen aus, um sie für seine Zwecke zu instrumentalisieren.

»Gehörte Birte Hallweg ebenfalls zu der Gruppe?«, fragte Frank.

Lisa dachte kurz nach, bevor sie leicht zögerlich den Kopf schüttelte.

»Überlegen Sie noch einmal ganz genau«, forderte Frank sie auf.

Lisa schwieg eine Weile. Schließlich schüttelte sie erneut den Kopf, entschiedener diesmal. »Nein«, verlieh sie ihrer Geste Nachdruck. »Vermutlich habe ich den Namen in letzter Zeit so oft in den Medien gehört, dass ich ihn verwechsle. Vurm erhielt damals mehrfach Besuch von einer älteren, ziemlich attraktiven Frau. Sie hieß Silvia. Für einen Augenblick dachte ich, ihr Name lautete tatsächlich so ähnlich wie Hallweg. Aber das bilde ich mir bestimmt nur ein«, erklärte Lisa.

In Franks Kopf überschlugen sich die Gedanken. Lisa ahnte nicht, dass sie soeben wahrscheinlich eine Verbindung zwischen Vurm und Birte Hallwegs Mutter hergestellt hatte. Mit dieser Wendung hatte Frank nicht gerechnet. Ihm fehlte aber weiterhin der Name dieses ominösen Vurm, daher drängte er Lisa, ihn endlich zu verraten.

»Na, Casper natürlich«, erwiderte sie genervt.

Ein Mann erschien im Durchgang hinter dem Tresen. Er schaute zu Lisa und tippte dabei mehrfach mit dem Zeigefinger auf seine Armbanduhr.

»Das ist der Chef. Er will, dass ich Sie abkassiere und das Lokal schließe«, sagte sie.

Vorher wollte Frank aber Vurms vollständigen Namen erfahren. »Casper und wie weiter?«, drängte er. »Wie lautet der Familienname und wo lebt er?«

Lisa hatte sich bereits erhoben und befand sich auf halbem Weg zum Tresen, wo sie Franks Rechnung holen wollte. Sie drehte sich um. »Ich weiß nicht mehr. Vielleicht hat er seinen Familiennamen auch nie erwähnt. Wir haben uns immer nur mit Vornamen angesprochen und nach diesen Ferien habe ich ihn nie wieder persönlich getroffen. Wir halten lediglich per Mail Verbindung. Mehr weiß ich wirklich nicht über ihn, Herr Hauptkommissar«, antwortete sie.

Frank befürchtete, dass Lisa ihm die Wahrheit sagte. Leicht frustriert bezahlte er den Cappuccino, legte ein Trinkgeld drauf und verabschiedete sich dann von der jungen Aktivistin. Zu Vurm hatte er nur wenige Anhaltspunkte von ihr erhalten, dafür aber überaus interessante Informationen zu einer möglichen Verbindung zwischen ihm und Silvia Hallweg. Diesen Hinweisen musste er sofort nachgehen.

Als er sich auf den Heimweg machte, schaltete er automatisch den regionalen Radiosender ein. Nach kurzer Musikeinblendung unterbrach der Moderator, um eine ganze Reihe von Staumeldungen zu verlesen. Mehrere Stellen in Hamburg waren davon betroffen, weitaus unangenehmer jedoch waren die vielen Meldungen zur A7. Frank spekulierte kurz, ob er eventuell über die A23 in Richtung Westküste ausweichen sollte, doch dann sprach der Moderator über ähnliche Probleme auch auf dieser Strecke. Mit einem abgrundtiefen Seufzer blieb Frank bei seiner ursprünglichen Wegstrecke und stellte sich auf eine lange Fahrt nach Flensburg ein.

*

Das Ehepaar Hallweg war wie besprochen nach dem Krankenhausbesuch am späten Nachmittag zu May-Britt ins Büro gekommen. Der Anruf von Frank Reuter hatte neue Hoffnungen bei der Kommissarin geweckt, die daher unbedingt noch am gleichen Tag mit Silvia Hallweg sprechen wollte.

»Kann ich einen Kaffee oder ein Glas Wasser bringen lassen?«, fragte May-Britt zuvorkommend, doch beide Eheleute lehnten das Angebot ab.

»Komm gleich zur Sache. Geht es darum, was ihr Birte vorwerfen wollt?«, fragte Eik Hallweg. Überraschenderweise schien er heute die aggressivere Rolle einzunehmen.

May-Britt fragte sich, wie er wohl gleich auf ihre Fragen reagieren würde. Sie wandte sich zunächst an Silvia Hallweg. »Es geht um deinen Aufenthalt auf Langeland vor etwa neun oder zehn Jahren«, erklärte sie.

Die Menschenrechtsanwältin krauste verblüfft die Stirn. »Wie bitte? Was hat der denn jetzt mit der aktuellen Angelegenheit zu tun?«, fragte sie.

Ihr Mann schaute irritiert von ihr zu May-Britt.

»Es geht um einen Doktoranden der Meeresbiologie. Damals umgab er sich mit idealisierten Teenagern, um sie für den Kampf gegen Umweltverschmutzung zu gewinnen. Erinnerst du dich?«, fragte die Kommissarin.

Silvia Hallweg starrte May-Britt verständnislos an. »Wieso? Warum fragst du danach?«, wollte sie wissen.

»Ja, das interessiert mich auch. Was bezweckst du mit diesen Fragen?«, mischte sich Eik Hallweg ein.

Da May-Britt nicht wusste, ob damals zwischen Vurm und Silvia eine intime Beziehung bestanden hatte, blieb sie einigermaßen vage: »Wir müssen mehr über den Doktoranden erfahren. Möglicherweise ist er der Anstifter von Birte.«

Während Silvia Hallweg sie nur erstaunt anblickte, beugte sich ihr Mann alarmiert vor. »Ihr wisst jetzt, wer der Typ ist?«

»Bislang kennen wir nur seinen damaligen Aufenthaltsort, der uns von einer Zeugin bestätigt wurde«, erklärte May-Britt.

»Casper soll also dieser sogenannte Vurm sein, nach dem ihr fahndet?« Ein nachdenklicher Zug beherrschte Silvia Hallwegs Gesicht. Offenbar versuchte sie die Erinnerungen mit den aktuellen Geschehnissen in Einklang zu bringen.

Nach einigen Sekunden nickte sie mehrfach. »Ja, das würde tatsächlich zu Casper passen. Er war schon auf der Uni ein von sich selbst eingenommener Kerl, der bevorzugt Erstsemester um sich versammelte«, erklärte sie dann.

Ganz offensichtlich verfügte sie noch über detaillierte Erinnerungen, auf die May-Britt nun baute.

»Wie heißt Casper weiter?«, hakte sie nach.

Erneut versank Silvia eine Weile in nachdenkliches Grübeln. »Ich war nur als Gastdozentin für ein Austauschsemester an der Uni. Eigentlich kannte ich Casper lediglich von einem Vortrag her und war selbst überrascht, als er mich nach Langeland einlud. Er brauchte eine rechtliche Einschätzung und ich fühlte mich geschmeichelt, dass er ausgerechnet mich um Rat fragte. Als es tatsächlich nur um das Fachliche ging, war ich doch ein wenig enttäuscht«, gestand sie schließlich.

Ihr Ehemann verfolgte das Gespräch mit verschlossener Miene. May-Britt ging davon aus, dass Silvia ihm später einiges zu erklären haben würde.

»Verstehe. Uns fehlt aber immer noch sein Familienname. Wie lautet der?«, fragte sie, doch trotz intensiven Nachdenkens musste Silvia Hallweg diese Antwort schuldig bleiben.

Zu May-Britts großer Enttäuschung bekam sie auch sonst keine weiterführenden Hinweise auf Vurm. Sie bedankte sich trotzdem bei dem Ehepaar und begleitete es zum Ausgang. Anschließend ging sie sofort zu Henner und teilte mit ihm die mageren Informationen über Casper.

»Ist wenig. Ich weiß. Da ich aber deine Zauberkünste am Computer kenne, hoffe ich trotzdem auf einen Treffer«, sagte sie.

Henner schaute sie amüsiert an. »Das nennst du wenig? Keine Sorge, Chefin. Ich beschaffe dir alle Daten zu diesem Casper, beginnend mit seinem Elternhaus«, versprach er.

Vielleicht war der Tag erfolgreicher gewesen, als May-Britt bislang angenommen hatte. Sobald Henner den vollständigen Namen sowie die Anschrift dieses Casper präsentierte, wollte sie Vurm sofort auf die Pelle rücken. May-Britt verachtete manipulative Menschen, wie er einer zu sein schien, und freute sich schon jetzt auf seine Vernehmung. Samthandschuhe würde sie dabei mit Sicherheit keine tragen. Vurm sollte ihr ungeschminkt Rede und Antwort stehen.

KAPITEL 29

Nach der Besprechung kehrte Henrik nicht unmittelbar zu seinem Kutter zurück. Zuerst rief er Ulrike in der Kanzlei an und teilte der Rechtsanwältin mit, dass er nun wieder enger mit der Flensburger Kripo zusammenarbeiten würde.

»Es gibt einige Details zu Bertram Jansen und seinen Geschäften, die ich noch überprüfen möchte. Vorrang hat meiner Ansicht nach aber die Ökoaktivistin, die den Soldaten überfahren hat und in deren Wagen Kanister mit Brandbeschleuniger gefunden wurden. Dieser Spur gehe ich morgen nach«, erklärte er.

Auf Nachfrage der Anwältin präzisierte er die noch offenen Details seiner Recherchen in Bezug auf den Bauunternehmer. Speziell der mögliche Konflikt mit seinen rumänischen Geschäftspartnern, aus dem sich dann ein Motiv für deren Ermordung sowie einer Vertuschung durch Brandstiftung ableiten ließ, war für Henrik eine intensivere Überprüfung wert. Ulrike Tewes dankte ihm für den Zwischenbericht. Sie bat Henrik, weiterhin in alle Richtungen zu ermitteln und ihr entsprechende Informationen zukommen zu lassen.

»Soll ich Kersten immer gleich beteiligen, indem ich alle Mails auch an ihn sende?«, fragte er.

Doch ein solches Vorgehen empfand die Anwältin als überflüssig, da sie sowieso regelmäßig selbst Berichte für den renommierten Strafverteidiger verfasste. »Wenn

Kersten alles doppelt erhält, bezweifelt er möglicherweise unsere Professionalität in der Zusammenarbeit«, gab sie zu bedenken.

Auch wenn Henrik es so nicht nachempfinden konnte, willigte er in die Forstsetzung der bisherigen Vorgehensweise ein.

Nachdem er das Gespräch beendet hatte, suchte er einen Supermarkt auf und ergänzte die zur Neige gehenden Vorräte. Schließlich überquerte er schwer bepackt die Fußgängerampel in Höhe des Schifffahrtmuseums. Als er gerade die Gangway zur »Sinje« bewältigt hatte, tauchte auf dem Nebenschiff der graue Haarschopf seines Nachbarn auf.

»Moin. Ich dachte schon, dass ich eine Vermisstenmeldung aufgeben muss. So wie es aussieht, wolltest du wohl wieder einmal mit dem Kopf durch die Wand, was?«, rief Kalle. Mit dem Mundstück seiner Pfeife deutete er dabei auf das Pflaster an Henriks Schläfe.

Der stellte die schweren Taschen ab und trat an die Reling, um nicht so laut rufen zu müssen. »War in Klaipėda. Meine nächtlichen Nachforschungen gefielen offenbar nicht allen Leuten«, erwiderte er.

In Kalles Gesicht erschien ein besorgter Ausdruck. Schon kurz nach Henriks Auftauchen im Museumshafen hatte er ihn unter seine Fittiche genommen. Ab und an schlüpfte Kalle gern in die Rolle des väterlichen Freundes.

»Verdammt! Dein Job als Privatschnüffler ist viel gefährlicher, als ich es anfangs erwartet habe. Erst diese Geschichte mit dem Kartell und nun geht es dir schon wieder an den Kragen«, schimpfte er.

Henrik wiegelte schnell ab. Er schätzte Kalle als Freund, doch er wollte nicht, dass er sich ständig Sorgen um Henriks Gesundheit machte. »War meine eigene Dummheit, die mir einen kleinen Hieb auf den Kopf eingebracht hat. Kaum mehr als eine simple Warnung«, erklärte er.

Doch in Kalles Gesicht blieb die Besorgnis bestehen.

Henrik deutete über die Schulter auf die beiden Einkaufstüten. »Ich wollte mir ein spätes Mittagessen zubereiten. Wie sieht's aus bei dir? Leistest du mir ein wenig Gesellschaft?«, fragte er.

Sein Ablenkungsmanöver funktionierte bestens. Kalle war ein absoluter Genießer und schätzte gutes Essen genauso wie ein kühles Bier sowie den einen oder anderen starken Schnaps dazu. Entsprechend freute er sich über die Einladung und nahm sie ohne viel Federlesens sofort an.

Schmunzelnd kehrte Henrik zu den abgestellten Tüten zurück und stieg hinab in die winzige Kombüse. Hier verstaute er zunächst die Vorräte, bevor er sich an die Zubereitung der Salzkartoffeln sowie der beiden Zanderfilets machte. Dazu schaltete er das Radio ein und pfiff bei einigen Songs sogar mit. Henriks Laune stieg zusehends an.

Der Duft des Essens lockte Kalle rechtzeitig auf die »Sinje«, ohne dass Henrik seinen Nachbarn extra hätte rufen müssen. Er stellte zwei Teller auf den Tisch, legte Fischbesteck daneben und schaute seinen Freund dann fragend an. »Bier dazu oder ist es noch zu früh am Tage für dich?«

Wie erwartet wählte Kalle das Bier und holte bereitwillig die Gläser dazu aus einem der Schränke. Wie selbstverständlich nahm er auch zwei kleine Schnapsgläser heraus und platzierte sie ebenfalls auf dem Tisch neben den Tellern. Henrik nahm zwei der gut gekühlten Flaschen mit Bügelverschluss aus dem Kühlschrank, um sie an Kalle weiterzureichen. Der öffnete sie gekonnt mit dem Daumen, wobei beide Male das typische Ploppen ertönte, und füllte die Gläser voll. Sobald der Schaumrand seine ideale Größe erreicht hatte, prosteten die Männer sich zu. Dann wischten sie sich nahezu synchron die Lippen ab.

»Riecht schon ziemlich appetitlich, der Zander«, stellte Kalle anschließend fest. Als dann auch noch sein Magen vernehmlich knurrte, lachte Henrik laut los.

Fünf Minuten später saßen sie gemeinsam am Tisch und verzehrten den Zander zusammen mit den Salzkartoffeln. Mehr als eine Prise Salz sowie eine ordentliche Portion Butter hatte Henrik dem Essen nicht zugefügt. So mochten Kalle und er es am liebsten. Dazu nippten sie regelmäßig genießerisch am Bier und wechselten zwischendurch nur sporadisch einige Worte.

*

Der beißende Gestank nach Rauch verursachte Henrik Übelkeit. Er sah sich plötzlich wieder in dem Zugabteil, in dem die Bombe explodiert war. Verzweifelt kämpfte er gegen Jacken und Mäntel an, die ständig aus dem Gepäcknetz auf ihn niederprasselten.

»Sonja? Melde dich!«, rief er.

Erstaunlicherweise ruckelte der Waggon nach der Explosion weniger als zuvor. Es war mehr ein sanftes Schaukeln, wie Henrik es von seinem Kutter her kannte. Die Hitze des Feuers wurde immer unerträglicher, gleichzeitig fiel das Atmen schwerer. Henrik würgte und keuchte, schob mit beiden Händen die Kleidungsstücke von sich herunter. Die dichte Rauchwand wurde nur gelegentlich von den Flammen des Feuers aufgehellt. Henrik spürte, wie sein

Körper förmlich in Schweiß badete. Mühsam richtete er sich auf, nachdem endlich keine Jacken oder Mäntel mehr auf ihn herabfielen.

Es dauerte einige Sekunden, bevor Henrik erkannte, dass er nicht mehr träumte. Sein Verstand hatte bereits unter der Rauchentwicklung gelitten, wodurch seine Reaktionen erheblich verlangsamt waren. »Oh, verflucht! Die ›Sinje‹ brennt«, kam es heiser über seine Lippen.

Jetzt erwachten seine Lebensgeister. Henrik wusste, dass es ab sofort ums nackte Überleben ging. Das Feuer hatte den gesamten unteren Bereich des Kutters erfasst. An Löschen mit Bordmitteln war nicht mehr zu denken. Kalle! Die anderen Schiffe!, schoss es ihm durch den Kopf.

Auf einmal wusste Henrik, was er zu tun hatte. Hustend, keuchend und mit tränenden Augen kämpfte er sich bis zum kleinen Badezimmer durch. Dort legte er ein Handtuch ins Waschbecken und drehte den Wasserhahn voll auf. Anschließend presste er sich den feuchten Stoff vor Mund und Nase. Auf dem Weg zum Niedergang griff Henrik sich die Stahlkiste, in der er alle seine Dokumente aufbewahrte. Der mit Leder umwickelte Griff dampfte bereits unter der Hitzeeinwirkung. Den damit verbundenen Schmerz ignorierte Henrik und zog die Kiste hinter sich die wenigen Stufen zum Führerhaus hinauf. Dort brannte es noch nicht.

Als Henrik durch die Tür aufs Deck trat, sog er gierig die kühle Nachtluft ein. Im nächsten Moment wurde er hart gegen die Seitenwand des Führerhauses geschleudert, eine zweite Explosion unter Deck schüttelte die »Sinje« erneut schwer durch. Ein grausiges Kreischen wie von einem sterbenden Tier durchschnitt die Stille im Museumshafen. Henrik stieß sich vom Führerhaus ab, schleuderte die Metallkiste hinüber auf den Kai und eilte dann zum

Heck des Kutters. Dort schnappte er sich die Axt, die extra für solche Notfälle dort unter der Reling an zwei Ösen hing, um das Seil zu kappen. Henrik benötigte mehrere Hiebe, bis es endlich mit vernehmbarem Klatschen ins Hafenbecken stürzte. Der Schweiß lief weiterhin über sein Gesicht. Henrik wischte ihn auf dem Weg zum Bug mit dem Ärmel ab. Als er an der Gangway vorbeikam, versetzte er ihr einen kräftigen Tritt, woraufhin sie klappernd aufs Kai rutschte. Nun musste er nur noch das Haltetau am Bug kappen, um anschließend den Kutter von den anderen Schiffen wegfahren zu können. Henrik betete stumm, dass die Zeit dafür noch ausreichte und vor allem die Zündung des Motors funktionierte. Seine Verzweiflung wandelte sich in Wut, als er mit zwei kräftigen Schlägen das vordere Tau ebenfalls kappte. Mit einem erleichterten Seufzer ließ Henrik die Axt einfach aufs Deck fallen, um zurück zum Führerhaus zu rennen. Seine Atmung glich mittlerweile der eines 80-jährigen Mannes, der seinen letzten Sprint wagt. Seine Lunge und Muskeln brannten und vor seinen Augen musste er verwischte Schlieren wegblinzeln. Dennoch schaffte Henrik es, ins Führerhaus zu gelangen und dort den Knopf zu drücken, der den Schiffsdiesel anschmeißen sollte. Nichts. Mit einem wüsten Fluch drückte Henrik den Knopf immer wieder, bis sein umnebelter Verstand endlich den Befehl zum Aufhören schickte.

»Lass mich jetzt nicht im Stich«, rief er flehend.

Wenn er den Kutter nicht ein Stück weit hinaus auf die Förde fahren konnte, drohte das Feuer auf weitere Schiffe überzugreifen. In seiner Hilflosigkeit wollte Henrik nach unten in den Maschinenraum steigen, um den Motor direkt zu starten. Doch als er die Tür zum Niedergang nur wenige Millimeter aufgezogen hatte, quoll schwarzer Rauch durch den Spalt, und schließlich leckten Feuerzungen nach Henrik. Schnell schloss er die Tür wieder und musste einen heftigen Hustenanfall über sich ergehen lassen, bevor er wieder zurück ans Steuerpult taumeln konnte.

Als er den Blick hob und durch die Scheibe übers Vorderdeck schaute, fuhr Henrik erschrocken zusammen. Erst jetzt erkannte er, wie rasend schnell sich das Feuer ausbreitete. Nur für eine Millisekunde lang zuckte ein Gedanke durch seinen Kopf. Wie war das Feuer ausgebrochen und warum breitete es sich so schnell aus? Doch dann konzentrierte er sich wieder aufs Überleben. Entweder er verließ sofort den Kutter und brachte wenigstens noch sich in Sicherheit, oder er fand endlich einen Weg, wie er die »Sinje« vom Kai wegbekam. Ihm wollte partout nichts einfallen, weshalb er frustriert mit der Faust auf den Startknopf einhämmerte. Mitten in einer weiteren Fluchtirade spürte Henrik auf einmal das leichte Vibrieren unter seinen Füßen. Sein Blick zuckte hinüber zum Drehzahlmesser und als er das minimale Zittern der Nadel bemerkte, stieß er einen lauten Jubelruf aus. Die Maschine lief.

Henrik war nahezu blind und bekam kaum noch Luft zum Atmen – dennoch schob er den Schubhebel sanft nach vorne und drehte leicht am Steuerrad. Er ahnte mehr, als er es wirklich erkennen konnte, dass der Kutter sich vom Kai löste. Einmal glaubte Henrik seinen Freund rufen zu hören. Dann wieder erreichte der Klang von Martinshörnern sein Ohr, doch er lenkte die »Sinje« verbissen hinaus auf die Förde.

Vermutlich waren es nur wenige Minuten, aber für Henrik fühlte es sich wie eine Ewigkeit an. Er blinzelte die Tränen weg, starrte hinaus in die Dunkelheit und schaute dann über die Schulter zurück zum Museumshafen.

»Mehr geht nicht«, keuchte er und schaltete den Motor aus.

Anschließend ließ er sowohl Bug- als auch Heckanker fallen, bevor er aufs Deck taumelte. Mit wenigen Schritten erreichte er die Reling und hatte gerade erst das linke Bein darübergeschwungen, als der Kutter sich erneut aufbäumte.

Die »Sinje« warf ihn ab wie ein bockendes Pferd und Henrik fiel ins Hafenbecken. Als sein Körper die Wasseroberfläche durchbrach, nahm er die schlagartige Abkühlung wie ein Gottesgeschenk an. Fast ohne Luftreserven und total erschöpft sank Henrik willenlos einen Meter hinab. Doch dann kehrte sein Überlebensinstinkt zurück und befahl ihm, mit Schwimmbewegungen an die Wasseroberfläche zurückzukehren. Als er prustend und Wasser tretend zu seiner »Sinje« schaute, stiegen Henrik Tränen der Wut in die Augen. Der Kutter brannte lichterloh. Zum Glück war die Feuerwehr mit einem Löschboot bereits eingetroffen, sodass ein Totalschaden vielleicht noch verhindert werden konnte. Andernfalls hatte Henrik mit dem Feuer sein Zuhause verloren.

»Hierher. Los, Henrik! Halt dich fest«, rief Kalle.

Verblüfft drehte Henrik sich um sah in das vom Feuerschein gerötete Gesicht seines Freundes. Kalle hielt eine Stange fest und ließ sie ins Wasser ragen. Wer das Dingi steuerte, konnte Henrik nicht erkennen. Er schwamm die kurze Distanz zur Stange, klammerte sich daran fest und unterstützte Kalle mit kräftigen Fußstößen. Der zog ihn bis auf die Wulst der Umrandung, über die sich Henrik mit Kalles Hilfe an Deck zog. Dort blieb er schwer keuchend auf dem Rücken liegen und hustete sich die Seele aus dem Leib.

»Du verrückter Hund hast unsere Schiffe gerettet«, stieß Kalle ungläubig hervor. Er hockte neben Henrik auf dem Boden und schaute immer wieder hinüber zur brennenden »Sinje«.

»Sinkt sie?«, fragte Henrik zwischen zwei Hustenanfällen.

Kalle und der Mann am Steuerrad tauschten einen Blick aus. Henrik packte den Unterarm seines Freundes und zwang ihn, in seine Augen zu sehen.

»Raus mit der Sprache, Kalle. Ist die ›Sinje‹ verloren?«, bohrte er nach.

Mit einem traurigen Blick nickte der Bootsnachbar. »Vermutlich ja. Falls überhaupt etwas übrig bleiben sollte, würde der Neuaufbau sehr lange dauern und viel Geld kosten. Mehr, als du wahrscheinlich aufbringen kannst«, antwortete er.

Henrik sank zurück aufs Deck. Dieses Mal waren es jedoch keine Tränen der Wut. Er trauerte um seinen Kutter. Die »Sinje« war zum Symbol für einen neuen Lebensabschnitt geworden und nun fiel sie einem Feuer zum Opfer.

»Das war kein Unglück«, brach es aus Henrik heraus.

Kalle krauste die Stirn und musterte den Privatdetektiv aufmerksam. »Willst du damit sagen, ein Feuerteufel geht im Flensburger Hafen um?«, fragte er ungläubig.

Henrik stemmte sich über die Ellenbogen hinauf in eine sitzende Position. Er warf einen Blick hinüber zu der Stelle, an der die Feuerwehr weiterhin den Brand auf dem ehemaligen Haifischkutter bekämpfte.

»Ja. Jemand wollte mich vermutlich damit von weiteren Recherchen abhalten. Ich hätte im Feuer umkommen sollen«, stellte er kalt fest.

Trotz der skeptischen Blicke seines Freundes und des Bootsteuerers war Henrik sich dieser Tatsache völlig sicher. Es war ein ganz feiger, hinterhältiger Anschlag gewesen, bei dem wenigstens sein Kutter und wahrscheinlich auch er selbst hätten ausgeschaltet werden sollen. Dass sich das Feuer dabei leicht auch auf die Nachbarschiffe ausbreiten und dort weitere Menschen in tödliche Gefahr hätte bringen können, hatte der Brandstifter eiskalt in Kauf genommen. Für Henrik stand fest, dass er mit seinen Ermittlungen einen kritischen Punkt erreicht hatte. Noch konnte er nicht sagen, wem er zu dicht auf die Pelle gerückt war. Doch Henrik schwor sich, dass er denjenigen finden und zur Rechenschaft ziehen würde. Der Fall war nun zu einer persönlichen Angelegenheit geworden.

KAPITEL 30

Sie kochte vor Zorn, ließ sich äußerlich jedoch nichts anmerken. Als Ulrike Tewes von dem Anschlag im Museumshafen durch die Medien erfuhr, verlor sie für einen kurzen Augenblick die Fassung. Mit einem wilden

Schrei schleuderte sie den Locher gegen die Wand ihres Büros. Da außer der Anwältin sonst niemand so spät noch arbeitete, blieb der Ausbruch unbemerkt. Anschließend fuhr sie ihren Computer herunter, schnappte sich ihre Umhängetasche sowie den Kurzmantel, um dann mit langen Schritten das Gebäude zu verlassen.

Am späten Nachmittag war Bertram Jansen aus der Untersuchungshaft entlassen worden. Ulrike hatte ihren Mandanten abgeholt, um ihm einige wichtige Verhaltensregeln mit auf den Weg zu geben. Während sie in Richtung Museumshafen fuhr, baute sich der Zorn gegen den Unternehmer weiter auf. Wer außer Jansen hätte ein Motiv und war so skrupellos, einen Brandanschlag auf den Kutter von Henrik Bargen zu veranlassen? Ulrike konnte sich kaum zurückhalten. Mehrfach stand sie kurz davor, ihren Mandanten auf seinem Mobiltelefon anzurufen und zur Minna zu machen. Doch sie beherrschte sich. Vordringlicher war es jetzt, herauszufinden, was wirklich passiert war und wie es Henrik ging. Sosehr die Anwältin sich auch dagegen wehrte, die alten Gefühle stiegen trotzdem immer wieder an die Oberfläche. Es fiel ihr schwer, es sich selbst einzugestehen. Doch ein Teil von ihr erkannte es dennoch: Sie liebte den sturköpfigen Privatermittler und sie spürte, dass er ebenfalls noch Gefühle für sie hegte.

Als sie die Absperrung der Polizei erreichte, gab Ulrike sich als Rechtsanwältin von Henrik aus und erhielt so Zutritt zum Museumshafen. Ihr Schritt verlangsamte sich beim Anblick des brennenden Kutters, der, umkreist von Löschbooten und Einsatzfahrzeugen der Wasserpolizei, etwa zehn Meter von der Mole entfernt ankerte. Eisiger Schrecken durchfuhr Ulrike bei dem Anblick. Es hatte nicht den Anschein, dass von diesem Boot jemand unversehrt hätte entkommen können. Doch dann entdeckte sie den Rettungswagen mit offenen Hecktüren, und im Schein der Innenbeleuchtung erkannte sie darin den Privatdetektiv. Ulrike beschleunigte ihre Schritte und wurde unruhig, als sie die Sauerstoffmaske auf Henriks Gesicht sowie weiße Verbände an seinen Händen bemerkte. Ein uniformierter Polizist wollte ihr den Zutritt zum Rettungswagen verstellen, doch Henrik hatte sie bereits entdeckt und hielt ihn zurück.

»Sie ist eine Freundin«, rief er und bedeutete ihm, sie zu ihm durchzulassen.

Überrascht registrierte Ulrike, wie fremd und heiser seine Stimme klang. Nicht nur wegen der Maske. Sie nickte dem Notarzt zu, der gerade an seinem Bericht schrieb, dann beugte die Anwältin sich über Henrik, der auf der Trage saß. Sanft hob sie sein Kinn an. Überall an seiner Kleidung waren noch Rußspuren zu sehen. »Musst du mir ständig solche Schrecken einjagen, du Dickkopf?«, fragte sie.

Das vertraute Grinsen blitzte in Henriks Gesicht auf und er wehrte sich nicht, als Ulrike die Maske kurz entfernte, um ihn zu küssen.

»Dafür lohnt es sich doch allemal«, raunte er.

Ihre Blicke verhakten sich für einige Sekunden. Ulrike schob die Sauerstoffmaske wieder an ihren Platz und wandte sich zum Arzt um.

»Wie schlimm ist es, Doktor?«, fragte sie.

Der Notarzt legte seinen Bericht in ein Seitenfach und warf einen prüfenden Blick auf seinen Patienten. »Einige Verbrennungen ersten Grades im Gesicht und an den Händen. Schmerzhaft, aber gut zu behandeln. Die Rauchgasvergiftung bereitet mir allerdings größere Sorgen. Herr

Bargen muss wenigstens für eine Nacht ins Krankenhaus, damit wir ihn überwachen können. Dort schließt man ihn an eine Sauerstoffversorgung an, damit sich seine Lungen und Atemwege erholen können. Danach sehen wir weiter«, antwortete er.

Ulrike dankte ihm. Als sie sich gerade von dem Arzt abwenden wollte, bemerkte sie, wie sich dessen Mimik veränderte. Sie ahnte sofort, woher der Verdruss rührte, und tatsächlich schob sich gleich darauf Henrik neben sie und umfasste ihren Ellenbogen.

»Kein Krankenhaus. Wenn ich in ein Zimmer eingesperrt und an eine Sauerstoffversorgung angeschlossen werde, drehe ich durch. Danke, Doc. Es geht auch so«, erklärte er entschieden.

Mit diesen Worten dirigierte er Ulrike aus dem Rettungswagen. Die Proteste des Notarztes ignorierte er einfach und ging weiter in Richtung eines Mannes in Zivil. Beim Gehen schüttelten ihn immer wieder heftige Hustenattacken, sodass Ulrike nicht länger schweigen konnte.

»Du solltest besser auf den Arzt hören. So kannst du unmöglich weiterermitteln«, mahnte sie.

Mit einem Kopfschütteln legte Henrik ihr eine Hand auf den Rücken, um sie zum Weitergehen zu bewegen. Da Ulrike seine Sturheit bestens kannte, stellte sie vorerst ihre Bemühungen ein. Henrik deutete auf den Zivilisten in der Gruppe aus Feuerwehrmännern und Polizeibeamten.

»Das ist Hauke Thordsen. Er ist Brandursachenermittler und kann uns bestimmt schon mehr über das Feuer sagen«, erklärte er.

Als sie die Gruppe erreichten, schauten fünf Gesichter Henrik forschend an.

»Bargen. Ich bin der Eigner der ›Sinje‹ und das ist Frau Tewes, meine Rechtsanwältin«, stellte er sich vor. Anschließend wollte er wissen, was der Gutachter ihm schon sagen konnte.

»Zu früh, um verlässliche Aussagen zu treffen. Tut mir leid, Herr Bargen. Bisher kenne ich nur die Beobachtungen der Feuerwehrmänner«, wehrte Thordsen ab.

Mit dieser Auskunft wollte Henrik sich nicht zufriedengeben. Er zog den irritierten Ermittler ein Stück beiseite und erzählte ihm dann, was sich an Bord des Kutters zugetragen hatte. Thordsen lauschte aufmerksam und nahm Henriks Schilderungen sogar mit seinem Smartphone auf.

»So, und nun bitte Ihre vorläufige Einschätzung«, schloss Henrik seinen Bericht, »Brandstiftung, ja oder nein?« Erneut schüttelte ihn ein starker Hustenanfall.

Thordsen warf Ulrike einen auffordernden Blick zu. Die hob abwehrend beide Hände in die Höhe. »Sehen Sie mich nicht so an, Herr Thordsen. Henrik ist viel zu stur, um sich von mir oder irgendjemand anderem etwas sagen zu lassen«, erklärte sie.

Henrik atmete mehrfach tief durch. »Also, was jetzt?«, wiederholte er seine Aufforderung.

Der Brandursachenermittler legte sich seine Worte sorgsam zurecht. »Der erste Eindruck in Bezug auf den Ausbruch sowie die rasante Ausbreitung des Feuers legt nahe, dass es sich nicht um ein Unglück handelt. Unter aller Vorsicht wage ich die Vermutung, dass die Explosionen wenigstens teilweise von Sprengsätzen herrührten. Wahrscheinlich hat der Brandstifter sie direkt am Motor des Kutters angebracht. Nageln Sie mich aber nicht darauf fest!«, antwortete er dann.

Während Henrik mit finsterer Miene hinaus auf die Förde schaute, wo eines der Feuerlöschboote neben dem Kutter lag, schaute Ulrike den Ermittler betroffen an.

»Sprengladungen, vermuten Sie?«, hakte sie nach.

Erneut betonte Hauke Thordsen, dass es nicht mehr als eine vorläufige Vermutung war.

»Dennoch halten Sie es für sehr wahrscheinlich. Richtig?«, ließ Ulrike nicht locker.

So weit konnte Thordsen zustimmen, bevor er sich verabschiedete und zur Gruppe von Feuerwehr- und Polizeibeamten zurückkehrte.

Ulrike lehnte sich gegen Henriks Schulter und legte ihren linken Arm um seine Hüfte. »Komm heute Nacht einfach mit mir. Du kannst im Gästezimmer schlafen«, bot sie an.

Mit einem Lächeln schüttelte Henrik den Kopf. Dabei deutete er auf den weißhaarigen Kalle, der auf sie zustapfte. »Das würde er mir nie verzeihen und deine Kinder wären bestimmt reichlich verwundert, wenn so ein alter Hustinettenbär in eurem Haus herumlungert. Aber danke trotzdem für das nette Angebot.« Er lächelte.

Ulrike schluckte die Enttäuschung hinunter. Henrik hatte absolut recht mit seinen Einwänden, und sie selbst wollte ihrerseits Jansen baldmöglichst zur Rede stellen. Sie drückte sich auf die Zehenspitzen hoch und hauchte Henrik einen Kuss auf die Wange. »Dann sehen wir uns morgen früh in der Kanzlei«, sagte sie zum Abschied.

Als sie gleich darauf an Kalle vorbeieilte, nickten die beiden einander nur knapp zu. Henriks Freund machte keinen Hehl aus seiner Abneigung gegen die Rechtsanwältin.

KAPITEL 31

Mit den mageren Hinweisen auf den wahren Vurm wollten May-Britt und Frank Reuter nochmals Karsten Osberg befragen. Da ihn eine Anklage wegen des tätlichen Angriffs auf Maja erwartete und er keinen festen Wohnsitz aufweisen konnte, war er in Haft geblieben.

»Da es neu für ihn ist, dürfte es seine Haltung hoffentlich ein wenig erschüttert haben«, sagte die Kommissarin.

Obwohl es schon früher Abend war, wollten die beiden Ermittler die Vernehmung noch an diesem Tag durchführen. Als sie das Zimmer betraten, in dem ein uniformierter Polizist den Aktivisten bewachte, starrte Osberg sie mürrisch an. Mit einer Geste schickte May-Britt den Beamten weg, bevor sie die Tür schloss und sich einen Stuhl unter dem Tisch hervorzog. Frank hatte bereits seinen Platz eingenommen und blätterte in seinem Notizbuch. Zwischendrin hob er zweimal den Kopf, um Osberg kritisch zu mustern. May-Britt setzte sich und aktivierte die Aufzeichnung. Dann nannte sie die Namen der Anwesenden, das Datum sowie die Uhrzeit.

»Rechtsanwalt Morten Södergard wurde über die Vernehmung informiert. Sollen wir auf sein Eintreffen warten?«, fragte sie dann Osberg.

Frank setzte sein kleines Schauspiel fort, was ihm zunehmend genervte Blicke des Aktivisten eintrug. Osberg war definitiv nicht mehr so selbstgefällig wie bei seiner ersten Vernehmung. Die Haft zeigte ihre Wirkung.

»Nein. Ihr dürft doch sowieso nichts verwenden, was ich ohne Rechtsbeistand sage«, erwiderte er.

Dem war zwar nicht so, aber es lag nicht in May-Britts Interesse, ihn zu belehren. Es oblag Södergard, seinen Mandanten vernünftig zu beraten.

»Wir wissen jetzt, wer Vurm ist. Zwei Zeugen haben unabhängig voneinander seine Identität bezeugt«, warf Frank ein.

Mit einem hämischen Lachen lehnte Osberg sich zurück. »Einen Scheiß wisst ihr. Das ist doch nur ein blöder Bullentrick, aber ich bin ja nicht dämlich und gehe euch einfach so auf den Leim«, stieß er hervor.

May-Britt schüttelte erstaunt den Kopf. »Das glaubst du? Tja, da muss ich dich enttäuschen. Solche Tricks wenden wir nicht an. Beide Zeugen haben eindeutig Casper als denjenigen benannt, der solche Aktionen organisiert und euch dabei berät. Einer der Zeugen war damals ein Dozent von Casper an der Uni in Kopenhagen. Kennst du ihn auch von dort?«, erwiderte sie.

Der Name löste ein erschrockenes Aufblitzen in Osbergs Augen aus, und als May-Britt dann auch noch die Universität ins Spiel brachte, wurde sein Mund zu einem schmalen Strich.

Frank blätterte geräuschvoll in seinem Notizblock um und studierte interessiert eine beliebige Seite. Dann hob er den Kopf, um Osberg einen weiteren Schlag zu verpassen. »Hmm. Vom Alter her erscheint es mir unwahrscheinlich, aber eventuell hast du Casper ja schon auf Langeland kennengelernt. Doch zur Clique von damals kannst du eigentlich noch nicht gehört haben. Oder?«, sagte er.

»Ihr wisst über Langeland Bescheid?«, entfuhr es Karsten Osberg. In seiner Verwirrung vergaß er seine Vorsicht.

»Ja, natürlich. Wir wissen natürlich auch, dass Casper an der Uni seine Doktorarbeit geschrieben hat«, ergänzte May-Britt.

Henner hatte tatsächlich erstklassige Recherche betrieben, musste am Ende aber dennoch eine kleine Niederlage hinnehmen. Anhand der von May-Britt gelieferten Daten hatte er drei Studenten mit dem Vornamen Casper herausselektiert, die unglücklicherweise alle im gleichen Zeitraum ihre Promotion vorbereitet hatten. Für die Ermittler, die sich die Themen der Doktorarbeiten notiert hatten, kam die Vernehmung schon jetzt an eine knifflige Stelle.

»War das nicht irgendetwas mit molekularen Veränderungen durch toxische Schwermetalle, die ins Meer gelangen?«, fragte Frank.

Es war ein Schmierentheater, auf das ein gewiefter Rechtsanwalt niemals hereingefallen wäre. Doch Osberg war durch die Stunden in Haft bereits ein wenig zermürbt und musste sich gegen das Zusammenspiel zweier erfahrener Ermittler behaupten. »Oh Mann. Das war doch nicht Caspers Thema. Er hat über…«, setzte der Aktivist an, doch im gleichen Augenblick flog die Tür zum Vernehmungsraum auf und Södergard platzte herein. Sein Gesicht war gerötet. Frank vermochte nicht zu sagen, ob der Rechtsanwalt nur schnell gelaufen oder erbost über die späte Befragung seines Mandanten war.

»Stopp! Kein Wort mehr, Karsten. Falls du etwas anzubieten hast, werden wir es gerne als Verhandlungsmasse bei deiner eigenen Anklage einbringen. Doch verschenken wirst du diese Informationen ganz sicher nicht«, polterte der Anwalt los.

Obwohl sie die Aussichtslosigkeit ihres Unterfangens einsah, versuchte May-Britt dennoch, eine komplette

Aussage von Osberg zu erhalten. Vergebens. Mit Södergards Erscheinen waren die Karten neu gemischt worden. Osberg beantwortete keine einzige Frage mehr, sondern befolgte den Rat seines Anwaltes. Er schwieg einfach. Sie beschloss daher, die Vernehmung abzubrechen.

Darauf reagierte der Rechtsanwalt mit Empörung. »Was sollen diese Spiele? Das ist doch Polizeiwillkür in Reinkultur«, beschwerte er sich.

Frank erhob sich und warf Södergard einen verblüfften Blick zu. »Wie kommen Sie denn darauf? Herrn Osberg wurde selbstverständlich freigestellt, ob er auf Ihr Eintreffen warten möchte oder nicht. Wurde alles korrekt aufgezeichnet«, erklärte er dann und deutete auf das Aufnahmegerät. Mit einem freundlichen Nicken in Södergards Richtung verließ er daraufhin gemeinsam mit May-Britt den Vernehmungsraum.

Auf dem Gang grinsten sie sich an. »Nicht optimal, aber wir können jetzt immerhin einen der Kandidaten von Henners Liste streichen. Bleiben noch zwei«, sagte May-Britt.

Franks Magen knurrte vernehmlich, was der Kommissarin ein helles Lachen entlockte. »Ich wollte mit Anne und Henner essen gehen. Schließ dich doch an, dann können wir dabei alles Weitere besprechen«, schlug sie vor.

Das war auch für Frank eine elegante Lösung, mit der er bestens leben konnte.

*

Sie hatte gerade das schmutzige Geschirr in die Maschine geräumt, als Sonja die Martinshörner vernahm und fast unbewusst registrierte, dass die Einsatzfahrzeuge ins

Hafengebiet jagten. Neugierig geworden eilte sie zum Fenster und warf einen Blick hinaus. Selbst aus dieser Entfernung war es leicht, die Ursache des Einsatzes auszumachen. Verwundert schaute Sonja auf ein brennendes Boot unweit des Museumshafens. Es schien dort zu ankern, während meterhohe Flammen aus dem Rumpf schlugen.

Instinktiv schnappte Sonja sich ihr Handy und wählte Henriks Mobilfunknummer. »Die gewünschte Rufnummer ist zurzeit nicht erreichbar«, tönte es ihr aus dem Hörer entgegen. Was hatte das zu bedeuten?

Kurz entschlossen schlüpfte Sonja in Stiefel und Jacke, griff sich die Umhängetasche und verließ die Wohnung in der Brixstraße. Als sie den Hafendamm erreichte, suchte ihr Blick nach der »Sinje«, deren Liegeplatz man von ihrem Standort aus eigentlich gut erkennen konnte. Aber die Lichter der Einsatzfahrzeuge sowie aufgebaute Scheinwerfer, die zum brennenden Boot leuchteten, verhinderten eine klare Sicht.

Mit klopfendem Herzen eilte Sonja weiter und erreichte schließlich die Absperrung. Wenige Augenblicke vor ihr mussten Bastian Kraft und Oke Sibbersen eingetroffen sein, da sie bereits auf die Einsatzfahrzeuge zuhielten.

»Bastian?«, rief Sonja, während sie einem uniformierten Kollegen ihren Dienstausweis zeigte.

Der hünenhafte Oberkommissar wandte sich um und wartete zusammen mit Oke auf seine Vorgesetzte. Sonja schloss zu den Männern auf, um dann mitten in der Bewegung zu erstarren. Ihr Blick erfasste den leeren Liegeplatz der »Sinje«.

Bastian warf ihr einen überraschten Seitenblick zu. »Mein Gott, Sonja! Du wusstest es noch nicht?«, fragte er.

Ihre Knie drohten nachzugeben. Sonja hängte sich schnell bei Bastian unter und schüttelte den Kopf. Augenblicklich schossen ihr Tränen in die Augen.

»Aus dem Funk wissen wir, dass es sich vermutlich um einen weiteren Brandanschlag handelt. Thordsen sollte irgendwo hier sein. Wir müssen mit ihm reden«, verkündete der Oberkommissar.

Doch Sonja wollte nur Henrik sehen. Sich versichern, dass er am Leben war. Sie blinzelte die Tränen fort und suchte nach der Gestalt des Privatermittlers. Erst als sich eine Gruppe von Feuerwehrmännern auflöste, entdeckte Sonja den Rettungswagen. Die hinteren Türen standen weit auf, sodass die Innenbeleuchtung den Mann mit den rotblonden Haaren auf der Trage sichtbar machte.

»Henrik!«, stieß sie erleichtert hervor und löste sich von Bastians Arm.

Ihre Schritte wurden immer länger, nur um nach fünf oder sechs Metern abrupt zu stoppen. Die schmale Frauengestalt, die plötzlich am Notarztwagen auftauchte, war Sonja nur zu vertraut. Sie konnte nichts anderes tun, als die sich entwickelnde Szene zu beobachten. Ihre Beine verweigerten den Dienst, während ihr Puls zu rasen begann. Mit weit aufgerissenen Augen musste Sonja mit ansehen, wie Ulrike Tewes und Henrik Zärtlichkeiten im Rettungswagen austauschten. Anschließend erhob sich Henrik von der Trage und schob die Rechtsanwältin aus dem Wagen, nachdem er einen kurzen Dialog mit dem Notarzt geführt hatte. Es fühlte sich an wie in einem Albtraum. Sonjas Augen füllten sich erneut mit Tränen, doch dieses Mal entsprangen sie einer unermesslichen Enttäuschung. Sie hatte Henrik geglaubt, als er ihr versicherte, dass die Arbeit mit der Rechtsanwältin ihre einzige Verbindung sei. Doch die Bilder am Rettungswagen widerlegten diese Aussage mit brutaler Eindeutigkeit. Sonja spürte, wie sich eine Eiseskälte in ihr ausbreitete. Während Henrik in inniger Umarmung mit Ulrike Tewes stand, drehte sie sich um. Bastian und Oke hatten sich bereits bei den Kollegen von der Streifenpolizei eingefunden. Sonja eilte auf sie zu und ließ sich einen ersten Bericht geben. Eine Weile später stieß auch der Brandursachenermittler Hauke Thordsen zu ihnen.

»Meine vorläufige Einschätzung geht von einem Brandanschlag mit Sprengstoffen aus. Die Beobachtungen des Eigners eines Nachbarbootes sowie die Bilder, die von den Brandbekämpfern gemacht wurden, lassen diese Annahme zu«, lautete seine erste Begutachtung.

Somit stand Sonja vor einer schweren Entscheidung. Sie konnte den zweiten Anschlag in Zusammenhang mit dem ersten bringen, wodurch die Ermittlungen dazu ebenfalls in ihre Zuständigkeit fielen. Andererseits hatte Sonja ihr Team bereits aufsplitten müssen, und da der dänische Journalist weiterhin verschwunden war, konnte sie Bastian und Oke auch nicht abziehen. Ihr Blick ging hinüber zum brennenden Kutter, wanderte dann hinüber zu Henrik. Jetzt stand Kalle neben dem Privatdetektiv.

»Geh ruhig rüber, Chefin. Wir machen das hier schon«, sagte Bastian.

Als Sonja es vehement ablehnte, stutzte der Oberkommissar sichtlich. Er musterte das Gesicht seiner Vorgesetzten und beschloss, nicht weiter nachzuhaken. Bastian ahnte, dass es neue persönliche Differenzen zwischen Sonja und Henrik geben musste. Er verkniff sich ein frustriertes Seufzen und wandte sich stattdessen an Oke. »Wenn das so ist, setzen wir die Suche nach Winther fort«, sagte er.

Sonja nickte zustimmend, während Oke leicht verwirrt dem Oberkommissar folgte. Als die Meldung des Brandanschlages im Museumshafen über Funk einging, hatten die beiden Männer gerade mit einem Türsteher gesprochen. Sie hofften von ihm Hinweise auf den Besuch des dänischen Enthüllungsjournalisten in der Bar zu erhalten. Bastian hatte sofort entschieden, das Gespräch zu unterbrechen und zum Hafen zu fahren, weshalb sie die Unterredung mit dem Türsteher nun fortsetzen mussten.

»Haben wir etwas falsch gemacht? Ist die Chefin deswegen sauer?«, wollte Oke wissen. Er startete den Motor des Dienstwagens, während Bastian sich auf dem Beifahrersitz bereits anschnallte.

»Nein. Das hat nichts mit uns zu tun. Machen wir einfach weiter. Morgen sieht die Welt hoffentlich schon wieder anders aus«, erwiderte der Oberkommissar.

Als sie kurz darauf in die Kompagniestraße einbogen, kam eine Meldung zum Brandanschlag über Funk. Bastian drehte die Lautstärke höher und stieß dann einen erleichterten Laut aus.

»Henrik ist scheinbar nur leicht verletzt worden. Wenigstens etwas Gutes an diesem Abend«, stellte er dann fest.

Zwei Minuten später stiegen sie aus dem Dienstwagen aus, um zu dem Klub zu gehen, mit dessen Türsteher sie vorhin bereits kurz über Anders Winther gesprochen hatten. Der dänische Enthüllungsjournalist war noch am Abend vor seinem Verschwinden Gast im Klub gewesen. Jetzt wollte Bastian herausfinden, ob Winther sich eventuell dort mit einem Informanten getroffen oder jemanden beobachtet hatte.

KAPITEL 32

Nach nur knapp vier Stunden Schlaf erhob Henrik sich aus seiner Koje. Es war ein gutes Arrangement gewesen, den Abend sowie die Nacht auf Kalles Schiff zu verbringen. So konnten sie den weiteren Lösch- und Bergungsverlauf aus der Nähe verfolgen und sich darüber klar werden, dass Henrik nichts mehr besaß außer der Kleidung an seinem Leib, dem Inhalt der Stahlkiste sowie seinem altersschwachen Passat. Die »Sinje« war ein Totalverlust und auch am nächsten Morgen war nicht abzusehen, ob man den Kutter nur noch abwracken konnte. Mit solch trüben Gedanken erledigte Henrik die Katzenwäsche und kletterte anschließend hinauf an Deck. Dort hatte Kalle unter dem als Wetterschutz aufgespannten Segeltuch einen Frühstückstisch gedeckt.

»Moin. Bist du aus dem Bett gefallen?«, begrüßte Henrik seinen Freund.

Ein schelmisches Grinsen vertiefte die vielen Falten in Kalles Gesicht. Die blauen Augen strahlten vor Lebenskraft. »Moin. In meinem Alter benötigt man nicht mehr so viel Schlaf. Komm, setz dich und iss erst einmal ein Brötchen«, erwiderte er.

Ungefragt stellte Kalle einen Becher mit dampfendem Kaffee vor Henrik ab, der dankbar einen ordentlichen Schuss Milch dazugab und einen ersten Schluck nahm. Der Brandgeruch hing erneut in der Luft. Er stach nicht nur den beiden Männern auf dem Schiff in der Nase, sondern auch allen anderen Menschen im Museumshafen. Vielleicht sogar bis hinüber zur Großen Straße mit den vielen Geschäften.

»Ich bespreche mit Ulrike später, wie es weitergeht. Vermutlich kann ich einen größeren Vorschuss herausholen, um die nächsten Tage und Wochen zu überstehen«, erklärte Henrik.

Wie erwartet, verdüsterte sich Kalles Ausdruck sofort.

»Ich weiß, du magst Ulrike nicht. Jetzt ist sie mir aber eine große Hilfe und eben auch Auftraggeberin«, sagte Henrik.

Mit einem unwilligen Brummen schlürfte Kalle geräuschvoll seinen Kaffee, biss von einem Käsebrötchen ab und kaute ausgiebig. Dann spülte er mit einem weiteren Schluck aus seinem Becher nach, bevor er sich räusperte und Henrik anschaute. »Ich traue ihr nach der Geschichte damals einfach nicht mehr. Eine so intelligente Frau, und sie soll wirklich nichts von den Machenschaften ihres Ehemannes beziehungsweise des Schwiegervaters fürs Kartell mitbekommen haben? Sorry, kann ich mir nicht vorstellen«, stellte er kategorisch fest.

Als Henrik zu einer Protestrede ansetzte, hob Kalle schnell seine Hand und sprach weiter. »Ich mische mich natürlich nicht in deine Angelegenheiten ein, Henrik. Als Freund bleibe ich aber immer ehrlich, und über Ulrike wollte ich jetzt auch gar nicht sprechen«, sagte er.

Henrik bestrich eine Brötchenhälfte mit grober Teewurst und schaute dabei seinen Freund fragend an.

»Du erinnerst dich bestimmt daran, dass ich dir von der alten Werft erzählt habe, in der ich damals mein Schiff restauriert habe. Oder?«, fragte Kalle.

Henrik nickte mit vollem Mund und hörte Kalle weiter zu.

»Seit Jahren versuche ich, das Grundstück im Brauereiweg zusammen mit den Hallen zu verkaufen. Doch es besteht kaum Interesse und jetzt könnte es sich für dich auszahlen. Sowohl das gesamte Werkzeug als auch eine kleine Wohnung stehen immer noch zur Verfügung. Nichts Besonderes, aber man könnte es sofort nutzen und bei Bedarf modernisieren«, erklärte er.

Verblüfft schluckte Henrik den letzten Bissen hinunter und schaute seinen Freund an. »Echt? Dein Ernst?«, fragte er. Henrik hatte Kalle vor einigen Monaten einmal begleitet, als der verschiedene Werkzeuge aus der Halle holen wollte. Damals hätte er im Traum nicht gedacht, dass sie einmal als letzte Rettung für ihn in Betracht kommen könnte.

Kalle schmunzelte vor sich hin, nippte am Kaffee und nickte nachdrücklich.

»Das wäre echt klasse. Vielleicht kann ich die ›Sinje‹ dort doch wieder aufbauen. Bei Brandstiftung wird die Versicherung garantiert nicht zahlen und mit den wenigen Kröten, die mir zur Verfügung stehen, zieht sich eine Restaurierung ziemlich hin. Dann würde ich die Werft von dir mieten, aber du kannst sie natürlich weiterhin zum Verkauf anbieten«, sagte Henrik. Es war eine unerwartete Lösung, die ihm jedoch mit jeder Sekunde besser gefiel.

Kalle hob seinen Kaffeebecher und stieß mit Henriks an. »Dann ist es hiermit besiegelt. Den Formularkram erledigen wir später. Solange du die Werft mietest, muss ich mich schließlich nicht um den Verkauf kümmern. So gesehen tust du mir sogar einen Gefallen«, erklärte er.

Für Henrik entwickelte sich der neue Tag unerwartet positiv.

»Habe ich dich richtig verstanden, dass du wegen der Ermittlungen rauf nach Schweden willst?«, fragte Kalle.

Das war tatsächlich Henriks Entscheidung vom Vorabend. Er musste sowieso in Karlshamn diese ominöse Person mit den Initialen »P« und »F« aufspüren. Henrik wollte ihre Rolle bei den illegalen Transporten herausfinden und natürlich, was Bertram Jansen damit zu schaffen hatte.

»Stimmt. Solange ich in Schweden ermittle, muss ich nicht zeitgleich hier eine Unterkunft finden. Das ist der Plan«, antwortete er.

Das breite Grinsen seines Freundes blitzte erneut auf. Kalle rieb sich zufrieden die Hände. In seinen blauen Augen funkelte es verdächtig. »Sehr gut. Dann kümmere ich mich darum, dass dein Kutter aus dem Wasser geholt und in die Werft gebracht wird. Außerdem muss ich Strom und Wasser anmelden, damit du dein neues Zuhause beziehen kannst. Ach ja, Festnetz und Internet brauchst du wahrscheinlich ebenfalls, oder?«, plauderte er fröhlich drauflos.

Henrik hob abwehrend beide Hände in die Höhe. »Immer langsam mit den jungen Pferden, Kalle. Es reicht völlig, dass du mir die Werft überlässt. Du musst dich wirklich nicht auch noch um die ›Sinje‹ und all die anderen Dinge kümmern«, protestierte er.

»Du bist mein Freund und natürlich helfe ich dir. Dank deines energischen Handelns wurde mein eigenes Boot schließlich nicht in Mitleidenschaft gezogen. Außerdem habe ich dadurch endlich wieder mehr um die Ohren. Vielleicht darf ich dir auch bei der Restaurierung deines Kutters ein wenig zur Hand gehen. Mann, dann hätte ich tatsächlich mal wieder sinnvolle Arbeit zu erledigen«, freute sich Kalle.

Darauf wusste Henrik nichts mehr zu erwidern. Also gab er sich geschlagen und beschloss, die Dinge einfach auf sich zukommen zu lassen.

Nach dem Frühstück verließ er seinen Freund, um zum vereinbarten Termin in die Kanzlei von Ulrike Tewes zu gehen. Später würde Henrik in der Stadt einige Einkäufe tätigen, um für seine Reise nach Karlshamn gerüstet zu sein. Am Kai blieb er kurz stehen, um die kärglichen Überreste seines alten Haifischkutters anzusehen. Hauke Thordsen hatte für eine Absperrung gesorgt und den Zugang mit einem Siegel versehen. Mit einem traurigen Kopfschütteln wandte Henrik sich ab und marschierte los. Seine Zukunft sah rosiger aus, als er noch vor wenigen Stunden erwartet hatte. Dank der großzügigen Unterstützung seines Freundes war Henrik nicht obdachlos und es bestand sogar Hoffnung, dass er seine geliebte »Sinje« restaurieren konnte. Doch das war bereits der übernächste Schritt. Zuerst musste er den Brandstifter entlarven sowie den aktuellen Fall lösen. In Henriks Überlegungen hing alles miteinander zusammen und ein gewisser Bertram Jansen nahm weiterhin eine zentrale Rolle dabei ein. Welche das war, sollten auch seine Ermittlungen in Südschweden ans Licht bringen.

KAPITEL 33

Der Tag begann für Sonja Martenson mit einem Gespräch im Büro von Staatsanwalt Lorenz. Sie kannte das Zimmer noch aus den Zeiten seines Vorgängers und schaute entsprechend verwundert in die Runde. Lorenz bemerkte es und rückte der Hauptkommissarin mit einem Lächeln den Stuhl am Besprechungstisch zurecht, auf dem lediglich eine dünne Mappe lag.

»Sie hatten erwartet, dass sich bei mir die Fallakten stapeln. Ich weiß, solche Bilder existieren nicht nur in den Köpfen der meisten Menschen, sondern werden durch wenig organisierte Kollegen bestätigt«, sagte er.

Sonja ließ sich auf den Stuhl sinken und akzeptierte auch den angebotenen Kaffee. Sie hatte eine unruhige Nacht hinter sich. Nach ihrem Besuch im Museumshafen war die Hauptkommissarin direkt in ihr Büro gegangen. Dort hatte sie im Computer eine weitere Datei angelegt, in der alle Hinweise zum Brandanschlag auf die »Sinje« gesammelt werden sollten. Anschließend kehrte sie zu ihrer Wohnung in der Brixstraße zurück. Auf ihrem Weg war sie wieder am Museumshafen vorbeigekommen und kurz davor gewesen, zu Kalles Schiff zu gehen und ein Gespräch mit Henrik zu fordern. Doch ihr war klar gewesen, dass es nur ein Streitgespräch werden würde, und sie entschied sich daher dagegen.

Zu Hause angekommen hatten sich die Bilder des Abends einfach nicht vertreiben lassen wollen, sodass Sonja schließlich eine halbe Schlaftablette geschluckt hatte und durch den Wecker in ihrem Handy morgens aus wilden Träumen gerissen worden war. Sie wusste, wie müde und erschöpft sie aussah. Doch Staatsanwalt Lorenz lächelte sie erfreut an und ging darauf kein Stück ein.

»Sie haben sich demnach so organisiert, dass diese Berge an Akten gar nicht erst entstehen. Verstehe ich Sie dahingehend richtig?«, hakte sie nach.

Lorenz füllte zwei Tassen mit Kaffee, nachdem er sich ebenfalls am Tisch niedergelassen hatte.

»Exakt, Frau Martenson. Wozu gibt es Computer und Hilfsprogramme, wenn wir weiterhin alles in Akten schreiben und diese dann sinnlos stapeln müssen? Ich bevorzuge es, immer nur mit einer Handakte den aktuellen Fall zu bearbeiten«, antwortete er.

Mit diesen Worten schlug er die Mappe auf, die schon bei Sonjas Eintreten auf dem Tisch gelegen hatte. Lorenz warf einen kurzen Blick hinein, bevor er sich wieder der Hauptkommissarin zuwandte.

»Mich interessiert aktuell Ihre Einschätzung zum zweiten Brandanschlag. Gibt es erkennbare Parallelen zum Feuer an der Ballastbrücke? Suchen wir ab sofort möglicherweise einen Serientäter und sollten unser Hauptaugenmerk nicht länger auf Bertram Jansen legen? Hierzu möchte ich Ihr fachliches Statement erhalten«, sagte er dann.

Es waren gute Fragen, die Lorenz ihr stellte. Trotzdem zögerte Sonja mit ihrer Beantwortung.

»Es wäre sinnvoll, in alle Richtungen zu ermitteln. Leider fehlen mir die Ressourcen dafür. Wie Sie wissen, musste ich mein Team bereits teilen, um auch die Suche nach Anders Winther qualifiziert durchzuführen. Hauptkommissar Reuter und Kommissarin Oldsen haben ihren Fokus auf die Ökoaktivisten gelegt, wodurch uns wenigstens in dieser Hinsicht gut zugearbeitet wird. Jetzt noch nach einem möglichen Serienbrandstifter zu suchen, übersteigt meine Möglichkeiten«, erwiderte sie schließlich.

Lorenz hörte schweigend zu. Sein Blick verriet nicht, was er von Sonjas Ausführungen hielt. Als sie zu Ende gesprochen hatte, nickte er knapp und lehnte sich nachdenklich in seinem Stuhl zurück. Für einige Sekunden wanderte Lorenz' Blick in weite Ferne, ohne einen Punkt im Raum zu fixieren. Außer dem steten Ticken einer Wanduhr waren nur die gedämpften Geräusche von der Straße her zu vernehmen. Irgendwo im Haus wurde eine Tür laut zugeschlagen und jemand beschwerte sich über den Krach.

»Ich verstehe Ihr Dilemma, Frau Martenson. Zurzeit sehe ich zwei Wege, um Abhilfe zu schaffen und so die Ermittlungen ohne Einschränkung weiter durchzuführen.«

Die Ruhephase hatte dafür gesorgt, dass Sonjas Gedanken abgeschweift waren. Als der Staatsanwalt auf einmal wieder zu reden anfing, fuhr sie leicht zusammen. »Und die wären?«, fragte sie mit Verzögerung.

Lorenz ließ seine Gesprächspartnerin zappeln. Er genoss sichtlich die gespannte Erwartungshaltung der Hauptkommissarin.

»Erstens holen wir uns Unterstützung vom LKA aus Kiel. Sollen die Herrschaften doch ihren Anteil leisten und uns in Bezug auf einen möglichen Feuerteufel weiterhelfen. Notfalls schicken die uns sogar einen oder zwei ihrer Spezialisten. Das wäre Weg Nummer eins«, erklärte er.

Den gleichen Vorschlag hatte Sonja bereits in ihrer Zusammenfassung vom Vorabend in der Datei gemacht.

Hatte Lorenz diese noch gar nicht gelesen, trotz seiner angeblich so herausragenden Organisation? Oder machte er sich einfach nur Sonjas Idee zu eigen?

»Diese Vorgehensweise halte ich ebenfalls für hilfreich. Was wäre Ihr zweiter Weg?«, erwiderte sie ein wenig schmallippig.

Lorenz tippte mit dem Zeigefinger auf das oberste Blatt in seiner Handakte. »Ja, natürlich. Sie hatten es bereits selbst vorgeschlagen und deswegen habe ich diese Bitte zusammen mit meiner Zustimmung schon ans LKA weitergeleitet«, sagte er.

Also wollte Lorenz sich keine fremden Lorbeeren an den Hut heften. Sonja dankte es ihm mit einem zustimmenden Lächeln.

»Der zweite Vorschlag wäre, dass ich aktiver in die Ermittlungen eingebunden werde. Als Verbrecherjäger tauge ich sicherlich nicht sehr viel, dafür aber bestimmt als Vernehmer. Ich kann Ihnen also anbieten, zusammen mit einem Ihrer Beamten oder auch mit einem uniformierten Kollegen eigenständige Befragungen durchzuführen«, sagte Lorenz.

Damit überraschte er Sonja. Es war durchaus nicht ungewöhnlich, dass Staatsanwälte sich derart in Ermittlungen einbrachten. Bislang hatte Sonja es allerdings immer ohne diese Hilfe geschafft, dieses Mal bestand jedoch Personalnot und so kam Lorenz' Vorschlag ihr sehr recht. »Das wäre in der Tat eine große Hilfe«, erklärte sie daher.

»Sehr gut. Also abgemacht. Ich telefoniere nur noch kurz mit dem LKA, organisiere einige Termine neu und dann komme ich zu Ihnen. Sie haben bis dahin Zeit, meine Aufgaben festzulegen und mir einen Beamten zuzuteilen«, sagte Lorenz.

Nachdem Sonja ihren Kaffee ausgetrunken hatte, machte sie sich auf den Weg zurück in ihr Büro. Sie wollte ihren Mitarbeitern mitteilen, welche Änderungen anstanden, und sie musste sich noch überlegen, wen sie Lorenz an die Seite stellen konnte. Als sie die Treppe hinabeilte, kam ihr ein Mann mit rotblonden Haaren entgegen. Einen Augenblick lang dachte Sonja, es wäre Henrik. Ihr Herz übersprang ein oder zwei Schläge, doch dann bemerkte sie ihren Irrtum. Sie nickte dem Unbekannten freundlich zu und setzte ihren Weg fort.

*

Mittlerweile gehörte die Fahrt nach Sonderburg zu Franks ganz normalen Dienstgeschäften. An der Grenze erkannte man den Hauptkommissar meistens sofort und winkte den Wagen ohne Kontrolle durch. So auch heute. Im Grunde hätte Frank auch genauso gut in der dänischen Kleinstadt übernachten können, denn er war erst weit nach Mitternacht von dort nach Flensburg zurückgekehrt. Als er heute Morgen gerade einmal zehn Minuten hinter seinem Schreibtisch gesessen hatte und am ersten Kaffee des Tages nippte, erreichte ihn der Anruf von May-Britt Oldsen. Karsten Osberg und Birte Hallweg hatten unabhängig voneinander um eine dringende Unterredung gebeten.

»Ich denke, dass wir endlich vernünftige Aussagen zu hören bekommen. Da solltest du unbedingt anwesend sein«, sagte die Kommissarin.

Also hatte Frank hastig seinen Kaffee ausgetrunken und sich nach Sonderburg abgemeldet. Als er jetzt auf die Marienkirche zufuhr, lugte sogar die Sonne durch eine Wolkenlücke. Auf der Fahrt hatte es mehrere kurze Regenschauer gegeben, die allerdings seit einer guten Viertelstunde vorbei waren, und jetzt lockerte sich die bisher undurchdringliche Wolkendecke auf.

Zehn Minuten später ging Frank den Gang zu May-Britts Büro entlang. Er grüßte durch die offen stehenden Türen zuerst Henner und dann Anne. Dann klopfte er gegen den Türrahmen bei May-Britts Büro und trat ein.

»Moin«, sagte er.

Mit einem Lächeln erwiderte die Kommissarin den gängigen Gruß und hielt Frank mit einer Handbewegung davon ab, sich in einem der Besucherstühle vor ihrem Schreibtisch niederzulassen. »Häng deine Jacke auf und dann geht es auch gleich los. Osberg wurde bereits in ein Vernehmungszimmer gebracht«, erklärte sie knapp.

Frank tat wie ihm geheißen und verließ gleich darauf hinter May-Britt das Büro. Im Vorbeigehen rief die Kommissarin ihren Mitarbeitern noch Anweisungen zu, bevor sie zügig zur Treppe eilte. Frank musste lange Schritte machen, um den Anschluss nicht zu verlieren.

Unmittelbar vor dem Vernehmungsraum stand ein nervös wirkender Mann mit schütterem blondem Haar. Als er May-Britt und Frank auf sich zukommen sah, schob er die Hornbrille ein Stück weiter zur Nasenwurzel hinauf. Die blauen Augen musterten die beiden Ermittler.

»Ich bin Nikolai Lindhardt. Der neue Verteidiger von Karsten Osberg«, stellte er sich vor.

May-Britt warf Frank einen überraschten Seitenblick zu, bevor sie sich und ihren Kollegen vorstellte.

»Wieso gab es einen Wechsel in der Verteidigung?«, fragte Frank.

»Morten Södergard hat sein Mandat niedergelegt. Es gab wohl Differenzen bezüglich der weiteren Verteidigungsstrategie zwischen ihm und Karsten Osberg. Ich wurde daraufhin als Pflichtverteidiger bestellt«, erwiderte der Rechtsanwalt.

Jetzt spürte auch Frank, wie sich Hoffnung in ihm aufbaute. Dieses Vorgehen sprach in der Tat dafür, dass Osberg mit der defensiven Taktik Södergards nicht mehr einverstanden war. Gespannt betrat er daher hinter May-Britt und Lindhardt das Vernehmungszimmer. Dort saß Osberg auf einem Stuhl am Tisch und starrte seine Fingernägel an, als wenn dort soeben ein Weltwunder passierte. Er nahm die Vorstellung seines neuen Rechtsbeistandes mit einem unverständlichen Brummen zur Kenntnis, während sein Blick abwechselnd die beiden Ermittler streifte. Als alle ihren Platz am Tisch eingenommen und May-Britt die Tonaufzeichnung gestartet hatte, wandte sie sich an den Aktivisten.

»Du hast um dieses Treffen gebeten und angedeutet, dass wir eine neue Aussage zu hören bekommen werden. Dann leg mal los«, forderte sie Osberg auf.

Der hatte zuvor seinem neuen Verteidiger ein paar handschriftlich verfasste Zeilen zugeschoben, die sich Lindhardt nun mit gefurchter Stirn zu Gemüte führte.

»Sicher, dass du es so angehen willst? Damit gibst du deinen einzigen Trumpf aus der Hand«, fragte der Anwalt.

Osberg schnaufte verärgert auf. »Ich habe die Schnauze gestrichen voll von diesen dämlichen Manövern. Ihr sitzt ja nicht in Haft, sondern ich. Ich will da so schnell wie möglich raus und wenn mir eine umfassende Kooperation mit den Bullen, äh der Polizei, dabei hilft, soll es so sein«, stieß er aus.

Frank verkniff sich einen Seitenblick zu May-Britt. Stattdessen schaute er stumm auf Osberg, genau wie seine dänische Kollegin. Keiner wollte ihn durch eine unbedachte Äußerung von dem eingeschlagenen Weg abbringen.

Lindhardt akzeptierte die Entscheidung seines Mandanten mit einem Schulterzucken. Er lehnte sich in seinem Stuhl zurück und machte so deutlich, dass er sich von nun an lediglich in der Rolle des Beobachters sah. Vermutlich fragte er sich, wozu er eigentlich ins Polizeipräsidium gekommen war. Doch nach geltendem Gesetz hatte Osberg nun einmal das Recht auf den permanenten Beistand eines Rechtsanwaltes.

Der räusperte sich und schaute dann von Frank zu May-Britt. »Wenn ich euch verrate, wie es zum Anschlag auf die Häuser in Flensburg kam und wer den Befehl dazu an Hallweg erteilt hat, dürfte mir das doch eine Freikarte zum Verlassen der U-Haft einbringen. Sehe ich das richtig?«, wollte er wissen.

Dieses Mal musste Frank sich ernsthaft beherrschen, um seiner Kollegin keinen überraschten Blick zuzuwerfen. Wenn Osbergs Ankündigung tatsächlich hielt, was sie versprach, bedeutete dies einen echten Durchbruch in den Ermittlungen.

May-Britt blieb ruhig und sachlich. »Versprechen kann ich dir nur so viel: Stimmt deine Aussage, empfehle ich der Staatsanwaltschaft, dich unter Auflagen auf freien Fuß zu lassen. Mehr ist nicht drin«, antwortete sie.

Osberg musterte May-Britt eindringlich. Dann wandte er sich an den überrumpelten Rechtsanwalt an seiner Seite. »Taugt das Versprechen etwas oder ist es nur eine nett formulierte Finte?«, fragte er.

Lindhardt straffte seine Schultern und deutete dann in Richtung des Aufzeichnungsgerätes.

»Das geht schon in Ordnung, Karsten. Die Kommissarin hat dir eine Zusage gegeben, die festgehalten wurde und dir eine konkrete Haftentlassung in Aussicht stellt«, erwiderte er.

Damit gab Osberg sich zufrieden. Er senkte kurz den Blick, sammelte offenbar seine Gedanken und schaute dann May-Britt offen ins Gesicht.

»Der Auftrag kam zwar von Vurm, aber es gibt noch einen anderen Mann im Hintergrund. Der steht in direkter Konkurrenz zu Bertram Jansen und wollte, dass dessen Geschäft durch die Brandstiftung einigen Schaden erleidet. Birte Hallweg erhielt selektierte Informationen, die Jansen schwer als Umweltsünder belasten. Die sind zwar korrekt, aber auch erheblich übertrieben, um ihre Motivation anzustacheln«, begann er seine Aussage.

Bei der Erwähnung eines weiteren Hintermannes stieg Franks Neugier sprunghaft an. Bisher hatte er sowohl Jansen als auch diesen ominösen Vurm als die Zielpersonen seiner Ermittlungen angesehen. Doch das war offenkundig nicht der gesamte Kreis an Beteiligten.

»So weit, so gut. Du musst uns aber den Namen des Hintermannes liefern und uns verraten, wo wir Casper finden können«, bohrte May-Britt nach, als Osberg nicht weitersprach.

Es war ersichtlich, dass der Ökoaktivist sehr mit sich rang, und für einen kurzen Augenblick lang befürchtete Frank, er könnte in letzter Sekunde doch noch einen Rückzieher machen. Aber schließlich nannte Osberg den Namen des Konkurrenten, wusste von Vurm jedoch lediglich eine Anschrift an der Universität in Kopenhagen.

Abwechselnd stellten Frank und seine Kollegin weitere Fragen, suchten nach Löchern in Osbergs Aussage. Doch der blieb bei seiner Darstellung, bis die beiden Ermittler sich schließlich einig waren, dass er ihnen sein gesamtes Wissen offengelegt hatte.

May-Britt beendete die elektronische Aufzeichnung und erhob sich. Frank folgte ihrem Beispiel.

»Und was ist jetzt mit meiner Freilassung?«, stieß Osberg aus.

May-Britt, die bereits die Türklinke in der Hand hatte, drehte sich noch einmal zu ihm um. »Sobald wir deine Aussage überprüft und die Angaben sich als korrekt herausgestellt haben, spreche ich mit der Staatsanwaltschaft«, versprach sie.

Osberg fuhr sich mit beiden Händen durch die zerwühlten Haare und schaute dann voller Verzweiflung die Kommissarin an. »Beeilt euch. Lange halte ich es im Knast nicht mehr aus. Da gehe ich ein wie ein Fisch auf dem Trockenen«, beschwor er sie.

May-Britt sicherte ihm schnelle Arbeit zu, die für sie mindestens ebenso wichtig war.

»Aber es wird wenigstens noch einen Tag dauern, eventuell sogar zwei. So lange wirst du durchhalten müssen«, erklärte sie.

Osberg seufzte abgrundtief. Dann nickte er ergeben und die beiden Ermittler verließen das Vernehmungszimmer.

Auf dem Gang schauten sie sich an. »Das könnte uns helfen, die wahren Zusammenhänge der Brandstiftung aufzudecken«, fasste May-Britt zusammen. »Zu schade, dass Osberg in Haft saß, als Henriks Kutter in Flammen aufging. Sonst hätte er uns vielleicht sagen können, ob Vurm auch hinter diesem Anschlag steckt.«

»Ich habe da so eine Ahnung, dass uns besagter Konkurrent von Jansen dazu einiges erzählen kann«, antwortete Frank.

Sie eilten weiter, um schleunigst die entsprechenden Ermittlungen in Angriff zu nehmen. Noch hatte Jansens Konkurrent keine Ahnung, dass sie ihm auf den Fersen waren. Diesen Vorteil mussten die Kommissare nun nutzen.

*

Ihre Suche wurde immer komplizierter. Bastian Kraft fahndete nicht zum ersten Mal nach einer Person, die sich überraschend aus Flensburg abgesetzt hatte. Zusammen mit Oke Sibbersen hatte er seiner Ansicht nach bereits jede denkbare und auch einige schwer vorstellbare Möglichkeiten überprüft. Doch noch immer schien Anders Winther nicht nur ein hervorragender Journalist zu sein, sondern auch ein Meister des plötzlichen Untertauchens.

Die beiden Ermittler hatten daher beschlossen, den steinigen Weg nochmals zu gehen. Sie fingen mit dem Hotel an, in dem Winther sein Zimmer gebucht hatte. Die wiederholte Befragung der Mitarbeiter brachte jedoch keine neuen Erkenntnisse ein. Als sie durchs Foyer gingen, um das Haus bereits wieder zu verlassen, hielt Oke plötzlich an.

»Was ist denn?«, fragte Bastian verblüfft.

Doch Oke blieb ihm eine Antwort schuldig und kehrte ohne weitere Erklärungen zum Empfangstresen zurück. Neugierig geworden folgte Bastian seinem Kollegen und bekam auf diese Weise gerade noch die Antwort der Angestellten hinterm Tresen mit.

»Nein, solche Touren vermitteln wir lediglich«, sagte sie.

»Also der Gast erkundigt sich danach und Sie reichen ihm diesen Flyer weiter, der vom eigentlichen Anbieter hier als Infomaterial ausgelegt wird«, hakte Oke nach. Dabei wedelte er mit einem farbigen Prospekt.

Die Angestellte nickte zur Bestätigung. Oke dankte ihr nahezu überschwänglich und grinste beim Umdrehen Bastian zufrieden entgegen. »Ich denke, ich weiß jetzt, wie Winther es bewerkstelligt hat«, verkündete er und drückte seinem Kollegen den Prospekt in die Hand.

Der musterte den Flyer ratlos, während er Oke nach draußen folgte.

Zurück im Dienstwagen begann dieser seine Theorie zu erläutern. »Winther wollte unbedingt aus Flensburg verschwinden, ohne dass man seine Spur so einfach verfolgen konnte. Damit fielen alle gängigen Verkehrsmittel aus, einschließlich seines Mietwagens. Da mittlerweile selbst in den Linienbussen nach Sonderburg Kontrollen stattfinden, durfte er diese ebenfalls nicht benutzen«, erklärte Oke.

Sein Kollege nickte zustimmend. Noch konnte er keinen neuen Ermittlungsansatz in Okes Ausführungen erkennen, also übte Bastian sich in Geduld.

»Als wir gerade das Hotel verlassen wollten, bemerkte ich den Ständer mit Infomaterial. Jemand hatte ihn neu bestückt. Darunter auch mit diesen Prospekten«, fuhr er fort und deutete auf den bunten Flyer in Bastians Hand.

Der Oberkommissar blätterte ihn durch und auf einmal fiel bei ihm der Groschen. Er stieß einen anerkennenden Pfiff aus. »Nicht übel, Oke. Das ist wirklich ein cleverer Schachzug, wenn du richtigliegst. Eine Sache stört mich aber noch«, gab er zu bedenken.

»Die da wäre?«, fragte der Kommissar.

»Wieso organisiert Winther sich nicht einfach privat ein Fahrrad, anstatt den komplizierten Weg über diesen Anbieter zu gehen? Dann wäre seine Spur noch besser getarnt gewesen«, stellte Bastian fest.

Mit einem schiefen Grinsen tippte Oke auf einen schmalen Absatz im Prospekt. »Ich wüsste nicht, welche Fahrradwege mich möglichst schnell und unauffällig über die Grenze bringen. Du etwa?«, antwortete er.

Bastian erwiderte das Grinsen. »Du hast mich überzeugt, Kollege. Auf zum Firmensitz dieses Unternehmens. Mit ein wenig Glück können sie uns dort bestätigen, dass Anders Winther ein Individualpaket bei ihnen gebucht hat«, sagte er.

Zehn Minuten später erhielten die beiden Ermittler die erwartete Auskunft, die mit einem Buchungsbeleg samt Unterschrift sowie hinterlegter Kopie des Ausweises vom dänischen Journalisten untermauert wurde. Damit kehrten die beiden zurück in die Direktion und informierten Sonja Martenson über ihren Erfolg.

»Oke hatte den richtigen Riecher. Hier sind die Belege. Jetzt müssen May-Britt und die Kollegen in Sonderburg der Spur weiter nachgehen«, erklärte Bastian.

Die Hauptkommissarin beglückwünschte ihre Mitarbeiter und bat den Oberkommissar, die dänischen Kollegen zu informieren.

»Ich unterrichte Lorenz, und damit ist der Fall für uns erledigt. Wenn Winther es vorzieht, das Zimmer weiterzubezahlen und zeitweilig unterm Radar zu operieren, ist das seine Entscheidung. Es liegt offensichtlich kein Verbrechen vor, sodass wir keine weitere Energie für Nachforschungen aufbringen müssen«, entschied Sonja.

Somit standen ihr unerwartet zwei weitere Ermittler

zur Verfügung und sie überließ Lorenz die Wahl, ob er sein Angebot aufrechterhalten oder zu seinen eigentlichen Aufgaben zurückkehren wollte.

*

Das Telefonat nahm nur wenige Minuten in Anspruch. Der Staatsanwalt war erleichtert, dass die Suche nach dem dänischen Journalisten keine Straftat ans Licht gefördert hatte. Lorenz blieb bei seinem Vorschlag, auch persönlich an Vernehmungen von Zeugen teilzunehmen, überließ es aber der Hauptkommissarin, ihn entsprechend anzufordern. Kaum hatte Sonja das Gespräch beendet, klopfte es an der Tür und Hauke Thordsen trat ein.

»Moin. Ich habe den vorläufigen Bericht über den Brandanschlag auf die ›Sinje‹ fertiggestellt. Das Ergebnis ist interessant und betrifft eventuell andere laufende Ermittlungen«, teilte der Brandursachenermittler mit.

Sonja nahm den Ausdruck entgegen und überflog die Seiten, während Thordsen sich in einen der Besucherstühle setzte. An einer Stelle ruckten Sonjas Augenbrauen in die Höhe und sie schaute Thordsen überrascht an. »Das mit dem Sprengstoff und Jansens Mitarbeiter steht zweifelsfrei fest?«, hakte sie nach.

Der Spezialist hatte herausgefunden, dass die Zusammensetzung des Sprengstoffes, der am Motor des Kutters eingesetzt worden war, bereits in einem früheren Verfahren aufgetaucht war.

»Zweifel ausgeschlossen. Die spezielle Mixtur stimmt zu 100 Prozent überein. Es ist der gleiche Sprengstoff, und sogar die Überreste der Zündkapsel passen zu dem früheren Fall«, bestätigte Thordsen.

Der Tag schien voller positiver Überraschungen zu sein. Zuerst konnten ihre Mitarbeiter die Spur des untergetauchten Journalisten bis nach Sonderburg verfolgen und nun präsentierte ihr Hauke Thordsen handfeste Indizien gegen Bertram Jansen. Sonja dankte dem Brandursachenermittler und griff erneut zum Telefonhörer, kaum dass sich ihre Bürotür wieder geschlossen hatte.

Der Staatsanwalt klang ebenfalls überrascht, als die Hauptkommissarin sich so schnell wieder bei ihm meldete. Er lauschte ihren Ausführungen, dachte kurz über die daraus entstehenden Konsequenzen nach und fasste dann seinen Entschluss: »Das reicht aus, um Jansen einzubestellen und zu vernehmen. Sehr gute Arbeit, Frau Martenson. Die Schlinge um seinen Hals zieht sich weiter zu.«

Sonja verkündete, dass sie persönlich die Vernehmung durchführen wollte, und schlug ihm vor, ebenfalls anwesend zu sein. »Damit zeigen wir gleich, dass es richtig ernst für Jansen wird«, begründete sie ihren Vorschlag.

Lorenz prüfte seine Termine. Anschließend nannte er Sonja eine Uhrzeit, zu der sie gemeinsam den Unternehmer befragen konnten.

»Ich organisiere es«, bestätigte sie.

Nach dem Telefonat warf die Kommissarin einen Blick auf ihre Armbanduhr und gönnte sich eine Minute des stillen Triumphes. Wie so oft waren sie auch bei dieser Ermittlung zunächst nur im Schneckentempo vorangekommen. Bis urplötzlich verschiedene Mosaiksteine an ihren Platz rutschten und so für eine spürbare Beschleunigung sorgten. Dieser Moment war an diesem Vormittag eingetreten und hellte Sonjas Stimmung deutlich auf.

KAPITEL 34

Um kurz vor 9 Uhr in der Früh hatte Henrik Flensburg verlassen, um die Fahrt im Passat nach Karlshamn anzutreten. Die Strecke von gut 500 Kilometern unterbrach er nur zweimal für einen schnellen Imbiss auf einem Rastplatz und erreichte die Kleinstadt in Südschweden schließlich wenige Minuten nach 15 Uhr.

Henrik war noch ausreichend frisch und schlug gleich den Weg hinunter zum Fähranleger an. Am Terminal im Södra Stillerydsvägen war die Abfertigung der Lkw und Pkw in vollem Gange. Henrik schaute hinauf zur Anzeigetafel, die ihm verriet, dass die Fähre um 19 Uhr ablegen sollte. Langsam rollte er weiter, bis er unerwartet ein Hinweisschild mit dem Namen »Peter Flemming AB« entdeckte. So einfach hatte Henrik sich seine Suche nicht vorgestellt, aber er folgte der Straße und landete kurze Zeit später in einem Industriegelände. Hier hatten sich diverse Firmen angesiedelt, darunter wenigstens ein halbes Dutzend Logistikunternehmen.

Er stoppte den Passat, um einen ersten Blick auf das umzäunte Gelände von Peter Flemming AB zu werfen. Trucks kamen und gingen, Arbeiter lenkten Gabelstapler zwischen den Aufliegern sowie den Zugängen zu einer riesigen Halle hin und her. Von außen betrachtet wirkte alles geradezu verstörend normal. Doch nichts anderes hatte Henrik erwartet. Sein Plan sah vor, zunächst ein Hotelzimmer zu finden und sich dort einzurichten. Später am Abend wollte er dann hierher zurückkehren und nachsehen, ob auf dem Firmengelände rund um die Uhr gearbeitet wurde. Henrik bezweifelte es, aber bevor er einen waghalsigen Besuch wagte, während noch Arbeiter in den Hallen beschäftigt waren, wollte er auf Nummer sicher gehen. Bereits vor seinem Aufbruch in Flensburg hatte Henrik sich ein Zimmer im Port Hotel reserviert. Es lag nur einen guten Kilometer vom Hafen entfernt, sodass er seinen nächtlichen Ausflug zu Fuß erledigen konnte.

Als er fünf Minuten später die kleine Lobby des Hotels betrat, begrüßte ihn eine freundliche Dame mit roten Naturlocken, die in deutlichem Kontrast zu ihren strahlend blauen Augen standen. Ihr Deutsch war nur leicht eingefärbt, weshalb Henrik das Gespräch gerne in seiner Heimatsprache führte. Als ihm ein dänischer Ausdruck entfuhr, hob die junge Frau überrascht die Augenbrauen.

»Sie sprechen Dänisch?«, fragte sie neugierig.

Mit einem Lächeln wechselte er die Sprache, woraufhin die Angestellte ihn noch zuvorkommender behandelte. Ganz unkompliziert duzten sie sich, wie es in den skandinavischen Ländern üblich war. Ganz nebenbei erkundigte sie sich nach Henriks Grund für den Besuch in Karlshamn.

Henrik hatte sich auf der Fahrt eine Geschichte zurechtgelegt, um kein Misstrauen zu erwecken. Dementsprechend erzählte er der Hotelmitarbeiterin, dass er für einen Kunden aus Deutschland die Möglichkeit einer Firmenansiedlung prüfen sollte. »Es werden regelmäßige Transporte ins Baltikum erforderlich werden und da Karlshamn über eine gute Fährverbindung nach Klaipėda verfügt, schaue ich mich hier ein wenig um«, versuchte er seine Tarnung möglichst glaubhaft zu gestalten.

Damit gab die Angestellte sich zufrieden, entließ Henrik jedoch nicht, ohne ihm noch einige Tipps für einen Ausflug ins Nachtleben an die Hand zu geben.

Der amüsierte sich still über die ihre direkte Art, mit ihm als Hotelgast zu flirten, und bedankte sich artig. Anschließend bezog er sein Zimmer und verließ – nachdem er seine Kleidung im Schrank sowie die Kosmetikartikel im Badezimmer verstaut hatte – das Hotel in Richtung der nahe gelegenen Fußgängerzone. Bis zu seinem nächtlichen Ausflug blieb ihm schließlich noch reichlich Zeit, die er totzuschlagen hatte. Es war allemal abwechslungsreicher, sich in der Stadt umzusehen und später gemütlich zu Abend zu essen und ein Bier zu trinken, als die Stunden auf seinem Zimmer zu verbringen.

*

Es war kurz nach vier in der Früh, als Henrik am Zaun zum Gelände des Logistikunternehmens entlangschlenderte. Zur Stunde des Wolfes würden sich nur Personen hier aufhalten, die regelmäßig in der Nacht arbeiteten oder spezielle Ziele verfolgten. So wie Henrik.

Nach einer kompletten Umrundung des Areals hatte er immer noch keine andere Menschenseele ausmachen können. Offenbar patrouillierte auch kein Sicherheitsdienst auf dem Gelände, sodass Henrik sich schließlich zum Eindringen entschloss. Aus seinem schwarzen Nylonrucksack zog er die faltbare Stahlleiter und eine verstärkte Gummimatte heraus. Nach einem letzten Kontrollblick warf er die Schutzmatte über den NATO-Draht am Zaun, bevor er die mit Plastikkrampen versehene Leiter anbrachte. Es kam zu keinem Alarm, weshalb Henrik den Aufstieg wagte und sich dann auf der Innenseite zu Boden fallen ließ. Der Rückweg würde ein wenig beschwerlicher ausfallen, aber ihm immer noch genügend Vorsprung vor möglichen Verfolgern sichern.

Mit dem Nachtsichtgerät studierte Henrik die Halle und suchte nach Überwachungskameras oder Alarmmeldern. Es existierten drei Kameras, die sich regelmäßig in einem bestimmten Radius bewegten. Henrik beobachtete den Rhythmus eine Minute lang. Dann glaubte er, eine minimale zeitliche Lücke bei der Abdeckung ausfindig gemacht zu haben. Also trabte er los und behielt die schwenkbaren Kameras sorgsam im Blick.

Als die Lücke sich auftat, war Henrik mit drei langen Sätzen an der Seitentür aus grauem Stahl. Da er das Einbrecherwerkzeug bereits in der Hand hielt, benötigte er mit der Lockpick-Gun nur wenige Sekunden und schlüpfte dann blitzschnell durch die geöffnete Tür. Er zog sie ins Schloss und verhielt sich sekundenlang vollkommen still. Erneut blieb ein akustischer Alarm aus und nachdem ihn auch kein Sicherheitsmann anrief, entspannte Henrik sich ein wenig.

»So weit, so gut«, murmelte er.

Mit dem Handrücken wischte er sich den Schweiß von der Stirn und aktivierte die Nachtsichtbrille. Die Halle wurde nur durch wenige Notbeleuchtungen minimal erhellt. Doch dank seiner Ausrüstung konnte Henrik sich schnell und zielsicher bewegen. Die Halle maß in der Länge zirka 400 und in der Breite gute 50 Meter. Zwischen Hochregalen, die nahezu komplett mit verpackten Waren auf Paletten gefüllt waren, gab es schmale Gänge. Henrik eilte an einem speziell für solche Regalsysteme konstruierten Stapler vorbei, der wie ein riesiges Insekt am Ende des Ganges auf seine Beute wartete.

Als Henrik die östliche Stirnseite der Halle erreichte, fiel sein Blick auf eine Stahltreppe. Sie führte hinauf zu einer umlaufenden Galerie, von der diverse Türen abgingen. Alles lag friedlich und still vor ihm. Hier arbeitete zu dieser Zeit offenkundig niemand und es schien keinen permanenten Sicherheitsdienst zu geben.

Als Henrik die Stufen hinauf zur Galerie erklomm, stieg ein Gedanke in ihm auf. Was, wenn er sich irrte und dieses Lager von Peter Flemming AB nur genau das war, was es vorgab zu sein? In dem Falle täte Henrik wahrlich gut daran, sich nicht zu lange darin aufzuhalten und sich auf keinen Fall erwischen zu lassen.

Er vertrieb den Gedanken und lenkte seine Konzentration stattdessen auf die vielen Türen. Seine Orientierung wurde durch kryptische Zahlenkombinationen anstelle einer eindeutigen Beschriftung auf den Schildern neben den Zugängen erschwert. Also blieb ihm nichts anderes übrig, als eine Tür nach der anderen auszuprobieren. Auf diese Weise kam Henrik in den zweifelhaften Genuss eines Sozialraums, einer nach Urin stinkenden Toilette und eines Umkleideraums.

Erst nach dem Öffnen der vierten Tür fiel sein Blick auf Schreibtische und das Blinken eines roten Bereitschaftslichtes an einem Standcomputer. Henrik hatte gefunden, wonach er gesucht hatte. Er trat ein und inspizierte zunächst die Aktenordner in den zwei deckenhohen Schränken, ohne dabei allerdings auf Kundenlisten oder Lieferscheinkopien zu stoßen. Da ihm mittlerweile die Zeit weglief, setzte er sich kurzerhand an einen der Schreibtische und schaltete den Computer ein. Während der Rechner hochfuhr, untersuchte Henrik die Schubladen und stieß dabei auf eine kleine Box mit Schloss, die dem

Aufdruck nach ursprünglich ein Behältnis für Disketten gewesen war. Da heutzutage kein modernes Büro mehr mit diesem Speichermedium arbeitete, weckte sie seine Aufmerksamkeit. Neugierig geworden, probierte Henrik sein Einbrecherwerkzeug daran aus und pfiff gleich darauf leise durch die Zähne. Der Angestellte, dem diese Schatzkiste gehörte, hatte sich darin eine kleine Sammlung von Speichersticks zugelegt. Deren Beschriftungen gaben jedoch keinen klaren Hinweis auf den Inhalt.

Auf dem Monitor war mittlerweile das Eingabefenster für das Passwort erschienen. Henrik war kein Hacker – im Grunde beherrschte er nur die grundlegenden Techniken, um überhaupt mit einem Computer arbeiten zu können. Aus Erfahrung wusste er jedoch, dass die meisten Menschen ihren Zugangscode irgendwo am Schreibtisch auf einem Notizzettel aufbewahrten. Er hob die Schreibtischunterlage hoch, zog die beiden flachen Schubkästen für Stifte und ähnliche Utensilien heraus, ohne fündig zu werden. Als er aber die Tastatur umdrehte, wurde seine Suche belohnt. Mit einem Grinsen merkte Henrik sich die Kombination aus Ziffern und Buchstaben, um sie anschließend ins Eingabefeld zu tippen.

Gleich darauf verschwand das Eingabefenster und der Bildschirm gab den Blick auf die verschiedenen Icons frei. Jetzt war Henrik zwar im System der Firma, wusste aber weiterhin nicht, wo genau er suchen sollte. Entweder ging er systematisch vor, indem er jedes Icon anklickte, oder er vertraute seinem Instinkt, der ihm zur Ansicht der Inhalte auf den Speichersticks riet. Henrik zögerte nur kurz, bevor er das erste der kleinen Geräte in den dafür vorgesehen Slot schob. Sekundenbruchteile später baute sich ein neuer Bildschirminhalt auf. Er benötigte nur wenige Augenblicke, um zu erkennen, dass sein Instinkt ihm den richtigen Weg gewiesen hatte.

»Wohl dem, der regelmäßig komplette Sicherungskopien anlegt«, stellte er zufrieden fest.

Damit hatte sich die umständliche und zeitraubende Suche auf der Festplatte erledigt. Henrik zog den Stick wieder heraus und legte ihn in die Box zurück, die er anschließend in seinem Rucksack verstaute. Irgendwann würde der Angestellte deren Verschwinden natürlich bemerken und den Verlust melden. Doch bis es so weit sein würde, war Henrik längst aus der Stadt und vermutlich auch aus Schweden verschwunden.

Er schaltete den Computer aus und schulterte seinen Rucksack. Dann eilte er zur Tür, warf einen prüfenden Blick in den Raum zurück und versicherte sich, dass er ihn unverändert hinterließ. Er schloss leise die Tür und nahm den gleichen Weg zurück, den er gekommen war. Zwischendurch hielt er mehrfach an, um mit seinem Smartphone einige Aufnahmen anzufertigen. Viel würde aufgrund der schlechten Lichtverhältnisse zwar nicht darauf zu erkennen sein, aber es war eine Gelegenheit, die er einfach nicht ungenutzt verstreichen lassen wollte.

Zurück in der unteren Ebene der Halle öffnete Henrik vorsichtig die Seitentür, die nach draußen führte. Aufmerksam wartete er die erste Lücke in der Überwachung ab. Sobald es so weit war, schlüpfte er ins Freie und verriegelte das Schloss von außen. Anschließend hastete er aus dem Sichtfeld der Überwachungskameras und atmete erst einmal tief durch. Bis hierher war sein nächtlicher Ausflug unbemerkt geblieben und Henrik hatte einiges an Material an sich gebracht.

An der Stelle am Zaun, an der er aufs Gelände eingedrungen war, fand er alles unverändert vor. Er hatte es für nicht unwahrscheinlich gehalten, dass ein nächtlicher Streifendienst das Areal sicherte. In dem Fall hätten die Mitarbeiter Leiter und Gummimatte schwerlich übersehen können; Henrik war daher erleichtert, seinen Fluchtweg planmäßig nutzen zu können.

Mit einem kurzen Anlauf sprang er am Zaun hoch, bekam den durch die Matte geschützten Rand zu packen und zog sich hoch. Danach war es leicht. Henrik kletterte die Leiter hinunter, löste sie von der Umrandung und zog anschließend die Gummimatte an einer extra dafür angebrachten Schlaufe ebenfalls zu sich herunter. Schnell klappte er die Leiter wieder zusammen, schob sie in den Rucksack und ließ anschließend die gefaltete Matte folgen. Keine Minute später verließ er leise die Straße, in der sich das Firmengelände von Peter Flemming AB befand.

*

Der schwarze Volvo XC60 fiel Henrik zum ersten Mal auf der Öresundbrücke auf. Um einen anderen Radiosender einzustellen, drosselte er für einen Moment lang die Geschwindigkeit. Als der Volvo es ihm gleichtat, obwohl er problemlos hätte überholen können, stach er Henrik damit ins Auge. Seitdem behielt er den Rückspiegel immer im Blick. Da der Wagen ihm auch noch in Höhe Nyborg folgte, beschloss Henrik, eine Pause in Odense einzulegen. Vielleicht täuschte er sich auch nur und seine überreizten Nerven spielten ihm einen Streich. Schwarze Volvos waren keine Seltenheit auf den Straßen und da er bislang das Kennzeichen nur teilweise hatte entziffern können, konnte er nicht mit Sicherheit von einem Verfolger ausgehen.

20 Minuten später stellte Henrik seinen Passat auf dem Parkplatz des Botanischen Gartens im Klosterhavens Venner ab. Er sprang aus dem Wagen und eilte zur Sankt Knuds Kirke. Dort verbarg er sich im Durchgang zum Nebengebäude, von wo aus er sein Auto im Blick behalten konnte. Die Frage, was dieser zu so früher Zeit – Henrik war bereits um 5.30 Uhr in Karlshamn aufgebrochen – hier zu suchen hatte, war in den Blicken der wenigen Fußgänger, die vorbeikamen, deutlich zu erkennen. Henrik hielt es zehn Minuten in der feuchten Kälte aus, bevor er mit sich selbst ins Gericht ging.

»Du siehst schon Gespenster, Bargen. Wird Zeit, dass du wieder zur Ruhe kommst«, murmelte er vor sich hin, während er zurück zum Passat ging.

Den nächsten Halt legte Henrik in der kleinen Ortschaft Seest in einer kleinen Konditorei ein. Frisch aufgebrühter Kaffee, belegte Brötchen und eine bildhübsche Bedienung vertrieben seine düsteren Gedanken. Henrik geriet mit der jungen Frau ins Plaudern und verbrachte so mehr Zeit hier als ursprünglich geplant. Nach 40 Minuten kehrte er bester Laune zu seinem Wagen zurück und nahm die restliche Strecke in Angriff.

Statt die nächste Auffahrt zur E45 anzusteuern, folgte Henrik der Beschilderung, die ihn auf die Landstraße 170 lenkte. Die nächste Ortschaft sollte Vonsild Sogn sein und wie ihm ein prüfender Blick auf sein Navigationsgerät zeigte, existierte von dort ebenfalls eine Querverbindung zur E45. Also rollte Henrik entspannt über die Landstraße und ging gedanklich seine nächsten Schritte durch.

Drei Kilometer weiter fuhr er auf eine Kurve zu, hinter der die Wipfel einiger Bäume zu sehen waren. Ein dunkelgrüner VW Bulli überholte Henrik und verschwand gleich darauf aus seinem Blickfeld. Er wusste, dass die dänische Polizei selten ihre eigenen Landsleute wegen zu hoher Geschwindigkeit stoppte, während sie bei deutschen Autofahrern eher die Kelle zückten. Also hielt Henrik die zugelassene Höchstgeschwindigkeit ein und kam entsprechend später zur Kurve. Als er diese zur Hälfte hinter sich gelassen hatte, stieß er einen wilden Fluch aus und sein rechter Fuß wechselte hart vom Gas- aufs Bremspedal. Offenbar hatte der Lenker des Bullis seine fahrerischen Qualitäten überschätzt und die Kontrolle über seinen Wagen verloren. Der linke Vorderreifen hing in einem schmalen Graben und der Fahrer beugte sich soeben aus dem offenen Fenster nach unten, um das Malheur zu begutachten.

Henrik schaltete automatisch den Warnblinker ein und stoppte den Passat. Dann stellte er den Motor ab und stieg aus. Der Mann am Bulli war bereits damit beschäftigt, seiner misslichen Lage zu entkommen, und bemerkte den Privatdetektiv überhaupt nicht. Er gab eindeutig zu viel Gas, sodass die Räder durchdrehten.

»Langsam, langsam«, rief Henrik.

Offenbar hatte er es mit einem besonders einfältigen Autofahrer zu tun, denn dessen Bemühungen waren absolut sinnfrei. Doch der Mann schien Henrik wegen des aufheulenden Motors nicht zu hören. Als er zum wiederholten Male einfach nur das Gaspedal kräftig durchdrückte, erreichte der Privatdetektiv den VW Bulli. Henrik klopfte gegen die Karosserie und der Fahrer hob endlich den Kopf. Zu Henriks Verwunderung blitzte ein hämisches Grinsen im rundlichen Gesicht des Mannes auf.

»Was ist denn so lustig?«, erkundigte er sich.

Der Fahrer nahm den Fuß vom Gaspedal und nickte in Henriks Richtung. »Du natürlich. Schnüffler«, erwiderte er lakonisch.

Das berühmte Licht ging Henrik leider einige Sekundenbruchteile zu spät auf. Wäre der Fahrer tatsächlich nur ein unschuldiger Fremder, dem er hier zufällig begegnet war, dürfte er von Henriks Tätigkeit als »Schnüffler« eigentlich nichts wissen. Bevor dieser Gedanke aber zu einer angemessenen Reaktion führen konnte, erhielt Henrik bereits den ersten brutalen Schlag gegen den Kopf. Bunte Sterne blitzten vor seinen Augen auf. Dann rammte der unsichtbare Angreifer Henrik die Faust in die Nierengegend, wodurch ein flammender Schmerz durch seinen Körper raste. Er konnte nicht verhindern, dass seine Knie nachgaben, und wenn nicht Männerhände beherzt zugegriffen hätten, wäre Henrik mit der Nase auf den Asphalt gekracht. Vor seinen Augen waberten dunkle Schlieren, gleichzeitig stieg eine Welle schwerer Übelkeit in ihm hoch. Er konnte sich nicht gegen die beiden Männer wehren, die ihn wie ein lebloses Stück Holz von der Straße hinein in das winzige Waldstück schleiften. Er hörte noch, wie der Motor seines Wagens gestartet wurde und auch der Bulli sich in Bewegung setzte. Die Angreifer zerrten den halb ohnmächtigen Privatdetektiv bis zu einer Lichtung. Dort parkte der schwarze Volvo XC60, der ihm bereits auf der Brücke aufgefallen war und an dem nun ein weiterer Mann lehnte. Also hatte Henrik sich doch nicht getäuscht. Er war bereits von Schweden an verfolgt worden. Die Männer tauschten sich in der Sprache aus, die Henrik gut verstehen konnte. Es war dem Dänischen sehr ähnlich, klang nur deutlich härter und abgehackt.

»Durchsucht seine Taschen. Ich schaue im Wagen nach. Irgendwo muss er diese verfluchten Speichersticks ja haben«, rief der Anführer.

Er hatte Henriks Passat auf die Lichtung gefahren und ihn neben dem Volvo abgestellt. Der VW Bulli komplettierte den Fuhrpark. Dessen Fahrer stellte den Bus so ab, dass niemand von der Straße her das Geschehen auf der Lichtung zufällig bemerken konnte.

Henrik hob leicht den Kopf, um die Männer besser erkennen zu können. Doch das war nicht in deren Sinne, wie die zwei folgenden brutalen Schläge zeigten. Dieses Mal konnte Henrik nicht verhindern, dass er das Bewusstsein verlor. Er versank in eine gnädige Ohnmacht und bekam nicht mehr mit, wie der Anführer des Trios die Box mit den Speichersticks aus seinem Rucksack nahm und zufrieden grinste.

KAPITEL 35

Innerhalb eines Tages hatte Henner eine unfassbare Menge an Daten über Peter Flemming zusammengetragen. Als er es nun sauber aufbereitet seinen Kollegen präsentierte, staunte Frank nicht schlecht. Aus seiner Zeit beim LKA in Kiel kannte er ähnliche Analysen, doch diese basierten in der Regel auf der Sisyphusarbeit verschiedener Ermittler oder sogar Abteilungen.

»Demnach hat Flemming seine Unternehmen unter dem Dach der Baltic Holding mit Sitz in Vilnius gebündelt. Er nutzt so die unterschiedlichen Steuersysteme aus und umgeht eine weitgehende Überprüfung seiner verschiedenen Aktivitäten«, schloss Henner seinen Bericht.

Beim Anblick der insgesamt 17 Firmen, die Flemming in der Holding betrieb, stieß May-Britt einen leisen Pfiff aus. »Er fliegt somit clever unterhalb des Radars in Bezug auf nationale Behörden. Ein Geschäftsmodell, welches den Wirtschaftsfachleuten der Reichspolizei bestens vertraut ist«, sagte sie.

Das konnte Frank für die deutschen Landeskriminalämter nur bestätigen.

»Also, wie geht es nun weiter?«, wollte Anne wissen.

Der ursprüngliche Ansatz, den Unternehmer Flemming zu einer Vernehmung nach Sonderburg einzubestellen, wirkte angesichts der Dimensionen seines Firmengeflechts unrealistisch. Doch die Kommissarin hatte noch vor der Präsentation Rücksprache mit den Kollegen in Kopenhagen gehalten.

»Flemming wird von unseren Spezialisten bereits engmaschig überwacht, da er nicht nur im Bereich der illegalen Sondermüllentsorgung auffällig geworden ist. Wir erhalten Zugang zu den Ermittlungsergebnissen und man hat mich sogar dringend aufgefordert, Peter Flemming hierherzubeordern«, erklärte May-Britt.

Das war auch Frank neu und er registrierte wieder einmal, wie unkompliziert die dänischen Kollegen mit solchen großen Verfahren umgingen. In Deutschland führten derartige Ermittlungen regelmäßig zu Kompetenzrangeleien der beteiligten Landeskriminalämter, oft sogar noch mit den Kollegen des Zollkriminalamtes beziehungsweise des Bundeskriminalamtes.

»Wird er einer solchen Aufforderung nachkommen oder schickt er einfach eine Horde Rechtsanwälte vor?«, fragte er daher.

Mit einem schelmischen Grinsen schaute May-Britt ihren deutschen Kollegen an. Frank hatte das seltsame Gefühl, auf einmal eine ungewöhnliche Rolle einnehmen zu müssen.

»Da es sich um eine Ermittlung handelt, die auch deutsche Interessen berührt, hat Flemming zwei Möglichkeiten. Entweder kommt er unserer Aufforderung zu einem persönlichen Treffen hier in der Direktion nach oder er muss mit einer zeitnahen Vernehmung in Deutschland rechnen«, erwiderte die Kommissarin.

Mit diesem Kniff konnten sie Druck auf den dänischen Unternehmer ausüben. Peter Flemming hatte offenkundig nur die Wahl zwischen diesen beiden Varianten und da bot sich das Gespräch in der Sonderburger Direktion förmlich an.

»Clever, Frau Kollegin«, gestand Frank.

Natürlich würde Flemming zu der Vernehmung mindestens einen Rechtsanwalt mitbringen, aber trotzdem konnten May-Britt und Frank ihm einige Fragen stellen. Henner hatte in seiner umfassenden Analyse auch ein faszinierendes Persönlichkeitsprofil des Unternehmers eingebaut. Peter Flemming war ein echter Selfmademan, der zudem ungeduldig und rechthaberisch veranlagt war. Darauf ließ sich gut aufbauen. Auch der beste Rechtsbeistand konnte nicht immer verhindern, dass Mandanten auf gezielte Provokationen reagierten.

May-Britt verteilte Aufgaben an Anne und Henner, bevor sie sich mit Frank in ihr Büro zurückzog.

»Wir haben die förmliche Einladung gleich heute Morgen zustellen lassen. Mal sehen, ob schon eine Reaktion vorliegt«, erklärte die Kommissarin, während sie sich in ihren Schreibtischstuhl fallen ließ.

Frank zog einen der Besucherstühle zu sich heran und setzte sich ebenfalls. Zusammen mit May-Britt wollte er den Fragenkatalog für Flemmings Vernehmung ausarbeiten und dabei auch gleich die Taktik besprechen. Als er das Lächeln im Gesicht seiner Kollegin aufblitzen sah, schaute Frank sie fragend an.

»Wie erwartet, zeigt sich Peter Flemming irritiert über diese Aufforderung. Da ich in unserem Schreiben auf einen Termin am morgigen Mittwoch bestanden habe, kann er auch nicht auf Zeit spielen. Der Herr wird uns laut dieser Firmenmail aus seiner Koldinger Niederlassung also morgen um 10 Uhr zusammen mit einem Rechtsbeistand besuchen«, sagte May-Britt.

Mit einem anerkennenden Nicken hob Frank seinen Kaffeebecher, den er aus dem Konferenzraum mitgenommen hatte, um May-Britt zuzuprosten. Sie erwiderte den Toast und lehnte sich dann zufrieden zurück.

»Ich schlage vor, dass wir uns zunächst in die Unterlagen der Kollegen aus Kopenhagen vertiefen. Henners Übersicht sollte uns dabei wertvolle Dienste leisten, aber wir müssen uns selbst die Munition für die Fragen zusammensuchen«, sagte sie dann.

Damit war Frank sehr einverstanden. Diese Vorbereitung konnte er von seinem Schreibtisch in der Flensburger Direktion aus vornehmen. Dann blieb ihm noch ausreichend Zeit, um einen gemütlichen Abend mit Ines Arndt zu verbringen. Da die erfolgreiche Fotografin vor zwei Tagen einen umfangreichen Auftrag abgeschlossen hatte, konnte sie sich für eine Weile wieder mehr ihren künstlerischen Arbeiten widmen. In diesen Phasen war Ines ausgesprochen entspannt und suchte Franks Gesellschaft. Also kam ihm diese Arbeitsteilung sehr zupass und er verabschiedete sich von May-Britt, nachdem er in Ruhe seinen Kaffee ausgetrunken hatte.

»Treffen wir uns morgen um 8 Uhr wieder hier, um die Fragen sowie das Vorgehen abzuklären?«, fragte die Kommissarin.

»Ja, gerne«, zeigte Frank sich einverstanden. »Ich bin ehrlich gespannt, wie Flemming auftreten wird. Vielleicht konnten Sonja und ihr Team mehr Informationen über Jansen sammeln, die eventuell eine Verbindung zwischen den beiden Männern herstellen.«

»Ja, damit könnten wir Flemming sicherlich überraschen und auch zusetzen. Dann also bis morgen«, verabschiedete May-Britt ihn.

Auf seinem Weg zur Treppe steckte Frank jeweils kurz den Kopf in die Büros von Anne und Henner. Er erhielt lediglich ein unbestimmtes Brummen vom rundlichen Kommissar, während Anne ihm ein strahlendes Lächeln schenkte und erneut leicht mit Frank flirtete. Er genoss diese Aufmerksamkeit und stieg fünf Minuten später mit einem guten Gefühl in seinen Dienstwagen. Auf der Fahrt nach Flensburg wollte er sich überlegen, wie er den Abend mit Ines gestalten könnte. Am liebsten würde er allein mit ihr essen und sehen, was sich danach entwickelte. Doch manchmal gierte die Fotografin förmlich nach Menschen um sich herum, und daher musste ein Telefonat mit ihr zunächst Aufschluss über Ines' heutiges Seelenleben erbringen. Lächelnd wählte Frank die eingespeicherte Mobilfunknummer über die Freisprecheinrichtung und lauschte dann dem Freizeichen.

*

Der Staatsanwalt traf früher als ausgemacht im Büro von Sonja Martenson ein. Er bat um eine Teambesprechung, da es interessante Neuigkeiten zu berichten gab. Also rief Sonja ihre Mitarbeiter in dem Besprechungsraum zusammen und übergab dann das Wort an Lorenz.

»Wie Sie wissen, haben wir das LKA um seine Unterstützung bei den Recherchen in Bezug auf die beiden Brände gebeten. Ich konnte den Spezialisten unsere bisherigen Erkenntnisse, einschließlich die von Hauke Thordsen, übermitteln, und vor zehn Minuten erhielt ich daraufhin eine Rückmeldung«, erklärte er.

Die Blicke der Kommissare hingen voller Neugier an den Lippen des Staatsanwaltes.

»Bertram Jansen wird, genauso wie einige bekannte Ökoaktivisten, die durch ihre früheren Taten schon eher als Terroristen bezeichnet werden könnten, seit geraumer Zeit überwacht. Daher verfügen die Kollegen aus Kiel bereits über einige wertvolle Hinweise, die sie bislang nur noch nicht einem Ereignis zuordnen konnten«, sprach Lorenz weiter.

Bastian und Jo tauschten skeptische Blicke aus. Das entging dem Staatsanwalt nicht, der sofort darauf einging.

»Mir ist klar, dass die Kooperation mit dem LKA oft sehr eingleisig verläuft. Doch in diesem Fall hilft es uns, Hauptkommissar Reuter zu unserem Team dazuzählen zu können. Er hat offenbar viele Freunde in Kiel, die seinen Weggang bedauern«, sagte er.

Lorenz nahm das einvernehmliche Nicken der Anwesenden zur Kenntnis und kehrte zurück zum eigentlichen Thema der Besprechung.

»Auf jeden Fall konnte die Identität der beiden Toten verifiziert werden. Ihre kriminelle Vergangenheit ist beachtlich und die anfängliche Vermutung, dass Jansen ihre Dienste regelmäßig in Anspruch nimmt, wurde nunmehr Gewissheit. Hinzu kommt die spezielle chemische Zusammensetzung des verwendeten Sprengsatzes an Bord der ›Sinje‹. Auch hier existieren belastende Indizien, mit denen Hauptkommissarin Martenson und ich Jansen nachher konfrontieren werden«, sagte der Staatsanwalt.

Insgesamt ergab die Zusammenführung der Erkenntnisse der Ermittler aus Kiel sowie die während der laufenden Ermittlungen gegen Jansen gesammelten Informationen ein deutliches Bild.

»In diesem Zusammenhang ist ein weiterer Name aufgetaucht. Die Überwachung der Mobiltelefone sowie der elektronischen Postfächer des Unternehmers führte zu einer Liste verdächtiger Personen. Ein gewisser Alexander Rühling geriet hierbei besonders in den Fokus der Kollegen«, sprach Lorenz weiter.

Aus dem Augenwinkel bemerkte er, wie Sonja Martenson sichtlich bleich wurde. Verwundert drehte Lorenz sich zu ihr um. »Sie kennen den Mann?«, hakte er nach.

Sonja schluckte schwer. Dann räusperte sie sich und erzählte dem Staatsanwalt von Henrik Bargens Ermittlungen.

Lorenz' Miene verfinsterte sich zunächst, doch während Sonjas Bericht veränderte sich seine Haltung zusehends. Als sie schließlich geendet hatte, schaute der Staatsanwalt einige Sekunden auf den Tisch. Dann hob er den Kopf und wirkte tief entschlossen. »Ich sehe ein, dass meine ursprüngliche Anweisung nicht zielführend war. Es ist gut, dass Sie Herrn Bargen weiterhin vertraut haben. Wir sollten möglichst bald mit ihm sprechen«, stellte er fest.

»Interessant ist aber, dass ausgerechnet dieser Rühling mit Bargen in Klaipėda war«, warf Bastian Kraft ein.

»Und dass der Pilot offensichtlich ein Vertrauter von Ulrike Tewes ist. Oder befolgt sie nur Anweisungen von Bertram Jansen?«, ergänzte Jo.

Die Diskussion ging einige Minuten hin und her. Schließlich setzte Sonja dem Austausch mit einer knappen Handbewegung ein Ende. »Herr Lorenz und ich müssen unseren Fragenkatalog überarbeiten. Bastian und Oke machen noch einmal die Runde bei Jansens früheren Partnern. Seht zu, ob die Rühling ebenfalls kennen. Jo, du gräbst bitte alles aus, was wir über die beiden Rumänen sowie Rühling wissen«, verteilte sie die Aufgaben.

Damit war die Besprechung beendet. Während die Mitarbeiter sich an ihre Aufgaben machten, kehrten Sonja und Lorenz zurück in ihr Büro. Die Hauptkommissarin wirkte immer noch so verunsichert, dass der Staatsanwalt sie darauf ansprach.

»Henrik ist im Auftrag von Frau Tewes mit Recherchen in Südschweden beschäftigt. Eigentlich wollte er sich schon gestern bei mir melden. Hat er aber nicht«, erklärte Sonja. Es hatte lediglich ein kurzes Telefonat am Abend zuvor gegeben. Henrik hatte Sonja erzählt, was er für die kommende Nacht geplant hatte. Sie hatte es nicht gewagt, ihn auf Ulrike Tewes und die innige Umarmung im Hafen anzusprechen. Daher zeigte Henrik sich so offen wie üblich und schilderte Sonja seine Absichten. Dass er sich seitdem nicht wieder bei ihr gemeldet hatte, beschäftigte sie immer stärker.

Burkhard Lorenz verstand, wieso die Kommissarin nach der Besprechung zusätzlich aufgewühlt war. »Sie haben Bedenken, dass Frau Tewes ein doppeltes Spiel mit ihm treibt?«, fragte er.

Während Sonja an ihrem PC ein Dokument für den Staatsanwalt drucken ließ, nickte sie zustimmend. »Er wollte sich in der Lagerhalle von Peter Flemming AB umsehen. Unsere dänischen Kollegen sind dem Herrn ebenfalls schon auf den Fersen. Hier. Das hat mir Kommissarin Oldsen geschickt«, sagte sie.

Lorenz nahm den Ausdruck entgegen und studierte das darauf abgebildete Firmenschema der Holding mit wachsendem Interesse.

Sonja bemerkte es und wollte wissen, was ihn daran so fesselte. Statt einer Antwort kramte der Staatsanwalt in seiner flachen Dokumentenmappe und zog schließlich eine Seite heraus, die ihm vom LKA zugeschickt worden war. Er reichte sie an Sonja weiter.

»Die Kollegen aus Kiel konnten das Unternehmen in Rumänien ausfindig machen, welches die Sondermülltransporte durchführt und für das die beiden Toten gearbeitet haben. Achten Sie besonders auf die regelmäßigen Firmenkontakte unter Ziffer 5«, erklärte Lorenz.

Als Sonja den Abschnitt anschaute, stieß sie dort auf eines der Unternehmen, die zur Baltic Holding gehörten. Sie hob den Blick und schaute den Staatsanwalt überrascht an. »Soll das etwa bedeuten, dass Jansen und Flemming gemeinsame Sache machen?«, fragte sie.

Lorenz wiegte zweifelnd den Kopf. »Könnte man annehmen. Ich vermute aber vielmehr, dass es sich um Konkurrenten handelt und wir dort den Grund für den Brandanschlag an der Ballastbrücke finden können.«

Sonja studierte beide Schemata. Sie rieb sich nachdenklich übers Kinn und knüllte dann das Papier zusammen, auf dem sie den bisherigen Fragenkatalog für Jansens Vernehmung aufgeschrieben hatte.

Lorenz schmunzelte und warf seinerseits eine vorbereitete Liste in den Papierkorb unter dem Schreibtisch. »In weniger als 40 Minuten kommt Jansen. Bis dahin sollten wir uns neue Fragen und eine bessere Taktik ausgedacht haben«, sagte er.

Die Zeit war knapp. Doch Sonja sah auch den Vorteil in der neuen Situation. Bertram Jansen und Ulrike Tewes ahnten noch nicht, dass die Flensburger Kripo mittlerweile auch mit dem Landeskriminalamt zusammenarbeitete. Sie ging davon aus, dass bei einigen Fragen wenigstens bei Jansen unverstellte Reaktionen zu erwarten waren. Auf einmal freute Sonja sich regelrecht auf die bevorstehende Vernehmung und die Konfrontation mit der Rechtsanwältin.

*

Bevor May-Britt das Vernehmungszimmer betrat, musterte sie Peter Flemming vom Beobachtungsraum aus. Frank stand neben ihr und stieß nach einer Minute einen leisen Seufzer aus.

»Wie erwartet. Flemming bringt seinen erstklassigen Rechtsanwalt mit und wird vermutlich die meisten Fragen schlicht nicht kommentieren«, stellte er dann fest.

Mit einem breiten Grinsen drückte ihm May-Britt die Ausdrucke in die Hand, die Anne gemacht hatte.

Frank überflog die drei Seiten und schaute seine Kollegin dann verblüfft an. »Demnach könnte Flemming derjenige sein, der für die Brandstiftung verantwortlich ist?«, fragte er.

»Alles deutet in diese Richtung. Mir ist klar, dass er während der Vernehmung nur mauern wird. Im Grunde will sein Rechtsanwalt lediglich herausfinden, was wir bereits wissen und in welche Richtung unsere Ermittlungen weitergeführt werden sollen«, erwiderte May-Britt.

Frank warf einen nachdenklichen Blick auf die Papiere in seiner Hand. Ein Gedanke schoss ihm durch den Kopf. »Dann würde ich es gegen Flemming einsetzen«, murmelte er noch halb in Gedanken.

May-Britt nickte erfreut. Ihre Überlegungen zielten in die gleiche Richtung. »Genau. Wie würdest du es angehen?«, hakte sie nach.

Nach kurzem Zögern antwortete Frank schließlich. »Wir sollten unsere Karten so ausspielen, dass Flemming davon ausgehen muss, in Kürze entlarvt zu werden. Hierbei könnten wir unsere Fahndung nach Vurm aussehen lassen, als stünden wir unmittelbar vor einem Zugriff«, sagte er.

Dieses Vorgehen fand May-Britts Zustimmung. Sie verteilten die Rollen untereinander, bevor die beiden Ermittler ins Vernehmungszimmer traten.

Der Rechtsanwalt erhob sofort Einspruch gegen die Einbestellung seines Mandanten. »Peter Flemming ist ein angesehener und viel beschäftigter Unternehmer. Seine Zeit ist ausgesprochen kostbar und daher würden wir es sehr begrüßen, wenn ihr schnell auf den Punkt kommt«, sagte er.

Damit spielte er den beiden Kommissaren ungewollt in die Karten. May-Britt startete das Aufzeichnungssystem und nannte dann Tagesdatum, Uhrzeit, Grund der Vernehmung sowie die Namen der anwesenden Personen. Erst danach wandte sie sich an den Rechtsanwalt.

»Wir sind im Laufe der Ermittlungen mehrfach auf den Namen deines Mandanten gestoßen. Mittlerweile häufen sich die Indizien, die ihn als Auftraggeber der Brandstiftung gegen Bertram Jansens Gebäude in Flensburg entlarven«, sagte sie.

Flemming fuhr auf, doch sein Rechtsanwalt legte ihm blitzschnell die Hand auf den Unterarm und hielt den Ausbruch so zurück.

»Das sind ungeheuerliche Anschuldigungen. Ich erwarte, vollumfänglich Einblick in die Ermittlungsunterlagen zu erhalten, und zwar umgehend«, forderte er.

Damit hatte May-Britt nicht nur gerechnet, sondern war auch bestens darauf vorbereitet. Mit einem kühlen Lächeln schob sie eine Mappe über den Tisch.

»Darin findest du alle unsere Erkenntnisse in schriftlicher Form sowie einen Memorystick, auf den sämtliche Dateien kopiert wurden«, erklärte sie.

In Flemmings Augen blitzte Verwunderung auf, während sein Rechtsbeistand ihm einen alarmierten Seitenblick zuwarf.

May-Britt und Frank hatten die Reaktion erhofft. Der Rechtsanwalt hatte erwartet, dass die Ermittler auf Zeit spielen würden, um ihre Recherchen abzuschließen. Das bereitwillige Aushändigen ihrer bisherigen Erkenntnisse ließ ihn daher annehmen, dass die Ermittlungen gegen seinen Mandanten tatsächlich kurz vor ihrem Abschluss standen.

»Welchen anderen Spuren geht ihr nach, oder habt ihr euch einfach gleich auf meinen Mandanten eingeschossen?«, lautete Dr. Nielsens provokante Frage. Seine böse Attacke gefiel Peter Flemming, der mit grimmiger Miene nickte.

»Tatsächlich existiert ein zweiter Ermittlungsstrang, der ins Umfeld von Ökoaktivisten führt. Auch hier steht die Festnahme eines berüchtigten Anführers unmittelbar bevor«, antwortete May-Britt.

Der Rechtsanwalt machte sich eine Notiz.

Frank ergänzte die Angaben seiner Kollegin: »Sobald alle Koordinierungen mit den Kollegen in Kopenhagen abgeschlossen sind, erfolgt der Zugriff an der Universität.«

Flemmings Kopf ruckte zu Frank herum, den er bisher geflissentlich ignoriert hatte. Auch sein Rechtsanwalt hob mit Staunen den Kopf, um den deutschen Hauptkommissar zu mustern. May-Britt knurrte etwas Unverständliches, woraufhin Frank erschrocken zusammenfuhr.

»Wir gehen natürlich davon aus, dass diese Angaben vertraulich behandelt werden und es zu keiner Behinderung des polizeilichen Zugriffes kommt«, mahnte er dann.

Im Gesicht des Rechtsanwaltes blitzte ein Haifischlächeln auf. »Das ist doch völlig selbstverständlich, Herr Reuter«, erwiderte er dann.

May-Britt schüttelte in stummer Verärgerung den Kopf. »Ihr solltet euch beraten und über folgenden Vorschlag nachdenken: Dein Mandant legt ein umfassendes Geständnis ab, bevor wir den Ökoaktivisten inhaftiert haben, und für seine Kooperation erhält er eine Strafminderung«, sagte sie.

Erneut wollte Peter Flemming selbst antworten, doch auch dieses Mal gelang es seinem Rechtsanwalt, das Vorhaben rechtzeitig zu unterbinden. »Wir werden den Vorschlag erörtern. Doch zuvor will ich eure angeblichen Indizien prüfen. Sobald ich diese Bewertung abgeschlossen habe, berate ich mich mit Peter Flemming und danach melde ich mich bei euch«, sagte er. Dann erhob er sich. Zusammen mit seinem Mandanten verließ er den Raum und kurz darauf auch die Direktion in Sonderburg.

May-Britt und Frank standen an einem Fenster, von dem aus sie den Parkplatz beobachten konnten. Flemming redete ununterbrochen auf seinen Rechtsanwalt ein, dessen Gestik einige Aufregung erkennen ließ.

»Also wirklich, Frank! Wie konnte einem erfahrenen Ermittler wie dir nur so ein schlimmer Fauxpas unterlaufen? Verrätst dem Hauptverdächtigen, dass ein weiterer Zugriff erfolgt, und nennst sogar den Ort. Unfassbar«, beschwerte May-Britt sich.

Frank senkte den Kopf und murmelte eine schwer zu verstehende Entschuldigung.

Seine Kollegin lachte schallend los und machte ihn auf die beiden Fahrzeuge aufmerksam, die dem Wagen des Rechtsanwaltes folgten. Ein Signalton auf ihrem Smartphone ließ sie einen Blick aufs Display werfen. Mit einem zufriedenen Schmunzeln streckte sie es Frank hin, der die kurze Meldung entzifferte.

»Sehr gut. Auch die elektronische Überwachung läuft. Mal sehen, ob unsere Scharade zum gewünschten Erfolg führt«, stellte er fest.

Auf dem Weg zu May-Britts Büro holten sie sich einen frischen Kaffee aus der Stationsküche und mussten erneut über den schlimmen Fehler von Frank lachen. Seine dänische Kollegin unterstellte ihm erhebliches schauspielerisches Talent, was er jedoch weit von sich wies.

»Jetzt kommt wieder das Schlimmste an unserem Job«, sagte er.

May-Britt nickte. »Das Warten. Ich hasse es. Action wäre mir eindeutig lieber«, stimmte sie zu.

*

Sie rang um ihre Fassung. Als Ulrike Tewes mit Bertram Jansen in die Direktion gekommen war, ging sie von einer kurzen Sitzung aus. Doch nicht nur das erwies sich als Irrtum, sie wurde auch ausgerechnet vom eigenen Mandanten böse überrascht.

»Dann geben Sie also zu, in einem harten Konkurrenzkampf mit Peter Flemming zu stehen?«, hakte der Staatsanwalt nach.

Als Ulrike dem geschniegelten Lorenz zum ersten Mal begegnet war, hatte sie in ihm keinen ebenbürtigen Gegner gesehen. Ein dummer Fehler, wie sich heute herausstellte.

»Bin eben kein Beamter, der sein Gehalt mit Arschbreitsitzen verdient. In meiner Branche wird hart gekämpft und Typen wie Flemming gehen auch über Leichen«, erwiderte Jansen.

Ulrike stand dicht davor, ihn am Arm zu packen und daran aus dem Raum zu schleifen. Sie hatte ihm im Vorfeld eingetrichtert, sich nicht provozieren zu lassen und den Mund zu halten. Doch der eingebildete Idiot hielt sich nicht an Absprachen, ging dem gewieften Staatsanwalt ständig auf den Leim.

»So ein Feuer ist in dem Zusammenhang vermutlich kaum mehr als eine kleine Warnung, richtig?«, warf Sonja Martenson ein.

Von der Hauptkommissarin ging eine Strömung abweisender Gefühle aus. Ulrike wusste natürlich, wo diese Abneigung ihr gegenüber herrührte. Sie legte zum wiederholten Male besänftigend eine Hand auf Jansens Unterarm.

Doch der zog ihn einfach weg, beugte sich vor und fixierte die kühl lächelnde Kommissarin mit hartem Blick. »Wieso belästigen Sie dann mich, hä? Immerhin waren es ja meine Gebäude, die dieses Arschloch angesteckt hat. Zerren Sie auch Flemming zu solchen idiotischen Vernehmungen oder wollen Sie mit dieser Aktion nur ihr Revier gegenüber Dr. Tewes markieren?«, zischte er. Sein gehässiger Blick wanderte zwischen Martenson und seiner Anwältin hin und her.

Ulrike spürte, wie sich ihre heiße Wut schlagartig in kalte Verachtung verwandelte. Jansen war ein völliger Trottel, der unsinnig Provokationen gegen jeden im Raum ausstieß. Er genoss es, andere Menschen zu erniedrigen. Auch seine Rechtsanwältin. Dabei übersah der Unternehmer, wie es wirklich um seine Lage bestellt war. Sie ermahnte Jansen mit einer Stimme, die vor Kälte klirrte. »Halten Sie endlich den Mund! Ab jetzt rede nur noch ich, verstanden?«

Nicht nur der Staatsanwalt und Sonja Martenson schauten Ulrike verblüfft an. Jansens Unterkiefer klappte nach unten. Doch der Schock verflog sehr schnell und schon setzte der Unternehmer zu einer Widerrede an. Doch als sich sein Blick mit dem seiner Anwältin kreuzte, schwieg er lieber.

»Kommen wir auf einen Ihrer engsten Vertrauten zu sprechen. Welche Funktion erfüllt Alexander Rühling in Ihrer Unternehmung?«, stellte Lorenz eine unerwartete Frage.

Jansen stutzte. Dann warf er Ulrike einen fragenden Blick zu. Sie kämpfte ebenfalls mit der Überraschung.

»Sie haben es selbst gesagt, Herr Staatsanwalt. Mein Mandant und Herr Rühling sind schon seit der gemeinsamen Schulzeit Freunde. In Herrn Jansens Firma nimmt er keine Funktion ein«, antwortete sie. Ihre Gedanken rasten, während sie nach dem Hintergrund dieser Frage suchte.

»Es stimmt aber, dass Sie und Herr Rühling eine berufliche Verbindung unterhalten?«, wollte Martenson wissen.

Da sie ihre Frage eindeutig an Ulrike richtete, breitete sich ein unverständliches Staunen im Gesicht von Bertram Jansen aus.

Die Anwältin rang weiter um den Anschein professioneller Gelassenheit. Die neue Zielrichtung der Vernehmung sagte ihr überhaupt nicht zu. »Sie wissen genau, dass ich keine Auskunft über meine Mandanten geben darf. Was bezwecken Sie mit solchen Fragen?«, erwiderte sie scharf.

Die Hauptkommissarin zog eine Notiz hervor, die zuvor in einer Umlaufmappe gelegen hatte. »Um diese berufliche Verbindung geht es gerade nicht, Frau Tewes. Vielmehr um Rühlings Beauftragung als Pilot durch Ihre Kanzlei. Es ist doch korrekt, dass er Henrik Bargen und am Tag darauf auch Sie nach Klaipėda geflogen hat?«, bohrte sie weiter nach.

Die Verwunderung in Jansens Gesicht nahm weiter zu. Auch er schien zu spüren, dass sich die Vernehmung unerwartet entwickelte.

»Korrekt«, antwortete Ulrike. In ihrem Kopf wirbelten die Gedanken durcheinander. Was wollte die Ermittlerin herauskitzeln?

»Sie haben vorhin Peter Flemming als Konkurrenten bezeichnet, Herr Jansen. Sie werden verstehen, dass wir angesichts Ihrer Verbindung zu seiner Holding diese Aussage nicht so einfach nachvollziehen können. Wie erklären Sie es uns?«, mischte sich Lorenz wieder ein.

Der plötzliche Wechsel war darauf angelegt, den abgelenkten Unternehmer erneut aus der Ruhe zu bringen. Ulrike war zu sehr mit ihren eigenen Gedanken beschäftigt, um die Falle zu wittern. So konnte sie ihren Mandanten nicht rechtzeitig zurückhalten.

»Von was für einer geschäftlichen Beziehung reden Sie denn da? Flemming und ich sind lediglich in der gleichen Branche unterwegs. Mit seiner Holding habe ich nichts am Hut«, antwortete er verärgert.

Jetzt zog der Staatsanwalt zwei Schreiben aus seiner Dokumentenmappe. Er warf einen prüfenden Blick darauf, nickte mehrfach und legte dann beide Blätter vor Jansen auf den Tisch.

»Von dieser Geschäftsverbindung spreche ich. Die beiden Rumänen, die im Feuer umgekommen sind, gehörten zu dieser Firma. Sehen Sie? Ein Unternehmen der Baltic Holding, die eben Peter Flemming gehört«, führte Lorenz aus. Dabei tippte er zuerst mit der Spitze eines Kugelschreibers auf die angesprochenen Firmen in einer schematischen Darstellung der Holding und dann auf eine Rechnung, die auf Bertram Jansen ausgestellt worden war.

Ulrike studierte die beiden Schreiben und spürte die nächste Welle kalter Wut in sich aufsteigen. Dieses Mal kam sie ihrem Mandanten mit einer Antwort zuvor. Sie nahm die Schreiben an sich und schob sie in ihre Aktentasche. Dann legte sie Jansen eine Hand auf die Schulter und erhob sich gleichzeitig. »Danke für die neuen Informationen, Herr Lorenz. Ich muss sie zuerst verifizieren und mich dann mit Herrn Jansen besprechen. Danach erhalten Sie unsere schriftliche Antwort«, sagte sie.

Ausnahmsweise befolgte der Bauunternehmer die Anweisung seiner Anwältin, ohne aufzubegehren. Der Staatsanwalt und die Hauptkommissarin beendeten die Aufnahme der Vernehmung, um sich dann ebenfalls von ihren Stühlen zu erheben.

Ulrike drängte Jansen zur Tür hinaus und dirigierte ihn über den Gang in Richtung der Treppe. Es lag ihr viel daran, dass Jansen nicht weiteres Unheil anrichtete. Gleichzeitig brauchte sie dringend die Abgeschiedenheit ihres Büros, um Klarheit in das Chaos ihrer Gedanken zu bringen. Irgendetwas lief gerade mächtig schief und obwohl ihr Instinkt alle nur erdenklichen Warnsignale aussandte, erkannte Ulrike nicht die Richtung, aus der die Bedrohung kam.

KAPITEL 36

Für Vurm entwickelte es sich völlig falsch. Er verstand einfach nicht, wieso er immer stärker in den Fokus der Ermittlungen geriet. Im Grunde hatte er genau wie in der Vergangenheit seine Mitwirkung geschickt getarnt und mögliche Spuren sorgsam verwischt. Wieso erhielt er also zunehmende Hinweise, wonach sowohl die dänischen wie auch die deutschen Kommissare ihm immer näher kamen? Zusätzlich rückte ihm dieser Journalist beharrlich auf den Pelz, worunter seine aktuellen Aktivitäten litten. Dummerweise hatte er Winther aus den Augen verloren und konnte so nicht einmal raten, welchen Schachzug der Mann plante.

Zum ersten Mal seit vielen Jahren stiegen Zweifel über das bislang so erfolgreiche Konzept in ihm auf. Musste er eventuell aus Dänemark verschwinden, um in einem anderen Land nach neuen lukrativen Einnahmequellen zu suchen? Seine Ideale aus der Jugend- sowie frühen Studentenzeit hatte Vurm längst begraben. In dieser Welt zählten Idealisten zu den Verlierern, wie seine Anhänger bald nur zu deutlich erkennen mussten. Die laufenden Ermittlungen würden Birte Hallweg in aller Öffentlichkeit als Brandstifterin präsentieren. Ihre Vergangenheit als Ökoaktivistin musste damit zwangsläufig durchleuchtet werden, und das Gleiche galt für Karsten Osberg. Einzelne Medienberichte betitelten die Brandstifter bereits als Ökoterroristen, und sollten die Ermittlungen auch deren Verwicklungen in Anschläge aus der Vergangenheit ans Licht fördern, würde wahrscheinlich eine Lawine losgetreten werden. Die Journalisten konnten sich nur in Ausnahmefällen die Zeit nehmen, um die komplizierten Verknüpfungen innerhalb der verschiedenen Protestbewegungen sauber herauszuarbeiten. Vurm ahnte, dass selbst so konservative Organisationen wie Greenpeace unter die Räder der tendenziellen Berichterstattungen geraten würden.

Für einen kurzen Moment blitzte ein hämisches Grinsen in seinem Gesicht auf. Vurm verachtete mittlerweile diese Menschen, die einfach die Realität ausblendeten und weiterhin gegen die Windmühlen des internationalen Kapitalismus ankämpften. In seiner Analyse war die Menschheit auf lange Sicht zum Untergang verurteilt. Also konnte man auch gleich alle Ideale abschreiben und sich seinem persönlichen Vorteil zuwenden. Viele Jahre hatte dieses Konzept bestens für ihn funktioniert. Gerade weil er nach außen den radikalen Ökoaktivisten mimte, konnte Vurm seine eigenen Ziele am besten verfolgen. Es war ärgerlich, dass es offenbar einige Menschen gab, die hinter diese Fassade schauten und ihn zur Strecke bringen wollten. Bevor er tatsächlich seine Zelte in Dänemark abbrechen konnte, wollte Vurm noch ein wichtiges Treffen in Fredericia abhalten. Davon versprach er sich einen beachtlichen Gewinn, der seinen Neustart in einem anderen Land erheblich vereinfachen würde. Noch blieb ihm die erforderliche Zeit.

Vurm baute auf sein Netzwerk aus Sympathisanten. Wann immer eine Behörde oder eine Zeitung etwas gegen ihn unternehmen wollte, meldete sich einer der loyalen Anhänger. Dank dieser Warnungen hatte Vurm sich in der Vergangenheit jedes Mal rechtzeitig wegducken können. Solange er also keine entsprechenden Anrufe oder Mails erhielt, drohte keine unmittelbare Gefahr.

Vurm würde zweigleisig vorgehen. Parallel zu den Vorbereitungen für das besagte Treffen wollte er seine Flucht aus Dänemark einleiten. Er aktivierte seinen Computer und wählte sich im Darknet ein. Hier fühlte Vurm sich absolut sicher und baute darauf, dass die Behördenmitarbeiter auch weiterhin immer wenigstens zwei Schritte zu langsam waren.

*

Die Welt war weiß. Jedenfalls kam sie Henrik so vor, als er mit einem deftigen Brummschädel erwachte und seine Umgebung in Augenschein nahm.

Er war allein im Zimmer, obwohl es ein weiteres Bett gab. Die schlichte Möblierung in Kombination mit Vorhängen in sanften Farbtönen und Bildern mit nichtssagenden Motiven ließen kaum Zweifel aufkommen. Henrik lag wieder einmal in einem Krankenhaus und langsam ging es ihm mächtig gegen den Strich.

Ein leises Räuspern ließ ihn zur anderen Seite schauen und den Mann ausmachen, der es sich in einem Besucherstuhl bequem gemacht hatte. Henrik registrierte den drahtigen Körperbau, die wachsamen Augen sowie die praktische Kleidung.

»Polizei?«, fragte er auf Dänisch.

Die Augenbrauen des Mannes ruckten in die Höhe, bevor er entrüstet den Kopf schüttelte. »Nein, Mann. Dann säße ich wohl vor dem Zimmer, aber so weit ist es noch nicht. Bisher sind sich die Bullen wohl noch nicht schlüssig darüber, ob du einem Unfall oder einem Verbrechen zum Opfer gefallen bist«, protestierte er.

Vorsichtig schob Henrik seinen Oberkörper in eine sitzende Haltung, griff nach einem gefüllten Wasserglas und trank es gierig in wenigen Schlucken aus. Dann füllte er es aus der bereitstehenden Flasche wieder auf, bevor er sich erneut dem Fremden zuwandte. Irgendwo hatte er dessen Gesicht schon einmal gesehen.

»Aha. Und wer bist du dann und was willst du von mir?«, wollte Henrik wissen.

»Ich heiße Anders Winther und bin Enthüllungsjournalist. Wir jagen das gleiche Wild und daher denke ich, wir sollten unsere Ressourcen bündeln«, erwiderte der hagere Mann.

Bei dem Namen fiel Henrik wieder eine Artikelserie ein, die er in der Tageszeitung »Politiken« verfolgt hatte.

»Ich kenne deine Arbeit über die Arbeitssklaven aus Osteuropa. Feine Artikelserie«, sagte er.

In den braunen Augen des Journalisten blitzte es erfreut auf. »Danke für die Blumen. Ich habe natürlich auch verfolgt, wie du das Kartell zerschlagen hast. Na ja. Weitgehend jedenfalls«, antwortete er.

Verblüfft krauste Henrik die Stirn. »Was meinst du damit? Wieso weitgehend?«, hakte er nach.

Ein amüsiertes Lächeln huschte über Winthers Gesicht. Er änderte seine Sitzhaltung und erwiderte Henriks Blick ohne Scheu. »Das sollte keine Kritik sein. Du hast zusammen mit der Säpo und den deutschen Behörden dem Kartell einen harten Schlag verpasst. Aber völlig vernichten konntet ihr es natürlich nicht«, erklärte er.

Damit sprach Winther nur aus, was Henrik seit Längerem durch den Kopf ging. »Dann siehst du eine Verbindung zwischen den Brandanschlägen und dem Kartell?«, fragte er.

Der Journalist kratzte sich am Hinterkopf und verzog dabei sein Gesicht. »Schon. Mir fehlen aber Beweise. Vorerst halte ich mich an Vurm und den Ökoterroristen. Ich will die Verbindung zwischen ihnen und Teilen der Wirtschaft aufdecken«, antwortete er dann.

Henrik wurde hellhörig. Vielleicht war es keine so schlechte Idee, wenn er sich mit Winther zusammentat. Gemeinsam könnten sie tatsächlich das Rätsel um Vurm schneller lösen. Allerdings musste er zuvor herausfinden, was Winther bereits wusste und ob dieser ihn nicht nur aushorchen wollte.

KAPITEL 37

Sobald die Abhörprotokolle vom LKA Kiel überspielt worden waren, warf Jo Fechner einen Blick darauf. Es war einfach seine Art, akribisch zu arbeiten, selbst wenn es bisher keine Fortschritte gebracht hatte. Doch dieses Mal stutzte er beim sechsten Eintrag und glich ihn danach sofort mit den eigenen Unterlagen ab.

»So ein Mist!«, stieß er dann hervor, sprang auf und rannte zu seiner Vorgesetzten.

Die hob überrascht den Kopf, als ihr Mitarbeiter überfallartig in ihr Büro platzte. »Was ist denn in dich gefahren? Brennt es?«, fragte Sonja.

Jo warf die Kopien der Protokolle auf ihren Schreibtisch und deutete mit vor Wut zitternder Hand darauf. »Die Kollegen aus Kiel horchen seit Wochen alle möglichen Sympathisanten von Vurm ab. Rate mal, wer dazuzählt und vor zwei Stunden bei Alexander Rühling angerufen hat?«, stieß er hervor.

Sonja war nicht nach Raten zumute, also drängte sie Jo zu einer Antwort.

»Lisa Fölster. Die Mitarbeiterin von Cremer, die Frank schon die ganze Zeit unter Verdacht hat«, sagte er.

Mit gefurchter Stirn überflog Sonja die entsprechenden Einträge des LKA und schüttelte dabei den Kopf. »Wieso? Was will sie ausgerechnet von Rühling?«, kam es irritiert über ihre Lippen.

»Einem der engsten Vertrauten Jansens. Erschlag mich, Chefin. Aber langsam glaube ich, dass er selbst die Brände hat legen lassen, und nun gibt es Stress mit den Aktivisten«, sagte Jo.

Seine Theorie war ein wenig unausgegoren.

»Und warum sucht Fölster dann nicht direkt mit Jansen den Kontakt? Rühling ist doch nur ein Mitläufer«, wies Sonja darauf hin.

»Erstens weiß sie wahrscheinlich nicht, dass Jansen bereits wieder auf freiem Fuß ist. Zweitens wäre ich vorsichtig damit, Rühling allzu schnell die Rolle eines schlichten Mitläufers zuzuweisen«, erwiderte Jo.

Gute Argumente, wie Sonja sofort einsah.

Es gab nur einen Weg, mehr Licht ins Dunkel zu bringen. Sie schnappte sich ihre Jacke und befahl Jo, mit ihr zu kommen. »Wir konfrontieren Rühling direkt mit den

Fragen. Ich bin gespannt, wie er es uns erklären will«, sagte sie.

Fünf Minuten später lenkte sie einen A4 der Fahrbereitschaft durch Flensburg. Das Regengebiet war seit dem frühen Vormittag über die Stadt hinaus auf die Förde gezogen. Dahinter zeigte sich eine blasse Frühlingssonne am blauen Himmel, über den noch kleinere Wolken zogen. Die Fahrt ging hinaus nach Tarup, wo der Hobbypilot ein Haus im Sandbergweg hatte. Als Sonja von der Taruper Hauptstraße in den Norderlück abbiegen wollte, jagte aus der Gegenrichtung ein Streifenwagen mit eingeschalteten Blaulichtern um die Ecke.

»Überfall auf die Sparkasse?«, spekulierte Jo überrascht.

Doch seine Vorgesetzte schüttelte sofort den Kopf. »Nur ein Fahrzeug und ohne Martinshorn? Nein, das sieht mir mehr nach einer dringlichen Überprüfung aus«, widersprach sie.

Um sich als Polizeifahrzeug zu erkennen zu geben, schaltete Sonja ebenfalls das Blaulicht ein. Sie folgten dem Streifenwagen und als der mit quietschenden Reifen in den Sandbergweg einbog, warf Sonja ihrem Mitarbeiter einen finsteren Blick zu.

»Das dürfte kaum ein Zufall sein«, stieß Jo alarmiert hervor.

Sonja stoppte den A4 hinter dem Streifenwagen, aus dem zwei uniformierte Beamte soeben ins Freie sprangen.

Sonja und Jo folgten ihrem Beispiel. »Hauptkommissarin Martenson. Das ist Kommissar Fechner. Was ist hier los?«, rief sie im Laufen.

Der Streifenführer teilte mit, dass es zwei Anrufe aus der Nachbarschaft gegeben habe. »In beiden Fällen wurden Schüsse an die Notrufzentrale gemeldet«, erklärte er.

Sie einigten sich darauf, dass der Streifenführer zusammen mit Sonja durch den Hauseingang vorgehen sollte. Jo und der andere Uniformierte sollten zur Terrasse im Garten vordringen, um einen möglichen Schützen von der Flucht abzuhalten.

Eine halbe Minute später drückte der Streifenführer mit der linken Hand vorsichtig die nur angelehnte Haustür weiter auf. Mit seinem Kinn deutete er auf einen blutigen Handabdruck am Türknauf. Sonja nickte verstehend und hielt ihre Waffe schussbereit.

»Herr Rühling? Melden Sie sich. Hier ist die Polizei. Wir sind bewaffnet und kommen jetzt rein«, rief der Streifenführer.

Keine Antwort.

Er wiederholte die Warnung, bevor er in den Flur ging und mit seiner Pistole eine Treppe ins Obergeschoss sicherte. Sonja schob sich an ihm vorbei und warf einen Blick durch eine halb geschlossene Tür, hinter der sich eine Gästetoilette befand.

»Sicher«, sagte sie.

Mit der Linken schloss Sonja die Tür und überließ nun wieder dem Streifenführer den Vortritt. Immer noch war kein Laut aus dem Haus zu vernehmen. Dafür stieg aber der ekelerregende Geruch nach Blut in Sonjas Nase, durchsetzt mit Kordit. Ganz offensichtlich hatten die Anrufer sich nicht getäuscht.

Während Sonja achtsam die Treppe zum Obergeschoss im Blick behielt, rückte ihr Kollege weiter in ein Wohnzimmer vor. Als er bereits nach wenigen Schritten anhielt, riskierte Sonja einen Blick über seine Schulter.

Alexander Rühling lag auf einem senffarbenen Ledersofa. Sein lindgrünes Hemd war in Brusthöhe bereits durchtränkt von Blut. Ein kurzer Blick in seine gebrochenen Augen reichte Sonja, um keine Hoffnung mehr zu haben. Vor der offenen Terrassentür tauchten Jo und der zweite Uniformierte auf.

»Im Garten ist niemand. Wie sieht es im Haus aus?«, fragte Jo.

Sonja überließ es dem Streifenführer, sich zunächst Klarheit über Rühlings Zustand zu verschaffen und Verstärkung anzufordern. Sie winkte Jo zu sich und erklärte, dass das Obergeschoss noch nicht überprüft worden war.

Drei Minuten später steckten sie beide ihre Waffen wieder weg. Im Haus befand sich außer dem Toten keine weitere Person mehr. Der Streifenführer hatte um Verstärkung gebeten, eine Fahndung nach einer möglicherweise bewaffneten Person in Tarup und Umgebung eingeleitet sowie die Kriminaltechnik angefordert.

Als Sonja und Jo zurück ins Wohnzimmer kamen, schaute der Streifenführer sie an. »Sie übernehmen ab hier, Frau Martenson?«, versicherte er sich.

»Ja. Erweitern Sie die Fahndung nach Lisa Fölster. Kommissar Fechner gibt Ihnen die erforderlichen Daten«, erklärte die Hauptkommissarin.

Jo warf ihr einen überraschten Seitenblick zu, doch dann wandte er sich an den Beamten. Sonja hatte sich gleich daran erinnert, dass Fölsters Mobiltelefon sich während ihres Anrufes bei Rühling in einer Funkzelle in Flensburg eingewählt hatte. Das reichte ihr, um die Aktivistin umgehend zu einer Vernehmung einzubestellen. Die Fahndung sollte ihr dabei helfen, falls Lisa Fölster sich nicht bereits wieder auf dem Rückweg nach Hamburg befand. Es war nicht mehr als ein Gefühl, doch

Sonja ging davon aus, die Aktivistin sehr bald persönlich zu treffen.

*

Bastian und Oke waren auf dem Rückweg zur Direktion, als der Fahndungsaufruf nach Lisa Fölster über Funk gemeldet wurde. Daher reagierten sie sofort auf eine Meldung der Bundespolizei, die eine offenbar verstörte Frau am Hauptbahnhof aufgegriffen hatte. Während Oke Blaulicht und Martinshorn einschaltete, funkte Bastian die Kollegen direkt an. Er bat sie, die Frau so lange zu beaufsichtigen, bis die Kripobeamten ihre Identität ermittelt hatten.

Kurz darauf stoppte Oke den Dienstwagen am Bahnhof hinter einem Taxi. Er ließ das Blaulicht an und eilte zusammen mit dem Oberkommissar zu dem Bahnsteig, auf dem zwei Bundespolizisten sich um die sichtlich verwirrte Frau kümmerten. Ein Notarzt schloss noch seine Tasche, bevor er sich an Bastian Kraft wandte, der sich als Oberkommissar der Kriminalpolizei ausgewiesen hatte.

»Schwerer Schock. Ich habe der Patientin ein leichtes Sedativum verabreicht, empfehle aber eine Unterbringung zur Beobachtung in einem Krankenhaus«, erklärte er.

Unterdessen hatte Oke sich den Inhalt ihrer Umhängetasche angesehen und streckte Bastian einen Personalausweis hin.

»Sie sind Lisa Fölster aus Hamburg?«, fragte der anschließend die junge Frau.

Sie hob den Kopf und schaute Bastian und Oke mit verschleiertem Blick an. Es war nicht erkennbar, ob sie die beiden Männer wirklich wahrnahm oder geistig abwesend war. »Ich wollte nur mit ihm reden. Nur reden«, sagte sie.

Die Beamtin der Bundespolizei, die neben Fölster auf der Bank saß und ihre Hand hielt, drehte diese leicht um, sodass Oke und Bastian das dort getrocknete Blut sehen konnten.

»Wir nehmen Sie jetzt mit zur Wache, Frau Fölster. Dort können Sie eine Aussage machen. Haben Sie das verstanden?«, redete der hünenhafte Oberkommissar sanft auf die Frau ein. Die jedoch zeigte keine erkennbare Reaktion.

Die Polizisten tauschten fragende Blicke aus. Bastian blieb bei seiner Ansage. Gleichzeitig befahl er Oke, einen Arzt in die Direktion einzubestellen, der über die Vernehmungs- und mögliche Haftfähigkeit von Lisa Fölster entscheiden musste. Mit sanftem Zureden gelang es der weiblichen Beamtin, die verstörte Aktivistin zum Mitkommen zu bewegen.

Bastian wandte sich an den Kollegen der Bundespolizei. »Übernehmt ihr bitte den Transport. Frau Fölster scheint sich in der Obhut der Kollegin wohler zu fühlen«, bat er.

Wenige Augenblicke später wurde Lisa Fölster unter den Augen von Schaulustigen in den Fond des Streifenwagens gesetzt. Während der männliche Beamte der Bundespolizei hinters Lenkrad rutschte, blieb seine Kollegin an der Seite der Aktivistin. Oke und Bastian folgten in ihrem Dienstwagen. Der Oberkommissar rief über Funk seine Vorgesetzte an.

»Wir haben Lisa Fölster auf dem Bahnhof in Flensburg gefunden. Sie steht unter Schock und hat getrocknetes Blut an ihren Händen sowie an der Kleidung«, berichtete er Sonja Martenson.

Die Hauptkommissarin wollte umgehend mit Jo Fechner zurück in die Direktion kommen. Im Haus von Alexander Rühling war mittlerweile die Spurensicherung bei der Arbeit und sie hatten die Aussagen der Zeugen aufgenommen.

»Gut, dass du bereits einen Arzt angefordert hast. Ich informiere den Staatsanwalt und dann entscheiden wir, ob es zu einer sofortigen Vernehmung kommen kann«, erklärte Sonja.

Auch nach dem Eintreffen in der Direktion verhielt sich Lisa Fölster weiterhin apathisch. Widerstandslos ließ sie die erkennungsdienstlichen Maßnahmen über sich ergehen und nahm das angebotene Wasser wortlos an. Als Sonja und Jo eintrafen, erwartete sie bereits Burkhard Lorenz. Er stand zusammen mit Bastian Kraft im Beobachtungsraum, von wo aus sie die Aktivistin durch eine Scheibe betrachteten.

»Das Blut an ihr in Verbindung mit dem Verbindungsnachweis reicht für eine vorläufige Festnahme aus. Der Arzt äußert allerdings einige Bedenken in Hinblick auf ihre psychische Verfassung und rät zu einer Unterbringung in der forensischen Psychiatrie«, erklärte der Staatsanwalt der Hauptkommissarin. Damit war eine Vernehmung vorerst ausgeschlossen.

»Und sie hat sich nicht eindeutig zur Tat geäußert?«, wollte Sonja von Jo Fechner erfahren.

Der gab die wenigen Worte wieder, die keine eindeutigen Rückschlüsse erlaubten.

»Dennoch sehe ich darin ein mögliches Tatgeständnis, womit wir einen weiteren Haftgrund vorliegen haben. Ich kläre es mit einem Richter ab und veranlasse die Überstellung nach Schleswig in die forensische Psychiatrie«, teilte Lorenz daraufhin mit.

Sowohl Bastian als auch Sonja hätten nur zu gerne einige Worte mit Lisa Fölster gewechselt. Doch beide erkannten natürlich, wie nervlich angeschlagen die Aktivistin war. Solche Aussagen konnten die Ermittler schnell in die Irre führen, und sollte sich später herausstellen, dass Fölster doch nicht die Täterin war, verschafften sie dem richtigen Mörder einen erheblichen zeitlichen Vorsprung. Also mussten sie die Ermittlungen in dieser Hinsicht weiterhin so gestalten, als wenn es noch keine dringend Tatverdächtige geben würde.

Sonja rief ihr Team zusammen und gab zunächst einen mündlichen Bericht über den tödlichen Angriff auf Alexander Rühling in seinem Haus in Tarup. »Leider haben die beiden Zeugen nur die Schüsse gehört und niemanden am Haus gesehen. Kollegen von der Schutzpolizei sind bereits mit der Tür-zu-Tür-Befragung beauftragt. Sobald der vorläufige Bericht der KTU vorliegt, erhalten wir hoffentlich mehr Ansatzpunkte«, schloss sie ihre Ausführungen.

Dann beauftragte sie Bastian Kraft und Oke Sibbersen mit der Überprüfung von Bertram Jansen. »Ich will wissen, wo er sich zur wahrscheinlichen Tatzeit aufgehalten hat und ob es Zeugen dafür gibt«, sagte sie.

Jo Fechner sollte sich mit den Kollegen vom LKA kurzschließen und herausfinden, ob deren technische Überwachung eventuell Rückschlüsse auf Jansens Tätigkeiten in den zurückliegenden Stunden zuließ. Sie selbst übernahm die Schreibtischarbeit, um so auch Frank Reuter und May-Britt Oldsen auf dem Laufenden zu halten.

Sonja spürte einen zunehmenden Druck in der Magengegend. Erst die beiden Toten beim Feuer an der Ballastbrücke, dann der schwer verletzte Soldat an der Grenze und nun der Mord an Alexander Rühling. Dieser Fall enthielt weitaus mehr Gewalt, als es anfangs den Anschein hatte. Sonja fragte sich, ob ihnen der Durchbruch rechtzeitig gelingen würde, um diese Spirale schnellstmöglich zu beenden. Daran arbeiteten die Ermittler auf beiden Seiten der Grenze mit Hochdruck. Dazu zählte auch Henrik Bargen, von dem Sonja schon wieder längere Zeit nichts gehört hatte. Ihre Sorgen seinetwegen konnte sie nicht so einfach verdrängen und hoffte inständig, dass der sturköpfige Privatdetektiv sich nicht bereits wieder in eine gefahrvolle Situation gebracht hatte.

*

Die Meldung aus Kopenhagen erreichte May-Britt bereits eine Stunde, nachdem Flemming das Vernehmungszimmer verlassen hatte.

»Zwei bekannte Kriminelle, die bereits wegen Körperverletzung verurteilt sind, haben sich an der Uni umgehört. Als ein Angestellter damit drohte, die Polizei zu alarmieren, zogen sie es vor, zu verschwinden«, gab sie an Frank weiter.

»Konnte der Angestellte sagen, nach wem konkret die Männer gesucht haben?«, hakte er gespannt nach.

Ein grimmiger Ausdruck huschte über das Gesicht der Kommissarin. »Allerdings. Sie gaben sich als Freunde von Casper Boldsen aus.« Noch während sie antwortete, rief May-Britt eine Datei mit den persönlichen Angaben des studierten Biologen auf.

»Boldsen hat seinen Abschluss an der Uni gemacht, dann fast zehn Jahre für unterschiedliche Nichtregierungsorganisationen gearbeitet, bevor er von der Bildfläche verschwand«, erklärte sie.

Sie hatte den Monitor so gedreht, dass Frank die Angaben ebenfalls studieren konnte. Als sein Blick auf den Namen einer der Organisationen fiel, stieß er einen leisen Pfiff aus. »Für die hat auch Lisa Fölster früher einige Aktionen in den Beneluxstaaten ausgeführt. Daher kennen sie sich also«, sagte er dann.

Auch May-Britt hatte einen Eintrag entdeckt, der zu den bisherigen Ermittlungen passte. »Tja, Birte Hallweg war bei dieser Gruppierung ebenfalls aktiv. Deren Leitung steht unter dem Verdacht, konstatierte Aktionen des sogenannten Schwarzen Blocks vorbereitet sowie durchgeführt zu haben«, warf sie ein.

Endlich fielen die passenden Puzzleteilchen an ihren Platz. Doch die beiden Ermittler konnten nicht weiter über diese Entdeckung sprechen, da ein zweiter Anruf einging. May-Britt meldete sich und hob dann die Augenbrauen an.

Kaum hatte sie das Gespräch beendet, drängte Frank auf seine Einweihung. »So wie du aussiehst, waren das gute Nachrichten. Also, raus mit der Sprache. Was ist passiert?«

»Das war ein Kollege der elektronischen Überwachungseinheit. Peter Flemming erhielt vor drei Minuten eine SMS. Allem Anschein nach wurde der Inhalt verschlüsselt. Jedenfalls ergibt es so keinen Sinn, wie mir der Kollege sagte«, erwiderte die Kommissarin.

Frank krauste verwundert die Stirn. »Und was ist daran so spektakulär? Solange wir die Nachricht nicht entschlüsseln können, bringt es uns kaum weiter«, sagte er.

Ein schelmisches Grinsen umspielte May-Britts Lippen. »Vielleicht doch. Der Kollege konnte einen Teil der Information relativ simpel aufdecken. Dabei handelt es sich um die Koordinaten der Stadt Fredericia. Die SMS wurde von einem Prepaid-Handy gesendet, sodass wir leider den Absender nicht ermitteln können«, erklärte sie dann.

Frank lehnte sich nachdenklich in seinem Stuhl zurück. Allein die Tatsache, dass diese Nachricht verschlüsselt übermittelt worden war, machte sie wichtig. Nahm man noch den Zeitpunkt kurz nach dem Auftauchen der beiden Kriminellen in Kopenhagen dazu, entstand ein interessantes Bild.

»Wir sollten Flemming besser engmaschig überwachen. Falls die SMS ihn nach Fredericia locken soll, muss es für ein solches Treffen einen wichtigen Anlass geben«, sagte er.

Seine Kollegin nickte zustimmend. »Richtig. Da Flemming genau weiß, dass wir ihn jetzt auf dem Radar haben, muss es von enormer Dringlichkeit sein. Ansonsten würde er kaum ein solches Risiko eingehen«, sagte May-Britt.

Ein weiterer Gedanke beschäftigte Frank. »Könntest du bei den Kollegen aus der Überwachung nachfragen, ob Flemming sich nach der SMS mit seinem Rechtsbeistand besprochen hat?«, bat er.

Die Rückfrage war schnell erledigt. May-Britt beendete das Telefonat und schüttelte nur stumm den Kopf.

»Interessant. Flemming ist offenbar so von sich überzeugt, dass er keine Unterstützung seines Rechtsbeistandes einfordert«, stellte Frank fest.

Erneut verfielen die beiden Ermittler in sekundenlanges Schweigen.

»Das erinnert mich fatal an das Auftreten von Bertram Jansen. Vielleicht solltest du mit deinen Kollegen sprechen und herausfinden, ob er eine ähnliche SMS erhalten hat«, schlug May-Britt dann vor.

»Gute Idee«, stimmte Frank zu.

Er zog sein Smartphone heraus und rief Sonja Martenson an. Aus der kurzen Nachfrage wurde jedoch ein längeres Gespräch, bei dem Frank den Lautsprecher einschaltete. So konnte May-Britt gleich mithören und erfuhr von den Neuigkeiten aus Flensburg. Bevor Sonja den Kollegen am Telefon jedoch Bericht erstattete, beauftragte sie Jo damit, der Sache mit der SMS nachzugehen. Nach acht Minuten hatte sie ihre Kollegen in Sonderburg auf den aktuellen Stand gebracht und war ihrerseits mit den dortigen Entwicklungen vertraut.

»Ah, Jo kommt gerade zurück«, rief sie aus.

Frank hörte im Hintergrund die Stimmen der Kollegen, die sich austauschten. Dann sprach Sonja wieder mit ihnen.

»Negativ, Frank. Jansen hat keine entsprechende SMS erhalten. Möglicherweise existiert aber ein weiteres Handy, von dem wir nichts wissen«, erklärte sie.

Frank bedankte sich bei ihr und verabschiedete sich. Er schob sein Smartphone zurück in die Jackentasche. »So oder so. Ich denke, dass die SMS eine baldige Reaktion bei Flemming auslösen müsste. Vielleicht wäre es sinnvoll, wenn wir beide uns in seiner Nähe aufhalten«, schlug er vor.

Damit rannte Frank offene Türen bei May-Britt ein. Das ewige Herumsitzen im Büro entsprach einfach nicht ihrer Natur, also willigte sie sofort in den Vorschlag ein.

Beide Ermittler zogen im Gehen ihre Jacken über, und May-Britt teilte ihren Mitarbeitern mit, wohin Frank und sie wollten. »Über Funk oder Mobiltelefon könnt ihr uns jederzeit erreichen. Vielleicht stoßen die Kollegen in Flensburg doch noch auf eine ähnliche Nachricht an Jansen«, sagte sie.

Anschließend verließen sie die Direktion und stiegen in einen Dienstwagen. Sollte Flemming sich noch heute auf den Weg nach Fredericia machen, wäre es von Vorteil, bereits nahe bei Kolding oder sogar schon in der Nähe seiner dortigen Niederlassung zu sein. Beide Ermittler brannten darauf, endlich ähnliche Fortschritte wie ihre Flensburger Kollegen zu machen.

KAPITEL 38

Er hatte sich auf eigene Verantwortung selbst entlassen. Der Arzt wollte Henrik wenigstens noch eine Nacht unter seiner Beobachtung behalten, doch dafür hatte der Privatermittler keine Zeit. Anders Winther lotste Henrik zum seitlichen Parkplatz an der Klinik, wo der alte Passat stand.

»Wie hast du denn den hierher bekommen?«, fragte der Privatdetektiv.

Dazu hatte Anders nur ein kurzes Gespräch mit den Polizisten führen müssen, die ihn gut kannten.

Henrik überließ dem Journalisten das Lenkrad, um selbst auf den Beifahrersitz zu rutschen. Gedanklich war er immer noch mit dem Inhalt der Recherchen von Anders beschäftigt. Es war erstaunlich, welche Details der findige Journalist im Laufe der zurückliegenden

18 Monate ausgegraben und gesammelt hatte. Demnach existierte ein Netzwerk von Unternehmern, die allesamt Sondermüll illegal entsorgen ließen. Es gab eine erhebliche Nachfrage nach einer solchen Dienstleistung und mittlerweile sogar konkurrierende Anbieter. Das war offensichtlich der Auslöser für den Brandanschlag an der Ballastbrücke gewesen.

Anders startete den Motor und lenkte den Passat von der Klinik weg in östliche Richtung.

»Wohin geht die Reise?«, fragte Henrik.

Anders warf ihm einen verwunderten Seitenblick zu. »Nach Fredericia. Oder willst du Boldsen sowie seine Auftraggeber nicht entlarven?«, erwiderte er.

So weit war Henrik in seinen Überlegungen noch gar nicht gekommen. Doch er akzeptierte es, dass der Journalist die Führungsrolle eingenommen hatte.

Auf Hinweisschildern konnte Henrik lesen, dass Anders offenbar die Landstraße 170 ansteuerte. Er rief sich die Straßenkarte der Region ins Gedächtnis und erkannte, dass der Journalist zur E20 unterwegs war. Das ergab Sinn.

»Doch, natürlich. Ich kann zwar nachvollziehen, dass es diesen Konkurrenzkampf bei den Anbietern gibt. Wie passt aber ein Mann wie Casper Boldsen ins Bild? Und wieso nennt er sich eigentlich Vurm?«, sagte Henrik.

Anders hatte das Autoradio eingeschaltet und den Sender P1 des Dänischen Rundfunks ausgesucht. Er drehte die Lautstärke so weit herunter, dass man gerade noch die Wortbeiträge verfolgen konnte.

»Mal hören, ob es interessante Neuigkeiten gibt«, erklärte er.

Es verstrichen weitere Sekunden, bevor Anders endlich auf Henriks Fragen einging.

»Bei meinen Nachforschungen stieß ich schnell auf die eigentliche Situation und den sich abzeichnenden Kampf um die Aufträge. Was aber irgendwie immer im Dunkeln blieb, war die Erklärung für die seltsame Häufung aktivistischer Übergriffe. Einzeln betrachtet blieb es eine glückliche Fügung, doch bald schälte sich ein Muster für mich heraus«, sagte er.

Also begann der Journalist damit, sich die Anschläge sogenannter Ökoaktivisten in den Jahren vor dem Brandanschlag an der Ballastbrücke genauer anzusehen. Dabei stieß er auch auf Vurm, dessen Tarnung ihn sofort fesselte. Anders grub tiefer, nutzte bestehende Kontakte zu Informanten in der Ökoszene und war sich schließlich sicher, mit Casper Boldsen den Mann hinter dem Tarnnamen gefunden zu haben.

»Ich war es gewohnt, dass man meine Arbeit boykottiert und die kriminellen Kräfte auch nicht vor persönlichen Angriffen zurückschrecken. Dass es aber zu ähnlichen Gewaltattacken kommen würde, wenn ich mir das Umfeld der Aktivisten näher anschaue, überraschte mich dann doch«, erklärte Anders.

Er erzählte, wie ihn nach dem Treffen mit einem Informanten in einer Flensburger Bar auf dem Rückweg zu seinem Hotel drei Männer angegriffen hatten.

»Zum Glück habe ich bei meinen nächtlichen Ausflügen immer einen dieser netten flexiblen Teleskopschlagstöcke bei mir und kann damit auch umgehen. Dumm für die Typen, die in mir offenbar ein leichtes Opfer sahen. Da hat sie wohl jemand schlecht informiert gehabt«, berichtete Anders schmunzelnd.

Doch dieser Angriff hatte ihm zwei Dinge gezeigt: Zum einen war er auf der richtigen Spur und zum anderen war es für seine Gesundheit ratsam, unterzutauchen.

»Ich hatte die Informationen, die ich suchte. Da bot es sich an, schnell aus Flensburg zu verschwinden«, sagte Anders.

»Und deine Sachen im Hotel? Dein Mietwagen?«, wollte Henrik wissen. Er spürte, dass der Journalist ihm wichtige Details vorenthielt, und fragte sich, warum es so war.

»Gegenfrage: Glaubst du wirklich, dass es in Flensburg keine Mitglieder des Kartells mehr gibt?«

Während Anders den Passat in die Auffahrt zur E20 lenkte, schaute Henrik den Journalisten überrascht an. Er wollte zuerst spontan ein weiterhin bestehendes Kartell rundweg verneinen. Doch dann zögerte er.

Das wiederum bemerkte Anders, der daraufhin grimmig lächelte. Als der Passat auf der linken Spur der Autobahn zügig dahinrollte, schaute er zu Henrik hinüber. »Eben. Bei meinen Recherchen sind merkwürdige Dinge aufgetaucht, die mich an eine verdammt gut getarnte Organisation im Hintergrund glauben lässt. Anfangs hielt ich es für eine typische Wunschvorstellung meines auf Verschwörungen konzentrierten Gehirns«, sagte er dann.

Henrik wurde hellhörig. »Was hat deine Ansicht geändert?«, fragte er.

Als Antwort nannte Anders drei Namen. Mehr nicht. »Bertram Jansen, Alexander Rühling, Ulrike Tewes.«

Zuerst verstand Henrik diese simple Aufzählung nicht. Doch dann bemerkte er den forschenden Blick des Journalisten. Anders verfolgte einen bestimmten Zweck mit dieser Fahrt nach Fredericia. Auf einmal erkannte Henrik, was sich gerade abspielte, und spürte, wie sich Unmut in ihm aufbaute. »Ach, so läuft der Hase. Du willst wissen, ob ich eventuell in der Sache mit drinhänge und den Auftrag habe, Spuren zu verwischen«, stellte er kühl fest.

Anders zuckte lakonisch mit den Schultern. »Es ist ziemlich schwierig, ein stimmiges Bild von dir zu bekommen. Da ist diese alte Geschichte, wie du das Kartell enttarnt hast. Doch es gibt auch deine persönliche Beziehung zu Ulrike Tewes, und gleichzeitig ist Hauptkommissarin Martenson deine aktuelle Freundin. Reichlich verwirrend, wie du wohl zugeben wirst«, erwiderte Anders.

Henrik stieß einen langen Seufzer aus. Wie konnte er es dem Journalisten verdenken, dass er bei diesen komplizierten Beziehungen den Durchblick verlor? In Wahrheit wusste Henrik ja selbst nicht, wie der Stand der Dinge war.

»Verstehe. Tewes ist die Strafverteidigerin von Jansen. Sie wurde von Dr. Kersten ins Boot geholt und hat sich nicht selbst um das Mandat beworben. Warum hast du also dermaßen große Vorbehalte gegen sie?«, fragte er.

Statt einer Antwort drehte Anders plötzlich die Lautstärke am Radio höher und lauschte den Nachrichten des Tages. Henrik richtete sich im Beifahrersitz ebenfalls auf, als er den Namen Alexander Rühling vernahm.

»Der Pensionär lebte allein in seinem Haus in der Nähe von Flensburg. Rühling war ein begeisterter Hobbypilot mit eigenem Sportflugzeug. Nachbarn alarmierten die Polizei, als sie Schüsse vom Grundstück des Opfers hörten. Für Rühling kam jedoch jede Hilfe zu spät. Er war durch zwei Schüsse aus nächster Distanz getötet worden. Wie aus Kreisen der Kriminalpolizei bekannt wurde, erfolgte kurze Zeit später eine Festnahme am Hauptbahnhof in Flensburg. Bislang ist nur bekannt, dass es sich um eine Frau von etwa Mitte 20 handeln soll. Weitere Informationen will die Staatsanwaltschaft im Laufe des Tages auf einer Pressekonferenz mitteilen.«

Die beiden Männer tauschten einen verblüfften Blick aus.

»Wieso musste Rühling sterben? Wer soll diese junge Frau sein, die ihn erschossen hat?«, fragte Henrik schließlich.

Anders antwortete nicht sofort. Offenbar musste er sich erst noch klar darüber werden, ob er Henrik völlig vertrauen wollte. Der wiederum gewährte dem Journalisten die Zeit, um seine Gedanken zu ordnen und zu einem Entschluss zu gelangen.

Die Sekunden dehnten sich zu Minuten. Dann endlich räusperte Anders sich. »Ich bezweifle, dass die Frau die Täterin ist. Vielmehr wurde mit Rühling ein gefährlicher Mitwisser eliminiert und dafür käme eigentlich nur Jansen als Mörder in Betracht. Er selbst vielleicht nicht, aber ein von ihm gedungener Killer. Offen bleibt die Frage, welche Rolle Ulrike Tewes dabei genau spielt. Sie ist für mich zurzeit die große Unbekannte in der Rechnung«, antwortete er dann.

Erneut legte Anders den Fingerzeig auf die Rechtsanwältin, was Henrik stutzig machte.

»Mit dem Ersten kann ich dir folgen. Wieso bist du aber gegenüber Ulrike so skeptisch? Was hast du in Flensburg herausgefunden, um so misstrauisch zu sein?«, bohrte er entsprechend nach.

Anders setzte den Blinker, um den Passat in die Ausfahrt zu einem Schnellimbiss zu lenken. »Das besprechen wir besser bei einer Cola und einem Burger. Ist eine seltsame Geschichte«, erklärte er.

Henrik spürte ein flaues Gefühl in der Magengegend, und das kam wahrlich nicht von einem Hungergefühl.

*

Das Treffen war kurzfristig anberaumt worden. Dr. Kersten saß am Besprechungstisch im Büro von Ulrike Tewes. Sie hatte um dieses Gespräch gebeten und es dringlich gemacht. Da Kersten sowieso ein persönliches Update von der Flensburger Anwältin einholen wollte, akzeptierte er den heutigen Terminvorschlag. Seine Sekretärin musste zwar einige Anstrengungen unternehmen, um die bereits verplante Zeit freizuschaufeln, aber es war ihr gelungen.

»Sie sehen offenbar einige Probleme mit Herrn Jansen, wenn ich Sie am Telefon richtig verstanden habe«, eröffnete Kersten das Gespräch. Er füllte zwei Teelöffel Zucker in seinen Milchkaffee und musterte dabei unauffällig das schmale Gesicht der aparten Kollegin.

Ulrike nippte am Mineralwasser. Dann stellte sie das Glas zurück auf den Tisch, um ihre Schultern zu straffen. »Ja, leider. Herr Jansen erweist sich als absolut unkooperativ und ich befürchte, er ist sogar zum Mörder geworden«, erwiderte sie.

Kersten hob verwundert die Augenbrauen an. Er musste erst den Kaffee hinunterschlucken, bevor er nachhaken konnte.

»Präzise, bitte. Worin besteht sein unkooperatives Verhalten und wieso halten Sie unseren Mandanten plötzlich doch für einen Mörder?«, wollte er wissen.

Ulrike schilderte die Abläufe bei der letzten Vernehmung und welche Details seiner Geschäftstätigkeit Bertram Jansen ihnen vorenthalten hatte.

Dr. Kersten musterte sie mit einem schwer zu definierenden Blick. »Sie überraschen mich, Frau Kollegin. Es gehört doch zum Wesen unserer Arbeit, dass die Mandanten uns immer wieder wichtige Dinge verschweigen oder sogar anlügen. Sie haben die Aufgabe, diese Probleme zu erkennen und zu beheben. Ansonsten ist der Beruf des Strafverteidigers nichts für Sie, Frau Tewes«, mahnte er.

Ulrike zwang sich ein müdes Lächeln auf die Lippen. Sie trank einen weiteren Schluck Mineralwasser, bevor sie auf die Erwiderung ihres Kollegen einging.

»Mit dem Verschweigen und den Lügen käme ich zurecht, solange es im internen Gespräch zu klären ist. Es ist aber eine völlig andere Sache, wenn ein Mandant mich in Gegenwart der Strafverfolgungsbehörden auflaufen lässt. Solche Pannen sind tödlich für die weitere Zusammenarbeit, und bei Herrn Jansen muss ich mittlerweile annehmen, dass er mich sowieso nicht ernst nimmt«, sagte sie.

Dr. Kersten wirkte vom Verlauf des Gesprächs sichtlich irritiert. Er rührte gedankenverloren mit dem Löffel in seinem Kaffee, obwohl der Zucker sich längst aufgelöst hatte. »Sollte es tatsächlich so sein, verstehe ich Herrn Jansens Verhalten nicht. Was bezweckt er denn damit, seine Verteidigerin auflaufen zu lassen? Haben Sie eine Idee, warum er sich so verhält?«, fragte er.

Ulrike hatte mehr als nur eine Ahnung, doch so weit würde sie Dr. Kersten ganz sicher nicht einweihen. Bertram Jansen war in ihren Augen ein bornierter Macho, der es schlicht nicht vertrug, wenn eine Frau ihm Anweisungen erteilte.

»Er ist zu sehr von seiner Machtfülle eingenommen. Jansen glaubt mit Sicherheit, dass er dank seines Netzwerks quasi unantastbar ist. So kommt es, dass er sich bei Vernehmungen nicht an vorherige Absprachen hält und Ermittler beziehungsweise Staatsanwälte provoziert«, antwortete sie.

Dr. Kersten nickte verstehend. Sein Blick ging an Ulrike vorbei, während er über das Gesagte nachdachte.

»So weit kann ich es nachvollziehen. Warum gehen Sie jetzt aber davon aus, dass unser Mandant doch für den schrecklichen Tod der beiden Rumänen verantwortlich sein soll? Woher diese Kehrtwendung?«, wollte er schließlich wissen.

Ulrike schüttelte nachdrücklich den Kopf, was Dr. Kersten noch verständnisloser werden ließ.

»Nicht für diesen Tod, der meines Erachtens immer noch ein tragischer Unfall sein muss. Nein. Es geht um die Ermordung von Alexander Rühling«, korrigierte sie ihn.

Dr. Kersten hatte die Tasse an den Mund führen wollen. Bei dem schweren Vorwurf seiner Kollegin gegen den gemeinsamen Mandanten hielt er inne und stellte sie zurück auf die Untertasse. Es klirrte vernehmlich.

»Was sagen Sie da? Im Radio wurde von einer jungen Frau gesprochen, die von der Kripo offenkundig als Tatverdächtige angesehen wird. Wieso unterstellen Sie Jansen diesen Mord?«, verlangte er zu erfahren.

Es wurde Zeit, Kerstens hohe Meinung von ihren Fähigkeiten als Anwältin zu untermauern. Ulrike erkannte, dass sich Zweifel in dieser Hinsicht bei ihm einzustellen drohten. Doch ihr lag viel an der Kooperation mit der Kanzlei des bekannten Strafverteidigers, daher musste sie ihre nächsten Worte besonders sorgsam wählen. Sie breitete die Hände in einer entschuldigenden Geste aus.

»So bedauerlich es auch ist. Meine Quellen in der Direktion sagen, dass die Ermittler große Zweifel an der Täterschaft der jungen Frau hegen. Vermutlich war sie lediglich zur falschen Zeit am falschen Ort. Es existiert kein erkennbares Motiv, während Jansen sehr gute Gründe für eine Ermordung Rühlings hätte«, erklärte Ulrike.

Der Hinweis auf verlässliche Quellen in der Direktion fiel offensichtlich auf fruchtbaren Boden. Ulrike atmete innerlich auf. Dr. Kersten trank einen weiteren Schluck seines Kaffees und dachte über die Antwort nach.

»Welche Motive?«, fragte er dann knapp.

Sie hatte es geschafft. Kersten war bereit, Zweifel an seinem Mandanten zuzulassen.

»Rühling ist über viele Jahre ein loyaler Handlanger gewesen. Jansen musste nie annehmen, dass sich dies jemals ändern könnte. Doch seitdem Rühling mit Henrik Bargen in Litauen war, sah Jansen ihn mit anderen Augen an. Dessen eigenmächtiges Handeln schien ihm wohl zu einem schlechten Zeitpunkt gekommen zu sein. Jansen äußerte mir gegenüber Bedenken bezüglich Rühlings Loyalität«, sagte Ulrike.

Zufrieden registrierte sie die Verwirrung in Kerstens Augen. »Von welcher Eigenmächtigkeit sprechen Sie?«, fragte er.

Es war riskant, aber Ulrike hatte sich für diesen Weg entschieden. Viele Stunden hatte sie alle Möglichkeiten gegeneinander abgewogen, und nun konnte sie keinen Rückzieher mehr machen.

»Offenbar war es Rühling, der Bargen in Klaipėda angegriffen hat. Vermutlich befanden sich Fässer mit Sondermüll auf der Baustelle, die er nicht hätte sehen dürfen. Das reime ich mir aus einigen Andeutungen Jansens zusammen. Rühling hat damals Initiative gezeigt, doch das erweckte bei Jansen eben das angesprochene Misstrauen«, antwortete sie.

Noch immer schaute Kersten sie ungläubig an, doch der Haken saß im Fleisch. Ulrike musste nun vorsichtig vorgehen, damit der Strafverteidiger sich mittels eigener

Rückschlüsse selbst von Jansens Schuld an der Ermordung Rühlings überzeugen konnte. Alles andere war bereits vorbereitet.

KAPITEL 39

Der Bauunternehmer sollte sich laut Auskunft seiner Sekretärin auf einem seiner Lagergrundstücke für Baustoffe aufhalten. Als Oke den zivilen Dienstwagen in die Kauslunder Straße lenkte, stieß Bastian Kraft einen Laut des Unmuts aus.

»Das Gelände hat mehrere Zugänge. Jansen kann hier kommen und gehen, ohne dass wir es ernsthaft kontrollieren könnten«, beschwerte er sich.

Oke musterte zunächst das umzäunte Areal, warf dann einen Blick auf den Kartenausschnitt im Navigationsgerät. »Von hier bis zum Haus von Rühling schafft man es locker in zehn Minuten, wenn man zügig fährt«, stellte er anschließend fest.

Oke schaute den hünenhaften Oberkommissar fragend an. Er hatte den Dienstwagen in eine Parklücke hinter einem abgestellten Lkw-Anhänger gelenkt und wartete bei laufendem Motor auf neue Anweisungen.

»Vielleicht ist es sogar ganz gut, wenn Jansen sich gerade nicht auf dem Gelände aufhält. Dann befragen wir seine Mitarbeiter und erfahren eventuell, wann und wie lange ihr Boss hier gewesen ist«, entschied Bastian.

Oke lenkte den Wagen zurück auf die Straße und rollte kurz darauf vor einem Flachdachbau auf dem Firmengelände aus. Die beiden Ermittler stiegen aus und sahen sich zunächst um. Auf dem weitläufigen Gelände standen Baumaschinen, stapelten sich leere Paletten und jede Menge Baustoffe. Es war schlicht unmöglich, von hier aus jede der drei Zufahrten im Auge zu behalten. Außerdem hätte sich zwischen den unterschiedlichen Stapeln jederzeit unbemerkt jemand bewegen können.

»Du hast recht. Völlig ausgeschlossen, hier jemanden ständig im Blick zu behalten«, sagte Oke.

Mit einem grimmigen Lächeln stieß Bastian die Tür zu dem Gebäude auf, in dem sich laut einer Hinweistafel mehrere Büros sowie Sozialräume für die Arbeiter befanden. Zuerst trafen sie auf eine ältere Frau, die eifrig die Tasten an ihrem Computer bearbeitete. Sie hob den Kopf und fragte freundlich, ob sie den Männern weiterhelfen könnte.

»Oberkommissar Kraft, und das ist Kommissar Sibbersen von der Kripo Flensburg. Können Sie uns sagen, ob Herr Jansen hier ist?«, fragte Bastian.

Er hatte sich für die direkte Vorgehensweise entschieden, da er die Angestellte als zugänglich einschätzte. Sie strahlte die Aura einer durchschnittlichen, ordnungsliebenden Bürgerin aus.

Tatsächlich straffte sie die Schultern beim Anblick der Dienstausweise. »Der Chef ist vor gut einer Stunde eingetroffen. Er sitzt entweder hinten in seinem Büro oder ist auf dem Gelände unterwegs. Er wartet auf den Lkw, der da gerade durchs Tor kommt«, antwortete sie auskunftsfreudig.

Oke drehte sich um und schaute zum 38-Tonner, der soeben mit einem Anhänger auf den Platz fuhr. Die Aufdrucke an den Seitenwänden wiesen ihn als Lieferfahrzeug einer Firma für Ziegelsteine aus.

»Danke. Wir finden ihn schon«, lächelte Bastian.

Als der Oberkommissar sich umwandte und auf die Bürotür zuging, die ihm die Angestellte gezeigt hatte, schloss Oke schnell zu ihm auf. Nach nur einmaligem Anklopfen stieß Bastian die Tür auf und warf einen Blick ins Büro. Bevor Oke selbst nachsehen konnte, drehte sein Kollege sich bereits wieder um.

»Hier ist er nicht«, sagte er knapp. Dann deutete er auf den Hinterausgang. »Geh du hinten rum und sieh mal, ob du mit den Arbeitern reden kannst. Ich geh zum Lkw. Eigentlich müsste Jansen dort ja auftauchen, wenn er so sehr auf diese Ladung wartet.«

Oke nickte knapp und verließ das Gebäude durch den rückwärtigen Ausgang. Er hörte einen Gabelstapler aus der östlichen Ecke des Geländes und machte sich sofort auf den Weg dorthin. Ein Arbeiter war mit dem Sortieren unterschiedlicher Holzstämme beschäftigt, wobei er den Stapler beim Umschichten einsetzte. Oke blieb in einiger Entfernung stehen und machte sich zunächst durch Gesten bemerkbar. Der Arbeiter verstand die Zeichen und schaltete den Gabelstapler aus. Oke ging zu ihm hinüber.

»Moin. Eigentlich suche ich Herrn Jansen. Ist der Chef heute hier?«, fragte er, ohne sich als Polizist zu erkennen zu geben. Er baute darauf, dass der Arbeiter auf diese Weise bereitwilliger Auskunft geben würde. Sobald er ihn als Kommissar wahrnahm, bestand die Gefahr, dass er sich deutlich reservierter verhielt.

»Hab ihn vor einer halben Stunde das letzte Mal gesehen. Fragen Sie am besten drüben im Büro nach. Frau Hansen weiß vermutlich eher, ob er noch hier ist oder schon wieder losmusste«, antwortete der Arbeiter.

»Schwer, hier die Übersicht zu behalten, was?«, fragte Oke mit einem Grinsen.

Der Arbeiter winkte lässig ab. »Wir erledigen einfach unseren Job. Niemand achtet darauf, ob der Chef auf dem Platz herumläuft oder nicht«, sagte er.

»Scheint ein gutes Betriebsklima bei euch zu herrschen. Findet man heutzutage nur noch selten«, stellte Oke anerkennend fest.

Der Arbeiter bestätigte ihm, dass es sich mit Jansen gut aushalten ließ.

Oke war froh, sich nicht als Polizist zu erkennen gegeben zu haben. Offenbar war Jansen bei seinen Mitarbeitern sehr beliebt und da lag es nahe, dass sie ihm gegenüber loyal waren. Er dankte dem Mann und entfernte sich in Richtung des Verwaltungsgebäudes. Hinter ihm sprang der Motor des Gabelstaplers wieder an und als Oke einen Blick über die Schulter warf, sortierte der Arbeiter bereits die Holzstämme weiter.

In einem der schmalen Seitengänge ein paar Meter weiter packte ein jüngerer Mitarbeiter mit diversen Tattoos auf seinen muskulösen Armen verschiedene Baustoffe auf die Ladefläche eines Firmentransporters. Als Oke ihn ebenfalls nach seinem Chef fragte, erhielt er eine ganz ähnliche Auskunft als zuvor. Der Mann wusste, dass Jansen sich seit gut einer Stunde irgendwo auf dem Gelände aufhielt, und riet dem Kommissar, sich bei Frau Hansen zu erkundigen. Damit hatte Oke die Informationen erhalten, die für ihre Ermittlungen relevant waren. Also kehrte er zurück zum Dienstwagen und traf dort auf seinen Kollegen, der missmutig auf dem Beifahrersitz saß und offenbar bereits auf seine Rückkehr wartete.

Oke glitt hinters Lenkrad. »Gleich los oder erst reden?«, wollte er wissen.

»Fahr bloß los. Jansen kam zum Lkw und maulte mich gleich an«, brummte Bastian.

Oke startete den Motor und lenkte den Wagen zurück auf die Straße. Er überließ es dem Oberkommissar, wann er zu reden anfangen wollte.

*

Ihr Timing hätte kaum besser ausfallen können. May-Britt parkte den Dienstwagen gerade in einer Lücke zwischen zwei Pkw, als Frank erstaunt aufschreckte.

»He, warte mal. Das ist doch Flemming da im BMW, oder?«, stieß er aus.

Die Kommissarin krauste die Stirn, verengte die Lider und nickte schließlich bestätigend.

»Ist er. Das war's dann mit einer Pause«, erwiderte sie.

Doch Frank hatte bereits die Beifahrertür aufgestoßen und sprang ins Freie. »Los, rutsch rüber. Ab jetzt fahre ich«, rief er.

May-Britt war viel zu dankbar, endlich eine Pause zu bekommen, um lange zu diskutieren. Sie schwang ihre Beine über die Mittelkonsole und nahm Franks Platz auf dem Beifahrersitz ein. Er rutschte hinters Lenkrad, passte die Einstellungen auf seine Körpermaße an und legte dann schon den Rückwärtsgang ein.

»Der Wechsel des Wagens könnte ein gutes Zeichen sein«, stellte May-Britt fest.

Dieser Gedanke war auch Frank schon gekommen. Normalerweise fuhr Flemming in einem Mercedes der S-Klasse durchs Land, meistens von einem Chauffeur gesteuert. Dass der Unternehmer es jetzt vorzog, mit einem der Dienstwagen für seine Angestellten zu fahren und ihn außerdem selbst zu steuern, konnte tatsächlich bedeuten, dass sie mit ihrer Vermutung richtiglagen.

»Falls er uns wirklich den Gefallen tut und zu diesem ominösen Treffen fährt, dürfte es sehr interessant werden«, ergänzte Frank.

Der Verkehr floss ohne große Unterbrechungen am frühen Nachmittag durch Kolding. Es waren ausreichend andere Fahrzeuge auf den Straßen, sodass Frank es leicht hatte, dem BMW unauffällig zu folgen. Nach zehn Minuten stieg die Erwartungshaltung der beiden Ermittler weiter an.

»Er will offenbar zur E20. Die Richtung stimmt«, stellte May-Britt fest.

Eine weitere Viertelstunde später stoppte Frank den Wagen vor einer auf Rot geschalteten Ampel. Am BMW war der linke Blinker gesetzt. Flemming wollte in den Ny Esbjergvej abbiegen. An dessen Ende gab es einen Kreisverkehr, über den eine Auffahrt zur E20 erreichbar war. Während Frank hinüber zum Kolding Storcenter schaute und auf den Signalwechsel an der Ampel wartete, kramte May-Britt in ihrer Umhängetasche herum, die auf der Rückbank lag. Aus dem Augenwinkel bemerkte sie einen Schatten in der hinteren Seitenscheibe, der urplötzlich neben ihrem Wagen auftauchte. Voller böser Vorahnung stieß sie einen Warnruf aus.

»Achtung! Der rammt uns«, rief May-Britt.

Franks Blick zuckte zunächst hinauf zum Rückspiegel, doch die Gefahr kam nicht von hinten. Ein Pick-up war beim Abbiegen ins Schleudern gekommen und steuerte mit seiner bulligen Schnauze nun direkt auf die Beifahrerseite des Dienstwagens zu. Offenbar hatte der Fahrer versucht, durch heftige Beschleunigung in letzter Sekunde noch vom Skowangen in den Vejlevej einzubiegen. Doch sein riskantes Fahrmanöver schlug fehl und er verlor die Kontrolle über das Fahrzeug.

Frank stemmte unwillkürlich beide Hände gegen das Lenkrad, da der Zusammenprall unvermeidlich war. In der nächsten Sekunde krachte es fürchterlich, Blech kreischte beim Verbiegen grell auf, und der Dienstwagen wurde über die Abtrennung auf die Gegenfahrbahn geschoben. Frank hörte seine Kollegin aufschreien und dann lösten gleich mehrere Airbags aus. Sowohl der an der B-Säule als auch der am Lenkrad pumpten sich innerhalb von Sekundenbruchteilen zu Prallkörpern auf. Für Frank fühlte es sich an, als wenn ihm ein Boxer eine Doublette verpasst hätte. Ächzend drückte er die erschlaffenden Luftsäcke von sich und drehte mühsam den Kopf, um nach May-Britt zu sehen. Sie hing seltsam verdreht in ihrem Sitz und hatte die Augen geschlossen.

»Alles in Ordnung?«, rief Frank erschrocken.

Am Wagen tauchten die ersten Helfer auf. Jemand klopfte an die Seitenscheibe an der Fahrertür. Doch Frank ignorierte das Rufen und Klopfen. Er beugte sich, soweit der Sicherheitsgurt es zuließ, zu seiner Kollegin hinüber. Dann rüttelte er sanft an May-Britts Schulter. In seinem

Kopf überschlugen sich die Gedanken. Da seine Kollegin sich im Sitz umgedreht und in ihrer Tasche auf der Rückbank gewühlt hatte, hatte sie der brutale Zusammenprall in einer denkbar ungünstigen Körperhaltung getroffen. Zwar hatten auch die Airbags auf der Beifahrerseite korrekt ausgelöst, doch deren Schutzwirkung kam so nicht zur Entfaltung. Als Frank vorsichtig mit beiden Händen ihren Kopf anhob, bemerkte er das viele Blut in May-Britts Gesicht.

»Oh Gott. Komm bitte zu dir«, flehte er.

Tiefe Erleichterung durchflutete ihn, als May-Britts Lider zu flackern begannen und er Sekunden später ihren verschleierten Blick erwiderte.

»Was ist passiert?«, kam es krächzend aus ihrem Mund.

Frank erinnerte sie an den außer Kontrolle geratenen Pick-up und den Zusammenprall. May-Britt versuchte sich aufzusetzen, stöhnte aber sofort laut auf und verzog das Gesicht.

»Langsam. Es hat dich mächtig durchgeschüttelt und scheinbar bist du mit der Stirn gegen den Schalthebel geknallt. Es blutet jedenfalls ordentlich«, redete Frank ihr gut zu.

Im nächsten Augenblick wurden sowohl die Fahrer- als auch die Beifahrertür aufgerissen. Besorgte Männergesichter beugten sich zu ihnen herunter.

»Polizei und Rettungswagen sind verständigt. Ist einer von euch verletzt?«, fragte der Mann hinter Frank. Als der sich ihm zuwandte, entspannte seine Mimik sich zunächst, doch dann glitt sein Blick über Franks Schulter. Erst jetzt sah der Helfer das blut- und schmerzverzerrte Gesicht der Kommissarin. »Die Frau ist am Kopf verletzt. Sei vorsichtig«, rief er dem Helfer auf der Beifahrerseite zu.

Auf- und abschwellende Sirenenklänge kündigten das baldige Eintreffen der Einsatzkräfte an. Frank warf einen Blick durch die Frontscheibe des Dienstwagens, die von diversen Rissen durchzogen war. Der BMW mit Peter Flemming war verschwunden.

KAPITEL 40

Sie hatten den Wagen in der Straße mit dem schönen Namen Bajonetten geparkt. Anders stieg aus und reckte seine Arme gen Himmel, um die durchs Fahren verspannten Muskeln wieder zu lockern. Henrik hatte seinen Gedanken freien Lauf gelassen und war auf die Mahnung des Journalisten eingegangen, Ulrikes Rolle beim Kartell kritischer zu hinterfragen. Unmittelbar nach der Zerschlagung war er viel zu sehr mit sich selbst und seiner erst im Entstehen befindlichen Beziehung zu Sonja Martenson beschäftigt gewesen. Mit der Zeit hatte er Ulrike Tewes immer mehr aus dem Blick verloren und nur noch selten an die hübsche Anwältin gedacht. Bis zu dem Tag, als sie plötzlich auf seinen Kutter gekommen war und ihn für die aktuellen Ermittlungen eingespannt hatte. Das unerwartete Zusammentreffen hatte Henrik jede Menge Achterbahngefühle beschert, die ihn zusätzlich ablenkten.

»Wir gehen rüber zum Kajakklub. Sonst fallen wir wahrscheinlich doch noch irgendjemandem auf«, meldete sich Anders.

Der drahtige Mann erwies sich als ausgesprochen zielstrebig, umsichtig und fast schon brutal ehrlich. Henrik kämpfte mit widerstrebenden Empfindungen, die er jedoch immer mehr als Nebengeräusche ebendieser ungewohnten Direktheit einstufte.

Sie schlenderten nebeneinander zu den Gebäuden des Kajakklubs. Zu Henriks Verwunderung herrschte dort keine spätwinterliche Ruhe, sondern lebhaftes Treiben.

»Hier fallen wir weniger auf. Du hattest Zeit, deine Einschätzung von Tewes' Rolle zu überdenken. Zu welchem Schluss bist du gekommen?«, wollte Anders wissen.

Zwei Teenager hatten ihre Kajaks geschultert und trugen sie in eine Halle. Zuvor hatten sie offenkundig ihre Boote auf Holzböcken abgelegt, um an ihnen zu arbeiten. Henrik nahm dieses vielfältige Treiben am Rande zur Kenntnis. Er konnte sich aber kaum länger vor einer ehrlichen Antwort drücken.

»Es gibt Anzeichen, die ich lieber ignorieren würde. Vielleicht tun wir ihr doch Unrecht, aber ein wenig mehr Distanz sollte nicht schaden«, sagte Henrik.

Das war vermutlich nicht unbedingt die Antwort, die Anders sich erhofft hatte. Aber er akzeptierte das Entgegenkommen und setzte sich wieder in Bewegung. Niemand am Klubhaus schenkte den beiden Männern größere Beachtung. Der Journalist hatte sich mit den örtlichen

Gegebenheiten offenkundig schon früher bestens vertraut gemacht, denn er lotste Henrik unauffällig zu einem kleinen Weg. Dieser führte an den hinteren Grundstücksgrenzen der Häuser vorbei. Es war mehr ein Trampelpfad, der als Abkürzung zum Wasser diente.

»Das mittlere Haus ist es«, sagte Anders. Nur mit den Augen deutete er auf die Rückfront eines der Mehrfamilienhäuser.

»Im Erdgeschoss befinden sich Firmenräume und darüber gibt es eine Wohnung, die von Flemming regelmäßig aufgesucht wird. Es hat eine ganze Weile gedauert, bevor ich den Hintermann der Firma entlarven konnte«, erklärte er im Gehen.

»Casper Boldsen«, stellte Henrik fest.

»Exakt. Er versteckt sich zwar geschickt hinter einer Reihe von Tarnfirmen, doch am Ende ist er alleiniger Firmeninhaber. Den Zweck seiner Unternehmungen kann man mit ein wenig Großzügigkeit als Beratungstätigkeit im Bereich Umweltschutz bezeichnen«, erwiderte der Journalist. Der Sarkasmus in seiner Stimme war nicht zu überhören.

»Wenigstens bewegt er sich im passenden Umfeld, wenn auch mit ziemlich gegenteiliger Zielsetzung. Von wegen Umweltschutz!«, stieß Henrik hervor.

Anders grinste kalt. Als sie sich dem Ende des Trampelpfades näherten, kamen ihnen zwei Frauen joggend entgegen. Die Männer traten zur Seite, um die Sportlerinnen passieren zu lassen. Diese dankten es ihnen mit einem Lächeln und einem fröhlichen Hallo. Anschließend gingen Anders und Henrik den Weg wieder zurück. An der Grundstücksgrenze zu Boldsens Haus blieb der Journalist stehen. Er warf einen Blick auf seine Armbanduhr und nickte zufrieden, als Sekunden später ein Motor startete und dann ein silberfarbener Mazda vom Haus wegfuhr.

»Einer meiner Informanten hatte mir gemailt. Boldsen fährt zu einem Termin in der Stadt. Sobald er sich wieder von dort entfernt, schickt mein Mann mir eine SMS«, erklärte er.

Henrik ahnte, worauf es hinauslaufen würde, trotzdem fragte er zur Sicherheit nach: »Du willst in die Firma einbrechen und dich dort nach Beweisen umsehen?«

Der Journalist deutete eine Verbeugung an. »Richtig geraten. Ja, nur so kommen wir an die erforderlichen Fakten. Einwände?«, fragte Anders.

So ganz wohl war Henrik bei der Aktion tatsächlich nicht. »Ich kenne zuverlässige Polizisten aus Sonderburg. Die könnten wir doch einweihen und so dafür sorgen, dass es eine offizielle Durchsuchung gibt. Deren Ergebnisse hätten dann auch bei einem späteren Gerichtsverfahren Bestand«, erwiderte er.

Anders schnaubte verächtlich auf. »Boldsen hat jede Menge Zuträger innerhalb der Behörden und der Staatsanwaltschaft. Außerdem darf die Polizei durchaus Beweismittel in ein Verfahren einbringen, wenn diese aus einer anderen Quelle kommen. Probleme gäbe es nur dann, wenn die Ermittler bei der Beschaffung selbst gegen das Gesetz verstoßen würden. Also wäre es das Dümmste, was wir tun könnten, wenn wir deine Freunde bei der Polizei einweihen«, lehnte er das Ansinnen rundweg ab.

Henrik musste einsehen, dass Anders als gebranntes Kind in dieser Hinsicht absolut kein Vertrauen mehr besaß und deswegen auf sein Vorgehen bestehen würde. Ihnen fehlte zudem die Zeit, um es lang und breit zu diskutieren.

»Na schön. Hast du denn eine Idee, wie wir ungesehen ins Haus gelangen? Ein aufmerksamer Nachbar könnte uns durchaus bemerken und die Polizei rufen«, lenkte Henrik ein.

Doch auch das hatte der findige Journalist bedacht und Vorkehrungen getroffen. Sein Informant hatte zwei Overalls mit dem Aufdruck einer Gartenfirma im Gebüsch versteckt. Henrik fragte sich, wann Anders diese akribische Vorbereitung geplant und ausgeführt hatte. Es musste vor seinem Besuch im Krankenhaus passiert sein. Was wiederum bedeutete, dass er von Anfang an auf Henriks Mitwirken gesetzt hatte. Anders' Menschenkenntnis war ausgesprochen gut und genauso stark ausgeprägt wie sein Selbstbewusstsein.

Henrik schlüpfte in den dunkelgrünen Overall, drückte das Basecap auf die Haare und folgte dem Journalisten. Anders bewegte sich mit dem Selbstverständnis eines Menschen, der alles Recht der Welt hat, sich auf Boldsens Grundstück aufzuhalten. Während Henrik ihm hinterherging, warf er prüfende Blicke aus den Augenwinkeln zu den Nachbarhäusern. In mehreren Fenstern brannte Licht, doch niemand schien sie zu beobachten. Innerhalb einer guten Minute erreichten die beiden Männer eine Hintertür.

»Die ist aus solidem Stahl«, staunte Henrik.

»Interessant, nicht wahr? Zum Glück hat Casper uns die Schlüssel dafür überlassen«, erwiderte Anders.

Bevor Henrik nachhaken konnte, holte der Journalist tatsächlich einen Sicherheitsschlüssel aus der Tasche. Er schob ihn ins Schloss, drehte ihn entgegen des Uhrzeigersinns und zog dann die Tür auf.

»Gute Vorbereitung«, raunte Henrik anerkennend. Er

reimte es sich so zusammen, dass der ominöse Informant einen Zweitschlüssel für den Journalisten beschafft hatte.

Gleich darauf betrat er hinter Anders einen schmalen Gang, von dem drei Türen abgingen. Da der Journalist keine Sekunde zögerte und entschlossen zum Ende des Ganges lief, musste er offenbar auch mit dem Grundriss des Hauses bestens vertraut sein. Die gute Vorarbeit besänftigte das leichte Unbehagen bei Henrik. Solange der Informant Boldsen im Blick hatte und sie rechtzeitig warnte, standen ihre Chancen nicht einmal so schlecht. Nach und nach überwog die Neugier auf das, was sie in der Firma finden würden.

Zwei Minuten später erreichten sie ein großes Büro mit zwei Schreibtischen. An den Wänden zogen sich Schränke entlang, sodass nur die Fenster frei blieben. Anders schaltete ungeniert die Deckenbeleuchtung ein.

»An Taschenlampen hast du nicht gedacht?«, wollte Henrik wissen.

Der Journalist schüttelte den Kopf. »Nichts ist verräterischer, als wenn in einem abgedunkelten Gebäude jemand mit einer Taschenlampe umherwandert. Niemand schöpft jedoch Verdacht, wenn das normale Licht eingeschaltet ist«, belehrte er Henrik.

Eine Lektion, die dieser in der Vergangenheit eigentlich selbst schon gelernt hatte. Seine Bewunderung für das skrupellose Vorgehen des Reporters wuchs. Anders war nicht ohne Grund ein so erfolgreicher Enthüllungsjournalist. Während er diesen Gedanken noch zu Ende dachte, war Winther schon dabei, die Aufgaben zu verteilen. Henrik fiel die Durchsuchung der Schränke zu.

KAPITEL 41

Der Anblick der attraktiven Frau versetzte Sonja einen Schlag in die Magengrube. Als es an ihrer Bürotür geklopft hatte, hatte sie den Besucher automatisch hereingebeten. Niemals hätte sie damit gerechnet, dass es Ulrike Tewes sein könnte. Doch die Rechtsanwältin betrat das Büro, ließ ihren Blick über die Einrichtung wandern, bevor ihre braunen Augen im Gesicht der Hauptkommissarin ankamen.

»Ich wäre nicht hier, wenn es nicht wichtig wäre. Es geht um die rechtliche Vertretung von Bertram Jansen. Ich habe das Mandat mit sofortiger Wirkung niedergelegt«, sagte sie.

Ihre Stimme klang neutral und damit verschlimmerte Tewes die schockierende Wirkung ihres Besuches zusätzlich. Sonja kämpfte um einen klaren Gedanken.

»Aha. Warum sind Sie persönlich gekommen? Das entsprechende Formular hätten Sie auch durch einen Boten zustellen lassen können«, sagte sie. Selbst in ihren eigenen Ohren klang ihre Stimme flach und angestrengt.

Die Rechtsanwältin nickte flüchtig, dann legte sie den gelben Umschlag vor Sonja auf den Tisch. »Weil ich möchte, dass Sie es verstehen. Ich kann nur Mandanten vertreten, von deren Unschuld ich auch überzeugt bin«, erwiderte sie.

Das klang so absurd in Sonjas Ohren, dass sie unwillkürlich spöttisch lachte.

Ein verletzter Ausdruck trat in Tewes' braune Augen. »Mir ist durchaus bewusst, dass Sie mich und meine Arbeit nicht schätzen. Trotzdem existieren Prämissen für mich, die ich unter allen Umständen einhalte. Der Grundsatz von gerade eben zählt dazu«, stellte sie spröde fest.

Die Blicke der beiden Frauen kreuzten sich. Sonja spürte eine zweite Ebene in dem seltsamen Gespräch. »Dann glauben Sie jetzt also auch, dass Jansen für die Brandstiftung und somit den Tod der beiden Rumänen verantwortlich ist?«, fragte sie.

Das eindeutige Kopfschütteln überraschte Sonja. Irgendetwas Wesentliches entging ihr.

»Nein, das ist nicht der Grund«, antwortete Tewes.

Warum blieb sie weiterhin vorm Schreibtisch stehen? Sonja forschte in dem schmalen Gesicht. Alles, was sie erkennen konnte, war eine große Anspannung bei der Anwältin. Die Worte von Tewes tanzten durch Sonjas Kopf, wollten einfach keine sinnvollen Sätze ergeben. Dann blitzte ein überraschender Gedanke auf. Sonja zögerte, doch schließlich sprach sie ihn laut aus, achtete dabei sorgsam auf die Reaktion ihres Gegenübers.

»Es geht um den Mord an Alexander Rühling. Hat Ihr ehemaliger Mandant einen gefährlichen Mitwisser aus dem Weg geräumt?«

Die Anwältin suchte offenbar nach der passenden Erwiderung. Die Sekunden des Schweigens dehnten sich für Sonja zu einer gefühlten Ewigkeit.

»Auch wenn ich das Mandat niedergelegt habe, bleibt ein gewisser Schutz vorhanden. Daher werde ich Ihre Theorie weder bestätigen noch entkräften. Bertram Jansen neigt leider zu sehr impulsiven, schlecht überlegten Handlungen. Besonders dann, wenn ein Vertrauter zu eigenständigem Handeln übergeht. Mehr kann und darf ich Ihnen nicht sagen«, antwortete sie endlich.

Zuerst verstand Sonja die unüberhörbare Anspielung nicht. Sie wollte schon gereizt nachhaken, als ihr die ungewöhnliche Blickrichtung der Rechtsanwältin auffiel. Sonja folgte ihr und musterte verwundert die Landkarte mit den Anrainern der Ostsee. Tewes starrte auf einen Fleck im Baltikum.

Dann wandte sie sich wieder Sonja zu. »Ab sofort werden Sie alles in Bezug auf die rechtliche Vertretung von Bertram Jansen mit Dr. Kersten klären müssen. Ich denke aber, dass Sie klug genug waren, meinen früheren Mandanten unter Beobachtung zu stellen. Auf Wiedersehen, Sonja«, sagte sie und verließ das Büro.

Ihren Vornamen aus dem Mund dieser Frau zu hören, machte die Kommissarin einen Augenblick lang sprachlos. Damit hatte sie eine unsichtbare Grenze überschritten, denn keine der beiden sah die andere als eine mögliche Freundin an. Eine komplette Minute verstrich, bis Sonja sich wieder fokussieren konnte. »Raffiniertes Luder«, murmelte sie dann.

Ihr wurde klar, dass genau dieser kleine Schock von Tewes gewollt gewesen war. Dadurch hatte die Anwältin sich die erforderliche Zeit verschafft, um ungehindert aus der Direktion verschwinden zu können.

Sonja ließ das unerwartete Gespräch gedanklich noch einmal Revue passieren. Für sie stand fest, dass Ulrike Tewes ihren ehemaligen Mandanten für den Mörder von Alexander Rühling hielt. Entscheidender war jedoch, dass sie am Ende sogar das mutmaßliche Motiv für die Tat geliefert hatte. Sonja musste nur noch aus den kryptischen Hinweisen die passenden Rückschlüsse ziehen. Ihr Blick wanderte dabei zur Wandkarte. Nachdenklich erhob sie sich und musterte die Stelle, auf die Tewes so angestrengt gestarrt hatte.

»Klaipėda? Ja, klar! Das muss es sein«, brach es plötzlich aus ihr heraus. Sie wirbelte herum und rannte zu Jo ins Büro. Als sie ohne anzuklopfen hineinstürmte, fuhr der schmale Kommissar erschrocken hoch.

»Sonja? Wo brennt's denn?«, fragte er.

Sie winkte nur ab und deutete dann auf den Monitor vor Jo. »Kannst du alle Bewegungsdaten von Jansen aus den, sagen wir mal, letzten sechs Stunden ermitteln?«, fragte sie.

Jo nickte und ließ seine Finger über die Tastatur fliegen. Sonja wandte sich um und trat auf den Gang.

»Bastian?«, rief sie.

Der Glatzkopf des Oberkommissars tauchte Sekunden später in der Tür zu seinem Büro auf.

»Schnapp dir Oke und organisiere eine Streifenwagenbesatzung zur Unterstützung. Ich möchte, dass ihr Jansen hierherholt. Mit seinem Wagen«, befahl Sonja.

Sie ignorierte den fragenden Gesichtsausdruck des Hünen und kehrte zurück in Jos Büro.

»Und? Wie weit bist du?«, drängte sie ihren Mitarbeiter.

In Sonjas Rücken meldete sich unvermutet die Stimme des Staatsanwaltes. »Sie wollen Jansen erneut vorführen lassen, Frau Martenson? Wozu? Sie müssen mit reichlich Ärger durch Frau Tewes rechnen«, fragte er.

Mit einem kühlen Lächeln drehte Sonja sich zu Lorenz um. »Ganz im Gegenteil. Frau Tewes war vor fünf Minuten hier und hat mich wissen lassen, dass sie die rechtliche Vertretung von Bertram Jansen nicht länger übernimmt«, erwiderte sie.

In wenigen Sätzen klärte sie den Staatsanwalt auf und nahm dann den Ausdruck von Jo entgegen. Sonja überflog die Einträge, und erneut blitzte das kühle Lächeln auf. Sie zeigte Lorenz, was sie gefunden hatte.

»Laut den Bewegungsdaten der Kollegen vom LKA war Jansens Mobiltelefon zum Zeitpunkt der Schüsse auf Rühling ganz in der Nähe eingeloggt«, erklärte sie.

Der Staatsanwalt kaute nachdenklich auf seiner Unterlippe herum.

»Sobald er mit seinem Fahrzeug hier ist, wird Kommissar Fechner die Daten seines Navigationsgerätes auslesen. Oder sehen Sie da rechtliche Schwierigkeiten auf uns zukommen?«, fragte Sonja weiter.

Der grüblerische Ausdruck verschwand aus Lorenz' Gesicht. »Nein. Der vorliegende richterliche Beschluss zur technischen Überwachung von Herrn Jansen schließt ein Navigationssystem ausdrücklich mit ein. Gute Idee, Frau Martenson«, erwiderte er.

Damit war die Bahn frei für Bastian und Oke, die auf dem Gang warteten. Sonjas knappes Nicken reichte aus, um die beiden Ermittler im Laufschritt in Richtung Treppenhaus verschwinden zu lassen. Bertram Jansen würde eine böse Überraschung erleben. Sonja fragte sich, ob er über die Niederlegung des Mandats durch Ulrike Tewes bereits informiert worden war. Wenn nicht, würde es ihr eine große Freude bereiten, den Unternehmer persönlich davon in Kenntnis zu setzen.

*

Die hämmernden Kopfschmerzen waren lediglich eine Art Begleitmusik zu den restlichen Beschwerden. May-Britt hatte nur noch verschwommene Erinnerungen an den Unfall und keine Ahnung, wie sie ins Krankenhaus gekommen war. Von ihrem Bett aus konnte sie durch das einzige Fenster in die Dämmerung über Kolding schauen.

Nach kurzem Anklopfen öffnete sich die Zimmertür und Anne steckte den Kopf herein.

»Hi. Du bist ja endlich wach«, stieß sie erleichtert hervor.

Mit ihrem schelmischen Grinsen sorgte Anne dafür, dass May-Britt sich gleich ein wenig besser fühlte. Hinter ihr schob sich Frank ins Zimmer. Sein Blick war voller Sorge und Mitgefühl. Es war länger her, dass ein Mann sie so angesehen hatte. May-Britt nahm es mit einer Mischung aus Dankbarkeit und Verwunderung zur Kenntnis.

»Wie fühlst du dich?«, fragte er.

Ehrlich räumte May-Britt ein, dass ihr gesamter Körper schmerzte und ihr das Denken nicht so leichtfiel.

»Kein Wunder. Als der Pick-up in unseren Wagen krachte, hingst du über deiner Tasche im Fond. Deswegen konnten weder der Sicherheitsgurt noch die Airbags dich effektiv schützen«, erwiderte Frank.

Bruchstückhaft kehrten die Erinnerungen zurück. Sie hatte noch versucht, sich in eine aufrechte Sitzhaltung zu bringen. Es war ihr offenbar nur zum Teil gelungen. May-Britt krauste die Stirn, als ihr wieder einfiel, warum sie eigentlich an dieser Kreuzung gestanden hatten.

»Flemming?«, fragte sie.

Es war Anne, die ihr antwortete. »Frank hat uns alarmiert, sodass wir uns umgehend auf die Suche nach dem BMW machen konnten. Mit der Unterstützung der Kollegen von der Verkehrsüberwachung ist es uns gelungen, den Wagen in der Nähe von Fredericia aufzuspüren«, sagte sie.

»Sehr gut. Warum seid ihr noch hier? Ihr müsst an Flemming dranbleiben«, erwiderte die Kommissarin.

Frank und Anne tauschten einen Blick.

»Sagt bloß nicht, dass ihr den Wagen wieder verloren habt«, stieß May-Britt hervor.

Frank zuckte entschuldigend mit den Schultern. »Das Netz an Überwachungskameras ist nun einmal nicht flächendeckend. Die Kollegen haben ihr Bestes getan, doch seit einer Stunde wissen wir nicht mehr, wohin Flemming gefahren ist«, sagte er dann.

Ernüchterung breitete sich in May-Britt aus. Wenn nur nicht dieser dämliche Unfall passiert wäre.

»Was jetzt?«, fragte sie leise.

»Frank und ich bleiben in Kolding. Sobald wir etwas erfahren, machen wir uns auf den Weg. Flemming kann sich nicht lange verstecken, May-Britt. Wir finden ihn und dann wissen wir auch, zu welchem Treffen er unterwegs ist«, antwortete Anne.

Sie legte beruhigend eine Hand auf May-Britts Unterarm. Doch die wusste, dass ihre Mitarbeiterin diese Erwartung übertrieben positiv formulierte. Aber die Geste war rührend und daher schluckte May-Britt eine Erwiderung hinunter. Stattdessen lächelte sie nur.

»So, nun lassen wir dich in Ruhe. Sobald wir mehr wissen, erfährst du es als Erste«, sagte Frank und machte eine auffordernde Geste in Annes Richtung.

Die erhob sich von der Bettkante und folgte ihm aus dem Zimmer. Nachdem sie die Tür ins Schloss gezogen hatte, wandte sie sich an ihren deutschen Kollegen.

»Sie weiß, dass ich übertrieben habe«, stellte sie nüchtern fest.

»Schon, aber es war trotzdem richtig. May-Britt braucht jetzt keine unnötige Aufregung. Wir werden Flemming aufspüren und der Rest ergibt sich dann«, erwiderte Frank.

Er hatte das sichere Gefühl, dass der Unternehmer nur für eine kurze Zeit aus ihrem Sichtfeld verschwunden war. Erneut mussten sie sich in Geduld fassen, was den wenigsten Ermittlern zusagte. Ein Signalton seines Handys zeigte an, dass eine neue Nachricht eingegangen war. Frank zog es aus der Jackentasche und studierte den Inhalt der SMS. Mit einem überraschten Pfiff hielt er Anne das Display hin, die gleich darauf die Nachricht las. Ihre Deutschkenntnisse reichten aus, um den Inhalt zu erfassen.

»Nicht übel. Unsere Flensburger Kollegen machen echte Fortschritte«, kommentierte sie anschließend.

Frank tippte eine kurze Erwiderung ein und schickte die SMS an Sonja Martenson.

»Du hast nichts von unserer Panne erwähnt?«, fragte Anne.

Frank schüttelte den Kopf. Er schob das Handy zurück in die Innentasche seiner Lederjacke. Dabei schoss ein leichter Schmerz durch seine rechte Schulter. Der Unfall war auch an ihm nicht spurlos vorübergegangen. Doch im Vergleich zu May-Britt war Frank geradezu glimpflich davongekommen.

»Unnötig. Ich bin sicher, dass wir uns schon bald wieder an Flemmings Fersen heften können«, antwortete er.

Fünf Minuten später lenkte Anne den Dienstwagen, mit dem sie aus Sonderburg gekommen waren, vom Krankenhausparkplatz. Sie schafften es bis zur nächsten roten Ampel. Dann ging eine Funkmeldung ein. Eine Polizeistreife hatte den BMW von Peter Flemming in Vejle entdeckt. Anne schnappte sich das Handmikrofon und nahm direkten Kontakt zum Streifenwagen auf.

»Haltet reichlich Abstand und unternehmt nichts. Wir sind auf dem Weg«, ordnete sie an.

Frank hatte bereits die Sirene sowie das Blaulicht eingeschaltet. Anne hängte das Mikro zurück in die Halterung und drückte das Gaspedal tief durch. Zum Glück sprang die Ampel gleichzeitig auf Grün, sodass sie nicht weiter auf den Querverkehr achten musste. Frank registrierte erst Sekunden später, wie er seine Füße hart gegen den Fahrzeugboden drückte. Den Schock über den Zusammenprall hatte er noch nicht vollständig überwunden, wie seine Reaktion bewies. Er atmete bewusst mehrfach tief durch und schaffte es, seine verkrampfte Haltung ein wenig zu lockern.

KAPITEL 42

Es war eine sehr mühsame Arbeit. Henrik schlug Aktenordner um Aktenordner auf, überflog die ersten Seiten und suchte nach Anhaltspunkten zum Inhalt. Nach zehn Minuten wurde ihm das Sinnlose seines Unterfangens deutlich bewusst. Mürrisch schob er den Ordner, den er soeben gesichtet hatte, zurück in den Schrank. Er drehte sich zu Anders um, der sich auf den Inhalt des Computers gestürzt hatte.

»Das bringt uns hier kein Stück weiter. Ich müsste alle Akten in Ruhe durchsehen können, um mehr zu deren Inhalt zu sagen«, beschwerte Henrik sich.

Der Journalist tippte weiter auf der Tastatur herum, ohne auf den Privatdetektiv einzugehen.

»Erde an Anders. Hörst du mir überhaupt zu?«, rief Henrik aufgebracht.

Mit einem verblüfften Gesichtsausdruck schaute der Journalist auf. Er musterte Henriks verärgertes Gesicht. »Habe ich dir etwa nicht gesagt, dass ich bereits fündig geworden bin?«, fragte er.

»Nein, hast du nicht«, erwiderte Henrik eingeschnappt.

Anders deutete mit der Hand auf den Monitor. »Boldsen ist dermaßen arrogant, dass er den Zugang zu seinen Daten nicht besonders gesichert hat. Das Passwort war ein Witz und so kann ich mir alle Einträge ansehen«, erklärte er.

Diese Neuigkeit verjagte Henriks schlechte Laune. Er stellte sich hinter Anders' Stuhl und warf einen Blick auf die geöffnete Datei am Monitor. »Er führt korrekte Aufzeichnungen über die Aufträge, die er ausführt. Der Typ ist ja besser als jeder Buchhalter«, staunte er.

Allein in der aktuell auf dem Bildschirm zu sehenden Datei befanden sich jede Menge belastende Hinweise gegen diverse Unternehmen.

»Hast du Material über Flemming oder Jansen gefunden?«, wollte Henrik wissen.

Als Anders ihm keine Antwort gab, setzte er schon an, nachzuhaken, doch die warnende Geste des Journalisten hielt ihn zurück. Nun horchte auch Henrik auf und erkannte, weshalb Anders sich plötzlich so angespannt verhielt.

»Mein Informant hat gepennt. So ein Mist! Boldsen ist schon zurück«, raunte er.

Mit einigen Mausklicks schloss Anders die Datei. Dann zog er einen Speicherstick aus einem Slot und grinste dabei Henrik an, der ihm verwundert zusah.

»Bin doch kein Anfänger. Während ich die Dateien gesichtet habe, wurde eine Sicherungskopie der Festplatte auf den Stick überspielt«, sagte er.

Die Eingangstür wurde aufgeschlossen und die Stimmen mehrerer Männer vernehmbar. Anders murmelte einen weiteren Fluch, während Henrik sich verzweifelt nach einem Fluchtweg umsah. Es gab nur eine Tür und die führte zu einem Treppenaufgang ins Obergeschoss. Er winkte Anders zu sich, der ihm wohl oder übel folgen musste.

»Vielleicht bleiben Boldsen und seine Gäste unten in der Firma«, raunte Henrik, während er eilig die Stufen erklomm.

Aus dem Erdgeschoss erklangen weiterhin die Stimmen der Männer. Offenbar führten sie eine heftige Auseinandersetzung, denn es wurde regelmäßig laut. Während Henrik sich in der Wohnung umsah, lauschte Anders am Treppenaufgang. Da der Privatdetektiv nicht weiter auf ihn achtete, schlich der Journalist die Treppe wieder hinunter. An der Verbindungstür zu den Firmenräumen blieb er stehen und schaltete gleichzeitig die Aufnahmefunktion an seinem Smartphone ein. Dann presste er es gegen die Tür und schmunzelte in sich hinein. Ein leises Knarren in seinem Rücken ließ Anders die Treppe hinaufschauen. Oben stand Henrik mit finsterer Miene und machte ihm Zeichen, sofort wieder zurück in die Wohnung zu kommen. Doch Anders hatte Blut geleckt und verdrängte die unmittelbare Gefahr. Die aufgebrachte Diskussion hinter der Tür wogte hin und her. Was Anders verstehen konnte, entlockte ihm ein zufriedenes Lächeln.

»Eure Nerven liegen also blank. Ausgezeichnet. Diese Aufnahme wird sich besonders im Radio und Fernsehen gut machen. Herzlichen Dank dafür«, stellte er leise fest.

Plötzlich durchzuckte ein Krampf sein rechtes Bein. Anders hatte es zu lange in einer ungewöhnlichen Position belastet, und das rächte sich jetzt. Mit einem Fluch hüpfte er auf einem Bein davon. Schlagartig verstummten die Stimmen hinter der Tür. Trotz des anhaltenden Schmerzes schaffte Anders es, sein Smartphone in der Seitentasche des Overalls zu verstauen. Gleichzeitig kämpfte er sich die Stufen ins Obergeschoss hinauf, wo Henrik noch finsterer dreinschaute.

»Idiot«, zischte er.

Doch dann half er Anders durch einen kurzen Flur ins Wohnzimmer. Dort hatte Henrik bereits die Tür zu einem Balkon geöffnet und schob den Journalisten ins Freie.

»Was? Du willst, dass ich da runterspringe? Nie im Leben schaff ich das mit meinem Bein«, protestierte Anders, der ungläubig auf den bereits zu klettern beginnenden Privatdetektiv schaute.

Daraufhin zuckte Henrik gleichgültig mit den Schultern, während er sein linkes Bein nachzog und dadurch auf dem Rand des Balkons zu sitzen kam. Aus dem Treppenhaus drang der Lärm schwerer Schritte und wütender Männerstimmen zu ihnen hinaus.

»Entweder du springst oder Boldsens Meute erwischt dich. Deine Wahl«, erklärte Henrik und ließ sich in die Tiefe fallen.

Unter dem Balkon befand sich ein Rasen, der länger nicht gemäht worden war. Das dämpfte den Aufprall, sodass Henrik schnell wieder sein Gleichgewicht zurückgewann. Als er den Kopf in den Nacken legte, sah er, wie Anders sich von der Balkonumrandung löste. Schnell wich er zur Seite aus. Mit einem dumpfen Schlag landete der Journalist halb auf der Seite und halb auf dem Rücken. Er keuchte vor Schmerzen laut auf, doch Henrik war bereits an seiner Seite und zog den Journalisten auf die Beine. Die Stimmen der Männer wurden lauter. Boldsen und seine Besucher mussten jeden Augenblick hinaus auf den Balkon treten. Dann reichte ein Blick in den Garten aus, um Henrik und Anders zu erspähen. Mit dieser Drohung im Nacken spornte der Privatdetektiv den Journalisten zur Höchstleistung an. Gemeinsam erreichten sie die Hausecke, bevor das Gesicht eines wütenden Mannes an der Balkonbrüstung auftauchte. Henrik erkannte den Bauunternehmer auf Anhieb und stieß einen überraschten Laut aus.

»Peter Flemming steht auf Boldsens Balkon«, raunte er Anders zu.

Der lehnte mit dem Rücken an der Hauswand und versuchte, wieder zu Kräften zu kommen. Zu einer Antwort war er nicht in der Lage.

»Los! Seht im Garten und vorm Haus nach. Der Typ darf uns nicht so leicht entkommen«, rief eine dunkle Männerstimme.

Die Gefahr war längst noch nicht gebannt. Henrik überschlug die Entfernung zum Wagen und kam zu dem Schluss, dass es für Anders vermutlich zu weit sein würde. Jedenfalls mit diesen wütenden Männern auf den Fersen. Er fasste einen schnellen Entschluss und wandte sich an den Journalisten.

»Du nimmst das Auto. Ich lenke sie ab, indem ich durch den Garten renne«, stieß er hervor.

Anders setzte zu einem Widerspruch an, doch Henrik schnitt ihm mit einer Geste das Wort ab.

»Es geht nur so. Mit deinem Bein schaffst du es nicht so schnell zum Wagen und es bringt keinen Vorteil, wenn wir beide erwischt werden. Los jetzt!«, beharrte er auf seinem Entschluss.

Bevor Anders es vereiteln konnte, hastete Henrik los. Er gab sich keine Mühe, besonders leise oder unauffällig zu sein. So dauerte es nur wenige Augenblicke, bis man ihn entdeckte.

»Er will in Richtung Wasser verschwinden! Schnappt ihn euch«, brüllte eine andere Männerstimme.

Boldsen war offenbar clever genug gewesen, einen seiner Besucher als Posten auf dem Balkon zurückzulassen. Henrik mobilisierte alle verfügbaren Reserven und jagte auf das Gebäude des Kajakklubs zu.

KAPITEL 43

Als Thomas Kern das Zentrum Hamburgs hinter sich gelassen hatte, atmete der Lastkraftwagenfahrer erleichtert auf. Wie immer kosteten ihn die Staus sehr viel Zeit und Nerven. Die Hinweistafel mit der Aufschrift »Moorburg« wischte an seinem Seitenfenster vorbei, während Kern die Lautstärke am Radio aufdrehte. Er hatte seine Ladung verteilt und war nun auf der Rückfahrt zu seiner Spedition, die in Seevetal beheimatet war. Aus dem Augenwinkel registrierte Kern das flackernde Blaulicht im Seitenspiegel. Er bezog das sich schnell nähernde Einsatzfahrzeug der Autobahnpolizei nicht auf sich. Vielmehr ging Kern von einem der zahllosen Verkehrsunfälle auf der Autobahn aus und hoffte inständig, dass er nicht schon bald wieder seinen Truck stoppen musste. Er würde ohnehin schon später als geplant in Seevetal eintreffen, was seiner Ehefrau kaum gefallen dürfte. Kern hatte ihr fest zugesichert, bei diesem Elternabend auf jeden Fall dabei zu sein. Immerhin ging es um die Einstufung ihrer älteren Tochter, die ab dem kommenden Schuljahr entweder zur Realschule oder aufs Gymnasium gehen sollte. Der blau-silberne Streifenwagen jagte am Lkw vorbei, scherte unmittelbar vor ihm ein und als Kern das Laufband im Heck aufleuchten sah, ahnte er Böses.

»Polizei. Bitte folgen«, entzifferte er halblaut und schickte einen Fluch hinterher.

Kern ließ die Lichthupe einmal kurz aufleuchten und signalisierte den Beamten so, dass er der Anweisung Folge leisten würde. Offenbar wurde wieder einmal eine Schwerpunktkontrolle durchgeführt und heute musste Thomas Kern in den sauren Apfel beißen. Sein Iveco Stralis XP war gut in Schuss. Die Reifen verfügten über ausreichend Profil und die Lenkzeiten hatte er auch eingehalten. Normalerweise sollte die Kontrolle nur wenige Minuten beanspruchen, wodurch Kern immer noch den Abendtermin schaffen könnte. Leise seufzend regulierte er, während er den Lkw auf dem Rastplatz ausrollen ließ, die Lautstärke am Radio nach unten. Dann stoppte Kern den Iveco neben dem BMW-Kombi der Autobahnpolizei und schaltete den Motor aus. Als er die Fahrertür aufstieß und die Mappe mit den Papieren sowie das aktuelle

Schaublatt aus dem Fahrtenschreiber an die Polizisten aushändigen wollte, winkte der Hauptmeister zu Kerns Verwunderung ab.

»Darum geht es gerade nicht. Sie waren heute auf dem Bauhof von Bertram Jansen in der Kauslunder Straße. Ist das korrekt?«, fragte der Beamte.

Kern bestätigte die Angaben und reichte das Klemmbrett mit den entsprechenden Lieferscheinen aus. Der zweite Beamte warf einen kurzen Blick darauf, bevor er Kern darum bat, die Planen an der Zugmaschine sowie dem Anhänger zu öffnen.

»Warum denn? Glaubt ihr, ich transportiere Schmuggelware, oder was?«, wollte Kern wissen. Das gesamte Verhalten der Autobahnpolizisten war ungewöhnlich und verärgerte den Fahrer.

»Nein. Ganz ruhig, Herr Kern. Wir reagieren lediglich auf eine Anfrage der Kripo Flensburg. Möglicherweise befindet sich eine Waffe auf Ihrem Fahrzeug, die bei einem Verbrechen benutzt wurde«, erklärte der Hauptmeister.

»Ach du Scheiße! Echt jetzt?«, entfuhr es Kern.

»Die Planen, bitte«, drängte der zweite Beamte.

Endlich kam Leben in den Fahrer, der zuerst die Plane am Heck der Zugmaschine öffnete. Während der Polizist, eine starke Taschenlampe in der Hand, auf die Ladefläche kletterte, inspizierte der Hauptmeister die Außenseiten. Kern eilte zum Anhänger, um auch dort die rückwärtige Plane zu öffnen. Doch dann hielt ihn der Ruf des Hauptmeisters zurück.

»Kannst runterkommen, Ralph. Ich habe die Pistole gefunden«, informierte er.

Ungläubig eilte Kern zum Hauptmeister, der vor dem geöffneten Staukasten direkt hinter der Fahrerkabine stand. Darin hatte Kern üblicherweise einen Satz Werkzeug, Taschenlampen sowie kleine Ersatzteile wie Glühbirnen gelagert. Doch jetzt hielt der Beamte eine schwarze Pistole in der behandschuhten Rechten.

Sein Kollege war zwischenzeitlich von der Ladefläche geklettert und kam ebenfalls nach vorne. »Donnerwetter. Was ist das denn für ein Modell?«, fragte er den Hauptmeister.

Der hatte bereits sein Smartphone aktiviert und eine Suche nach der Waffe ausgelöst. Sekunden später zeigte er seinem Kollegen die detaillierte Beschreibung.

»Eine STRYK B? Noch nie davon gehört. Das Kaliber mit 9 mm passt aber«, sagte der Kollege.

»Vermutlich aus Osteuropa«, kommentierte der Hauptmeister. Er entnahm das Magazin, in dem sich mehrere Patronen befanden. Die Pistole verstaute er in einer Beweissicherungstüte, genau wie das Magazin. »Ich gebe über Funk durch, dass wir die Waffe gefunden und sichergestellt haben. Mal hören, wie es damit weitergehen soll«, erklärte er.

Thomas Kern verfolgte alles mit wachsender Unruhe. Er ahnte, dass es für ihn doch weitaus länger dauern würde, als bisher vermutet.

»Kann ich die Planen wieder zumachen?«, fragte er.

Der zweite Polizist nickte zustimmend, während er mit einer Digitalkamera eine Serie von Aufnahmen machte. Zuerst vom gesamten Truck einschließlich amtlicher Kennzeichen. Dann konzentrierte er sich auf den Staukasten. Nachdem Kern die Planen wieder ordnungsgemäß verzurrt hatte, ging er zum Streifenwagen. Dort beendete der Hauptmeister gerade sein Gespräch und schickte sich an, wieder auszusteigen.

»Wie geht es nun weiter? Von der Waffe hatte ich keine Ahnung. Ehrlich nicht«, versicherte Kern.

Die Antwort des Hauptmeisters bestätigte seine schlimmsten Befürchtungen. »Wir müssen Ihre Aussage zu Protokoll nehmen. Die Kollegen aus Flensburg benötigen sie sofort, genau wie die Waffe. Offenbar steht man da oben an der Grenze unmittelbar vor der Aufklärung eines Mordfalles«, sagte der Beamte.

Damit war seine Teilnahme am Elternabend definitiv dahin. Thomas Kern rief seine Ehefrau über sein Mobiltelefon an. Zunächst reagierte sie wie erwartet und beschwerte sich lautstark über seine Unzuverlässigkeit. Ja, sie unterstellte ihm sogar, ihr eine Notlüge aufzutischen. Damit hatte Kern jedoch gerechnet und drückte daher kurzerhand dem Hauptmeister das Telefon in die Hand.

»Erzählen Sie meiner Frau, was hier gerade passiert ist. Vielleicht glaubt sie Ihnen mehr als mir«, sagte er.

Tatsächlich gelang es dem Hauptmeister, die aufgebrachte Dame zu besänftigen. Anschließend gab er Kern das Handy mit einem Schmunzeln wieder zurück. »Folgen Sie uns zur Wache. Dort nehmen wir das Protokoll auf und Sie können einen Kaffee trinken«, sagte er dabei.

Kern wäre trotzdem lieber nach Hause gefahren, aber er fügte sich in sein Schicksal.

KAPITEL 44

Sein Oberkörper sank nach vorne. Henrik atmete stoßweise und kämpfte gleichzeitig um sein Gleichgewicht, um ja nicht ins Wasser zu fallen. Längst verfluchte er sein Ablenkungsmanöver, das ihn in diese unmögliche Situation gebracht hatte. Er hob den Kopf und schaute hinüber zum Kajakklub. Seine Verfolger hatten ihn nur deswegen verfehlt, weil Henrik diesen wahnsinnigen Einfall gehabt hatte. Er war um das Gebäude des Klubs herumgerannt und hatte geahnt, dass die Männer ihn schon sehr bald einholen würden. Die ganze Flucht war einfach schlecht durchdacht gewesen und drohte daher in einem üblen Fiasko zu enden. Dann war Henriks Blick auf das Kajak auf dem Anleger gefallen. Irgendeiner hatte es dort vergessen oder wollte es später ins Gebäude bringen. Mangels anderer Optionen war Henrik hingerannt und hatte das leichte Kajak ins Wasser geschoben. Schon bei dem Versuch einzusteigen, hatte er zu scheitern gedroht. Doch mit dem Mut der Verzweiflung war es ihm schließlich gelungen, und er war anschließend wie ein Wahnsinniger vom Anleger weggepaddelt. Tief übers Kajak hatte er sich dabei geduckt, hatte jeden Augenblick mit dem Knall eines Schusses gerechnet. Doch der blieb aus und als ihm schlicht die Puste ausging, hielt er an und hing jetzt wie betäubt überm Rumpf des Bootes. Während er langsam wieder zu Atem kam, wanderte sein Blick unstet über das Gelände am Kajakklub. Kein Verfolger war mehr zu sehen.

»Scheiße. Das war pures Glück, mein Alter«, kam es matt über seine Lippen.

Als er das Aufheulen eines Motors hörte, richtete er sich wieder auf und lauschte. Henrik ging davon aus, dass Anders es trotz seiner Behinderung bis zum Wagen geschafft hatte. Dann erstarb der Motorenlärm abrupt und es herrschte anschießend Stille. Henrik konnte sich leicht ausmalen, was passiert war. Die Verfolger waren schlau genug gewesen, um sich aufzuteilen. Am Wagen hatten sie Anders eingeholt und davon abhalten können, mit dem Passat zu fliehen. Es war knapp gewesen, doch am Ende hatten Boldsen und seine Gäste gesiegt.

»Nicht ganz. Ich bin noch am Leben und frei«, stieß Henrik entschlossen hervor.

Ständig ums Gleichgewicht kämpfend, zog er vorsichtig sein Handy aus der Seitentasche des Overalls. Mit der Linken schirmte Henrik das Licht des Displays ab, falls seine Verfolger das Wasser doch noch im Auge behielten. Dann suchte er May-Britts Mobilfunknummer heraus und rief die Kommissarin an. Die Zeit, in der Anders und er auf die Unterstützung der Polizei verzichten konnten, war endgültig vorbei. Henrik konnte zwar die Skepsis des Journalisten nachvollziehen, doch er selbst hatte keinen Zweifel an der Vertrauenswürdigkeit von May-Britt und ihren Kollegen sowie Frank Reuter. Er lauschte dem Freizeichen mit wachsender Unruhe. Wieso ging May-Britt nicht an ihr Telefon?

»Ja?«, kam endlich eine müde Stimme aus dem kleinen Lautsprecher.

»Ich bin's, Henrik. Du musst uns helfen. Anders steckt tief in der Patsche. Boldsen und seine Leute haben ihn erwischt und ich sitze hier im Kajak«, sprudelte es aus Henrik heraus.

Seltsam unartikulierte Laute drangen aus dem Lautsprecher. Der Privatermittler konnte sich beim besten Willen keinen Reim darauf machen. »Ich verstehe kein Wort, Henrik. Ich liege im Bett«, hörte er May-Britt schließlich antworten.

Verblüfft schaute Henrik auf die im Telefon angezeigte Uhrzeit.

»Wieso liegst du um diese Zeit im Bett? Bist du krank?«, fragte er.

Ein verärgertes Schnauben drang aus dem Lautsprecher. »Frank und ich haben Peter Flemming verfolgt. Dann hat uns ein Volltrottel mit seinem bescheuerten Pick-up gerammt und deswegen liege ich in Kolding im Krankenhaus. Flemming haben wir natürlich verloren«, erklärte sie.

»So eine Scheiße! Flemming ist hier bei Boldsen«, sagte Henrik.

»Was? Das passt zusammen. Jetzt noch einmal der Reihe nach, damit ich kapiere, was da eigentlich bei dir los ist«, bat May-Britt um eine chronologische Erklärung.

Also sammelte Henrik seine Gedanken und berichtete der Kommissarin, wie er mit Anders nach Fredericia gefahren war und was sie auf der Festplatte von Casper Boldsens Computer gefunden hatten.

»Winther hat eine Sicherungskopie der Festplatte auf einen Stick gezogen und wollte damit verschwinden. Ich befürchte aber, dass Boldsens Männer ihn erwischt haben. Keine Ahnung, was die mit ihm anstellen«, sagte Henrik.

Auf der anderen Seite blieb es einige Sekunden lang still. Dann räusperte May-Britt sich und teilte Henrik ihren Entschluss mit. »Das mit dem Kajak war clever. Bleib auf dem Wasser, bis du uniformierte Kollegen von mir siehst. Dann paddle an Land und gib dich zu erkennen. Ich mach mich sofort auf den Weg, nachdem ich Frank und die Kollegen alarmiert habe«, sagte sie.

Bevor Henrik etwas erwidern konnte, war die Verbindung unterbrochen. Mit einem leisen Seufzer schob Henrik das Mobiltelefon zurück in die Seitentasche und richtete sich dann auf eine unbestimmte Wartezeit ein. Ihn plagte jedoch bereits nach kurzer Zeit das schlechte Gewissen. Was, wenn Boldsen und seine Männer den Journalisten foltern und dann als gefährlichen Zeugen aus dem Weg räumen wollten? Bereits zwei Minuten nach dem Ende des Telefonats hielt es Henrik nicht mehr an Ort und Stelle. Entschlossen packte er das Paddel und setzte sich in Bewegung. Er wollte keine Zeit vertrödeln, die Anders vermutlich nicht hatte.

Als er am Steg ankam, wurde es erneut kompliziert. Schließlich packte Henrik mit beiden Händen den Rand des Stegs und zog sich mit einem kurzen Ruck hinauf. Dann rollte er sich auf den Bauch, drückte sich über die Knie in die Höhe. Ein jüngerer Mann eilte über den Steg auf ihn zu. Henrik konnte eine Mischung aus Verwirrung und Verärgerung in dessen Gesicht ablesen. Henrik eilte auf ihn zu und packte den überraschten Mann an den Oberarmen, zwang ihn so, ihm zuzuhören.

»Mein Name ist Henrik Bargen. Jeden Augenblick werden Polizeibeamte hier eintreffen und sich nach mir erkundigen. Schick sie zu diesem Haus und warne sie. Die Männer dort sind bewaffnet und halten vermutlich Anders Winther als Geisel fest«, redete er auf ihn ein.

Der Mann stutzte, dann wurde er wachsbleich und sein Unterkiefer klappte nach unten. Henrik schüttelte ihn grob durch.

»Hast du alles verstanden?«, fuhr er den Mann an.

»Ja, klar. Du heißt Bargen, in dem Haus wird der Anders Winther festgehalten und die Typen sind bewaffnet. Ich schick die Polizisten dorthin«, wiederholte er mit ängstlicher Stimme.

Zufrieden mit der Antwort ließ Henrik die Arme des Fremden los und hetzte über den Steg davon. Er hatte keine Ahnung, was er tun sollte. Doch Henrik war fest entschlossen, Anders nicht im Stich zu lassen. Irgendetwas würde ihm schon einfallen, um Boldsen und dessen Kumpane bis zum Eintreffen der Polizei aufzuhalten.

KAPITEL 45

Die Funkmeldung erreichte Frank und Anne knapp zwei Kilometer vor der Stadtgrenze von Vejle.

»Wie bitte? Flemming befindet sich in Fredericia, Irrtum ausgeschlossen? Wieso sitzt Henrik in einem Kajak?«, fragte Frank nach. Einige Augenblicke lang bezweifelte er die Glaubwürdigkeit der Durchsage, die soeben von May-Britt über Funk gekommen war. Scheinbar hatte die Kommissarin sich von einem Kollegen ein Gerät ins Krankenhaus bringen lassen. Anne warf ihm ähnlich skeptische Seitenblicke zu.

»Details später. Dreht sofort um und kommt ebenfalls nach Fredericia«, drang May-Britts Anweisung durch das Funkgerät. Sie war hörbar angespannt.

Frank zuckte mit den Schultern und nickte Anne knapp zu, die daraufhin den Wagen wendete. Da sie mit Sirene und Blaulicht unterwegs waren, hielten andere Fahrzeuge entsprechend Abstand. Kopfschüttelnd schaute Anne auf den Kartenausschnitt im Display, während Frank sich plötzlich aufsetzte.

»Was meinst du mit ›ebenfalls‹? Du wirst in deinem Zustand doch nicht etwa das Krankenhaus verlassen wollen?«, hakte er alarmiert nach.

Selbst über Funk konnte man hören, wie angestrengt die Stimme der Kommissarin klang. May-Britt litt unter starken Schmerzen und damit verbot sich in Franks Augen ein Außeneinsatz von ganz allein.

»Schon passiert. Ich sitze im Leitfahrzeug des Sondereinsatzkommandos. Wie soll ich im Bett bleiben, wenn es sich in Fredericia wahrscheinlich zuspitzt?«, antwortete sie.

Anne murmelte einen nicht verständlichen Fluch. Frank starrte blicklos durch die Frontscheibe und spürte, wie sich Verständnis in ihm aufbaute. Wäre er an May-Britts Stelle, hätte er vermutlich genauso unvernünftig gehandelt.

»Alles klar. Wir sehen uns dort. Um einen Gefallen muss ich dich aber bitten«, sagte er daher.

Aus dem Funkgerät kam ein Geräusch, welches Frank mit einiger Mühe als Lachen deuten konnte. »Du möchtest mir sagen, dass ich nicht zusammen mit den Kollegen des Einsatzkommandos vorgehen soll. Richtig?«, stellte die Kommissarin dann fest.

Frank seufzte und gab sich geschlagen. »Exakt. Anne macht eindeutige Zeichen. Falls du dich in Gefahr begibst, solltest du offenbar besser das Weite suchen. Ansonsten erledigt deine charmante Mitarbeiterin dich mit eigenen Händen«, bestätigte er.

Erneut kam ein Auflachen aus dem Lautsprecher, dann kappte May-Britt die Verbindung.

»Was zur Hölle ist denn da in Fredericia los?«, wollte Anne wissen.

Frank konnte auch nur raten, da May-Britt sich auf die wesentlichen Fakten beschränkt hatte. »Offenbar sind Henrik und dieser Journalist nach Fredericia gefahren, weil sich dort Boldsen alias Vurm aufhält. Soweit ich es verstanden habe, wurden sie entdeckt und sind getrennt geflohen. Henrik scheinbar mit einem Kajak, von wo aus er dann May-Britt angerufen hat«, fasste er zusammen.

Anne schüttelte ungläubig den Kopf. »Winther ist definitiv verrückt, wenn er einer Story nachjagt. Wieso sich Henrik auf ihn eingelassen hat, verstehe ich allerdings nicht. Selbst schuld, wenn er dann in einem Kajak landet«, kommentierte sie bissig.

Frank nahm es gelassen auf. Er ahnte, dass Anne sich vor allem Sorgen um May-Britt machte und deswegen so hart mit dem Privatdetektiv ins Gericht ging. Als er sich vorstellte, wie ein hilfloser Henrik Bargen in einem Kajak mitten auf dem Wasser saß, musste Frank doch noch schmunzeln. Anne schaute ihn mit umwölkter Stirn an.

»Sorry, aber ich habe gerade das Bild von einem eingeschüchterten Henrik in einem Kajak im Kopf«, erklärte er.

Offenbar übertrug es sich auf Anne, denn sie begann zuerst zu grinsen und dann lachte sie laut los.

»Hauptsache, er hält durch und macht keinen Quatsch«, sagte sie anschließend.

Doch genau daran zweifelte Frank. So wie er den Privatdetektiv bisher kennengelernt hatte, würde er Winther kaum auf sich allein gestellt agieren lassen. Er warf einen Blick auf die Anzeige im Tachometer und sah ein, dass Anne nicht noch schneller fahren konnte. Andernfalls liefen sie Gefahr, einen erneuten Unfall zu provozieren, und damit war niemandem geholfen.

*

May-Britt war heilfroh, dass sie in kurzer Zeit ein Spezialeinsatzkommando an ihre Seite bekommen hatte. Während sie den verärgerten Arzt im Krankenhaus dazu nötigte, sie auf eigene Verantwortung zu entlassen, telefonierte die Kommissarin unentwegt mit den Kollegen in Kolding. Sie erklärte die komplizierte Ausgangslage und warum ein schneller Zugriff absolut notwendig war. Es gelang ihr, die leitenden Beamten vor Ort zu überzeugen, und so sammelte sie das Leitfahrzeug des Einsatzkommandos am Krankenhaus ein.

»Drei Streifenfahrzeuge sind auf dem Weg zum Kajakklub, um sich dort mit Bargen zu treffen. Sie haben die Anweisung, lediglich eine Absicherung am Gebäude vorzunehmen und nur im äußersten Notfall einzugreifen«, teilte der Leiter des Einsatzkommandos gleich nach May-Britts Zustieg mit.

Sie nahm die Meldung entgegen und bat dann um einen Funkkontakt mit dem Wagen ihrer Mitarbeiterin. Nachdem May-Britt auf diesem Weg Frank und Anne ebenfalls nach Fredericia beordert hatte, versuchte sie, Henrik auf seinem Mobiltelefon zu erreichen. Vergeblich.

»Hoffentlich hat er es nur aus Sicherheitsgründen stumm geschaltet«, sagte May-Britt.

»Traust du dem Privatermittler?«, fragte der Einsatzleiter.

Sie erklärte, um wen es sich bei Henrik Bargen handelte, und verwies auf die frühere erfolgreiche Zusammenarbeit.

»Ja, dann würde ich ihm ebenfalls vertrauen. Trotzdem scheinst du dir Sorgen zu machen. Warum?«, erwiderte der Kollege.

May-Britt erklärte ihm Henriks Charakter und weshalb sie daher so ihre Zweifel an seiner Zurückhaltung hatte.

Der Einsatzleiter nickte und konnte sich dabei eine gewisse Anerkennung nicht verkneifen. »Gefällt mir, der Typ. Aber sobald die Kollegen aus Fredericia bei ihm sind, werden sie Bargen schon zurückhalten«, sagte er.

Für May-Britt stand nicht einmal fest, ob Henrik überhaupt so lange warten würde. Sie warf einen Blick auf die Armbanduhr und fokussierte sich auf den bevorstehenden Zugriff.

Der Einsatzleiter erklärte das standardisierte Vorgehen. Er hatte sich bereits detaillierte Karten beschafft, die alle Gebäude und Wege im Bajonetten zeigten. Zusammen mit seinem Stellvertreter entwickelte er einen Plan, wie der Zugriff erfolgen sollte. May-Britt lauschte aufmerksam und kämpfte gegen die Schmerzen an. Jedes Mal, wenn das Fahrzeug über eine Unebenheit in der Straße rumpelte oder ein schneller Spurwechsel den Aufbau schwanken ließ, musste die Kommissarin die Zähne zusammenbeißen. Der Arzt hatte ihr Schmerztabletten ausgehändigt, von denen May-Britt sofort zwei zu sich genommen hatte. Frühestens in drei Stunden konnte sie eine weitere Dosis schlucken, daher blieb ihr nur diszipliniertes Aushalten. Die Fahrt würde noch eine Weile dauern.

*

Bertram Jansen weigerte sich zunächst, mit Bastian Kraft und Oke Sibbersen zu kommen. Auch die vorläufige Beschlagnahmung seines Privatwagens wollte er nicht so einfach akzeptieren. Der Bauunternehmer rief Dr. Kersten an, um seinen Rechtsanwalt über die Maßnahme zu informieren. Bereits nach wenigen Sätzen reichte er das Mobiltelefon an Kraft weiter.

»Sprechen Sie mit meinem Anwalt«, forderte Jansen barsch.

Bastian erklärte dem Strafverteidiger, dass es neue Indizien gab und deswegen eine sofortige Vernehmung Jansens seitens des Staatsanwaltes angeordnet worden sei. Genauso konnte er die Beschlagnahmung des Fahrzeuges begründen, die durch Techniker der KTU vorgenommen werden sollte. Die beiden Männer warteten vor dem Haus am Privatwagen Jansens.

»Sollte Ihr Mandant sich weigern, haben wir eindeutige Anweisungen«, sagte er zum Schluss.

Während Bastian die unverhüllte Drohung aussprach, schaute er zu Jansen. Der zuckte zusammen und warf einen Blick zu Oke Sibbersen. Der wiederum behielt den Unternehmer scharf im Auge, wobei seine Rechte auf dem Knauf der Dienstpistole ruhte.

»Danke für die Informationen, Herr Kraft. Geben Sie bitte meinem Mandanten sein Telefon zurück. Ich mache mich sofort auf den Weg nach Flensburg. Herr Jansen darf nur in meinem Beisein befragt werden. Habe ich mich verständlich ausgedrückt?«, sagte Dr. Kersten.

Bastian bestätigte es und reichte dann das Telefon wieder an Jansen zurück. Der nahm es und lauschte einige Sekunden den Ausführungen seines Anwaltes.

»Dürfen die das wirklich?«, fragte er sichtlich aufgebracht. Dabei schoss er wütende Blicke auf die beiden Polizisten ab, die auf das Ende des Telefonates warteten. »Ja, natürlich. Ich erwarte Sie in der Direktion«, beendete er dann das Gespräch.

Anschließend ließ Bertram Jansen sich ohne weiteren Widerstand zum Dienstwagen führen. Während Oke hinters Lenkrad schlüpfte, nahm Bastian neben dem Unternehmer auf der Rückbank Platz. Obwohl Jansen sich große Mühe gab, konnte er seine Anspannung nicht verbergen. Er ahnte offenkundig, dass die Situation sich gegen ihn wendete.

Auf der Fahrt zur Direktion wurde kein Wort gewechselt. Dort angekommen, brachten die beiden Ermittler den Bauunternehmer direkt in ein Vernehmungszimmer. Ein uniformierter Kollege blieb bei Jansen, während Bastian und Oke zu Sonja Martenson ins Büro gingen. Sie erstatteten ihr Bericht und zogen sich danach zurück, während die Hauptkommissarin bei Staatsanwalt Lorenz anrief und ihm mitteilte, dass der Verdächtige nunmehr eingetroffen sei.

*

Bis zum Eintreffen von Dr. Kersten blieb den Ermittlern noch ausreichend Zeit, um die vom Navigationsgerät sichergestellten Daten auslesen zu lassen. Der Staatsanwalt überflog die bisherigen Aussagen sowie die Gutachten des Brandursachenermittlers und warf dann einen längeren Blick auf die Meldung der Autobahnpolizei.

»Die Beschussprüfung der am Lkw gefundenen Pistole hat ein eindeutiges Ergebnis geliefert. Alexander Rühling wurde mit der STRYK B getötet. Laut Aussage des Fahrers Thomas Kern befand sich die Waffe zum Zeitpunkt der Beladung mit den Ziegelsteinen nicht in der Staukiste. Nachdem er die Lieferung in der Kauslunder Straße ordnungsgemäß abgeschlossen hatte, kam es nur noch zu einem weiteren Halt in Neumünster«, las Lorenz halblaut vor.

Sonja kannte den Bericht bereits, hielt sich vorerst mit Kommentaren aber zurück. Sie wollte Lorenz die erforderliche Zeit geben, zu eigenen Rückschlüssen zu gelangen.

»Kern konnte glaubhaft versichern, den Lkw bei diesem Stopp keine Sekunde allein gelassen zu haben. Somit konnte niemand in Neumünster die Pistole im Staukasten verstecken. Die Indizienkette ist weitgehend geschlossen, auch wenn Dr. Kersten sicherlich mit allen Unwägbarkeiten argumentieren wird«, sprach Lorenz weiter.

Er legte das Blatt Papier zurück auf den kleinen Stapel in seiner Mappe und lehnte sich zurück. Sein Blick verlor sich einige Sekunden lang in der Ferne, bevor er sich an Sonja wandte. »Korrigieren Sie mich, wenn ich falschliege. Die aufgefundene Waffe samt ihrem zurückgelegten Weg in Verbindung mit den Daten der Funkzellenortung stellt eine Verbindung zwischen Jansen und dem Tatort in Tarup her. Ausreichend für eine weitere Vernehmung als Hauptverdächtiger.«

Sonja teilte diese Einschätzung und stimmte dem Staatsanwalt ohne Einschränkung zu.

Kurz darauf kam die erwartete Mail von der Kriminaltechnik. Die Auswertung der Fahrstrecken aus dem Navigationsgerät in Jansens Privatwagen war abgeschlossen und das Ergebnis eindeutig. Sonja las den Inhalt laut vor, damit Lorenz auf dem gleichen Stand war wie sie.

»Jansens Privatwagen befand sich zur Tatzeit im Sandbergweg in Tarup. Insgesamt wurde eine Stehzeit von 14 Minuten nachgewiesen. Die Fahrt vorher ging von der Kauslunder Straße direkt nach Tarup und später auf gleicher Strecke zurück«, sagte sie.

Die Augen des Staatsanwaltes blitzten vor Begeisterung auf. »Damit haben wir ihn. Bin gespannt, wie Dr. Kersten uns das erklären will. Höchstens noch damit, dass neben seinem Mandanten auch dessen Mitarbeiter den Wagen benutzen«, erklärte er.

Er hob überrascht die Augenbrauen, als Sonja nach Kommissar Fechner rief und ihm einen Auftrag gab.

»Auf dieser Strecke sollte irgendwo eine Überwachungskamera hängen, die sowohl den Wagen als auch den Fahrer festgehalten hat. Jo wird sie finden und uns die Daten beschaffen. Damit enden dann die Ausreden des Strafverteidigers«, erklärte sie.

Vermutlich würde Dr. Kersten eintreffen, bevor der Kommissar diese Aufzeichnungen vorlegen konnte. Doch Sonja war zutiefst entschlossen, die Vernehmung so lange wie möglich zu führen. Mit ein wenig Glück reichte die Zeit aus, um mit Jos Ergebnissen dem Bauunternehmer endgültig den Mord an Rühling nachzuweisen. Es wurmte die Kommissarin zwar, dass ihnen gleichzeitig die Beweise für die Brandstiftung fehlten, doch hier wartete sie noch auf die Nachrichten aus Klaipėda. Mit der Unterstützung vom Staatsanwalt und dem LKA war es ihr gelungen, einen richterlichen Beschluss zu erhalten. Damit konnten die Kollegen in Litauen den Fußboden im sanierten Altstadthaus aufstemmen lassen und nachsehen, ob dort zwei Fässer mit Sondermüll versenkt worden waren. Wenn es sich als wahr herausstellte, wurde auch in dieser Hinsicht die Luft für Bertram Jansen immer dünner. Neben dem Nachweis, dass er so illegal Sondermüll auf seinen Baustellen entsorgte, lieferten diese Fässer auch das Motiv für den Mord an Alexander Rühling. Doch zunächst wollte Sonja den Bauunternehmer mit den angehäuften Indizien konfrontieren und ihn notfalls auch ohne Geständnis inhaftieren. Sie wusste, dass der Staatsanwalt auf ihrer Seite war und bereits mit einem Richter in Beratung stand. Selbst die außergewöhnlichen Fähigkeiten von Dr. Kersten würden Jansen dann nicht mehr helfen können.

KAPITEL 46

Die Tür war nicht verschlossen, wie Henrik es nicht anders erwartet hatte. Boldsen und seine Kumpane waren sich ihrer Sache zu sicher. Vorsichtig zog Henrik die Tür auf und erstarrte, als die obere Angel leise quietschte. Das Klopfen seines Herzens war so laut, dass es in seinen Ohren wie ein Trommelwirbel klang. Doch keiner der Männer trat aus dem Büro in den Gang, um nach dem Rechten zu sehen. Dafür konnte Henrik die typischen Klatschgeräusche erkennen, als Fäuste auf Fleisch trafen. Das laute Stöhnen unterstrich nur, wie schlimm es um Anders Winther stand. Henrik warf einen Blick über seine rechte Schulter, doch von der Polizei war weit und breit nichts zu sehen. Wenn er wenigstens ein Blaulicht ausmachen hätte können, hätte er vermutlich gewartet. Aber so sah er sich zum Handeln gezwungen. Er wusste natürlich, dass er die Männer nur für kurze Zeit aufhalten konnte. Sobald die erste Überraschung verflogen war, war es vorbei mit der Pause und er würde selbst zum menschlichen Punchingball werden. Trotzdem konnte er nicht anders.

Henrik ging zur Bürotür, atmete tief durch und stieß sie dann mit einem heftigen Tritt auf. Als die Tür gegen die Wand krachte und zurückfederte, drehten sich drei Köpfe ruckartig zu Henrik um. Der vierte Mann stand hinter dem Stuhl, auf dem sie Anders gefesselt hatten. Er hielt den Journalisten an den Schultern fest, damit seine Kumpane besser treffen konnten. Anders linkes Auge war zugeschwollen und aus einem Cut an der rechten Braue lief Blut über das geschundene Gesicht. Henrik registrierte das Entsetzen im rechten Auge des Journalisten und den verzweifelten Versuch, ihn zum Weglaufen zu bewegen. Doch aus Anders' Mund kamen nur unartikulierte Laute. Die Zunge war eingerissen und ebenfalls dick angeschwollen, genauso wie die Lippen. Am rechten Schneidezahn fehlte ein Stück, wie Henrik am gezackten Bruch erkennen konnte.

»Das glaub ich jetzt nicht!«, stieß einer der Männer hervor.

Casper Boldsen lehnte mit dem Rücken an einem der Schränke, als Henrik ins Büro stürmte. In einem ersten Impuls machte er zwei Schritte auf den Privatdetektiv zu, bevor er innehielt. Mit gefurchter Stirn musterte er den Eindringling. Ein hämisches Grinsen löste den Schreck in seinem Gesicht ab.

»Der hat jetzt schon die Hosen voll«, lästerte er dann.

Zuerst erfasste Henrik nicht, was der Däne damit meinte. Er bemerkte die spöttischen Blicke, die sich auf seiner Körpermitte sammelten. Verwundert schaute er an sich hinunter und bemerkte dann die Feuchtigkeit, die große Teile seiner Hose an den Oberschenkeln sowie am Schoß bedeckte. Die Männer glaubten offenbar, dass Henrik sich bereits vor Angst eingenässt hatte. Sie konnten nicht wissen, dass es einfach nur Wasser war. Ihr überhebliches Verhalten löste eine heiße Welle von Zorn in Henrik aus, die sich seit Stunden aufgebaut hatte. Ohne über sein Tun weiter nachzudenken, packte er einen Stuhl und schleuderte ihn mit aller Kraft gegen den Mann rechts von Anders. Der riss zwar schützend die Arme hoch, doch der Aufprall ließ ihn zurücktaumeln. Wie ein wilder Stier sprang Henrik nun den anderen Mann an, der vom Angriff überrumpelt wurde. Obwohl er schwerer gebaut war und sicherlich über einige Kraft verfügte, konnte Henrik ihn mit einer Doublette zu Boden schicken. Er wirbelte herum und packte die Handgelenke des Mannes, der weiterhin die Schultern von Anders festhielt. Mit brutaler Gewalt drehte Henrik sie gegen den Uhrzeigersinn und löste so den Griff. Der Mann heulte vor Schmerz auf und ging in die Knie. Henrik verpasste ihm noch einen harten Faustschlag aufs Jochbein, bevor ihn ein hinterhältiger Tritt in die Kniekehle aus dem Gleichgewicht brachte. Instinktiv warf er sich nach links und drehte seinen Körper beim Fallen, um auf den Rücken zu kommen. Bei dem heranstürmenden Boldsen revanchierte Henrik sich mit einem harten Tritt gegen das rechte Knie. Vor Schmerzen schreiend wich der Biologe zurück bis an den Schrank. Mühsam kämpfte Henrik sich wieder auf die Beine. Doch in der Zwischenzeit hatten sich die drei anderen Männer erholt und ordneten jetzt die Gegenwehr. Henriks Zeit war abgelaufen. Er würde niemanden mehr überraschen können und bei einem gut abgestimmten Angriff musste er zwangsläufig den Kürzeren ziehen. Er warf einen Blick in Anders Gesicht. »Sorry, aber besser ging's nicht«, sagte er nur.

Dann griffen zwei der Männer an. Einer sprang Henrik von der linken Seite an, während sein Kumpan mit Faustschlägen von rechts auf den Privatdetektiv eindrang. Einige Sekunden lang lieferten die drei Männer sich einen heftigen Schlagabtausch, doch Henrik konnte nur einige Schläge erfolgreich blocken. Kurz hintereinander trafen ihn dann Fausthiebe am Unterkiefer und an der linken Kopfseite. Benommen von den Treffern sank Henrik in die Knie. Er hob schützend die Arme über den Kopf und hoffte so, das Schlimmste hinauszögern zu können.

»Polizei! Aufhören«, mischten sich plötzlich neue Stimmen ein.

Henrik spähte unter den Armen hindurch zur Tür und konnte sein Glück kaum fassen. Drei uniformierte Beamte kamen ins Büro. Zwei hielten bereits ihre Pistolen schussbereit in den Händen, während der Streifenführer die Befehle brüllte. Casper Boldsen und seine Kumpane verharrten an der Stelle, wo sie gerade standen.

»Diese Männer sind hier eingedrungen und haben uns angegriffen. Wir mussten uns doch verteidigen«, stieß Boldsen hervor.

Die Polizisten legten ihnen nacheinander Handschellen an. Der Streifenführer half Henrik auf die Beine und schaute ihn kopfschüttelnd an. »Du bist Bargen, richtig?«, fragte er.

»Ja, danke für die Hilfe«, antwortete Henrik. Er rieb sich den schmerzenden Kiefer und deutete dann auf Anders. »Er hat sich extra an den Stuhl gefesselt, um so noch effektiver angreifen zu können«, ging er auf die Schutzbehauptung Boldsens ein.

Aus dem Gang ertönten weitere Stimmen und dann füllte das kleine Büro sich mit Menschen. Zwei Sanitäter nahmen sich Anders an, während May-Britt Oldsen mit bleichem Gesicht Henrik anstarrte. »Du solltest doch warten, du Idiot«, schimpfte sie.

Polizisten in der schwarzen Kleidung eines Sondereinsatzkommandos führten Boldsen, der sich laut beschwerte, sowie dessen Kumpane ab.

Henrik deutete auf Anders. »Ging nicht«, meinte er nur.

Als May-Britt einen Schritt auf Henrik zutrat, eilten Anne und Frank ins Büro. Sie schauten sich um und versuchten sich offenbar einen Reim auf die Geschehnisse zu machen.

»Dich darf man wirklich nicht allein loslassen. Wie schlimm ist es?«, kam es schließlich von Frank, der Henrik besorgt musterte.

Der winkte ab. »Halb so wild. Anders hat das meiste abgekriegt«, erwiderte er. Das Sprechen fiel Henrik immer schwerer, während der Kiefer mit der linken Kopfseite einen Wettbewerb austrug. Beide versuchten stärker zu schmerzen und dadurch mehr Aufmerksamkeit zu erhaschen.

Die Sanitäter halfen Anders auf die Beine, wollten ihn zu ihrem Rettungswagen führen. Doch der wehrte sich auf einmal vehement und versuchte trotz seiner Verletzungen, etwas zu sagen. Henrik ging zu dem Journalisten, um ihn zu beruhigen.

»Es ist vorbei, Anders. Den Rest schaffen wir auch noch«, sagte er.

Da packte der Journalist Henriks Unterarm und sah ihn mit dem gesunden Auge durchdringend an. »Schtick. Weggeworfen. Suchen«, brachte er mühsam hervor.

Henrik schaute Anders fragend an. Dann ging ihm plötzlich ein Licht auf. »Du hast den Stick weggeworfen, bevor sie dich geschnappt haben. Deswegen haben sie dich so in die Mangel genommen«, stieß er hervor.

Mehr als ein erschöpftes Nicken kam nicht mehr von Anders.

»Mach dir keine Sorgen. Wir werden diesen verfluchten Stick finden und dann ist Boldsen samt seiner kriminellen Bande erledigt«, versprach Henrik.

Erst jetzt ließ Anders sich aus dem Gebäude bringen. Da May-Britt und der Einsatzleiter des Sondereinsatzkommandos alles mitgehört hatten, leiteten sie umgehend die Suche nach dem Speicherstick ein.

Henrik spürte, wie ihn eine Welle der Erschöpfung zu überrollen drohte. Er wankte zu dem Stuhl, auf dem zuvor Anders gesessen hatte, und ließ sich schwer darauf fallen. Nur mit halbem Ohr hörte er noch Franks ungläubigen Kommentar.

»Wir sollten für euch ein Mehrbettzimmer im Krankenhaus buchen. Keiner von euch sollte noch hier sein«, sagte er.

Henrik war mittlerweile alles egal. Er dämmerte vor sich hin und wartete einfach ab, was nun weiter passieren würde.

KAPITEL 47

Der Staatsanwalt hatte die neuen Fakten souverän präsentiert und die dazu passenden Rückschlüsse aufgezeigt.

»Wir haben die Waffe, die wir bis zu Ihrem Mandanten zurückverfolgen können. Darüber hinaus die Funkzellenortung in Verbindung mit den Daten aus dem Navigationssystem des Pkw. Herr Jansen war zur Tatzeit nachweislich im Sandbergweg und das Motiv ist stichhaltig«, resümierte Lorenz kühl.

Jansen hielt den Blick gesenkt, wirkte fast ein wenig unbeteiligt. Im Gesicht seines Strafverteidigers arbeitete es. Sonja beobachtete die unterschiedlichen Reaktionen und warf Lorenz einen Seitenblick zu, den er mit einem kaum wahrnehmbaren Nicken quittierte.

»Es liegt bei Ihnen, ob wir dem Richter eine Kooperation Ihres Mandanten aufzeigen können. In Kürze erwarte ich die Auswertung der Aufnahmen aller Überwachungskameras auf der Strecke zwischen Kauslunder Straße sowie dem Sandbergweg in Tarup. Wetten, dass sich Ihr Mandant mit seinem Pkw zur Tatzeit wenigstens auf einer der Aufnahmen befindet?«, legte sie nach. Sie schob ihren Stuhl ein Stück vom Tisch zurück und konnte so einen Blick auf Jansens Hände erhaschen. Er hatte sie zu Fäusten geballt und auf seinen Oberschenkeln abgelegt.

Der leise Signalton von Sonjas Handy zeigte den Eingang einer SMS an. Sie unterdrückte ihre Überraschung. So schnell konnte Jo die erforderlichen Auswertungen nicht geschafft haben. Mit neutraler Miene zog sie ihr Mobiltelefon aus der Jackentasche und studierte den Inhalt der Nachricht. Um ein Haar hätte die Kommissarin einen Laut der Überraschung von sich gegeben, als sie sich über die Konsequenzen daraus bewusst wurde. Sie tippte Lorenz am Arm an und drückte ihm ihr Handy in die Hand.

»Das sind doch Scheißtricks, die ihr hier abzieht!«, brach es plötzlich aus Jansen heraus.

Mit einer wütenden Geste versuchte Dr. Kersten, seinen Mandanten zur Räson zu bringen. Doch der hatte nur Augen für Sonja und den Staatsanwalt. Lorenz schmunzelte vor sich hin und reichte das Handy zurück an die Hauptkommissarin.

»Wir müssen nicht länger auf die Daten der Überwachungskameras warten, Dr. Kersten. Die Kollegen aus Sonderburg und Hauptkommissar Reuter konnten das Netzwerk um Casper Boldsen alias Vurm aufdecken. Dabei wurden umfangreiche Datensätze sichergestellt, die auch Ihren Mandanten schwer belasten. Wir können so die illegale Entsorgung von Sondermüll in erheblichem Umfang detailliert nachweisen«, erklärte er sichtlich zufrieden.

Der Strafverteidiger furchte die Stirn.

»Was für ein billiges Schmierentheater. Darauf fallen wir doch nicht rein!«, fauchte Bertram Jansen. Sein Gesicht nahm die Färbung überreifer Tomaten an. Der Bauunternehmer stand unmittelbar vor einem Wutausbruch. Der blieb jedoch aus, als Sonja mit sachlicher Stimme einige Daten nannte. Es handelte sich dabei um mehrere Lieferungen von Sondermüll auf Baustellen im Baltikum.

»Die Kollegen in Litauen öffnen bereits den Fußboden im Haus in der Altstadt von Klaipėda. Wir werden demnächst über den Fund der zwei Fässer mit Sondermüll informiert werden, die Henrik Bargen damals auf dem Innenhof entdeckt hatte. Ihr übereifriger Handlanger, Alexander Rühling, hat sich der Sache zwar angenommen, aber leider nicht weit genug vorausgedacht. Deswegen musste er ja auch sterben«, sagte sie.

Die Wut wich aus Jansen wie die Luft aus einem Ballon. Vermutlich hatte Dr. Kersten schon vorher einsehen müssen, dass er seinem Mandanten weder die Untersuchungshaft noch den Prozess ersparen konnte. Angesichts der Reaktion auf die jüngsten Vorwürfe spiegelte sich Resignation im Gesicht des Rechtsanwaltes wider. Sonja fragte sich, ob der rechtzeitige Ausstieg von Ulrike Tewes wirklich nur aus ethischen Grundsätzen erfolgt war. Möglicherweise hatte sie ja bereits zu dem Zeitpunkt die Aussichtslosigkeit von Jansens Situation erkannt. Was wiederum bedeuten würde, dass sie dieses Wissen nicht mit Dr. Kersten geteilt hatte. Sonja wurde einfach nicht schlau aus der Anwältin.

»Bertram Jansen, ich ordne hiermit die sofortige Überstellung in die JVA Neumünster zum Zwecke der Untersuchungshaft an. Die gegen Sie vorliegenden Beschuldigungen sind Ihrem Rechtsbeistand eröffnet worden«, erklärte der Staatsanwalt.

Der Bauunternehmer widersetzte sich weder mit Worten noch Taten. Jansen ließ sich von einem uniformierten Beamten Handschellen anlegen und abführen. Dr. Kersten schob seine Unterlagen zusammen und verstaute sie anschließend in seiner Aktenmappe. Dann hob er den Blick und schaute Sonja an.

»Dürfte ich diese SMS einmal sehen?«, bat er.

Nach einem fragenden Seitenblick auf Lorenz, der zustimmend nickte, händigte Sonja ihr Mobiltelefon an den Rechtsanwalt aus. Dr. Kersten studierte die Meldung aus Sonderburg, atmete schwer und reichte dann das Handy zurück an Sonja. »Dankeschön«, sagte er nur.

Es war der Staatsanwalt, der die Frage stellte, die auch Sonja auf der Zunge lag. »Werden Sie Herrn Jansen weiterhin rechtlich vertreten oder legen Sie genauso wie Frau Tewes Ihr Mandat nieder?«, wollte er wissen.

Dr. Kersten reagierte mit einer Gegenfrage. »Wie erhielten Sie Kenntnis darüber, dass meine Kollegin das Mandat abgibt?«, fragte er.

Sonja sah keinen Grund, ihm die Wahrheit zu verschweigen. Also schilderte sie den überraschenden Besuch von Ulrike Tewes in der Direktion, in dessen Verlauf sie die Niederlegung des Mandats offiziell gemacht hatte. Es wunderte Sonja nicht, dass sich ein Schleier über Kerstens Gesicht legte. Vermutlich war damit auch die gesamte Zusammenarbeit der beiden Anwälte beendet. Ulrike Tewes spielte nach eigenen Regeln, wie jetzt auch Dr. Kersten hatte einsehen müssen.

»Falls Herr Jansen keinen anderen Strafverteidiger beruft, werde ich ihn natürlich rechtlich betreuen. Das entspricht meiner Berufsauffassung«, beantwortete er dann die Frage des Staatsanwaltes.

Fünf Minuten später war Dr. Kersten gegangen und Lorenz war Sonja in ihr Büro gefolgt. Erst dort konnte sie die wesentlich umfassendere Mail aus Sonderburg am Computer aufrufen. Sonja las dem Staatsanwalt die wichtigsten Passagen vor, wobei ihr besonders die Hintergründe der Brandstiftung wichtig waren.

»Es war Peter Flemming, der Vurm den Auftrag zur Brandstiftung erteilte. Damit wollte er Jansen als unliebsamen Konkurrenten nachhaltig schädigen, um selbst mehr Aufträge im Baltikum zu erhalten. Vurm wählte seine übliche Vorgehensweise, indem er sich eine Ökoaktivistin aussuchte und ihr ein Lügenmärchen auftischte. So bewegte er Birte Hallweg zu dem Brandanschlag, die jedoch keine Kenntnisse über die beiden rumänischen Männer im Haus hatte. Ob Vurm es wusste, steht noch nicht fest. Möglicherweise ja, und er sah es lediglich als Steigerung der negativen Wirkung auf Jansens Unternehmen«, erklärte sie.

Burkhard Lorenz schüttelte angewidert den Kopf. »Was für ein mieser Charakter. Gaukelt den jungen Menschen vor, ein Idealist in Bezug auf die Umwelt zu sein, und kassiert in Wahrheit jede Menge Geld für die Ausführung der Anschläge. Steht da eigentlich etwas darüber, wieso er sich diesen seltsamen Namen zugelegt hat? Was bedeutet Vurm?«, wollte er wissen.

Sonja überflog die Einträge der sechs Seiten und stieß dann tatsächlich auf eine entsprechende Passage. »Anfangs gingen die dänischen Kollegen davon aus, dass es der schwedischen Sprache entnommen wäre und so viel wie ›Leidenschaft‹ bedeutet. In persönlichen Einträgen von Casper Boldsen tauchen allerdings Bezüge auf, wonach er sich selbst als Angehörigen des königlichen Gorm-Geschlechts ansieht. Vurm wird oft mit Gorm gleichgesetzt«, las sie vor.

Der Staatsanwalt krauste ungläubig die Stirn. Dann lachte er freudlos auf. »Überheblichkeit kommt vor dem Fall. Selten traf das Sprichwort besser zu als in diesem Zusammenhang. Die Dänen sollten Casper Boldsen vielleicht einmal einer gründlichen psychologischen Untersuchung unterziehen«, stellte er dann voller Sarkasmus fest.

In Sonjas Augen keine schlechte Idee. Dennoch sah sie in dem Vorgehen Boldsens eine hinterhältige Intelligenz. Neben einer ausgeprägten kriminellen Veranlagung schien er auch ein völlig prinzipienloser Mensch zu sein. Ihnen war auf jeden Fall ein wichtiger Schlag gegen den Ökoterrorismus gelungen, über den sich mit Sicherheit auch Simon Cremer sehr freuen würde. Damit konnte er endlich die schlimmen Gerüchte aus der Welt schaffen, denen seine Organisation ausgesetzt war. Cremer und seine Mitstreiter waren echte Idealisten, die sich für ein sinnvolles Nebeneinander von Mensch und Natur einsetzten.

KAPITEL 48

Die Vorfälle in Fredericia lagen eine Woche zurück. Henrik hatte zum ersten Mal genügend Zeit, um sich seinem neuen Zuhause zu widmen. Kalle hatte ihm nicht nur die alte Werft überlassen. Er hatte auch dafür gesorgt, dass die kläglichen Reste der »Sinje« in die Halle gebracht worden waren. Um den immer noch dominanten Geruch nach verbranntem Holz zu vertreiben, standen die Oberlichter Tag und Nacht einen Spalt weit offen. Über eine schmale Treppe erreichte man eine kleine Galerie, von der eine Tür in das ehemalige Werftleiterbüro sowie eine rote Stahltür in den Wohnbereich führte. Auch hier hatte Kalle einige fleißige Hände werkeln lassen, sodass es eine modern eingerichtete Küche sowie ein schickes Duschbad gab. Der Wohn- und Schlafraum war möbliert und ein Glasfaseranschluss gelegt worden. Angesichts der kleinen Miete für die Werft beschlich Henrik ein schlechtes Gewissen. Er wusste natürlich, dass Kalle ein wohlhabender Mann war. Dennoch gab es keinen Grund, so einfach zur Tagesordnung zurückzukehren. Henrik hatte in Kalle mehr als nur einen guten Freund. Es schien fast so, als sähe Kalle in ihm den Sohn, den er nie gehabt hatte.

Das Quietschen der Seitentür verriet Henrik, dass jemand in die Halle gekommen war. Er erhob sich aus dem Drehstuhl, der am Schreibtisch im alten Werftleiterbüro stand. Als Henrik auf die Galerie trat, bemerkte er die schmale Gestalt. Ulrike Tewes strich mit der flachen Hand über den von Feuer und Rauch geschwärzten Rumpf des Kutters.

»Kein schöner Anblick, was?«, fragte Henrik.

Ulrike trat zur Seite und legte den Kopf in den Nacken, um zur Galerie hinaufsehen zu können. Ein trauriger Ausdruck lag auf ihrem Gesicht. »Es ist fürchterlich, Henrik. Ich bin froh, dass du hier eine neue Heimat gefunden hast.«

Er schwieg und erwiderte nur ihren Blick. Die Sekunden dehnten sich zu einer Minute, dann räusperte Ulrike sich.

»Was immer du auch denkst. Ich würde dir oder deinem Kutter niemals so etwas Fürchterliches antun. Das musst du mir glauben«, sagte sie.

Die Seitentür quietschte erneut und dann betraten Bastian Kraft und Jo Fechner die Halle. Als sie die Rechtsanwältin bemerkten, zögerten sie.

»Kommt nur rein. Frau Tewes wollte sowieso gerade gehen«, rief Henrik.

Er sah den Schmerz in ihren Augen aufblitzen, bevor sie eine neutrale Miene aufsetzte und mit einem knappen Nicken an den beiden Polizisten vorbei aus der Halle lief.

Bastian stellte eine Kiste Bier ab, während Jo den Korb mit diversen Lebensmitteln festhielt.

»Wir dachten, du solltest eine Einweihungsparty machen. Da wir uns quasi selbst eingeladen haben, kommen wir nicht mit leeren Händen«, rief Bastian. Er strich sich mit einem schiefen Grinsen über die polierte Glatze, während Jo endlich den Korb abstellte.

Und schon wieder quietschte es an der Seitentür. Mit einem resignierten Seufzen stieg Henrik die Stufen hinab und stieß gleich darauf auf Sonja Martenson und zu seiner Überraschung Burkhard Lorenz. Die Hauptkommissarin hatte ebenfalls einen Korb mit Lebensmitteln bei sich.

Der Staatsanwalt stellte soeben eine Kiste Rotwein ab. Er schaute auf Henrik und wusste offenbar nicht, ob er in dem Freundeskreis erwünscht war.

»Aus der Einweihungsparty scheint mir mehr eine Überraschungsparty zu werden«, stellte Henrik trocken fest.

Er umarmte Sonja, bevor er der Reihe nach den Männern die Hand schüttelte.

»Schön, dass Sie dabei sind«, sagte er zu Lorenz. Henrik war nicht entgangen, wie der Staatsanwalt Sonja anzuschauen und zu behandeln pflegte. Er wollte aber der Eifersucht keinen Raum lassen.

Mit einem Rumpeln flog die Seitentür auf und Kalle kam herein, wobei er auf einer Kiste Bier zwei große Pizzen balancierte. Als er in die amüsierten Gesichter der Anwesenden schaute, schüttelte er grimmig den Kopf. »Na toll. Ich mache mir Sorgen und du veranstaltest hier eine Party, ohne mich einzuladen. Ein schöner Freund bist du«, knurrte er dann.

Bastian und Jo nahmen ihm die Kiste sowie die Pizzen ab, während Sonja ihn herzlich umarmte. Ein wenig verlegen löste Kalle sich aus ihren Armen.

»Ist nicht seine Schuld, Kalle. Wir dachten genauso wie du, dass er wieder einmal vergessen hat, einzukaufen, und kaum an eine Einweihungsfeier denkt«, erklärte Sonja lachend.

»Hmh. Gehört die Tewes auch dazu oder wieso war sie hier? Sie ist gerade vom Hof gefahren, als ich ankam«, wandte Kalle sich an Henrik.

Der zuckte gleichgültig mit den Schultern. »Nein. Sie wollte mir nur versichern, dass sie mit dem Anschlag auf mich und die ›Sinje‹ nichts zu schaffen hat«, antwortete er.

Er stockte plötzlich und sein Gesichtsausdruck veränderte sich. Während ihn alle verwundert anschauten, stieß Henrik nur ein Wort hervor. »Innenhof«, kam es über seine Lippen.

»Was meinst du damit?«, fragte Sonja stellvertretend für alle Anwesenden.

Die ganze Zeit seit dem Rückflug aus dem Baltikum versuchte ein Gedanke hartnäckig zu Henrik durchzudringen. Erst als Kalle eben vom Hof sprach, hatte er es endlich geschafft.

»Als Ulrike mich in Klaipėda im Krankenhaus besucht hat, sprach sie von den Fässern im Innenhof«, erklärte Henrik mit einem flauen Gefühl in der Magengegend.

Verwirrte Blicke wurden ausgetauscht.

»Na und? Da waren sie schließlich auch. Du hast sie dort doch selbst entdeckt«, hakte Bastian nach.

Henrik räusperte sich, bevor er weitersprach. »Stimmt schon. Nur hatte ich es Ulrike gegenüber mit keinem Wort erwähnt. Woher wusste sie es dann?«, erklärte er mit belegter Stimme.

Bastian und Jo fluchten leise, während Lorenz und Sonja einen Blick wechselten.

»Könnte Rühling es ihr nicht erzählt haben?«, fragte Jo.

»Möglich. Ich weiß langsam nicht mehr, ob ich ihr überhaupt noch trauen kann. Mein Gefühl sagt nein«, erwiderte Henrik erschüttert.

»Bleibt Jansen. Vielleicht hat er sich Ulrike anvertraut. Immerhin war sie bis kurz vor Schluss seine Anwältin. Erst als sie vom Anschlag auf dich erfuhr, änderte sie ihre Haltung ihm gegenüber«, schlug Kalle eine Erklärung vor.

Lorenz setzte ein verärgertes Gesicht auf. »Wir können Jansen leider noch immer nicht dafür zur Verantwortung ziehen. Die Übereinstimmung beim Sprengstoff reicht nicht aus«, warf er ein.

Innerhalb der Gruppe der Ermittler existierten zwei Fronten. Einige, wie Lorenz, sahen in Bertram Jansen den Anstifter des Anschlages. Als Motiv nahmen sie an, dass ihn Henriks Ermittlungen missfallen hatten. Doch andere, dazu gehörte Sonja, hatten die Anwältin im Visier. Die Recherchen von Anders Winther, die sich mittlerweile stark auf mögliche Nachfolger des angeblich zerschlagenen Kartells konzentrierten, nährten diese Annahme. Henrik war sich nicht schlüssig. Die Erinnerung an das Gespräch mit Tewes im Krankenhaus von Klaipėda ließ erkennbar neue Skepsis in ihm aufsteigen.

Das Thema wurde nicht weiter erörtert, da Frank und Ines eintrafen. Beim Anblick der Versammlung huschte ein erfreutes Lächeln über das Gesicht der Fotografin. Während Frank zwei prall gefüllte Einkaufstüten abstellte, drückte Ines dem Privatdetektiv ein mittelgroßes Paket in die Hand. Als Henrik die Umhüllung entfernte und die beiden dicken Bücher ansah, leuchteten seine Augen voller Begeisterung auf.

»Du hast Risszeichnungen und sogar Fotografien ehemaliger Haifischkutter aufgetrieben. Mensch, Ines! Du bist echt klasse«, stieß er hervor und bevor sich die Fotografin wehren konnte, umarmte Henrik sie und drückte ihr einen Kuss auf die Wange.

Sowohl Frank als auch Sonja räusperten sich vernehmlich und Henrik ließ Ines wieder los.

»Ach, habt euch nicht so«, sagte er und deutete dann hinauf zur Galerie. »Na los. Schafft die Köstlichkeiten hinauf in die Küche oder ins Wohnzimmer, wie immer ihr es nennen wollt. Jetzt machen wir die Party und vergessen endlich Jansen und den ganzen anderen Dreck«, befahl er. Er eilte voraus, um die Bücher in sein neues Büro zu bringen.

Am Fuß der Treppe drehte Sonja sich zu Frank um. »Tewes war vorhin hier. Sie schwört Stein und Bein, nichts mit dem Anschlag auf Henrik zu tun zu haben«, raunte sie.

»Vielleicht ja, vielleicht nein. Selbst ihre Rolle beim Kartell wurde nie vollumfänglich geklärt«, erwiderte Frank.

»Es kann nicht schaden, die Anwältin zukünftig ein wenig im Auge zu behalten«, meldete sich Lorenz zu Wort.

Die beiden Kommissare drehten sich überrascht zum Staatsanwalt um.

Lorenz zuckte mit den Schultern. »Ich denke, Bargen bleibt weiterhin ein wenig befangen und gleichzeitig ein mögliches Ziel für die Tewes. Es ist kompliziert und ich schätze nun einmal klare Fronten«, erklärte er.

Sonja und Frank nickten zustimmend. Dann folgten sie den anderen hinauf in den Wohnbereich. Henriks neues Zuhause sollte gebührend eingeweiht werden.

ENDE

Mords-Ostsee

Harald Jacobsen
Reuter ermittelt an der Ostsee
Rätsel-Krimi
188 Seiten, 12 x 20 cm
Paperback
ISBN 978-3-8392-1658-3
€ 6,99 [D] / € 7,20 [A]

Hauptkommissar Frank Reuter hat alle Hände voll zu tun. 30 Fälle warten auf ihn, die sich entlang der Ostsee – zwischen der deutsch-dänischen Grenze und Lübeck – ereignet haben. In Timmendorfer Strand muss er den Tod eines Beach Boys aufklären, in Maasholm bekriegen sich Fischer untereinander. Und sogar auf Fehmarn muss er am Flügger Strand seine Fähigkeiten unter Beweis stellen. Reuter nimmt sich den Fällen an, damit die Ostsee wieder ein Stück sicherer wird.

GMEINER SPANNUNG

WWW.GMEINER-VERLAG.DE
Wir machen's spannend